日本五山文学研究

——以汉诗为中心

王　辉　著

浙江工商大学出版社
ZHEJIANG GONGSHANG UNIVERSITY PRESS
·杭州·

图书在版编目(CIP)数据

日本五山文学研究:以汉诗为中心 / 王辉著. —
杭州:浙江工商大学出版社,2021.12
ISBN 978-7-5178-4746-5

Ⅰ. ①日… Ⅱ. ①王… Ⅲ. ①汉诗—诗歌研究—日本
Ⅳ. ①I313.072

中国版本图书馆 CIP 数据核字(2021)第239763号

日本五山文学研究——以汉诗为中心
RIBEN WUSHAN WENXUE YANJIU —— YI HANSHI WEI ZHONGXIN
王　辉著

责任编辑	鲁燕青	
责任校对	夏湘娣	
封面设计	沈　婷	
责任印制	包建辉	
出版发行	浙江工商大学出版社	
	(杭州市教工路198号　邮政编码310012)	
	(E-mail:zjgsupress@163.com)	
	(网址:http://www.zjgsupress.com)	
	电话:0571-88904980,88831806(传真)	
排　　版	杭州朝曦图文设计有限公司	
印　　刷	浙江全能工艺美术印刷有限公司	
开　　本	710mm×1000mm　1/16	
印　　张	16.75	
字　　数	274千	
版 印 次	2021年12月第1版　2021年12月第1次印刷	
书　　号	ISBN 978-7-5178-4746-5	
定　　价	68.00元	

本书受教育部国别和区域研究中心
西安外国语大学东北亚研究中心资助出版

序

　　日本五山文学是指在日本的镰仓时代(1185—1333年)和室町时代(1336—1573年),由京都五山(天龙寺、相国寺、建仁寺、东福寺、万寿寺)、镰仓五山(建长寺、圆觉寺、寿福寺、净智寺、净妙寺)、五山之上南禅寺,以及其他十刹、诸山等官营禅寺的禅僧创作的汉诗文。它上承王朝汉文学之余绪,下启繁荣的江户汉文学,是日本汉文学史上的一个重要发展阶段。自日僧荣西于日本建久二年(1191年)归国草创日本禅宗始,至东福寺禅僧文之玄昌于日本元和六年(1620年)示寂终,五山文学共持续420余年。在此发展过程中,五山文学前后经历了早期(1191—1326年)、中期(1327—1426年)、后期(1427—1620年)3个阶段。

　　五山研究是以日本历史上五山禅僧遗留下来的文化遗产为对象的研究,广泛包括禅宗制度、禅宗史、汉诗文、书法绘画、建筑艺术、哲学思想、文化交流、政治外交、出版印刷乃至民俗地理等众多领域。其研究对象除雕像、庙宇、绘画、书法、庭园、假山水及其他物质遗存之外,主要是流传在禅林之间的历代禅僧创作的语录及诗文外集等文字文献。这些文献经后世的发掘、整理和保护得以流传至今,特别是经上村观光、玉村竹二的不懈努力和辛苦经营,其中的大部分已经实现"活字化"。《五山文学全集》和《五山文学新集》的编辑出版,使尘封已久的五山研究文献进入近现代学术的视野,亦减轻了研究者获取和阅读文献的成本,为文献学研究打下一定基础,泽被学林甚多。

　　在日本禅宗的制度、特色、思想、发展方面,受宋以来中国禅宗的影响,日本五山禅林亦重视融通儒释道诸家思想,以禅释儒,以儒助禅,或用道家仙家思想表达隐逸、无欲之志。在五山禅林中,以虎关师炼、中岩圆月、岐阳方秀为代表的学问僧在参禅之余研习宋明儒学,撰述儒学论著,将宋明理学引介到了日本。

　　深受中国宋元以来禅宗影响的日本禅宗,从一开始就不是单纯的禅宗,而是一个浸润在宋以来士大夫文化中的综合文化载体,包括园林建筑、书法绘画、茶艺插花等各种样式。关于上述禅宗文化的研究是五山研究的一个重要组成部分。

　　五山文学作为日本镰仓时代和室町时代汉文化的组成部分,是日本汉文化及汉文学的重要研究对象。在本书中,笔者首先对五山研究史进行了力所能及的爬梳和追溯,总体把握五山研究的多元化特点。在中日两国学界,五山研究从多重维度展开,以五山文学研究为重点,偏重汉诗研究,而对疏、文的研究则稍显不足。就比较文学研究而言,五山汉诗的研究是主题,影响研究是其主要范式。

在以往研究的基础上,本书以五山汉诗为中心,主要运用文献分析与比较研究的方法,从诗题、诗体、诗艺、诗论4个诗学范畴展开历时研究,突出重点作家研究,力图将五山文学研究特别是五山汉诗的研究向前推进一步。《五山文学全集》与《五山文学新集》是本书的主要文献资料。

笔者发现,五山汉诗的诗题随着禅林发展,呈现出始而扩大,继而缩小,终而趋同的变化轨迹。咏物诗以虎关师炼为其最擅长者,他将禅宗融通无碍思想、宋代理学思想贯穿诗作,于俯仰之间将日月星辰、花鸟草虫、禅具食器乃至生活琐碎吟咏以诗,参悟以诗,拓宽了五山的诗题范围。虎关师炼以后,他的活泼诗风并未得到很好的继承。随着五山丛林的文人化,咏物诗所咏之物不断收窄萎缩,题画诗取而代之成为重要诗题。题画诗以人文题材为主,画的主题不一而足,有禅宗、仙道、隐士、山水、诗境、诗事、故实、花鸟乃至歌境等。随着禅僧参与游学、省亲访友风行禅林,赠别诗题凸显起来。赠别诗因僧而异,因时而变。雪村友梅作士大夫诗,不言禅说道;绝海中津则兼备真、俗二境;中岩圆月因性情之故,语多牢骚;义堂周信则倡导禅林诗之正统,要求赠别诗说勿忘禅悟道,旨在树立严正中允的诗风。但事与愿违,后期禅僧的赠别诗只顾径道俗情。禅院中有在祝日命禅童作诗的传统,节日诗题因而也成为一大诗题。此外,五山诗僧亦将战乱、劳作、社会现象等作为诗题,相比王朝汉诗,具备了一定的社会属性。值得一提的是,在五山禅林的后期,五山诗题总体上趋向同一化,局限于题画诗、节日诗等有限的人文题材,较前期、中期趋向萎缩。

五山汉诗的体式虽然涉及古典诗歌的诸多体裁,但是也呈现出较明显的偏向与嗜好。五山诗体的总体特征是,在古体和近体之间偏好近体,在近体中又偏爱七言,于七言之中又深嗜七绝。这一特征在五山禅林早期即露出端倪,之后不断得到强化而日益显现。就各诗体而言,各诗体达到的水平亦因此产生差别,总体上近体好于古体,律绝长于排律。此外,笔者亦就以诗代疏、疏语诗化现象,以及五山汉诗与和歌的交融等文体跨界现象进行了研究。

关于诗艺,笔者以天岸慧广的《送笔》为例进行逐句考证,揭示五山汉诗用典繁密的诗艺特征。作为用典手法之一,以诗入诗是五山汉诗最常用的诗法。

对于这一突出的诗艺现象,除了通过搜集大量例子进行了实证考察外,笔者还对其"夺胎换骨"观和以诗入诗法的态度进行了比较,从而揭示五山诗僧诗的代表性用典观念。

诗,作为"艺""文",是贯道之器,但也有其"害道"的一面。禅宗主张"不立文字",从根本上对诗文持否定态度,但是又以诗文为参禅悟道的一种手段,有以偈说悟、弘宗的传统。这种自相矛盾从佛教初传中国、禅宗立宗发展之际即已有之,在五山禅林中亦未能避免,使"诗禅关系"成为五山(文学)汉诗发展过程中的重要论题和中心主题。五山文献中包含了大量相关诗论资料。通过系统梳理,本书再现从诗禅对立出发最终走向诗禅一如的具体过程,阐明了禅僧的理论探索及其逻辑理路,并纠正了以往研究中的若干误区。可以说,作诗为文妨碍参禅,废诗止文的极端主张在禅林之中并没有产生决定性的影响,而调和诗禅,强调融通相资才是禅林前期和中期诗禅关系的主流观念。至于禅林后期,则受宋代诗学以禅喻诗的诗论的影响,诗即禅,禅即诗,无诗不禅、无禅不诗的思想更是一统禅林诗坛。笔者综合考察了虎关师炼诗学的思想、渊源、动机、影响,促进了相关研究的深入发展。对五山禅林的诗格观念、诗风观念、唐宋诗观等的探讨则阐明了五山汉诗诗论的诗格化特征,指出了在诗风上的求新、奇、清、老,而忌俗、巧、滑的倾向。此外,笔者还探讨了五山禅林中对诗分唐宋这一论断的认知,以及诗僧们一为唐诗、一作宋诗而分阵对垒的有趣现象。

王　辉

2021 年 12 月

目 录
CONTENTS

五山汉诗

序　章

　　笔者将本书的研究课题限定在关于五山汉诗的基于诗学范畴视角的历时性、考据性研究。这种考察能够建立系统的而非零碎的关于五山汉诗在若干诗学中的重要认知,从而为重新审视五山汉诗提供参考。在本书中,笔者拟从诗题、诗体、诗艺、诗论4个诗学范畴展开考察。其中,对诗题、诗体、诗艺的考察旨在对五山汉诗进行概述,对诗论的考察是本书的研究重点。

　　首先,关于五山汉诗的诗题。诗题,是诗歌的主题、题材的反映。一个诗人在其创作生涯的不同时期,随着人生阅历、感悟、生活境遇的不同,其诗题会发生变化。同样,作为诗歌群体的诗坛,在一定的时空条件下,随着时代转换与社会变革,其诗歌题材也会呈现出有规律的变化。五山文学作为镰仓、室町时代的日本禅林文学,诗坛相对纯粹单一,其诗题的流变与诗坛环境之间有更直接的互动。因此,五山汉诗的诗题研究,不仅能把诗题变化轨迹客观地呈现出来,亦能为认识五山文学发展史提供佐证。

　　据笔者所见,以往研究中有关五山汉诗诗题的考察,多限于某一特定主题,如山居诗、潇湘八景诗等,而少有以五山汉诗整体为对象的历时研究,从而无法充分揭示五山汉诗的诗题流变轨迹及其原因,无法指出五山汉诗诗题变化与五山文学发展史之间的深层关联。笔者拟通读现有五山基础文献,分期整理归纳五山汉诗的主要诗学主题,考察各时期主要诗题的内容、成因,比较各时期诗题的特征、变化,分析诗题流变的原因。同时,笔者拟比较五山汉诗与王朝汉诗(即奈良、平安朝汉诗)的诗题,阐明五山汉诗诗题的总体特征,并分析形成上述诗题特征的包括宋诗影响、和歌影响、创作主体影响在内的原因。

　　其次,五山汉诗的诗体也是本书研究的一个重要方面。日本汉诗受中国诗学持续且长久的影响,在诗体上亦呈现出其与时俱进之一面。与王朝汉诗相比,五山汉诗在诗体认识、诗体热情、诗体偏好上已呈现出与王朝汉诗不同之特点。笔者拟通过对各时期主要作家的诗体选择、诗体认识的考察,揭示五山诗体的特征、流变轨迹、嗜好的成因,以及诗体成就。

值得一提的是,五山禅僧参与和文学创作,其创作存在所谓"和汉兼带"的现象。斋藤清卫、芳贺幸四郎等日本研究者虽然较早关注了五山禅僧的和文学创作与作品,对"和汉兼带"现象、和汉文学相互交融有所考察,但对和汉交融的成果,包括文体学的"破体"、题材的互借,未展开详细研究。从五山诗体的角度重新审视和汉文学交融,不仅可以更加全面解释五山汉诗诗体的嬗变背景,亦能深化现有的五山文学与和文学关系的研究。

再次,关于五山汉诗的诗艺,笔者拟通过分析各时期主要诗僧在章法、句式、用对、造语、用事方面的工夫、特点,归纳五山汉诗各时期在诗艺方面的一般倾向及其流变。同时,联系各时期来自中国诗学的影响、五山禅林环境的变化、和歌文学的影响、创作形态等方面,考察诗艺形成、流变的原因。此外,笔者亦拟比较五山汉诗与王朝汉诗在诗艺上的异同,阐明五山汉诗在诗艺方面的特色,为评价五山汉诗在日本汉诗史上的地位提供诗艺方面的依据。

最后,关于五山汉诗的诗学批评。五山诗僧的文学批评是五山文学的重要组成部分。五山时代由临济宗禅僧完成的汉诗,同所有时代的文学创作一样,都自觉或不自觉地践行着某种文学观念,并伴随着批评实践。五山禅僧由于其独特的身份认同,以及佛教、禅宗语境下独特的文字语言观,五山汉诗的诗学批评既有作为文学创作的一般特性,又有其特别的问题意识及立场。当然,中国诗学批评的影响亦在一定程度上刺激、诱发了五山诗僧的诗学批评,提供了言说范式、话语资源。因此,笔者将归纳五山文学各时期主要诗僧的批评意识、批评形式、批评标准、诗禅关系,逐一整理不同发展阶段的主要内容,归纳时期特点,揭示其历时性的演进规律。同时,围绕诗禅关系这一五山诗僧必须面对的诗学问题,就诗禅一致与宋代诗学以后以禅喻诗诗论之间的关系、异同展开比较研究。此外,笔者亦拟比较五山汉诗与王朝汉诗在诗学批评上的异同,阐明五山汉诗在诗学批评方面的特色、成就与地位。

本书的基本研究方法是比较研究。五山汉诗与中国古典文学的关系是汉诗文研究、思想信仰研究需要始终去关注的课题。在中世五山文学与中国古典诗学的关系方面,以往研究已在影响研究、典故运用、对中国作家作品的解释与接受等方面做了细致的考察和分析,但是其考察对象高度集中于韩愈、柳宗元、杜甫、李白等唐代文学家,而宋、元、明文学对五山文学的影响研究相对不足。

由于五山文学受我国宋代文学影响至深，与元、明文学更有同步发展和直接交流，苏轼、黄庭坚及江西诗派受到五山诗僧的尊崇，因此宋、元、明文学对五山汉文学的影响不言而喻。这样的研究偏向需要学界予以纠正。

例如，如果不对五山文学与宋、元、明文学的关系进行基于文学事实的考察，就难以全面认识五山文学受到中国古典文学的影响，也无法解决目前学界关于五山文学受唐诗影响多一些还是受宋诗影响多一些的问题。此外，在揭示五山文学与宋、元、明文学事实关系的基础上，可以进一步从五山汉诗的诗学特色方面深入考察诗分唐宋这一古典诗学的著名论断。同样，鉴于唐诗与宋诗在语言形式、思想内容及诗歌风神上各有千秋，沿着诗分唐宋的思路，通过对五山汉诗的诗题、诗体、诗艺进行考察，可以从这一论断的特定视角审视五山汉诗。

第一章
五山汉诗的诗题

　　诗题,即古典诗歌的题材、题目,是诗歌的一个重要方面,能反映一时、一地的诗歌乃至一个诗人所关心的事物、情感、人心、社会。对一代、一地的诗歌题材、题目的考察能够揭示出在某一特定时代、地域,诗人将怎样的社会现象、人生感悟纳入诗歌这一文艺形式,从中发现诗人的审美世界、认知方式、社会人生和世界观。因此,对诗题的考察具有重要的诗学意义。

　　五山汉诗是日本中世禅林诗僧所创作的诗歌,有较大的时间跨度,亦有独特的地域范围,受特定的风土滋养,构成一代、一地的独特诗学。但是,有关五山汉诗诗题的系统研究直至今日尚未真正进行。本章首先整理五山禅僧所涉及的主要诗题,并概括出其主要特征,进而历时地考察其主要诗题的流变,揭示其流变趋势,最后多维度地探讨该诗题特征、流变趋势的成因。

　　五山汉诗的诗题,总体而言是丰富多样的,较王朝汉诗有很大的发展。本节试对五山禅僧所涉及的题材、题目进行一个宏观、历时的考察,指出其重要题材和题目,从诗题的角度揭示五山汉诗。

　　综观规模可观的五山汉诗,其主要诗题有赠别诗、节日诗、题画(扇面、像)诗、论诗诗、咏物诗、咏史诗、仙道诗等。

第一节　咏物诗题

　　咏物诗,区别于以历史、人物、社会事件、思想信仰、古迹名胜、风景自然等为主题的诗歌,是以诗人所注目并吟咏的动物、植物、器具等为主题的诗歌。在王朝时代的汉诗中,咏物诗并不多见。在五山禅林中,诗僧以禅修融通无碍的方式齐物,以身边事物为对象,参禅体道,加之宋元以来中国盛行的文字禅的影响,诗僧寓禅宗体悟于吟咏之中,咏物诗由此应运而生。

(一)铁庵道生与天岸慧广

铁庵道生(1262—1331),禅林早期诗僧,临济宗佛源派,禅法、文笔皆以大休正念(1215—1289)为师,亦亲炙一山一宁等从元赴日的高僧。文笔有元代禅林风格,有诗文集《钝铁集》。铁庵禅师的诗文集中共收录诗36首,其中咏物诗仅《次瓶梅韵》1首,诗曰:

> 蕙死兰枯独振奇,倾城不下二乔姿。
> 铜瓶水暖山窗寂,剩着华风换得诗。①

稍后于铁庵道生,五山文学早期的主要诗僧天岸慧广(1273—1335),是日本临济宗佛光派僧,号天岸,讳慧广。日本弘安八年(1285年),13岁的天岸慧广于建长寺佛光国师门下剃度,后往京都东大寺戒坛受戒,受戒后转投佛国国师门下,遍参日本国内诸刹。因仰慕元代天目中峰和尚高风,于日本元应二年(1320年),偕同道友数十人乘船来元。在元期间,天岸慧广拜谒古林清茂(1262—1329)、清拙正澄(1274—1339)等后来赴日弘法的古德高僧。后又拜谒翰林学士扬偰斯,请为佛光国师作塔铭,请资政大夫全柱为篆匾额等。日本正中元年(1324年),陪同元僧明极楚俊(1262—1336)、竺仙梵仙(1292—1348)东渡。敕谥号佛乘禅师。有诗文集《东归集》。

天岸慧广的《东归集》收录了咏物题材的诗,但数量不多,包括《巨壑》《高山》《别峰》《题盆柏》《藤花》《巨川》《那智瀑泉》《青山》《深云》《幽林》等,计10余首。从其诗题来看,所咏对象以山石、河泉、林谷、云峰等自然物象为主,咏纤小事物的只有《藤花》1首,咏人工创造的对象亦只有盆柏1种。从内容上来看,作为早期五山禅僧,天岸慧广咏物通禅,将咏物诗作为一种体悟万有、表达悟境的手段。如《那智瀑泉》云:

> 源流遥自云端发,将谓禹门三级高。
> 千手大悲拦不住,直归大海鼓鲸涛。②

---

① 上村观光编:《五山文学全集》第一卷,京都:思文阁出版,1992年,第373页。
② 上村观光编:《五山文学全集》第一卷,京都:思文阁出版,1992年,第26页。

这首诗借眼前的飞瀑比喻佛法的源远流长、万物归宗,借泉咏禅,实际是诗僧的一次禅修过程。

再如《题盆柏》云:

老干轮囷生铁操,无阴阳地别荣枯。
不须更问西来意,只见苍龙争玩珠。①

这首诗将盆柏姿态刻画得栩栩如生,"无阴阳""别荣枯"体现禅宗不一不二的观物立场。这首题盆柏的禅诗,与参"问佛祖西来意"的话头同样是参修,体现了禅林早期以诗参禅的状况。

再如《藤花》诗云:

凌霄花绽长枝蔓,恰似龙蛇相斗凭。
璎珞丛中偷眼看,吾家壁上旧乌藤。②

这首诗表达夸张,敢用譬喻,第三句和第四句所表现的是透过表面看本质的参悟。

总体来看,天岸慧广尚未在咏物诗上着力。比较而言,他的诗以参游名衲、云游禅刹、体悟宗旨为主,而尤以发扬禅僧法要、拈提禅宗公案居多。

(二)虎关师炼

虎关师炼(1278—1346),临济宗圣一派重要禅僧。他自幼体弱多病,生性嗜书,人称"文殊童子"。10岁受戒,亲炙朝廷贵族学问,从菅原在辅听《文选》讲义,学得公家"古点";从六条有房学《周易》,学兼台、密、禅。师从一山一宁,忠实继承南宋以前的禅法和学艺思想,而拒绝接受元代以古林清茂为代表的金刚幢下③的禅风、文风,在当时向元代士大夫风尚一边倒的风潮中独树一帜。获后醍醐天皇宠信,与雪村友梅(1290—1346)、中岩圆月(1300—1375)等五山著名

---

① 上村观光编:《五山文学全集》第一卷,京都:思文阁出版,1992年,第22页。
② 上村观光编:《五山文学全集》第一卷,京都:思文阁出版,1992年,第22页。
③ 五山禅林中在古林清茂处参禅的诸僧所结成的友社,称为金刚幢下。

诗僧交友。博闻强识，撰述宏富，是五山时代著名的撰述家、佛教史家和诗僧。著有《佛语心论》《聚分韵略》《元亨释书》《和汉编年干支合图》《禅仪外文集》等，另有诗文集《济北集》等。

虎关师炼的《济北集》，是五山文学早期的一部巨著。全书共20卷，涉及诗文诸体，其中卷一至卷六为诗歌，分别收入赋、古律诗、唐律、律诗、偈赞。现分别就其各卷中的咏物诗题做一考察。

卷一无载咏物诗，至卷二则渐多，逐一摘录其题如下：

中秋月、夜雨、梅花(9首)、法胜寺丝樱、瓶樱、赋万寿寺樱花呈藏主、樱花、白菊、和笋韵、和山茶花韵、和杜若韵、雪(10首)、小雪、月(4首)、藤公池亭、泉亭、江村、霰、竹、假山水、水银、木屐、覆盆子、瓶菖蒲、尺蠖、蜘蛛，共26题。

总体来看，所咏对象较驳杂，涵盖自然、花草、器具、爬虫等。

卷三的咏物诗同样有26题之多，以日、月、霜、雪等自然现象为主，逐一摘录其题如下：

天、朝日、电、雪(8首)、春雪、雪朝、雨、暴雨、雨中、春雨、竹雨、季秋雨夜、月、冬月、昼月、月蚀、霜、虹、三光、炉节、冰、地震、府亭假山、竹亭、假山、旅亭。

相比卷二的咏物诗，卷三的诗题向自然现象集中。在卷四中亦有如下咏物诗题：

杜若花、白梅、茶花、牵牛花上柱、茶实、和杜若韵、桔梗花、早梅、梅花、梅、红梅、瓶黄梅、瓶梅、早梅、庭梅始花、爆竹、水滴菊、白菊、未开菊、瓶里菊、栖雪柳、栀子花、新荷、败荷、牡丹、月中桂、松风、池莲、黄杨、木樨花、雨荷、蓼花、菩提树再芽、瓶莲、松、盆莲、和荷花韵、瓶藤花、藤花、褪樱、平太守乞赋绣菊、山茶花、长春花、蔷薇、雨中蔷薇、黄踯躅花、红叶、萱、水仙花、罂粟花、石竹花、青枫、新竹、文竹、晴竹、瓜、茶、青苔、菊酱、推子、胡瓜、杨梅、栏杆、盆石、钱、茶壶、茶磨、茶盆、和扇、团扇、墨、笛、破席、棋、蝉、鸡、新莺、蛙、蛩、蝶、蟭螟、鸢、秋虫。

统计可知，其所咏诗题共计84题。其他诗题，如上巳种菊、移洲松、载庭柏、种芭蕉、煎茶、烹雪煎雪、谢人惠大笔、观游鱼、养雀儿、十月闻莺等，虽不直接以物命名，但与咏物诗接近，如果将之也计算在内，则整卷都是咏物诗了。与卷二、卷三相比，卷四的诗题以梅、松、竹、枫、杨、竹等树木及花草为主，同时也涉及了茶、扇、棋、茶壶、茶盆、墨等生活娱乐器具，以及秋虫、蝶、蝉、鸡等花鸟鱼虫。

卷五(偈赞之一)的诗题以僧号、庵号、公案、僧赞、菩萨赞为主，但亦包括咏物诗9题,分别是游鱼、落花、软荷、红叶、竹、荆、棕榈、陆荷、十月菊,与卷四相似。

卷六(偈赞之二)同卷四一样,咏物诗达到73题之多,但是其所咏主要对象已从卷四的花木鸟虫转向生活器具、日常饮食和飞禽走兽。具录如下:

河声、沤、沙、雪、冰、鸥吻、油筒、珠、痒和子、笔、鞋、帽子、帘、禅板、筯帚、剃刀、机、香合、琴、石灰、枕、鏊、钩、网、桌、釜、弓、帆、铜、灯、杖、蚊橱、椑、蛤蟆、水滴、短灯、香匙、柏枕、柄几、马蹄砚、茶炉、雨水滴、荞麦、麦饭、茄子、山药、粥、庭柿、石榴、松菌、馒头、酒、桂心、黄连、酱、杨梅、糖、山药似龙、桂皮汤、狸、栗鼠、鹭、鼠、虎、鹰、藤开府求屏貘赞、羚羊、蚁、蚊、蝇、狐、萤、闻虫。

虎关师炼通过咏物以偈赞的特色十分明显。这也正印证了其与古林清茂金刚幢下的士大夫诗风格格不入的一面。其咏物诗构成诗歌的主体,相关诗题有200余题,其所咏事物涵盖自然、人文、虫鱼、鸟兽、家禽、花草、树木、器具、饮食各方面,诗题范围之广,空前绝后。同时,除松梅竹菊等文人士大夫所雅好的花木之外,藤花、栀子花、萱、黄踯躅花、青苔、木樨花、石竹花等其貌不扬的花亦进入诗题,对传统诗题的扩大有很大贡献。此外还有器具中的痒和子、鏊、钩、栏杆、破席、帘、椑、蚊橱、釜、剃刀、筯帚,动物中的蚁、蚊、蝇、鼠、蝉、尺蠖,以及石灰、铜、水银等诗题,丝毫不避卑俗琐碎。这凸显了虎关师炼生活化的诗风及其不竭的诗思和才华。

接下来试以自然、人文、虫鱼等主题为例,考察虎关师炼的咏物诗。

《月蚀》诗云:

> 盈亏弦望也寻常,宝鉴生痕玉匿光。
> 可惜卢仝一寸刃[①],谩将蟠腹汗锋铓。[②]

诗中并无禅理上的引申,通过用典反嘲卢仝不知月亮圆缺乃是自然寻常之事。

《八月十四夜》诗云:

---

① 典出卢仝《月蚀诗》的"臣心有铁一寸,可剸妖蟆痴肠"。

② 上村观光编:《五山文学全集》第一卷,京都:思文阁出版,1992年,第94页。

> 乾坤爽气半金天，既望清光似十全。
> 此夜休言劣来夜，一分缺补一鞭先。①

　　十四夜月与十六夜月，二者各有千秋，不应优此劣彼，道出的正是禅者不漫作分别之修行。虽诗以咏物，而实为说理谈禅。

　　《地震》诗云：

> 静者动兮坚者柔，地如波浪屋如舟。
> 此时应畏又应爱，风铎不风鸣不休。②

　　遭遇地震，宁静的大地剧烈震动，坚牢的房屋此时也摇晃不已，在写实中体悟禅宗不二、不异的实性。③"风铎不风鸣不休"同样既是实际描写，同时双关禅宗史上著名的"风动、心动"公案，借机重新审视，跳出窠臼，蕴含禅机，别具新意。任何事情都有其两面性，即便地震如此令人恐惧，但同时亦是参禅悟道的绝好机会，所以"此时应畏又应爱"。与前诗相同，《地震》诗长于说理。

　　在生活器具诗题方面，《痒和子》诗云：

> 匪雕匪刻转风流，仿佛麻姑指爪头。
> 一抓诸方痒处尽，虚空背上有疮不。④

　　该诗譬喻诙谐，以诗参禅。"一抓诸方痒处尽"是说痒和子的实用功能，但落脚之处却在"虚空背上有疮不"，反问中暗含禅机，以戒参禅而被实有阻碍之弊。借诗悟禅、说禅。虎关师炼细心体察生活，将物体之用、诙谐逗笑与严肃的修行悟道融于一体，是一首典型的禅理诗。再如《弓》诗云：

---

① 上村观光编：《五山文学全集》第一卷，京都：思文阁出版，1992年，第96页。
② 上村观光编：《五山文学全集》第一卷，京都：思文阁出版，1992年，第101页。
③ 此处的动与静、坚与柔、畏与爱，即慧能临终前所总结的"三科法门"与"三十六对"。该禅法旨在通过对举天与地、暗与明、色与空、凡与圣等，以"二法尽除，更无去处"来强调自性含万法及不二法门。
④ 上村观光编：《五山文学全集》第一卷，京都：思文阁出版，1992年，第146—147页。

一片新蟾吐媚明，雨多风少暮天清。

马师当日弄虚势[①]，石巩不知鸣不鸣。[②]

该诗以弓为题，开篇却咏月，乍看上去让人有些糊涂，待明白诗僧在以新月比喻弓时，诗思之妙足以让人莞尔。而全诗的主旨则在以马祖道一的宗门故事感悟禅旨。再以《苕帚》为例，诗曰：

每有逢人出为人，三条劈篾束通身。

全提[③]句子纵横妙，大地都庐绝点尘。[④]

该诗咏当机说法之理。在诗僧眼中，苕帚不只是苕帚，还是化作人身的禅宗祖师，打扫禅室则比喻禅宗能将人导引至悟后的清净世界。与上引其他几首咏器具诗一样，仍是咏物谈禅，以诗说理。

在虫鱼鸟兽诗题方面，试以《鼠》为例：

虚堂寂寂夜沉沉，窥瓮翻盆苦搜寻。

馊饭残羹纵竭尽，如何令我死偷心。[⑤]

诗僧于深夜坐禅，禅堂内一片静寂，突然听到老鼠翻盆入瓮偷食的声音。他感叹鼠的贪得无厌、偷食成性。但是，该诗对老鼠的讽刺只是表面的，实则是在暗讽剜心挖肺、纠缠于话头而误入歧途不知悔改的禅僧。可以说，该诗仍是一首以裨益禅宗为主眼的讽刺、说理诗。

再如《蚊》诗云：

---

① 典出禅宗"马大师不安"公案。《碧岩录》第三则载："马大师不安，院主问：'和尚近日尊候如何？'大师云：'日面佛，月面佛。'"马祖于二月一日沐浴后结跏趺坐而逝。虎关师炼由如弓新月联想到马祖。

② 上村观光编：《五山文学全集》第一卷，京都：思文阁出版，1992年，第149页。

③ 全提，即完全提起宗门纲要。《碧岩录》第二则云："历代诸师全提不起。"

④ 上村观光编：《五山文学全集》第一卷，京都：思文阁出版，1992年，第148页。

⑤ 上村观光编：《五山文学全集》第一卷，京都：思文阁出版，1992年，第155页。

嘴头尖颖与锥齐,殷殷雷声绕阁闱。

一自透过罗谷隔,铁牛背上烂如泥。①

　　该诗首先写实,以夸张的诗语刻画出欲飞入帐内吸食人血的蚊子形象。后半部分用蚊钻过罗帐的阻隔,就能豁然悟脱,铁牛亦化为烂泥,分别、对立便不复存在。虎关师炼选择以日常生活中被蚊骚扰这样一个小事件,大胆以不登大雅之堂、诗人不屑吟咏的蚊为题,保留了早期五山禅林的以诗为禅的质实诗风。

　　在花卉草木诗题方面,亦多有表达禅悟、宗旨的偈颂,如《水仙花》诗云:

　　　　一丛柔玉乱云鬟,魁气②主盟十客间。

　　　　弱水汪洋三万里,香风不碍往来关。③

　　水仙花是中国文人雅好之花,"一丛柔玉乱云鬟"道出水仙花的姿态,"弱水"句雄阔,表现禅僧的豪迈胸襟,同时暗喻自西东传的禅宗传播历史。

　　综上所述,虎关师炼的咏物诗在诗题上包罗万象,其范围之广前所未有,大大拓宽了日本汉诗的诗题范围。在具体物象上,多花鸟虫鱼等纤弱雅致,少雄浑宏大,多飞蚋鼠蛙、剃刀笤帚等卑俗琐碎,少人事文史;在内容上,以议论、讽刺见长,而鲜发感喟,少见隐逸;咏物以谈禅说悟,偈颂是其咏物诗的本色。

　　虎关师炼大量创作咏物诗的原因,可从主观条件、禅宗传统诸方面分析。首先,虎关师炼继承圣一派祖圆尔辨圆(1202—1280)的衣钵,博闻广识,以学问见长,且其个人擅长著述,受宋代契嵩影响,立志以著述弘宗,这在很大程度上决定了他以诗参禅。其次,虎关师炼一生著述宏富,滔滔能辩,咏物诗正好适合他用来说理。因此,他的咏物诗端严健雄,虽咏风花雪月却不纤秾,虽咏桌椅茶几却不卑俗。从客观方面来看,日本五山禅林早期受中国禅林影响,盛行通过作偈颂表达禅悟的偈颂主义,以诗参禅是禅僧习禅的"标配"。早期禅僧铁庵道生的《杂题颂轴序》有云:

---

① 上村观光编:《五山文学全集》第一卷,京都:思文阁出版,1992年,第155—156页。

② 据汉蔡邕《琴操·猗兰操》,孔子自卫返鲁,过隐谷之中,见芗兰独茂,诗云:"夫兰当为王者香,今乃独茂,与众草为伍,譬犹贤者不逢时,与鄙夫为伦也。""魁气""主盟"即此而来。

③ 上村观光编:《五山文学全集》第一卷,京都:思文阁出版,1992年,第116页。

夫偈颂之作,盛于丛林久矣。昔明觉老人,以洞庭七十二峰为笔,以太湖三万余顷为舌。作为云飞雾渰澜翻涛涌之句。韶护于穹壤之间。千载之下仿佛于其音响者,绳绳至今未已。巨山一会象龙,企而望焉。默耕之余暇,或采佛祖行迹,或取禅家器具,或以节序风物,草木花果之类为题,各述四句偈。而寄意于斯道者也……余把而阅之,金无可留之矿,玉无可指之瑕。千锻万炼,真有道之体也。岁晚少室门庭,不致寂寥必矣。[①]

该序指出明觉禅师将洞庭、太湖等山水自然咏入偈颂的传统历史悠久,如今在日本禅林得到发扬光大,并且一语道出五山禅林中诗偈的常见题目,与虎关师炼咏物诗题的范围一致,如禅家器具、节序风物、草木花果等。

(三)雪村友梅

雪村友梅,临济宗一山派,幼时即成为一山一宁的入室弟子。18岁入元后,与中国名士大夫赵孟頫等过从甚密,历参元叟行端、晦机元熙等禅林尊宿,并能应酬自如,声名诗誉耸动天下。日元交恶后,雪村友梅以间谍罪下狱,一度险些被问罪,遭遇斩刑。大难不死后,雪村友梅被流放长安,3年后又遭远流蜀国。在流途颠沛中,雪村友梅博涉经史子集,厚积学殖。后获大赦,更踏遍南北名山古迹。1329年与明极楚俊、竺仙梵仙、懒牛希融(?—1337),以及即将返日的天岸慧广、物外可什(1286—1364)等同船归国。归国后历住慈云寺、西禅寺、万寿寺、建仁寺。雪村友梅在元22年,能与公卿名士自如酬唱。据说他平生不苟言笑,书案上仅放置一部《圆觉经》。有诗偈集《岷峨集》和语录诗文集《宝觉真空禅师语录》。

阅读雪村友梅在元期间创作的诗偈《岷峨集》,可以发现雪村禅师赋予诗这一文学形式更多的纯文学意义,其诗歌不似虎关师炼偏好于形状的刻画、戏谑的联想,以及禅旨物理的思辨,而更习惯于喟叹自己的人生遭际,倾诉情怀感悟,表达隐逸之志等。这大概与两人的性格和人生际遇大不相同有关。虎关师炼是皇室之后,笼居书斋的学者,以思辨和学问见长。雪村友梅早年游历中国,走遍中国大江南北的山山水水,遭际千险万阻,而且交游广泛。

---

① 上村观光编:《五山文学全集》第一卷,京都:思文阁出版,1992年,第381—382页。

　　两相比较,在虎关师炼的《济北集》中大量存在以琐细的生活、事物为题材的禅理诗,在《岷峨集》上、下2卷中仅能找到寥寥4例,分别为《大雪》《中秋雨》《金丝草》《萱》。

　　《大雪》诗云:

> 润物功深讵有涯,滔天际地势难遮。
> 既呈瑞色收气矣,将变浇风返素邪。
> 是处不贪门外壁,何年曾见头花。
> 诗成敢拟梁园赋,留与骚人世世夸。①

　　这与雪村友梅很少长住一寺有关。诗中对大雪的描写与社会批判融为一体,颈联引用凿壁偷光的典故,尾联则表明了作者的诗人抱负与自信。全诗并不像虎关师炼那样对雪景做一番引申。

　　《金丝草》云:

> 幽根活湿寄崖阴,细蔓条条袅缕金。
> 寸尺似缝苍藓缺,不穿阿母手中线。②

　　对金丝草的状写、联想亦未能如虎关师炼指向说理,而是表达了身在异国的游子对母亲的思念。

　　《萱》诗不言而喻,其诗题的选择是基于萱草在古典诗学传统中的思母意象。较之《金丝草》更来得悲切,其诗曰:

> 泽国春风入草根,谁家庭院不生萱。
> 远怀未有忘幽日,白发垂垂独倚门。③

　　“谁家庭院不生萱”“白发垂垂独倚门”,诗僧青年离家,漂泊异国,而今一头

---

① 上村观光编:《五山文学全集》第一卷,京都:思文阁出版,1992年,第556页。
② 上村观光编:《五山文学全集》第一卷,京都:思文阁出版,1992年,第566页。
③ 上村观光编:《五山文学全集》第一卷,京都:思文阁出版,1992年,第566页。

银丝,垂垂老矣,思母之情、思乡之情令人唏嘘。

此外,雪村友梅捕捉生活瞬间的诗也是绝无仅有的,如《丙寅夏五陵云尝荔枝》,而怪奇卑俗的诗题亦仅见《蟆子》1首。

（四）龙泉令淬

接下来再对龙泉令淬(?—1364)的《松山集》做一考察。龙泉令淬,临济宗圣一派,后醍醐天皇的皇子,自幼师从东福寺虎关师炼习禅法、学文艺,是虎关师炼最忠诚的弟子。此外,他亦亲炙雪村友梅、竺仙梵仙,与石室善玖(1294—1389)、梦岩祖应(?—1374)、性海灵见(1315—1396)等为道友。

龙泉令淬是虎关师炼最忠诚的弟子,这可从其诗书文章得到证明。虎关师炼是五山禅林的一代名僧、学问家、著述家,他的《济北集》从文体的角度看,堪称涉及文体最多的,其中包括赋、古体诗、律诗、歌行、偈赞、记、铭、序、跋、辨、书、传、表、疏、话、清言、祭文、论、通衡,以及《原嗔》等论说体。而《松山集》亦收录了偈颂、赋(如《绝交赋》《交难赋》)、书、铭(如《大歇铭》《法雨山钟铭》《一人泉铭》等)、说(如《传照说》《戒菊说》《大树说》《龙松说》《大山说》)等多样的诗文形式,颇像其师一二。此外,《松山集》中的《四友赋宾主探得主中宾》也能说明,龙泉令淬在当时参与了虎关师炼的诗会。

龙泉令淬作为虎关师炼的弟子,为诗作偈,均受虎关师炼的指导和训练,因而多咏物诗,且继承了虎关师炼咏物诗的诗题特征。他的咏物诗题同样涉及虫兽、花草、器具、饮食。虫兽诗题有蟹、鲤、鼠、蚯蚓、蜘蛛、猫、蜗牛、猿、鸥等;植物诗题如枣子、青麦、梨子、青菜、蒿、瓶里菊、棉、胡麻、金钱花、茸、草涧、木笔花等;日用器具及食品、文具有蒲团、锄、针、铁、镰、漆、秤子、纱帐、烛剪、笛、几、羽帚、竹篦、茶瓢、镜、灯芯、文竹管乃至桥、水车、磁石、车等;食品则为酱、盐、豆子、胡饼、豆腐、馄饨;衣装器具如裘、木屐、帽子;自然现象有暴雨、地动吟等。除此之外,还有如洗衣、听琵琶、种梧桐、采蕨、经瓜田偶兴、因溉田示众、修路、春米、调药、糊窗、十月食桃子等与日常生活有关的诗题。

从《松山集》把所有的诗归入偈颂来看,对于龙泉令淬而言,作诗须表达禅旨及悟境,是一种参禅的修为。诗偈不分,这亦与其师虎关师炼完全相同。

（五）梦岩祖应

梦岩祖应与虎关师炼同属临济宗圣一派,和虎关师炼一样继承圆尔辨圆的衣钵。他还是一位博学的藏书家,与虎关师炼一样嗜书如命,曾在东福寺潜溪处谦门下一度升任藏主,但最终选择返乡潜心研读外典。1369年,他到京都为东福寺僧众讲《孟子》。他的门徒中有五山禅林中的著名儒僧岐阳方秀（1361—1424）、东渐健易（1344—1423）、大岳周崇（1345—1423）、惟肖得岩（1360—1437）等。著有《虎关和尚行状》、诗文集《旱霖集》。

《旱霖集》中有鸥、次水仙花韵、红梅、豆甘、牡丹、月、泥路、水滴红梅、春雪、听鸡、促织、月夜、五月菊、雪、红白梅、和雪韵等近20题咏物诗，这些咏物诗在《旱霖集》中占比不小。

虎关师炼、龙泉令淬、梦岩祖应同属于临济宗圣一派，深受派祖圆尔辨圆所创立的宗风影响，法系内部师徒、同门之间的诗歌教学有助于形成创作偈颂、咏物参禅的诗风传统。和韵、次韵的存在即说明了诗歌教学的存在。他们的咏物诗虽多少不同，诗题宽窄有别，但同题现象也比较明显。虎关师炼与梦岩祖应有相同的师承关系，一样嗜好读书，甚至文采相近，从而使得二人的诗文集表现出一些共同的特征。

（六）中岩圆月

中岩圆月，别号中正子、中正叟、东海一沤子，1324年入元，三参古林清茂，嗣东阳德辉法。他不去迎合金刚幢下的以偈颂代替禅修的参禅方法，而是选择了更加入世、带有儒教色彩的大慧派，诗大慧派派祖。他的散文私淑明教契嵩、韩愈，模仿《镡津文集》和《昌黎集》，在诗上崇尚杜甫。有诗文集《东海一沤集》。

中岩圆月与虎关师炼二人均以宋僧明教契嵩为榜样，立志通过著述弘扬禅宗。中岩圆月学问汇通三教，《东海一沤集》中有五卷被收入村上观光编《五山文学全集》第二卷。《东海一沤集》按形式体裁分为古诗、五言律诗、七言律诗、六言绝句、七言绝句、赞、疏、说、上梁文、铭、表、书、记、论、杂文、祭文，以及中正子外篇一至六、内篇一至四等。其涉猎形式体裁之众多，甚至与虎关师炼不相上下。他精通《周易》，善于说理，与虎关师炼同是五山禅林中的学问家、著述家。

但是，中岩圆月与虎关师炼也有不同。中岩圆月曾渡海来华参禅，他的诗与雪村友梅有几分相似，咏物诗也不多，常寄托了个人的情感抱负，与借诗参禅的偈颂有一定距离。

其《题雪寄怀》诗云：

> 蟹步先闻窗外竹，梦敲寒枕响疏疏。
> 红难宿处知灰死，白易生时觉室虚。
> 群玉府开通远近，假银城卖莫乘除。

高楼厌厌谁知冷,肯管寒江独钓渔。①

诗僧由白雪联想到白发,进而感到人生寂寥,高处不胜寒的况味,可以说这首诗旨在抒发诗僧个人的人生感悟、隐逸之志和孤独的心境。

《芡实》是中岩圆月的又一首具有代表性的咏物诗:

芡实真明珠,水只宜宝秘。
厚苞严面皮,森然铖似猬。
儿女不敢近,壮夫勇入水。
恐适骊龙睡,获此何容易。
解包尽底倾,光辉犹未视。
皮壳重累缠,十袭珍如是。
更依炊玉方,剥之烦爪齿。
灿烂始可观,柔软味尤旨。
僧餐忌鸡雁,俗名岂止俚。
侑客予亦嗜,不厌十斛致。
反惧佞谀讥,马援以薏苡。②

芡实是同麦饭一样的琐碎诗题,中岩圆月围绕它不厌其烦地对其水中姿态、收获之难、皮壳之厚、食用方法、味道口感等进行铺叙。整首诗不关乎禅旨,亦少议论。

《题三云樱花》云:

谁裁亿万白银葩,缀点三云一树花。
我亦闻名思慕久,今朝遂志对光华。③

中岩圆月慕名观赏着三云地方的樱花,与临济宗圣一派的虎关师炼、龙泉

---

① 上村观光编:《五山文学全集》第二卷,京都:思文阁出版,1992年,第902页。
② 上村观光编:《五山文学全集》第二卷,京都:思文阁出版,1992年,第890页。
③ 上村观光编:《五山文学全集》第二卷,京都:思文阁出版,1992年,第915页。

令淬、梦岩祖应不同,所作诗不参禅悟道,与偈颂有别。

(七)此山妙在与龙湫周泽

在此山妙在(?—1377)的《若木集》中,仅在杂赋部分存有咏物诗寥寥几首,如听雨、瓦钵、印箱、雪等,都是典型的偈颂。如《瓦钵》诗云:

> 泥土合成功已全,坏模脱却自完然。
> 谁知庚岭①真消息,依旧口开时向天。②

"庚岭真消息"即禅法,全诗字字言禅。

在龙湫周泽(1308—1388)的《随得集》中,咏物诗题较多,包含枫叶无人扫、和咏菊、夜泛湖见月、戏题盆梅呈同门诸友、盆松、梦中咏梅、瓶梅、倚来韵盆夏菊、雪松、次韵盆夏菊、池上幽松、和雪诗、夏菊、题鹰、和瓶枫、风铃、咏雪、盆竹、池鱼、笼鸟、对月有感、红叶无人扫、冬岭秀谷松、影等20余题。数量虽无法与虎关师炼、龙泉令淬相比,但不算少。仅就诗题而言,龙湫周泽的咏物诗题已缩小收窄,相当局限。在虎关师炼、龙泉令淬那里常见的偏狭、琐碎事物已退出诗题。

(八)性海灵见与铁舟德济

在性海灵见的《性海灵见遗稿》中,仅见《蒲团》《莲》2首咏物诗。在铁舟德济(?—1366)的《阎浮集》中,咏物诗题包括瓶梅、假山水韵、败蕉韵、雪韵、西山见红叶、病菊、十月雪、寄梅韵、庭梅、罗汉树韵、芭蕉韵、碧玉池、牡丹、芍药、和篱菊韵、木鹭、瓶梧桐、赞水牛、盆芦等,大多数是前人已经咏过的常见诗题,咏物诗颓势明显。

(九)义堂周信及其后诸僧

五山文学史上最多产、成就最大的诗僧之一义堂周信(1325—1388),是临济宗梦窗派的重要诗僧,别号空华道人。义堂周信自幼研学《法华经》,兼读儒家典籍,后于天台寺院学习台密,1341年转学禅宗,从梦窗疏石处受法衣。义堂周信关注在五山禅林流行的元代金刚幢下的偈颂主义。1344年,他搜集数千首

---

① 庚岭,即大庾岭,俗称梅岭、梅关,在今江西大余县与广东南雄交界处。六祖慧能曾在庚岭传衣钵于惠明。梅关关楼南有"衣钵亭",亭内安放着一尊六祖钵。
② 上村观光编:《五山文学全集》第二卷,京都:思文阁出版,1992年,第1134页。

宋元诸尊宿的五言、七言绝句,编成《贞和集》,在禅林的诗歌教学中产生了广泛的影响。他后来投奔在元亲炙金刚幢下的龙山德见,并师从金刚幢下另一位禅师放牛光林。义堂周信有诗文集《空华集》20卷,是五山禅林中最多产的大诗僧之一。他的诗风是金刚幢下偈颂主义诗风的代表。他与其法弟绝海中津(1336—1405)并称"五山文学的双璧"。

　　义堂周信的咏物诗题有咏汤瓶、咏庭前橘树、次韵咏红梅、和西瓜诗、咏瓶中凌霄藤、节后瓶菊、庭前樱花未开戏答友人、布衲、戏赋木笔花自嘲、落叶有感而作、咏伯仲梅、山茶花、盆中天棘、逐蛙、驱蝇、芋笙、墨、秋月、芦、蕙兰等约20题,但放在义堂周信庞大的诗作中看就微不足道了。在他那里,常见的咏物诗题材如竹、兰、菊、梅等,已经从植物本身化为纸上的小品画。而咏物诗实质上也演变成为题画诗、题扇面、题图诗。如四言诗《蕙兰》,诗题虽与咏物诗无异,而实质上却是一首题画诗:

> 蕙有何好,楚人采之。
> 贵在尔德,不在尔姿。
> 兰有何好,道人写之。
> 隐德弗耀,君子是仪。
> 玉畹之兰,空华之赞。
> 一妍一丑,同幅同观。
> 空华之词,玉畹之蕙。
> 一薰一莸,十年同契。①

　　"同幅同观"说明这是一首题画诗。类似的诗题有画燕、画竹、兰蕙图、铁舟兰②、墨竹、题鱼蟹二画、墨梅、画雀、扇面山水、题扇面、扇面竹、扇面山水、扇面竹雀、山水图、画山水、墨竹图、题山水图、画竹为西云竹侍者题、画龟、扇面桂花、竹赞、题墨红梅,与咏物诗题数量相当。咏物诗的对象由实物向绘画的过渡,证明五山诗僧人文化、吟咏对象不断艺术化的倾向。虎关师炼、龙泉令淬吟咏的实物,主要是兰、竹、梅、山水等士大夫文人所钟爱之物,带有人格、品德意

---

① 上村观光编:《五山文学全集》第二卷,京都:思文阁出版,1992年,第1341页。
② 铁舟兰即铁舟德济禅师所画的兰。

味的题材。自义堂周信起,吟咏之物逐渐移至纸面,变为士大夫感兴趣的小景寸墨。同时,琐碎之题如起居、器具、动物题材,其他如自然题材等亦被弃用。这种咏物诗题的萎缩及文人化,可以说正是其所继承的金刚幢下的偈颂主义——一种更加文人化、士大夫化的文字禅形式影响的结果。

义堂周信后,金刚幢下的偈颂主义风靡五山诗坛,咏物诗题的萎缩与文人化已是大势所趋。如在五山后期侍僧景徐周麟(1440—1519)的《翰林葫芦集》17卷中,《画马》等咏物诗中的题画诗非常引人注目。

第二节 赠别诗题

五山禅林中的另一主要诗题是赠别诗题。赠别诗大体而言包括送别、招归、寄人等。由于参学的需要,寺院之间的交往、中日禅林的交流、禅僧的省亲省师、友社的形成、与俗界的过从,禅林人员往来频繁,特别是以宗派为基础形成的宗派意识,使赋诗送别成为家常便饭,而赠别诗亦成为五山汉诗的重要主题。

(一)天岸慧广与虎关师炼

天岸慧广的《东归集》中有不少赠别诗,如《送同友归径山》《寄龙山见首座催回乡》《寄竺仙藏主在径山》《送僧归蜀》《送感侍者》《送僧省母》等,以上列举的诗作均是天岸慧广在元游学时所作,能够从一个侧面说明天岸慧广在元期间与元僧及日僧之间的交流。

虎关师炼的咏物诗是他汉诗创作中最多、最擅长的诗题,在《济北集》中没有发现一首赠别题材的诗,仅有4篇送行轴序跋收入卷八。送行轴是僧人在远行者临远行时将众僧友为其所作的送别诗装裱后赠予的画轴,不仅能慰藉旅途寂寥,同时还是远行者的一种荣誉,有类似介绍信的作用。送行轴能请虎关师炼这样的禅林名衲作序和跋,自然荣耀倍增。因此,《济北集》中收入送行轴序跋是很自然的。《济北集》中未收入一首赠别诗题,这主要是因为虎关师炼本人几乎足不出户,他的门下亦恪守治学著述弘宗的门风,很少出游,自然而然也就没有制作赠别诗的机会。

(二)清拙正澄

清拙正澄是赴日弘禅的元代高僧,是早期日本禅林的重要指导者之一。清拙正澄的《禅居集》收录的赠别诗多达165首,数量在所有主要诗题中最多。其中包括《奉别松岩和尚》《送缘首座归日本》《胤首座参古林和尚》《仰山艮侍者游岳》《休上人之姑苏》《厚禅人回闽》《彦书记归闽省母觐师》《和古林和尚韵送达藏主》《释上人奔父丧》《煜禅人游岳》《送人礼祖》《礼五祖大医禅师塔》等诗。清拙正澄作为从中国渡日的早期五山禅林指导者之一,与日本各派五山禅僧交往频繁,禅林学僧都以获得他的诗为荣,从他的诗受到鼓舞。他在赠别、送行诗中直接用禅宗的公案、话头入诗,所以赠别诗实则是他临别之际对禅子的一次禅修训练。如其《钦禅人游岳》有曰:

> 獭径桥吞却南岳,你作么生去。
> 选佛场变成东海,你作么生住。
> 若也去得住得,与你半个胡饼。①

他还常在赠别诗中用禅特有的方式对外出参学的禅僧表达期许和祝愿,如《宗禅人之四明巡礼》诗有云:

> 石桥横空水如箭,补陀镇海潮泼练。
> 布袋中藏世界宽,设利光流掣神电。
> 四重关槟一踢开,银山万仞须当摧。
> 虾蚕蚯蚓过东海,青天白日飞云雷。②

该诗是对行将到四明巡礼参访禅寺的晚辈后学的赠别之语,但诗中没有一语不是机关,没有一句关涉惜别之情,整诗用禅语祝福即将踏上行旅的宗禅法师,没有沾染一丝一毫的社会习气。通篇节奏间不容发,充溢参禅者破除一切悟障一冲九霄的豪情壮志。再如《益上人礼祖》云:

> 千年壁根断贯索,拈起赠君去行脚。
> 列祖风规气凛然,好把髑髅尽穿却。

---

① 上村观光编:《五山文学全集》第一卷,京都:思文阁出版,1992年,第410页。
② 上村观光编:《五山文学全集》第一卷,京都:思文阁出版,1992年,第414页。

穿却后如何,放下著。①

虽然赋诗送人,但是句句关乎说禅宗宗旨和如何悟道的谆谆教诲。但是,送别与自己相处多日的道友、法子法孙,萌生不舍也是人之常情。如《真知客归灵岩》云:

自身是客自家知,笠向吴天雪正飞。
千古馆娃宫畔寺,百花深处一僧归。②

真知客前来游学,清拙正澄题诗送归灵岩。冒着冬雪出发,待归灵岩时已是春暖花开,一句"百花深处一僧归"无不透露出清拙正澄对旅途艰辛的体恤之情。

《奉别松岩和尚》诗云:

隐庐老人八十五,天下宗师难比数。
凤皇留瑞景星明,四海禅流争快睹。
一庵稳卧香溪旁,电光烁烁双瞳方。
金圈栗棘戏抛掷,吞透未得徒奔忙。
伊子晚学惭多惧,一载相依蒙顾遇。
愿使高年过赵州,永与人天作依怙。③

在送别松岩老禅师之际,清拙正澄赞扬禅师的声望德行与禅悟,表达他对前辈的敬畏,感谢他对自己的照顾和知遇之恩。

又如《释上人奔父丧》,在上人启程奔丧之际,提醒他超越丧父之痛,坚持修为。云:

多生恩义大智海,至亲父子清净缘。

---

① 上村观光编:《五山文学全集》第一卷,京都:思文阁出版,1992年,第415页。
② 上村观光编:《五山文学全集》第一卷,京都:思文阁出版,1992年,第449—450页。
③ 上村观光编:《五山文学全集》第一卷,京都:思文阁出版,1992年,第401页。

生死去来勿交涉，一花寒雪下炎天。①

综上所述可见，清拙正澄的赠别诗大量使用禅语，贯穿禅理的说教，是一次和将要远行的禅僧之间共同达成的禅修活动。他在诗中能站在佛家超脱人间生离死别的立场上，临别前叮嘱禅僧不忘自己的悟脱生死的远大志向。但是仔细体味下来，他的赠别诗中仍有非常隐晦的人情温暖。以清拙正澄为代表的从元、明去日的高僧，借助于赠别诗，力图在五山禅林中确立一种纯粹的参禅环境，并体现禅僧应坚持的以参悟为目标的人际关系，力图避免社会风习，以及世俗意义上的友情和亲情。

（三）雪村友梅

早期禅林著名赴元日僧雪村友梅有外集《岷峨集》，其中收入了大量赠别主题的诗作，包括《送春翁赴集贤》《雪山吟留别锦里诸友》《寄别李公叔》《和鹤野相公送行韵二绝寄笔》《和太虚半云二兄之韵送别山之归吴》《送开先腴知客游峨眉》《送海禅人礼祖归乡》《送吉州祐兄》《赠李以正李元夫归乡》《留别东州雪》《中秋留别觉庵无文》《一绝谢觉庵送行之什》《留别柳君》《送康乐翁还以简于故友》《钱畅府判之淮安》，共计15首。这些赠别诗少有说禅旨、谈悟境的，相比之下更关注与友人的情谊、对友人美德洁行的赞美、诗人自己的人生感悟，也表达了诗人对世事的失望与对隐逸、神仙世界的向往等。

《和太虚半云二兄之韵送别山之归吴》诗云：

乌藤收远兴，白眼盖稠人。
风月空千首，乾坤只一身。
冷交情淡淡，惜别语频频。
何处暂携手，莺啼楚柳春。
湖海堂堂阵，非君孰可寻。
不谈今世事，足见古人心。
贝锦囊中句，焦桐指外音。
孤山应听我，扣角月边吟。②

---

① 上村观光编：《五山文学全集》第一卷，京都：思文阁出版，1992年，第451页。
② 上村观光编：《五山文学全集》第一卷，京都：思文阁出版，1992年，第545页。

诗中塑造出了一个不与俗接、好古隐逸、苦吟佳句的僧人形象，把与两位知音临别之际的殷殷别愁写得精致细腻。但亦有如《送开先瘦知客游峨眉》者，其诗云：

> 我侬游山被山苦，欲住不住心未主。
> 上人游山得山娱，欲行便行休踌躇。
> 乾坤阔日月干，蜀江急峨山嵌。
> 峨山嵌哉。
> 界天壁立千万丈，大鹏侧翅飞不上。
> 尘埃野马何苍苍，呼吸风霆俯星象。
> 钉馔群峰如核盘，雪岷银色冰阑珊。
> 五月行人冻如蚁，令人一咏心先寒。
> 云栈崖梯联复绝，沙罗花绽天香泄。
> 轮光五彩湛浮岚，夜壑神灯自明灭。
> 象王屡回旋，仙圣多游歇。
> 我侬昔被耳根瞒，亲往曾添眼中屑。
> 至今安忆发嗟吁，着甚来由空掣掣。
> 上人猛利，以楔出楔。
> 枯藤未离瀑岩前，千里万里一条铁。
> 贼来须打客来看，座断大方方始瞥。①

开篇突出自己与知客未悟已悟之别，继之借用苏东坡的诗渲染峨眉山的险峻和游山之难。曾慕名前来登峨眉，却为山苦，感慨修行不足。通篇在对比中赞扬对方的禅境和德行。再如《送吉州祐兄》云：

> 半年同饮虎溪水，不谈玄妙是甚底。
> 时把杨岐栗棘蓬，对人唤作庐陵米。

---

① 上村观光编：《五山文学全集》第一卷，京都：思文阁出版，1992年，第545—546页。

> 天上天下兼东西,追风木马①黄金蹄。
>
> 佛祖不曾行得到,新行一步超阶梯。
>
> 莫莫莫,休休休,渠侬岂是寒拾流。
>
> 明年此日遥相忆,我归东海君西行。②

诗中引用了"说似一物即不中""庐陵米价"等公案和追风木马等上堂语,通篇说禅。但雪村友梅所作的更多的是《留别东州雪庭》这样的俗题,诗云:

> 落叶萧萧雁数行,西风砧杵夜窗凉。
>
> 天涯何可三人得,海国同归一梦长。
>
> 别恨颇禁缘客惯,诗肠屡搅未情忘。
>
> 明朝兴发青鞋底,无限好山烟霭苍。③

综上所述,雪村友梅的送别诗虽亦有用禅语、说禅理、示禅悟的,但是总体呈现出士大夫影响下的俗题赠别诗的特点。换而言之,雪村友梅的赠别诗与禅僧别,则能语禅,与士大夫接,则能惜俗缘。

(四)龙泉令淬

在龙泉令淬的《松山集》中,赠别诗仅有寥寥几首。与咏物诗题相同,龙泉令淬在创作赠别诗时亦受到虎关师炼的影响,临别时赠以禅旨,祝前程远大,继承了浑厚的诗风。如《送浙禅行》诗云:

> 不用襟期在悟由,作家未必打闲游。
>
> 娘生脚指须遮护,何处岭头无石头。④

上联安慰远行者不必去执着坐禅这一悟脱法门,远游亦可通禅悟。下联以禅宗的话语方式暗示游参亦能悟出禅旨的道理。告诫浙禅师应在旅途中留心

---

① 追风木马,源出风穴岩昭禅师上堂语,其中有曰:"问'如何是佛'。师曰'嘶风木马缘无绊。背角泥牛痛下鞭'。"

② 上村观光编:《五山文学全集》第一卷,京都:思文阁出版,1992年,第551—552页。

③ 上村观光编:《五山文学全集》第一卷,京都:思文阁出版,1992年,第557页。

④ 上村观光编:《五山文学全集》第一卷,京都:思文阁出版,1992年,第578页。

处处皆在的禅机,不可为游而游,忘记参悟本业。又如《送僧归信州》云:

> 无孔铁槌当面掷,几人冷地着工夫。
> 玄沙不出飞猿岭,枣子①从来在信都。②

诗中末句告诫归僧回到信州以后仍须精进参悟。而龙泉令淬的留别诗如《留别凉藏主》等则透露了眷恋之情,其诗云:

> 顽云一片本无机,且伴清风到翠微。
> 暮色悠扬合不得,分飞又自旧途归。③

诗的前半部分以了无挂碍的云比喻藏主的高洁操行和禅悟境界。以"顽云"比喻欲留凉藏主而不得,赞美藏主参禅心切精进求道,表现龙泉令淬隐晦的惜别之情。

龙泉令淬的赠别诗中有语带戏谑者,如《戏送满禅者行》诗云:

> 秋院深沉白露连,扬尘甑里似无年。
> 近来欲去欠装具,分我草鞋些子钱。④

诗中自嘲虽想同去参游,却穷得无钱买双草鞋。同时,亦有表现自己一无所有、无挂无碍的心境之意。

(五)竺仙梵仙

竺仙梵仙是从元赴日弘禅的重要高僧,作为在日本禅林创立初期发挥指导作用的禅师之一,他与清拙正澄一样,在日期间留下不少送别诗。《天柱集》中收录了他创作的24首赠别诗。竺仙梵仙的赠别诗亦与清拙正澄等同调,多以禅

---

① 系换骨禅宗五祖法演上堂答僧问:"祖师道:'吾本来兹土,传法救迷情。一花开五叶,结果自然成。'达摩大师信脚来,信口道,后代儿孙,多成计校。要会开花结果处么。郑州梨、青州枣,万物无过出处好。"
② 上村观光编:《五山文学全集》第一卷,京都:思文阁出版,1992年,第589—590页。
③ 上村观光编:《五山文学全集》第一卷,京都:思文阁出版,1992年,第606页。
④ 上村观光编:《五山文学全集》第一卷,京都:思文阁出版,1992年,第583页。

语说教禅理,祝远大,同时表现出克制的不舍之情。竺仙梵仙的赠别诗轻快自由,变换自在,有如信口道出。如《对花送小师裔楚侍者》诗云:

> 我有一句语,未吐汝已会。
>
> 不似十九年,抄向纸衣内。
>
> 别我事远游,壮志不可留。
>
> 安将六州铁,打作万里钩。
>
> 乌骓之马不可驻,象龙蹴踏奚肯住。
>
> 到头浩荡沧海波,何如阔远青天路。
>
> 何日重来归,与子语细微。
>
> 不堪今日别,对此花芳菲。①

"安将六州铁,打作万里钩"即勉励侍者游学当牢记参禅的使命,并与之相约后会有期,以论道相期。

(六)别源圆旨

别源圆旨,曹洞宗宏智派,16岁受戒后参赴日宋僧东明慧日。27岁入元,参保宁寺古林清茂,入金刚幢下,深受偈颂主义禅风的影响,精进于作偈悟道。遍参元朝中峰明本、灵石如芝、古智庆哲、竺田悟心、绝学世诚等尊宿逸僧。他与中岩圆月、不闻契闻等结为文友。其《东归集》《南游集》中约有24首赠别诗。他的赠别诗与天岸慧广、清拙正澄、竺仙梵仙相比已有些许不同,虽不忘嘱咐禅事,但也不再去抑制所谓的世俗情义。如《送署禅人归奥州省亲》诗云:

> 福山同夏三千佛,陆奥成行五六人。
>
> 已毕大方参学事,又归家里见双亲。②

"已毕""又归"突出了归家省亲的轻快心情。再如《送菊藏主之京》云:

> 鹫峰鹿苑事如何,飒飒凉风落叶多。

---

① 上村观光编:《五山文学全集》第一卷,京都:思文阁出版,1992年,第679页。

② 上村观光编:《五山文学全集》第一卷,京都:思文阁出版,1992年,第764页。

撒出摩尼千百颗,草鞋跟底照山河。①

飒飒凉风颇让人感到前途冷寂,别源圆旨欲撒出满天闪烁的星星,照亮菊藏主的旅途。比起劝诫与规祝,更突出了对藏主旅途的牵挂、温情寄语。再如《送伟上人归越》云:

共处窝中寂寞滨,尝过万苦与千辛。
淡交宁为利名走,同志只于道义亲。
北越秋云迷去雁,东关晓月照行人。
因君千里动乡念,古寺闲房卧病身。②

尾联表现了在伟上人因为思乡而归越之后,剩下诗僧抱着病体一个人在古寺修行的孤寂心情。在禅林赠别诗中并不忌讳表达道友之间的情谊。再如《送僧之江南》一诗,与俗世的临别赠诗已没有什么不同。其诗云:

闻兄昨日江南来,珣弟今朝江南去。
故人又是江南多,况我曾在江南住。
江南一别已三年,相忆江南在寐寤。
十里湖边苏公堤,翠柳青烟杂细雨。
高峰南北法王家,朱楼白塔出云雾。
雪屋银山钱塘潮,百万人家回首顾。
南音北语惊叹奇,吴越帆飞西兴渡。
我欲重游是何年,送人只得空追慕。③

全诗不用禅语,不说禅理,亦不勉励精进禅事。诗中通篇如数家珍般地追忆中国江南的名物美景——十里苏堤、钱塘观潮、细雨翠柳、南北二峰、朱楼白塔,以及港口贸易兴盛、南人北人如织的情景。句末将欲同去重游江南而不得

① 上村观光编:《五山文学全集》第一卷,京都:思文阁出版,1992年,第764—765页。
② 上村观光编:《五山文学全集》第一卷,京都:思文阁出版,1992年,第767—768页。
③ 上村观光编:《五山文学全集》第一卷,京都:思文阁出版,1992年,第769页。

的惆然心情表达了出来。

（七）梦岩祖应

梦岩祖应与虎关师炼相同，几乎没有送行诗。据笔者调查，其《旱霖集》中仅载赠别诗2首，亦与别源圆旨相似，说禅渐少，语多关情，多用外学典故，显示了其传承自虎关师炼一派的重视学问的特征。其《送一侍者》云：

> 防州一侍者，夙若有深因。
> 会面长清眼，淡交忘赤贫。
> 乾坤俱是客，逆旅孰非宾。
> 倏暑骤寒外，时贯松与筠。[①]

颈联一真一俗，是全诗之眼，尾联以士人君子之操守相勉励。

（八）中岩圆月

中岩圆月是五山禅林最重要的作家之一。其《东海一沤集》中仅有赠别诗7首。如《送泽云梦》诗云：

> 乾坤干戈未息时，氛埃眯目风横吹。
> 饿者转死盈道路，荒城白日狐狸嬉。
> 我问乐土在何许，一身可以安栖迟。
> 固欲适他无所适，之子先我将何之。
> 仓卒告别难为情，袖出剡藤索吾诗。
> 浮云流水无定迹，再得会合诚难期。
> 久厄艰危我羸卧，磨墨挥毫皆不为。
> 感君拳拳有厚意，勉强起来拂乌皮。
> 惜君学道不日成，如何早离金仙师。
> 想君似我乏供给，不得已故得相辞。
> 望君此去逢佳境，招我薯蓣同充饥。[②]

---

① 上村观光编：《五山文学全集》第一卷，京都：思文阁出版，1992年，第806页。
② 上村观光编：《五山文学全集》第二卷，京都：思文阁出版，1992年，第883页。

　　时年正值战乱,社会动荡,禅僧的生活亦遭遇困难。中岩圆月目睹了生灵涂炭,发出居无所安、食不果腹的悲叹,对前途流露出悲观的情绪。他在送别为活命而转投他处的泽云梦时,祝愿他能有好运,并寄望能分食与己。全诗不仅不涉及禅道,亦不用禅旨超脱现实困境,哀叹连连,甚至有乞食之相,但作为禅林中的赠别诗十分特别。

　　又如其《招友》诗云:

> 胡为百沸汤,辊辊烹吾肠。
> 谁将此一日,延成万仞长。
> 长日且难遣,肠热何可挡。
> 山深人不见,积雪压春阳。
> 粗识天之命,否塞宜括囊。
> 动辄心猿燥,去就误行藏。
> 止之勿复道,中心孰与商。
> 悠悠望君来,君来我何伤。①

　　中岩圆月在诗中历数其肉体的痛苦与处世的困顿等现世烦恼,他渴望友人能倾听他的哀诉,和他共商如何出世和入世。与上诗相同,中岩圆月仍在诗中直接暴露内心的纠结、苦恼。综上所述,中岩圆月在赠别诗中不去避讳言及内心的悲戚和对生活艰辛的嗟叹,从而有别于禅林诗的正体,这在当时及更早的禅林中都是非常另类的。

(九)此山妙在

　　此山妙在的外集《若木集》约有赠别诗72首。此山妙在的赠别诗有不少排律、杂言,亦有四句,形式自由。如《宝玉堂回沃洲》云:

> 八月秋,何处热。
> 青天绝片云,万里一条铁。
> 翻②身拶透祖师关,一句分明无两般。

---

① 上村观光编:《五山文学全集》第二卷,京都:思文阁出版,1992年,第887页。

② 原文"番",上村观光《五山文学全集》本有旁批"翻欤"。

草鞋跟底乾坤阔，无边刹境眉睫间。
谁知上人操履别，德山临济不同辙。
生逼金毛师子儿，等闲吞却天边月。
是亦除兮非亦划，脚头归路直如弦。
月在沃洲山上，人归剡水溪边。①

他用禅语道禅理，赞宝玉堂上人的禅境与操行，最后一对即是说上人禅悟脱落而能静守隐遁，赞其高行。再如《友人归乡》云：

合磵桥边送别时，秋风分袂各东西。
明朝归到家山日，记取寒猿月下啼。②

诗中以秋风含蓄衬托衰飒，叮咛友人勿相忘，以月下啼猿自指，皆语有节制，与清拙正澄、竺仙梵仙的赠别诗同调。

（十）龙湫周泽

天龙寺龙湫周泽有《随得集》，其中收录了 12 首赠别诗。整体而言与此山妙在相似，禅语、诗语并用，禅理、俗情兼说。如《送侍者归省》云：

秋来望见白云飞，万里金飚卷纸衣。
我恐龙门无上客，殷勤临别赠当归。③

龙湫周泽的侍者见白云而思乡，欲返京城，龙湫周泽以纸衣代指侍者，形容禅僧的清寒。他告诉侍者，京都虽是龙门帝阙，却未必有能与其共同谈禅者，意在请侍者速归。再如《送侍者隐居二首》诗云：

三唤声中已透关，名珪还愧落人间。
知君此去事韬晦，孤负南阳莫负山。

---

① 上村观光编：《五山文学全集》第二卷，京都：思文阁出版，1992年，第1103页。
② 上村观光编：《五山文学全集》第二卷，京都：思文阁出版，1992年，第1111页。
③ 上村观光编：《五山文学全集》第二卷，京都：思文阁出版，1992年，第1212页。

得旨古人皆退藏,良哉侍者亦韬光。

山间林下多岑寂,慈明昔日遇汾阳。①

侍者欲离开禅寺隐遁山中,临行之际,龙湫周泽叮嘱其莫忘初心。

(十一)铁舟德济

万寿寺铁舟德济的遗稿《阎浮集》收录了《送一庵维那之京》《送海翁书记》《送独翁书记》《重押韵送首座》《同韵送愿无畏》《送幸侍者之临川》等赠别诗近40首。如《送欢登侍者》云:

学道参禅要丈夫,贪观何事自区区。

光阴如箭实堪惜,大法悬丝谁肯扶。

万里风高持虎策,千岩水冷洗龙盂。

他时若约集云下,东掣西提莫负吾。②

铁舟德济告诉侍者,参禅学道要有大丈夫的气度胸襟,坚持弘法的理想,不为区区小事而乱心,此去虽山水相隔,但正好可以精进悟参,重逢之时也就是悟道之日。全诗着眼禅宗大事,慈严温雅。诗本身用禅语而不伤诗体,同时在诗形、诗语、押韵上达到很高水平。再以《送游山僧》为例:

病身未得遣幽怀,老朽难期逐杖鞋。

更入深云攀险否,还疑微雨湿衣来。

岳灵捧足苍崖际,海若负囊白浪堆。

一日盘桓唯寂寞,山中何处有三杯。③

铁舟德济在送别游山僧之际,首先表达欲追随而去,却因病体无法同往的遗憾。"更入""还疑""岳灵""海若"两联对仗整饬,用典工巧,格高韵远。尾联表达别后自己寥落的心情和对山僧的思慕。内容、形式均达到圆融高超的境界。

---

① 上村观光编:《五山文学全集》第二卷,京都:思文阁出版,1992年,第1180页。

② 上村观光编:《五山文学全集》第二卷,京都:思文阁出版,1992年,第1318页。

③ 上村观光编:《五山文学全集》第二卷,京都:思文阁出版,1992年,第1321页。

再如《送荣上人之相阳》诗云：

> 老来不得故乡愁，卧在烟萝万事休。
> 林下道人若相问，烦君须是一低头。①

　　该诗首先诉说步入老境而无以归乡的愁绪，继而表达胸无挂碍的心境，说明他能消解内心愁苦。下联通过夺胎换骨"洛阳朋友如相问，一片冰心在玉壶"句，淋漓尽致地表现出悟道者通达、淡泊的心境。可见铁舟德济的赠别诗在形式方面严整圆融，于内容上又体现严温相济、禅俗兼备的胸怀。诗禅两不相伤，几臻赠别诗的至境。

　　（十二）义堂周信

　　南禅寺慈氏院第一世义堂周信的《空华集》是一部20卷巨制，卷一至卷七按形式体裁逐次是：卷一，古诗、歌、楚辞、四言绝句、五言绝句、六言绝句、七言绝句；卷二至卷五，七言绝句；卷六，五言律、五言排律；卷七至卷九，七言律；卷十，七言律、七言排律。诗作数量冠绝五山禅林。据笔者统计，《空华集》中有赠别诗257首，数倍于他之前的诸位诗僧。如《兰室歌赠妙上人东归》云：

> 维兰有德兮，君子仪之。
> 纽为余佩兮，粲其陆离。
> 草木臭味兮，入室者谁。
> 曰梅曰菊兮，维蕙及芝。
> 伯兮仲兮，如埙如篪。
> 淡交未艾兮，遽言仳离。
> 秋风袅袅兮，江水弥弥。
> 众芳摇落兮，岂不尔思。
> 采采瑶草兮，东海之涯。
> 德音弗爽兮，岁晚为期。②

---

① 上村观光编：《五山文学全集》第二卷，京都：思文阁出版，1992年，第1299页。
② 上村观光编：《五山文学全集》第二卷，京都：思文阁出版，1992年，第1339页。

义堂周信以"兰室"命名明窗妙上人,作"兰室歌"以嘉许他的德行,寄望远大,不用禅语,不道禅旨,是道地的士人诗。如《和建长实翁送岳侍者奔本师丧》有云:

> 侍者参得禅了也,洪波溺杀白头师。
> 荷锹今日向何处,烟际暮山青上眉。
> 报恩只在负吾时,何必重寻落发师。
> 火后茎茅收拾了,归来一展巨峰眉。[①]

侍者奔本师丧,义堂周信以禅宗的言说方式在青山烟霭中,曲折地表达对逝者的惋惜与尊敬,平抑侍者与自己心中的悲伤。第二首则词严旨允,以禅旨劝诫侍者,祝前程远大,意志昂扬。另有《送荣侍者之京》云:

> 少小离京辇,蹉跎已十年。
> 东游踪未定,北望梦频牵。
> 萱草秋霜底,紫荆春雨前。
> 送君增感慨,归鸟暮翩翩。[②]

此诗把少年的乡关之思写得克制而深沉,亦将个人的感慨咏入诗中,表现出其感情细腻、柔软的一面。这首诗体现了义堂周信的赠别诗风。再如《送昭云章归京》云:

> 白社三生梦,青云万里心。
> 壮怀春水涨,归思夕阳沉。
> 辇寺花如海,柴门竹作林。
> 岁寒容可话,他日更幽寻。[③]

---

① 上村观光编:《五山文学全集》第二卷,京都:思文阁出版,1992年,第1350页。
② 上村观光编:《五山文学全集》第二卷,京都:思文阁出版,1992年,第1504页。
③ 上村观光编:《五山文学全集》第二卷,京都:思文阁出版,1992年,第1504页。

首、颔、颈三联，对仗工稳，意蕴悠长，语不凝滞。青云万里心，以青云譬僧，万里心喻归京之志，白社三生梦，则叮咛勿忘同参之友谊，惜别、珍重之情于这一对中被委婉深沉地表达出来。

义堂周信曾在《赠秀上人诗叙》中道出赠别诗的规范：

> 凡赠答诗先须审其人，曰僧俗，曰名氏，曰居处，以至年之老少，德之厚薄，而后作可也。唐能诗者无若杜子美。开元天宝间，与李白齐名，时称李杜。杜之集中，有春日忆李白诗云：白也诗无敌，飘然思不群。其白也云者，指言李功名也。诗无敌云者，理工才之豪也。渭北乃子美居处也。江东乃白之所寓也。春天树也，日暮云也。并叙其诗思也。由是，诗家以云树为美谈，岂非名士居处审而作者乎。予顷见僧中不学之徒，有就人求诗赠其友者。没其名匿其居而弗显。作诗者置而弗问。辄题其端曰赠人，曰答人，未知其人果僧耶俗耶，其居果东乎西乎。既不审其名氏居处，况其年乎，况其德乎。故其诗之与人弗合。诗言僧而其人俗者有之，其人居东而诗言西者有之，吁，固哉。法姪一上人。有怀其友秀公，言志而赠言。同作者，凡四十三人，皆云树之流亚也。一上人者字以清，俗姓源氏，常州华族也，自幼为僧，年甫十八。见居相之鹿寺而习禅，时诵杜诗。以为歌颂之姿。[1]

这从其如下诗可以一一得到印证，如七言律赠别诗《送雨花岩游关寺》云：

> 空华影伴雨花岩，聚散胡为北又南。
> 壮气君方秋凛凛，荒颅我已雪毿毿。
> 长竿径欲鳌头掣，赤手终难虎穴探。
> 去去莫愁关路险，人间何处不崤函。[2]

首句使用"缘语"，空华自谓，雨花岩指人，将二人巧妙隐入句中。"秋凛凛"

---

[1] 上村观光编：《五山文学全集》第二卷，京都：思文阁出版，1992年，第1648—1649页。另，着重号为笔者所加，以下同。

[2] 上村观光编：《五山文学全集》第二卷，京都：思文阁出版，1992年，第1560页。

则道出送别时节是萧瑟的秋天,正所谓"已审其人"。同时时节也得到申明。又如《送俊上人归信阳》云:

> 汝师今代僧中月,光彩辉辉映万星。
> 听法政宜勤入室,催归何事更趋庭。
> 马嘶晚塞霜啼逸,龙跃春湖雨气腥。
> 得意重来须及早,搏扶万里上青冥。①

僧俗身份、人之德行、离别时节等,均在诗句中说明。再如《送僧之天龙》《送木禅择侍者辞师归东州》等亦无不如此。

送僧之天龙

> 去年作客龟峰寺,回首依依心未降。
> 方丈老人双眼碧,云居尊者两眉庞。
> 岚侵几席山当户,润透经书水近窗。
> 此日海东还送汝,梦随归雁度长江。②

送木禅择侍者辞师归东州

> 妙喜曾参择木禅,君今有意慕前贤。
> 高山仰止须登顶,故国归欤莫恋毡。
> 苜蓿秋深霜漠漠,蒹葭露冷月娟娟。
> 而翁八十颜如玉,及早归来续断弦。③

(十三)绝海中津

绝海中津的《蕉坚稿》辑录了他在明和在日期间创作的五言律诗、七言律诗、五言绝句、七言绝句、疏、序、书、说、铭、祭文等诗文。从其作品来看,绝海中津的赠别诗只有五言律诗和七言律诗,诗体集中于近体律绝,因此较他之前的

---

① 上村观光编:《五山文学全集》第二卷,京都:思文阁出版,1992年,第1575页。
② 上村观光编:《五山文学全集》第二卷,京都:思文阁出版,1992年,第1580页。
③ 上村观光编:《五山文学全集》第二卷,京都:思文阁出版,1992年,第1598页。

赠别诗形式更加整饬。其中《呈真寂住庵和尚》《呈湛然静者并谢画》《送良上人归云间》《来上人归姑苏觐亲》《送俊侍者归吴兴》《赋山水图赠无外归瑞麃》《送菊上人入京》《送光侍者》为五言律诗,计8首。《春日寻北山故人》《送赵鲁山山人自钱唐归越中旧隐》《送云上人归钱唐》等七言律诗,计17首。

《呈真寂住庵和尚》是一首留别诗,其云:

> 不堪长仰止,渚上寄高踪。
> 流水寒山路,深云古寺钟。
> 香花严法会,冰雪老禅容。
> 重获沾真药,多生庆此逢。①

较之义堂周信,绝海中津的赠别诗显得更加含蓄,有一种古雅深沉的美。特别是"流水寒山路,深云古寺钟"与"香花严法会,冰雪老禅容"额、颈两联,浑然道出住庵和尚的洁行容止。《送赵鲁山山人自钱唐归越中旧隐》诗云:

> 若耶旧隐白云中,布袜青鞋归意浓。
> 已有清名高百粤,更令秀色满千峰。
> 柴门久掩藤遮壁,溪路重开云满松。
> 别后相思何处寄,月明唯有渡江钟。②

同样,人与自然两相交融,惜别之情款款而出。再如《送人之相阳》云:

> 西州虽好战尘黄,千里相阳归兴长。
> 衣衫盛花兼贝叶,单持滤水挂纱囊。
> 禅心惯看海天月,客意初惊山路霜。
> 到日诸昆如问我,倦怀不似昔清狂。③

---

① 上村观光编:《五山文学全集》第二卷,京都:思文阁出版,1992年,第1905页。
② 上村观光编:《五山文学全集》第二卷,京都:思文阁出版,1992年,第1916—1917页。
③ 上村观光编:《五山文学全集》第二卷,京都:思文阁出版,1992年,第1920页。

不说禅旨,但道法谊。真挚清雅,语切意浓。词虽淡雅而有秀色,意虽含蓄而能雄健。不得不说,绝海中津的这些诗是五山汉诗赠别诗的最高峰。

(十四)古剑妙快

古剑妙快,生卒年不详,建仁寺禅师,其遗稿《了幻集》中的赠别诗重新回到清拙正澄、竺仙梵仙以说禅旨、表悟境、用禅语为主的风格上来。如其《送知客回紫阳》诗云:

> 入门须是辨来风,未放东山线路通。
> 别夜还乡歌一曲,落梅香动月明中。①

同时,在风格上,古剑妙快的诗亦显得灵活和随意。如其《送中侍者省亲》云:

> 三呼声外忘知觉,顿解多年烦恼缚。
> 一曲高歌归去来,玉麟掣断黄金索。
> 父母非我亲,灵机洞照廓。
> 诸佛非我道,顶门眼三角。
> 岚山雪霁月茫茫,春风漏漏梅花香。
> 的的西来好消息,一指头上提宗纲。
> 说与云中旧,面南看北斗。
> 更问事如何,明明三八九。②

这首诗在七言和五言之间切换自如,使诗的韵律飞逸灵动和无拘无束。古剑妙快的赠别诗几乎都是古体诗,与义堂周信和绝海中津以律绝为主的赠别诗有很大不同。

(十五)惟忠通恕等禅僧

南禅寺惟忠通恕(1349—1429)在当时禅林诗名甚隆,其外集《云壑猿吟》收录古诗3首、五言律诗31首、五言绝句18首、七言律诗52首、七言绝句330首,

---

① 上村观光编:《五山文学全集》第三卷,京都:思文阁出版,1992年,第2134页。
② 上村观光编:《五山文学全集》第三卷,京都:思文阁出版,1992年,第2153页。

以及六言诗3首。

心华元棟(1339—?)从义堂周信和惟忠通恕处学习诗文,据太白真玄(1357—1415)禅师的《次心华上人韵呈道元首座并序》:"定惠心华上人,独步之才,故天下桃李之士,悉竞游其门。"①且他手不释杜诗,并作杜诗抄《心华臆断》。但很可惜,在其遗稿《业镜台》中并无收录他的诗。

太白真玄,以四六文见长,他的四六文与当时心田清播(1375—1447)的诗、惟肖得岩的文有独步禅林之势。但他的《鸦臭集》亦无收录诗作,全部是四六文。

愚中周及(1323—1409)的《草余集》有赠别诗《赠友上人告别》《送育禅人》《送宗海首座》《送宗海首座》《送人之远江》等9首,所占比重极小。他的赠别诗属于偈颂本色,用禅语说禅悟。如《赠友上人告别》云:

> 钟无鼓响鼓无钟,声不曾来耳亦聋。
> 梦作金兰依玉树,天明仍旧一愚中。②

但《送人之远江》亦露出别恨的端倪,云:

> 二月未晴正月雨,梅花落尽不开窗。
> 更无一法为君说,且喜寻师到远江。③

仲芳圆伊(1354—1413)的《野桥梅雪图诗序》曾总结了当时五山禅林中赠别诗的作法规范,其文云:

> 凡朋友之相投赠也,以文以诗,称扬导谕,讬物借譬,其可观者相
> 望于册,浩汗不可概论焉。然而审夫意之所寓,大率不出规祝之间焉
> 耳。盖责善于其始,而颂美于其终之义也。景易谦岩翁三昧游戏之
> 余,好吐惊人之句,虽古之三高僧,亦不可多让也。自作野桥梅雪诗,

---

① 上村观光编:《五山文学全集》第三卷,京都:思文阁出版,1992年,第2231页。
② 上村观光编:《五山文学全集》第三卷,京都:思文阁出版,1992年,第2277页。
③ 上村观光编:《五山文学全集》第三卷,京都:思文阁出版,1992年,第2287页。

使工图焉。①

这段话可以说很好地概括了禅林赠别诗的主旨。

综上所述,关于五山禅林的赠别诗题,清拙正澄、竺仙梵仙代表着说禅、归祝,不染俗念的一路。雪村友梅因交往接触元代的士大夫,赠别诗几乎没有言禅说道的,走的是当时元代赠别诗赞其德行、学识的一路。中岩圆月的赠别诗最为独特,往往直说心中的愤懑惆怅。义堂周信的赠别诗继承了互祝远大这一支脉,但又不似清拙正澄那样通篇用禅语充塞,追求的是中正刚健的诗风。铁舟德济与绝海中津的赠别诗达到了极高境界,将祝福与诗美最好地结合。

此外,赠别诗题在不同阶段和不同诗人身上,往往存在主旨上的差异。以省亲、悼亡诗为例,义堂周信谨遵佛门立场,临行时无不嘱咐其依宗规,不恋俗情,以悟道本业为重。悼亡诗往往用禅宗义理超越悲痛。相比之下,惟忠通恕强调奉亲之孝、失怙之痛、云游之苦、思友之愁、隐居之寂,滞于伤情之一途。诗风纤弱阴柔,无义堂周信阳刚厚重、乐天守道。与绝海中津的清雅峭绝、雄大宏壮、蕴藉有节相比,惟忠通恕的诗多是宫廷小调、野僧艳诗。虽与绝海中津同备骚心诗兴,却趋向两分。这些赠别诗中显现出的不同,其实是五山禅林正在发生深刻变化的表现。

第三节 题画、节日及其他诗题

一、题画诗题

题画诗,即题在绘画上的诗,往往就绘画中的内容发挥、展开。菩萨、佛、神、仙、历代高僧、历史人物逸话、动植物、诗境等是画(轴、图)的主要题材。其中菩萨、高僧是五山禅林早期题画诗的主流。随着时间的推移,禅僧生活方式发生变化,禅林中诗禅关系演进,加之当时中国僧俗文化的影响,以中国诗史上的其人、其事、其诗为典故而制作的图画,逐渐成为题画诗的主流,题画诗随之大量涌现,构成五山汉诗的一大诗题。

---

① 上村观光编:《五山文学全集》第三卷,京都:思文阁出版,1992年,第2511页。

　　五山汉诗的早期诗僧天岸慧广、虎关师炼等外集中已经出现题画、题扇面等诗作，但其中世俗主题的题画诗极其有限，其中包括中国禅僧常吟咏的《潇湘八景》画题。随着中国文人士大夫的审美生活在五山禅僧中的影响不断扩大，题画诗不断增多，咏物诗题从吟咏实物不断向题画诗题转变。题画诗最早集中出现在西胤俊承（1358—1422）的外集《真愚稿》中。西胤俊承是相国寺云松轩开基，法讳俊承，道号西胤，早年出家，与鄂隐慧奯（音"或"）（？—1425）同嗣绝海中津法，擅长文藻，以诗偈名闻丛林。1414年住持相国寺。外学师从绝海中津、观中中谛，精通杜诗，在禅林中多次讲授《古文真宝》。他编撰了绝海中津的语录及外集《蕉坚稿》。与当时的檀越山名时熙、大内盛见、细川满元等关系密切。有作品选入五山诗集《百人一首》《花上集》。

　　西胤俊承的题画诗可以根据画的形式载体分为题图、题画、题轴、题扇面。题图诗多以"……图""题……图"为题，偶有"题……图寄……""题……赠人之……"等题目。据笔者统计，《真愚稿》中题图达79幅，因有一图多诗的情况，故共计题图诗87首。

　　其中，象征君子高洁品行的松、竹、梅、兰图，以及芭蕉、老树图仅有5题。以鱼鸟动物为对象的题图诗亦仅有5题。不限于特定人物，描写山水及赞美欣羡隐遁生活，如棋琴书画为主题的图则稍多，有《扁舟醉眠图》等。

　　历史人物主题的题画诗则最多，如李陵台图、东坡笠屐图、右军笼鹅图、阎立本职贡图、金铜仙人辞汉图、杜陵草堂图、子昂春山图、五柳先生图、裴晋公绿野堂图、钟吕传道图、巢父许由图、季札挂剑图、贺季真归越图、张释之结幄图、子猷访戴图、李密读书山图等。其中涉及的诗人则有苏东坡、陈子昂、陶渊明等。此类题画诗的存在，说明五山禅僧的诗书趣味。

　　题画诗从一开始就是五山汉诗的诗题，有不断增加的趋势。至西胤俊承其题画诗占全体诗作的一半有余。在他之后，题画诗仍长盛不衰，是五山诗僧间喜爱吟咏的题目。在以上几种题画诗主题中，五山诗僧抒发历史感慨，憧憬中国古代的人物故事，深受浓郁的中国古代人文氛围的影响。题画诗是禅僧生活方式文人化的一种表现，同时它也促进这种文雅而富于知性的生活在禅林的流行。文人化的生活方式,与应仁之乱①之后,日本各地武士集团陷入纷争,战火频仍,交通阻塞,寺院频遭火劫,五山世界受到两三百年来最严重危机有关。诗僧们逐渐失去以往的进取精神,而逐渐幽闭于寺院,参禅作诗成为日常生活的主要内容。希世灵彦(1404—1489)的《赠诗僧》曰:"到处闲吟个醉秃,近来诗思若为论。蒲团不预蹇驴雪,坐破梅花月一痕。"②正反映了日本应仁之乱后,禅僧笼居寺内,足不出户,以玩诗为乐的情况。与义堂周信时代游学各地、参访诸门不同,如今足不出户,诗题由此势必发生转变。

岐阳方秀的《冰雪窝小轴序》云:

> 景尧诉上人携小轴而来……取乎所谓"冰雪相看有此君"之句。及乎命工图之,工加以松之与梅,乃扬岁寒之意,诸公亦以诗以歌之……余日涪翁之句本乎晋王征之传,此君谓足也。山阴铦朴翁,尝造不可一日无此君论一篇,以赠东山苾师。此君谓吾道也。③

上述文献记载了一次题画诗从作画到题画的完整过程。先借古典诗歌的名句"冰雪相看有此君"的意境,命画工将其画出,继而诸友僧同门各就画题赋诗。

而在应仁之乱以前,五山禅林隆盛时期,五山十刹及诸山等官营禅寺之间,禅僧频繁来往游学参访、省亲访友,聚散留别之际,盛行以题画诗、诗画轴相赠,其中亦不乏学诗者拜访禅林中的著名诗僧,请其为题画作序,一旦得之往往奉为珍宝。以此为背景的题画诗的大量涌现亦值得重视。

二、节日诗题

节日诗题,是指在中国传统节日如元日、人日、上元、立春、端午、立夏、立

---

① 日本应仁元年(1467年),室町幕府管领家畠山氏、斯波氏围绕家督发生争夺,守护大名纷纷卷入战争,幕府分为以细川胜元、细川政元为首的东军与山名宗全、大内政弘等领导下的西军,内乱持续11年,在日本文明九年(1477年),以西军溃败告终。在战火中作为主战场的京都遭到毁灭性破坏,包括五山十刹在内的寺院神社、贵族及武家私邸过半毁于战火、起义,以及劫掠、偷盗,其间还发生疫病。此外,战乱还波及京郊的摄津、河内、和泉地区及山城国。动荡的局势对五山禅林及禅僧的禅修、生活、诗文造成深刻的影响。

② 玉村竹二编:《五山文学新集》第二卷,东京:东京大学出版会,1968年,第218页。

③ 上村观光编:《五山文学全集》第三卷,京都:思文阁出版,1992年,第2899页。

秋、重阳等节气佳节之际所题的诗。节日诗题是五山禅林诗歌教学的结果。随着培养门下的作诗人才成为各禅院发展竞争中的一项主要工作，节日诗题的大量出现便不足为怪了。节日诗题中最为引人注目的是新年试笔。诗坛领袖义堂周信的《空华日用工夫略集》中有不少新年试笔的记载，如"十一日"条曰："古剑出新年试笔七言八句诗，和者十九人。"①又如"永德二年正月五日"载："晓来蒙小雪庭松，宛如老人头白。有感，因吟坡诗.'依然春雪在长松'。仍以'春雪在松'为题。命诸雏道者等作诗。"②这即是义堂周信在正月五日命童僧作诗，诗题从东坡诗句化出。又如"二十四日"条曰："雪，命诸雏僧等作春雪诗。"③无不是正月期间师徒间授诗活动景象的写照。

在禅林中，节日作诗、授诗，成为一种传统。希世灵彦的《村庵稿》曾载：

> 余戊午正月作诗最多，自元日至人日，有二十余篇。今年己未正月，人日上元过了，其余无几，诗才有一二篇，何其衰甚，友松年少，寄似试笔之作，见督拙和，予呻吟累日，不成一句，然拒命不可，涉笔写三篇，自觉出勉强而无发越，不满友松之一笑矣。"少年早起赶晨鸦，探遍园林到日斜。渐老春寒禁不得，隔帘偷眼小梨花。""归鹤林昏只有鸦，雪残篱落玉横斜。风回传得幽莺语，春在上园姚魏花。""夜游列炬散林鸦，拘束谁堪暮景斜。短发自羞纱帽上，欲随年少插时花。"寄前篇后数日迟，友松不来，又寄三篇，情见于辞……予和友松韵，前后六篇，友松又和数篇，袖以见示，意若挑予诗者，乃又作五篇，凡十有一篇也，予知友松必笑曰。何前不足而后有余也。盖以勤补拙耳。友松忍之，遂书纸末云。④

从希世灵彦描述的情况来看，友松少僧以新年试笔之作求和，为此他作诗3篇以寄，而后不见相和，又按捺不住再以3篇相寄，最终往返共计11篇。

类似正月作诗的习惯在禅僧的外集中均有所记载。景徐周麟的《翰林葫芦

① 义堂周信著，荫木英雄训注：《空华日用工夫略集》，京都：思文阁出版，1982年，第253页。
② 义堂周信著，荫木英雄训注：《空华日用工夫略集》，京都：思文阁出版，1982年，第252页。
③ 义堂周信著，荫木英雄训注：《空华日用工夫略集》，京都：思文阁出版，1982年，第256页。
④ 玉村竹二编：《五山文学新集》第二卷，东京：东京大学出版会，1968年，第198—199页。

集》中有《跋梅云诗后》云：

> 丙午春初梅云词伯贺岁见临，仍出诗卷曰是借韵赏春者，请圈而批之。予展玩涉日，对属之的，剪裁之工，一一可见矣。欲和而还之，不能得一句……因忆老坡携李端叔百余篇读至夜半，书其后曰。暂借好诗消永夜，每逢佳处辄参禅。愁侵研滴初含冻，喜入灯花欲斗艳。似言予此时情也。①

立秋思乡，是禅僧游学在外时习惯赋诗的题目。义堂周信的《万上人立秋思乡诗序》中亦有如下立秋之日20余名诗僧赓和思乡之词的记录：

> 佛之徒万上人，立秋思乡之词，赓而歌者二十二人。始万之党，有曰立芳洲者，携此卷，访予梅阴，征叙以发其义。予坚却之。及兹又来征，予不获已。乃告曰：凡作诗出题，宜先审其义所以立，而后作之可矣。②

在西胤俊承的《真愚稿》中，《上巳》《人日》《元宵值雪》《人日立春》《七夕》《立秋》等即是此类节日诗题。

节日赋诗这种成为惯例的作诗活动，与后来的诗社是相互促进的关系。如横川景三（1429—1493）云：

> 唐故事以九月十九日为展重阳，一时佳话也。今兹仁亥重阳，适寓江之慈云……今也得公于此，赏节于此，岂非天幸乎，举酒赋诗，诗罢联句，所恨者菊花未开焉耳。后十九日，秋香烂漫，蜂舞蝶醉，兴寄不可言也。桃源倚东篱，吟曰菊花开时乃重阳乎。东坡何人，胡为感人心如此哉。余曰。有例攀例，赏展重阳则可，又举酒联句终章，于夜到秉烛而游，桃源袒于宋，而余袗于唐，村里之僧，田间之翁，谓之奈何

---

① 上村观光编：《五山文学全集》第四卷，京都：思文阁出版，1992年，第446页。
② 上村观光编：《五山文学全集》第二卷，京都：思文阁出版，1992年，第1644页。

哉,可笑。①

综上所述,节日赋诗作为五山禅僧诗歌教学及禅林内社交活动的一个传统,是五山汉诗值得引起注意的一个特色,不仅为之前的王朝汉诗所不具备,后来的江户汉诗也没有。从五山汉诗史来看,节日诗题的大量出现既是受中国古典诗学的影响,又与五山禅林的诗歌教学活动紧密相关,特别是后期五山禅林遭受战争影响,禅僧生活逐渐书斋化,对其影响颇深。

三、其他诗题

在咏物诗题、赠别诗题、题画诗题、节日诗题之外,五山汉诗尚涉及众多其他诗题,在境界上大大超越了前代王朝汉诗。其中之一是社会诗题,如后期五山诗僧遭遇战乱,从而在外集中留下类似惟忠通恕的《寄江左故人》等诗:

> 经年群国未休兵,那处云林寄此生。
> 只恐白鸥眠不稳,春风江上鼓鼙频。②

诗中隐隐透露出对应仁之乱中东西两军战事不断从而造成社会动荡的不满与批判。再如《和鹿苑严中和尚韵,赠明窗照西堂东归》诗云:

> 一春期诏下,花雨自冥冥。
> 忽解柳阴缆,初辞湖上亭。
> 东西休战伐,天地觉清宁。
> 行看雪消尽,士峰千仞青。③

在战争题材之外,他们亦用诗记载了相扑、傀儡戏、平家说话等反映当时民众娱乐风俗的情境。如龙泉令淬的《傀儡》诗云:

---

① 玉村竹二编:《五山文学新集》第一卷,东京:东京大学出版会,1967年,第257页。
② 上村观光编:《五山文学全集》第三卷,京都:思文阁出版,1992年,第2491页。
③ 上村观光编:《五山文学全集》第三卷,京都:思文阁出版,1992年,第2440页。

无心作用转风流，游戏神通卒未休。

一线来时菩萨面，寸丝去处夜叉头。①

义堂周信亦在一次观看傀儡戏后作《因观戏呈胜乐不迁法兄二首》：

真正举扬人不甘，草深一丈复何谈。

瑞峰也似婆心切，傀儡棚头搭戏衫。

地窄从教舞袖长，贵图随处立宗纲。

千楹万础黄金宅，不得其人也不光。②

西胤俊承亦曾作《傀儡》：

舞曲自随歌曲长，鼓声弥与笛声扬。

千妖万怪世间事，并作棚头笑一场。③

此外，仙道诗题的数量亦不少，其也是五山汉诗的重要诗题之一。兹举彦龙周兴（1458—1491）的《半陶稿》为例，其云：

季昭尊君，一夕梦得"绕山送玉宸殿"六字，梦中有人，以此为题，请尊君作诗。尊君求其意，而不得焉。诗未成而觉，觉后题此佳篇云。余按：太上洞玄灵妙经，有十方天尊，玉宸君其一也。又云，八方帝之一也。④

季昭尊君梦中所得六字，其中的玉宸殿及所引《太上洞玄灵妙经》等，即属于仙道思想的范畴。

在《真愚稿》中，仙道主题的诗亦有不少，如《仙人围棋图》《金铜仙人辞汉

---

① 上村观光编：《五山文学全集》第一卷，京都：思文阁出版，1992年，第580页。

② 上村观光编：《五山文学全集》第二卷，京都：思文阁出版，1992年，第1361页。

③ 上村观光编：《五山文学全集》第三卷，京都：思文阁出版，1992年，第2767页。

④ 玉村竹二编：《五山文学新集》第二卷，东京：东京大学出版会，1968年，第953—954页。

图》《王母献桃图》《题寿星像二首》《游仙》等,其中《王母献桃图》云:

> 天门晓日照龙袍,阿母盘中进玉桃。
> 仙核不知何地掷,茂陵松柏倚云高。①

再如《游仙》诗云:

> 白鹤为骖苍玉虬,朝游蓬岛暮罗浮。
> 步虚声里三千岁,掷剑光中五百秋。②

五山禅僧亦在诗中记录了种种自然现象,如《松山集》中的《地动吟》即以夸张的手法和巧妙的比喻描写了地震时的景象,禅僧也不忘为众生祈祷安稳与太平。其诗云:

> 簸扬大地弄波涛,鼓荡万家撑小舠。
> 安得四瀛平似席,苍生多暇枕方高。③

在早期禅僧中,尤能见到日常生活及劳作的诗题。再以龙泉令淬的《松山集》为例,其中不乏《因溉田示众》《和采蕨韵》《山傍开田偶作》等诗。如《山傍开田偶作》云:

> 大义今时无赏音,开田谁复谢恩深。
> 莫传农事出云去,恐有催租官吏临。④

在虎关师炼的《济北集》中亦有诸如《摘梨》《煨柿》《早起》《晚步》等诗。如《晚步》曰:

① 上村观光编:《五山文学全集》第三卷,京都:思文阁出版,1992年,第2728页。
② 上村观光编:《五山文学全集》第三卷,京都:思文阁出版,1992年,第2729页。
③ 上村观光编:《五山文学全集》第一卷,京都:思文阁出版,1992年,第639页。
④ 上村观光编:《五山文学全集》第一卷,京都:思文阁出版,1992年,第632页。

庭树影长风韵频,青莎缓蹈带斜曛。

归鸦一向占林去,衔日西山涌彩云。①

横川景三亦留下《采薪》《汲水》《刈稻》等劳作、生活题材,其中《刈稻》诗曰:

一村稻桠映牛栏,野老腰镰垄垄寒。

因忆田家典裳处,三杯秋熟早禾酸。②

五山禅僧以日本的山水入诗,与王朝汉诗相比在诗题上开拓了新的境界。相关典型作品有义堂周信《空华集》中的作品,如《温泉山十咏》,包括《温汤》《瀑布》《地狱泉》《菩提院》《女神庙》《武库山》《法泉寺》《无垢庵》《弥陀堂》《基公塔》10 题的诗作群。

综上所述,与王朝汉诗的诗题相比,五山汉诗的诗题范围扩大了。东福寺派禅僧虎关师炼、梦岩祖应、龙泉令淬创作了大量咏物诗。不同于王朝时代的汉诗创作主体——王朝贵族与佛教僧侣,五山禅僧更多来自普通民众,身份相对低微。加之,在禅林中间游学元明,归省探亲,走访社友,览胜探幽,务农劳作,往还都鄙之间,其生活空间要更为广阔,背景亦更生动复杂。禅宗融通无碍的思想也有助于禅僧扩大吟咏对象。虎关师炼及其门下,以及诸多学问僧,如中岩圆月、岐阳方秀、桂庵玄树(1427—1508)等,从生活起居到农业劳作,从日月星辰到草木花雪、鼠蟹虫鸟,无一例外地将其纳入诗题,咏物说理并举,从而将诗题大大地扩展。咏物诗以身边日用、目之所及、耳之所闻、手之所触之物为对象,不避卑俗,打破传统诗题局限,从而扩大了传统诗学题材。这便形成了五山诗题的首要特征,即诗题的扩大。在禅林后期,诗僧对社会民生的关注也是导致诗题扩大的因素。大多数诗僧出身平民,这使得他们与王朝诗人相比更加关注社会民生。他们在禅林后期对战争进行控诉,讴歌劳作,记录大众娱乐,这也丰富扩大了五山汉诗的诗题。

五山汉诗的诗题随时代的不同发生着迭代兴替。龙泉令淬以后,咏物诗虽

---

① 上村观光编:《五山文学全集》第一卷,京都:思文阁出版,1992年,第121页。

② 玉村竹二编:《五山文学新集》第二卷,东京:东京大学出版会,1968年,第25页。

不绝如缕但已鲜为诗僧创作。代之而起的则是题画诗,题画诗在早期诗僧中多以真赞,即对历代名宿、师僧写真所作偈赞的形式出现,到后来又逐渐扩大到人物故事的领域。对题画诗的兴趣直至五山后期都不衰减。由于画本身已是人文艺术,加之画题本身多源于中国故实、诗题、诗人及历史,题画诗的创作亦多集中于书斋、宴席之上,因此呈现出高度文人化的特点。同时,五山禅僧作疏制文、学儒通道、憧憬仙隐、读史学诗、习书题画、品茗赏笔,其从元代以来的中国江南禅文化中汲取诸种学艺,浸润于浓郁的中国人文历史氛围中,从而使自身的生活不断书斋化和士大夫化。这种生活方式形成以后,五山禅僧反复吟咏中国历代的人文典故、仙道故事、隐士先贤乃至各种诗事雅闻,与题扇面、题画诗结合,诗题的雅化也不断增强。

　　一方面,尽管五山汉诗的诗题较前代已经多元化与扩大化,但这种扩大主要发生在五山汉诗的前期和中期。到了后期,随着禅林的衰落,受阻于交通阻塞等,赠别诗亦减少。而随着诗社活动的开展,联句等活动兴盛,禅僧生活方式书斋化,游戏诗文倾向越发显著,诗题逐渐走向同一化和雅化。从演变轨迹看,总体呈现出一种始而扩大,终而趋同、缩小的特征。

　　另一方面,在丰富的诗题之下,受禅林以参禅悟道本业的限制,以诗参禅总归是禅僧作诗的出发点,因此多数五山汉诗都服务于这一目的。这便构成五山汉诗的诗题多元与主旨一元的特征。在五山禅林中,除咏物、写景、赠别、题画、仙道、节日等诗题之外,用以说证禅旨、表现悟境的偈颂、禅理诗也不少。

　　在天岸慧广的《东归集》中,有七言四句《无心》一首,其诗曰:

　　　　赵州一字元非有,庭雪齐腰犹未安。
　　　　知解双忘缘虑绝,纵它与道隔重门。[①]

　　透过该诗,诗僧评价赵州禅师的文字禅、达摩禅师一味静修的不同禅法,并指出不可偏执两种法门之任意一端,而应摒弃超越一切高低判断,表达了诗僧对禅旨的把握。

　　再如《空山》一诗:

---

① 上村观光编:《五山文学全集》第一卷,京都:思文阁出版,1992年,第9页。

　　潜奇藏险太虚中，压断须弥第一峰。

　　只为如如无动相，七金五岳不雷同。①

　　诗中所表达的即是诗僧目睹空山而生出的基于禅家立场的万物既千差万别又本质同一的不一不二的禅境。

　　《东归集》中类似的禅理诗还有很多，如《东禅》《岭云》《月庭》《月江》《别传》《桂岩》《别宗》《心源》《中山》等，总体来看其具体诗歌题目，多带有与禅有关的字眼，如"禅""别传"，也有不少是典型的禅宗意象与典故，如"云""月""江""桂""心"等，亦有不少是禅僧目睹万有而依禅生出的禅旨，如上所引的《空山》，以及《中山》《一岩》《幽林》《竹溪》《山堂》《雪溪》等。

　　《一岩》云：

　　孤危何坠二三机，四远绝无山可齐。

　　峭壁乖崖花雨里，解空赢得两眉低。②

　　这极可能是诗僧在亲眼见到一基孤立绝依的岩石，而就势阐释其中蕴含的禅机，从而成为禅家参禅境界的一种形象化表达。

　　禅理诗中最常见的则是古德事迹、禅宗话头，或者就某一禅师的法号作诗发挥。《东归集》中收录多例。前者如《心源》《无参》《柏庭》《布袋二首》等。后者则数量更多，在全篇中占有相当篇幅，如《通庵》《逊庵》《物外庵口号》《月庵》《古庵》《瑞庵》《指堂》《月叟》等，多是颂其庵号的。

　　兹举唱颂话头诗一首为例，《柏庭》诗有云：

　　轮囷势傍石坛老，几历齐腰积雪寒。

　　借问西来是何意，绿阴斜日转阑干。③

　　诗僧巧妙融入"庭前柏树子"的著名话头，禅旨自现，而"绿阴斜日转阑干"

①　上村观光编：《五山文学全集》第一卷，京都：思文阁出版，1992年，第10页。

②　上村观光编：《五山文学全集》第一卷，京都：思文阁出版，1992年，第14页。

③　上村观光编：《五山文学全集》第一卷，京都：思文阁出版，1992年，第23页。

一句则表达了诗僧珍惜光阴、努力悟禅的心境。

再举发挥演绎僧号的诗，以《逊庵》为例：

> 门庭施设贵谦让，退己推人多不争。
> 家事年来求主宰，误遭打破粥锅僧。①

该诗就逊字发挥其法号所蕴含的美德，其中"打破粥锅"的典故蕴含了禅机。

虎关师炼还以七言古诗赞文殊菩萨的德行，《文殊》有云：

> 我闻文殊七佛师，想是形容定老耆。
> 今见此像如黑白，皮肤婠妠好娇儿。
> 又闻师子百兽王，其形威狞必可惶。
> 今见此图似胡越，头妥尾帖甚柔良。
> 齿仪有道能耋稚，花貌巧装绝姿媚。
> 驾御协宜善暴驯，猊背稳座无衔辔。
> 以此智权资诱导，其数何三四而已。
> 竖穷三世横十方，彼众两足吾一臂。②

禅师将所见的文殊菩萨像与自己头脑中的文殊菩萨形象进行对比，刻画了文殊菩萨，赞美其神通威力与济度群迷的慈悲。最后一句"竖穷三世横十方，彼众两足吾一臂"透露出禅机，仍不失为一首禅理诗。

---

① 上村观光编：《五山文学全集》第一卷，京都：思文阁出版，1992年，第22页。
② 上村观光编：《五山文学全集》第一卷，京都：思文阁出版，1992年，第72页。

第二章
五山汉诗的诗体

　　文学体裁，或者说文学的体式、形式，是内容存在的外壳，任何思想感情的表达都依赖于一定的文学形式。形式参与内容表达，其本身亦产生意义，是一种有意味的形式。一种文学体裁的出现与盛衰，必然有其具体的历史原因和社会条件，同时亦是文学发展规律的具体表现。因此，体裁研究是文学研究的重要维度，文学形式的考察可以从该维度揭示特定时期文学的特点、面貌，以及文学史意义。五山汉诗在日本汉诗发展史上，是继王朝汉诗后的又一重要发展阶段。对五山汉诗进行体裁研究，揭示其体裁特征、演变轨迹及其形成原因，在与王朝汉诗的对比中揭示五山汉诗在体裁上的发展，对于认识五山汉诗本身，认识五山汉诗与中国古典诗学的关系，揭示其在日本汉诗史上的地位具有重要意义。本章主要着眼于诗体，揭示五山汉诗诗体众体兼备而偏好明显的特征。

第一节　博涉众体，偏好七绝

一、博涉众体

　　日本五山汉诗几乎涉及了中国古典诗歌的各种体裁，包括古体、近体的种种样式。义堂周信的《空华集》卷一收录了古诗、歌、楚辞、四言绝句、五言绝句、六言绝句、七言绝句、五言律、五言排律、七言律、七言排律等10多种形式。其中收录古诗7首，如《次韵竺心嘉木轩》云：

　　　　大村生嘉木，根固永弗移。
　　　　肯似河畔柳，乘春舒柔眉。

揠苗非助长，陪焉且待时。

纵被雪霜厄，憔悴犹可医。

浇泉回生意，插竹扶病枝。

临济荫凉树，凌霄人天师。

两翁骨未朽，千载复为谁。

微生如小草，高躅何由追。①

又如《示曦童儿》则三句而止，其曰：

一呼曦曦便来，吹火能煎对金饮，浇吾渴肺万斛埃。②

再如《题江山图示赠》则以五五、七七形式完结，其云：

江之水如带，江之山如眉。

江山真个合如此，归去来兮放迟迟。③

再如七言古诗《送攸知客归海南宾陀》，文脉流动，感情真挚，如侃侃而谈，其云：

上人别我归海南，南有宾陀青巉巉。

栴檀柯交珊瑚树，紫竹丛映白花岩。

我昔还乡一到此，今日送君忆幽探。

最忆夜宿岩下寺，道人邀我瞑同龛。

半夜梦回天鸡叫，红轮飞出玻璃潭。

空中乍见频伽鸟，天外飘落优钵昙。

我今老矣归不得，千里心逐南飞船。④

---

① 上村观光编：《五山文学全集》第二卷，京都：思文阁出版，1992年，第1337页。
② 上村观光编：《五山文学全集》第二卷，京都：思文阁出版，1992年，第1339页。
③ 上村观光编：《五山文学全集》第二卷，京都：思文阁出版，1992年，第1339页。
④ 上村观光编：《五山文学全集》第二卷，京都：思文阁出版，1992年，第1337页。

另有《扇面琴高骑鲤图》更是变幻不居而张弛有致：

> 昔有水仙，以琴自高。
> 有时变化，与龙为曹。
> 驾赤鲤兮游八极，骑元气兮跨九皋。
> 于乎，人间安得斯人，与之上下四方，以游以遨。①

至于歌，则有《和松月斋歌》云：

> 松也不必在千年，月也不必在九天。
> 正直是松明是月，洗心为斋栖金仙。
> 道人天心合如此，故扁松月禅斋前。
> 斋前剩种松几树，夜来呼月为随肩。
> 鹿苑唱歌空华和，松月只在道人边。②

除此之外，义堂周信亦曾记狂歌1首，颇能见冲霄气势，其云：

> 君不见丰城剑，尘埋土蚀锋锷敛。
> 一朝得遇张与雷，双龙废除电闪闪。
> 君又不见，丰山钟，如哑复如聋。
> 一夜清霜罗绛阙，不扣自然鸣春容。
> 钟兮剑兮两无待，知音千载还相逢。
> 还相逢，又相别，临岐何必中肠热。
> 丈夫出处皆天真，今也古也共一辙。
> 归欤归欤。
> 胡国西望海迢迢，一苇航之莫惮遥。
> 秋风袅袅兮，秋雨潇潇。秋菊离离兮，秋叶飘飘。

---

① 上村观光编：《五山文学全集》第二卷，京都：思文阁出版，1992年，第1338页。
② 上村观光编：《五山文学全集》第二卷，京都：思文阁出版，1992年，第1339—1340页。

去去不须索吾诗，吾诗老矣成稍迟。

付与金华云石叟，日暮看云攒吟眉。①

《空华集》中还收入楚辞1首，为《拟骚一章抒怀欢上人诗后》，其曰：

春树兮濛濛，暮云兮重重。

怀少陵兮渭北，些谪仙兮江东。

猗若人兮今何在，西望兮增慷慨。

山峨峨兮夏有雪，风冷冷兮濯吾热。

若人兮吾所臧，心奋飞兮身在床。

盍归乎来兮，沤盟冷兮烟苍苍。②

此诗用楚辞体委婉道出对怀欢上人的不舍与寄托。

义堂周信不仅尝试楚辞体与古诗等自由的形式，还创作了大量四言诗，这在五山诗僧中是比较少见的。《空华集》中收录四言诗5题，举五山汉诗常见的题画诗题材"潇湘八景"为例，其有同名四言诗云：

洞庭秋月，濯吾毛发。衰气冷然，欲梯银阙。

山市晴岚，翩翩酒帘。谁家酒美，欲典春衫。

江天暮雪，归鸟飞灭。不画孤舟，也自奇绝。

潇湘夜雨，远客吟苦。一点青灯，翳而复吐。

渔村夕照，野艇收钓。酒熟鱼肥，翁欢媪笑。

远浦归帆，两两三三。夕阳欲落，家在湘南。

烟寺晚钟，声度几峰。唤客归去，山路重重。

平沙落雁，风雪岁晏。忽飞冥冥，弋者何篡。③

这些诗不仅在数量众多的同题诗中以四言形式独树一帜，更在其中注入禅

① 上村观光编：《五山文学全集》第二卷，京都：思文阁出版，1992年，第1340页。

② 上村观光编：《五山文学全集》第二卷，京都：思文阁出版，1992年，第1340—1341页。

③ 上村观光编：《五山文学全集》第二卷，京都：思文阁出版，1992年，第1341—1342页。

僧的逸思、禅意与对俗世的批判,拓宽了潇湘八景诗的意境。又如《画燕》一题,用简短的四言四句把在春风中自由飞翔的燕子形象勾画出来,其曰:

> 乍前乍后,如颉如颃。
> 微风袅袅,乐哉未央。①

除上述古诗、楚辞、歌之外,五山禅僧如虎关师炼、龙泉令淬还留下了赋的作品,如龙泉令淬《松山集》中有赋2篇,分别是《交难赋》《绝交赋》,其中《交难赋》云:

> 予所谓交者,非世所谓交也。予所谓难者,非世所谓难也。世求诸人,吾其无端。麾六耳之不同,接万物而不欢。睹夫心兵之施,重围甚矣。机括之不可干。虽我胶兮彼漆,令朝湿兮莫干。数登坦涂,聿驾险澜。茹饴初美,味尽必酸。生指天兮死挤石,盖不择之盟寒也。于照人古菱,圣者犹难。矧乎在其下者哉。未若处乎品汇之纷罗,待以无心而考槃,与其视由与以兮。宁在宥之大观乎。万象皆友朋兮。何独灵者而已。能为风月之主兮。乃知作程于宽也。漫风尘之置镳兮。化于无物之寸丹。在彼在此,感吾金兰。四海莫逆,白鸥下滩。一眸均张,青柳搭栏。如此而交,何往而不欢。虽然,吾方学焉。其是谓之难者耶。②

虽以赋名之,但是骈散混杂而更多散句,实际上很难称作赋。

二、偏好七绝

较之古诗、楚辞、歌、赋一类,五山汉诗的形式主要是五七律绝,其在数量上占绝大多数,构成五山汉诗的主要诗体。据笔者考察,在五山禅林早期、中期,诗僧对各种诗体保有尝试的热情,结合体裁的特点表达禅宗与心境,虽然数量不多,但是创作了包括上文所述古诗、楚辞、歌、赋等形式的诗作。然而,在五山

---

① 上村观光编:《五山文学全集》第二卷,京都:思文阁出版,1992年,第1341页。
② 上村观光编:《五山文学全集》第二卷,京都:思文阁出版,1992年,第650—651页。

禅林中期、后期,在早期五山汉诗中所见的形式的丰富性逐渐消失,在后期禅僧的外集中再难见到楚辞、歌、赋等诗歌形式,从而陷入五七律绝一统天下的局面。实际上,在虎关师炼等早期禅僧的诗作中,古诗、楚辞、歌、赋等诗体形式虽然兼备,但作品为数不多,所占比例也极小。

在天岸慧广的《东归集》中,"赞"中的《观音》交替使用四言、七言,《布袋》亦交替使用六言、五言、四言,在形式上表现出自由无羁的特点。这种形式上的自由,源自唐代禅宗偈颂的影响。日本五山禅僧在习禅过程中,是出于偈颂创作的需要,掌握了歌等包含四言、六言乃至一言、三言、五言、七言乃至九言等杂言体的作法。这为五山汉诗形式的多样性做了充分准备。

五山诗坛中随后横空出世的虎关师炼,是五山禅林第一位有充分创作自觉的禅僧,他从著述弘宗的志向出发,表现出巨大的创作热情,积极尝试各种诗体,从汉诗文写作理论和实践两个层面进行了前所未有的努力。如前文所述,虎关师炼在诗题方面独辟蹊径,其咏物诗数量之多冠绝禅林。不仅如此,他在诗体上面,亦表现出前所未有的热情和好奇心,大胆探索,不拘一格,涉猎众体。翻开《济北集》目录可见,卷一为赋、古律,卷二为唐律,卷三、卷四均为律诗。

其中,虎关师炼的赋,有《盆石赋》《百蕊菊》《绿荫亭赋》《丈室焚香坐赋》《说老赋》《文竹管赋并序》,共计6篇。卷一的古律,则有七言排律《罂泉》《和圆规庵雪韵》《和源黄门拜龟山庙之韵》、五言排律《荷感》《夏日偶作》《曝书》《大风雨》、歌《持净歌》、歌行《楞伽胜会图》,以及七言四句《观音》、七言长律《文殊》、四言《自赞》、五言《自赞》,共计13首。

而在唐律,即近体律诗方面,《济北集》卷二共收录《人日立春》《梅花》《登富士山》《游山亭》《中秋泛势海》《水银》等约63首。其中七言律诗多达59首,而五言律诗仅有4首。

再看《济北集》卷三。从所收作品来看,《济北集》编者所谓"律诗",当指七言绝句,体裁与卷二"唐律"相近。值得注意的是《漫兴》一题下,收录31首七言绝句,而在第10首与第12首之间,插入"无风树叶摇,双眼怪瞠视。一鸟居枝头,唰翎又厉嘴"一首五言四句,颇令人觉得突兀。以七言绝句来抒写漫兴,正契合了七言绝句短巧、漫发兴致的特点。连书32首绝句,将虎关师炼未经过严密思考的心绪,相对松散而又集中地汇聚起来。卷三仅收录五言绝句1首,余皆为七言绝句。《济北集》卷四"律诗之二"共收录125首,而五言绝句仅有4首。诗题亦与卷二、卷三类似,尤以咏物为多。在《济北集》卷五、卷六中,偈赞的绝大多数仍是七言四句,卷五仅仅有9首五言四句,卷六在所收录的125题中更是没有一首五言四句。

总体来看,虎关师炼作为五山汉诗早期最重要的诗僧之一,其汉诗作品在形式上涉及赋、古律、近体律绝。其中,在古律方面,涉及五言、七言排律。而在近体方面,无论是八句还是四句,无论是俗题还是偈赞,均毫无例外地呈现出以七言为主的特征,五言律绝往往只有微不足道的寥寥几首。可见在五山汉诗发展的早期即已形成偈赞题材偏嗜七言的特征。

梦岩祖应的《旱霖集》二卷中亦收录了包括楚辞、古诗(五言、六言、七言)、律诗(五言、七言)等形式的诗。其中,楚辞体有《送勖侍者归洛》《甲辰冬孟大建中高侍者告辞而归,楚辞一章聊以识别云》《题扇》《书湖妃图》4首。古诗有五言排律《祈谷》1题2首、《有马山温泉》1首,五言四句《杂咏》1题10首,杂言《题扇》1首,同题五言律1首,《题扇画雉》五言、杂言、四言等6首,五言四句《秋江图》1首,四言四句《远山图》1首,五言四句《题扇》3首,六言四句《曲竹赞》1首,七言排律《六甲山》1首,五七杂言《梦游丹丘吟》1首,歌行《中秋戏答李白问月》1首,歌行《秦太谣》1首。形式驳杂,句子长短自由,梦岩祖应常能信笔拈来。

其五言律诗部分,则有五言绝句《古意》《和州路》各1首,五言律诗《岁暮即事》《漫兴》《送一侍者》《次舜历山韵》各1首,共计6首。在律诗、七言部分,则有七言绝句《梅下》《二月六日赋所见》《端午》《高丽人》1题10首等,共计37题,七言律诗《游籤川上》《悼将府》《山行》等23题。由此可见,在诗体上,梦岩祖应的诗总体而言仍是以近体律诗为主,但仍能体现自由、驳杂的特点。就近体律诗而言,其七言绝句要多于七言律诗,这与虎关师炼有所不同。

雪村友梅在元长期滞留,与元代文人交接,迎送往来,酬唱赓和,加之诗作感情真挚,其《岷峨集》上下卷是五山汉诗中的重要作品。根据形式分类来看,五言诗仅有开篇《无题》(首句"西南足元气")、《俟轩》,歌行《病枕织长句,谢石桥发药》《春岩轴》《雪山吟留别锦里诸友》,五言律诗《凌云访鉴堂不值,和壁间韵二首》《和支文举见赠》1题2首,五言排律《周教授》1首,《和牟无息次前韵见赠》1首,《书简施州周别驾》1首,五言律诗《和太虚半云二兄之韵,送别山之归吴》1题2首,《岷山歌》1首,四七言《金华开道者求偈》1首,五言诗8首。其余皆为近体七言律绝。卷下亦仅收入7首五言八句,分别为《杂体十首》《和陈良臣咏竹之赠二篇》《辋川道中》《宿鹿苑寺》《秋夜怀友》《和立秋夕吟》《题赵氏孝弟之图》;收入四七杂言《赞观音》1首,六七杂言《题净隐居士肖像》1首,余皆为七言律绝。从以上统计看,雪村友梅的汉诗在形式上虽然兼涉古近二体,而以近体律诗占绝对优势,在五言、七言之间,五言往往仅有寥寥几首,七言诗体占比最多。

中期诗僧中岩圆月,同雪村友梅一样,是重要的留学派诗僧。其《东海一沤集》5卷的卷一将其诗作按形式分门别类编辑,分别为古诗、五言律诗、七言律诗、五言绝句、六言绝句、七言绝句。其中,古诗共计39首,包括七言古诗《寄智通讲师》《送泽云梦》等12首,五言古诗27首。此外,还有《和仪则堂韵,谢珠径山诸兄见留》这则50韵长诗,句式整饬,脉络清晰,不散不乱,感情充盈,堪称五山汉诗五言长篇中的佳作。其云:

> 吾才应无用,世情嫌不羁。比来亦太懒,天性唯由之。落魄隐穷巷,从容交卑微。尚口焉攸用,乃为时辈疑。门无长者车,免抠百结衣。忆昔颇好事,稽书且赋诗。乃以为琐细。问道旁求师,图南讬海贾。迥涉沧溟弥,飓风杨巨浪,万丈雪山,烧纸酬天吴。击钲胁怒魖,风定海心清。众宝交珍奇,方诸与珊瑚。斗光夺亢箕,夜色混天水。身若居琉璃,舟子款乃歌。客有洞箫吹,始作呜呜声,满座皆无怡。渐有容与态,听者同舒眉。或复罗尊俎,宴久酒味漓。或设诗文宴,竞出囊中锥。海贾五百众,各纵其天资。独予闷幽僻,固守无人窥。将过白水洋,暮到耽罗垂。举手揖尊者,相望隔绿漪。缅想徐生舶,满载童草儿。蓬莱在何许,采芝食其葵。回首顾三韩,山势张差池。敢近九龙潭,远拒涡旋危。桂林护流求,辽水萦高丽。万里间。一目视平波。矴泊昌国东,珠玉走相追。时予辞海贾,抽身往南岳。誓言得道后,归国化庶黎。海贾感斯言,自叹吾何卑。江南丛席概,布星又分棋。禅悦参未饱,一顿思蒿枝。足迹半天下,中年神已罢。一朝取镜照,忽惊鬓毛稀。只可据森林,拥叶煨蹲鸱。今春出楚徼,再游浙水湄。久闻金华地,风俗淳应嬉。振策来灵源,一见如故知。淙淙玉涧流,青青袛树围。修竹朗轩色,寒梅冰雪肌。良朋宁易得,庶乎从尔思。物我俱相忘,引得幽禽仪。胜境不忍去,人情难别理。无奈田园芜,胡为乎不归。况复汾阴人,劝我多云为。独因诸君厚,且缓吾行时。吾行时不拘,所欲是便宜。雨余谷江满,一舸轻如飞。[①]

①　上村观光编:《五山文学全集》第二卷,京都:思文阁出版,1992年,第879—880页。

　　此外,《答不闻》也是 40 韵的五言古诗。其他如《右地动惊而作之》则是 19
入声韵,《偶看杜诗有感而作》是 16 平声韵,《夜起求火》是 14 平声韵等,七言《春
雪》也用入声韵,多达 16 韵等。中岩圆月的古诗数量多,且多长篇多韵。中岩
圆月的古诗创作,无论数量还是诗才,都达到五山汉诗的最高水平。

　　在古诗中,中岩圆月的五言诗数量多于七言诗,这堪称一个例外。五山汉
诗在诗体上的一个显著特征是,五山禅僧更热衷于创作七言诗。在虎关师炼之
外,义堂周信是这种创作倾向的代表人物。在《空华集》中,共收入五言绝句 24
题 56 首,五言律 114 题 191 首,五言排律 2 首,共计 140 题 249 首。在七言诗方
面,七言绝句有 701 题 984 首,七言律 515 题 591 首,七言排律 1 首,共计 1216 题
1576 首。相比之下,五言诗仅有七言诗的一成多。七言诗创作多于五言诗的倾
向十分突出。这也说明义堂周信在诗体上存在偏好七言的特点。

　　另一位著名五山诗僧绝海中津,在他自编的外集《蕉坚稿》中,依次收入五
言律诗、七言律诗、五言绝句、七言绝句,没有古诗。其中,五言律诗 22 题 26 首,
七言律诗 46 题 66 首;五言绝句 9 题 15 首,七言绝句 49 题 49 首。五言诗共计 31
题 41 首,七言诗共计 95 首 115 首,五言诗数量上约占七言诗的三成,偏好七言
的倾向依然显著。

　　再以景徐周麟为例考察后期五山禅林的诗体偏好。在景徐周麟的《翰林葫
芦集》14 卷中,第三卷至第六卷收录了他的诗。其中,第三卷至第五卷均为七言
绝句,共计 1425 题。第六卷前半部分收入五言绝句 26 题,后半部分收入七言律
诗 66 题。至于五言律诗则不存一首。总体比较,七言诗多达 1491 题,五言诗则
仅有 26 题,不及七言诗的 2%,可见景徐周麟几乎只作七言近体诗。再就七言诗
内而论,其中七言绝句 1425 题,是其七言律诗 66 题的近 22 倍。①而在五言诗内
部亦是只有五言绝句,而不存五言律诗。这种偏向七言、偏向绝句的特征可谓
一目了然。景徐周麟的诗体特征在当时的五山汉诗中具有代表性。在后期禅
林,横川景三所撰诗歌集成如《百人一首》全是绝句一体,《花上集》亦全是绝句

---

① 江西龙派(1375—1446)曾言及希世灵彦的诗云:"日本居大瀛之东……英材伟器,宜当辈
出,然而旷数百年之间,寥寥无闻,何也。抑气运有升降,人物有盛衰,而天地之精,尚密
焉耶。辛丑冬……一日希世公,自都下缄示一巨编,且告曰律诗几百首,皆近稿也,公
适多暇,请润色之……是岁至日前一日,龙派书于江村客舍。"其中所说的律诗,当指近体
律诗,包括了律绝二体。(《五山文学全集》第四卷,第 167 页)

一体,而《中华若木诗抄》则全是七绝一体。①这也难怪月舟寿桂(1460—1533)在《续锦绣段跋》中指出:"长篇古风,吾邦赋者鲜矣。往往所吟玩,唯七言绝句而已。"②

从虎关师炼到中岩圆月,再到义堂周信、绝海中津、景徐周麟,可以看出,在诗体上,有一种越到后来越突出的倾向,即五山诗僧偏好近体,而近体诗中又偏嗜七言诗,在七言诗中又偏好七言绝句。

在五山禅僧有关诗体方面的论述中,亦能找到印证该倾向的相关材料。义堂周信的《空华日用工夫略集》"应安三年八月十三日"条载:"师姪梵芳上人自东胜来,出近作数首。一则归田咏一百五十六韵,效古诗体。艰涩用奇字,往往不可读。"③其中提及的《归田咏》即是一首长达156韵的古诗,但是义堂周信认为其用字艰涩、奇险,以致意义难解,可见是首失败之作。这从一方面说明长篇古诗难作的禅林认识。

关于六言诗,明极楚俊曾在《跋范堂侍者山中寓言诗什》中指出:"六言句法,声律难调。自古骚人,赋咏者鲜。"④相比五言、七言,六言句法在调谐声律上非常困难,这也是五山诗僧规避六言诗,五山汉诗鲜有六言句诗行世的原因。

至于古诗,龙山德见亦曾感叹韵之难学:

> 夫诗六艺之一也……日锻月炼,苦用心而学者,尚能造其妙也鲜矣。而况禅家者流,弗学而能者邪……古律则牵于强韵,失乎布置,故近世诗人能焉者鲜之又鲜矣。汶阳周先生……独采今律……今子如

---

① 但这并不意味着后期五山禅僧绝不作古诗,拟古风、作古诗亦间有之。如翱之慧凤(? —1465)《竹居清事》即有"拟古风一首寄集龙侍者""仍作古诗十韵,毋以拙斥,诚幸甚"等。(《续群书类丛》第十二辑,第502页)雪岭永瑾《梅溪稿》有"因诗赠之,盖托物述志,拟古风也",均是例证。(《续群书类丛》第十二辑,第675页)但在后期五山禅林,诗僧作各种诗体是抱着一种游戏的态度,他们尝试各种诗体,包括四言、杂言、古体等。三益永因即是一个典型。他为"四言二十韵录呈美少年梅花帐下",或为"古诗一首上尊君阁下,谢昨夜宠遇云",或"六言一章谢前夕宠招,奉寄诗伯玉案下云",或"古诗一首奉呈尊侍谢昨夜欢遇云",等等。

② 塙保己一编,太田藤四郎补:《续群书类丛》第十三辑,东京:续群书类丛完成会,订正3版,1957年,第418页。

③ 义堂周信著,荫木英雄训注:《空华日用工夫略集》,京都:思文阁出版,1982年,第79页。

④ 上村观光编:《五山文学全集》第三卷,京都:思文阁出版,1992年,第2040页。

不已,则故学今律足矣。予……自尔古律之诗不复作矣。①

可见,禅林不学古诗的主要原因为难于布置,声律难调。同时,他认为宋元诗坛流行近体,只需学习《三体诗》为今律,即近体律绝即足够了。龙山德见在元学禅30余年,与元代士大夫文人交接甚多,回日本后在五山禅林有很大影响力,他的这番表述,对五山禅林独学近体律绝而逐渐放弃创作古诗应当有重要影响。这也导致五山汉诗在诗体上逐渐失去早期乃至中期仍存在的多样性,走向几乎七言绝句一体一统诗体的局面。

在古体、近体、七言、五言与杂言、律与绝之外,联句也是五山诗僧喜用的诗体。联句,在义堂周信时即已十分流行。《空华日用工夫略集》中有相关记载,如"康历二年七月八日"条下有"赴二条殿倭汉联句会"②;"永德元年九月廿四日条"载"二条准后以和汉联句招。以疾辞"③;又有"太清赴二条殿联句。句是殿下发题,同会者万里小路父子、侍从中纳言房城父子。僧伴者相山云溪也"④;还有"永德元年十二月廿三日"条载"赴等持院雪庭忌斋……芳玉畹茗袖来,出且看山联句诗一百韵,求改点。改且点,仍跋其尾,又改看字作观"⑤。由以上记载不难看出,联句活动频繁举行,在当时的檀越中间颇受欢迎。不仅如此,禅林甚至出现了喜爱联句的诗僧。义堂周信记录了天境灵致这样一位带病联句的禅衲。"示众曰:'试把遗书和泪而读,萋花飒飒晚风寒。天境讳灵致……余在东山时之旧交,性喜联句,故虽卧病亦与客联句。盖近世僧中本色宗师也。'"⑥

在五山禅林后期,月舟寿桂《幻云文集》中的相关记载也说明了当时联句之盛况。该文集中有《足顽云梦中诗》序云:"幻起以'十二栏杆吹笛愁',顽承以'谁知夜夜是中秋'。既而寤矣。顽赓第三句云'笙歌莫占清光尽'。又就幻求终其篇。幻笑云……梦中说梦云'山雨欲来风满楼'。"⑦详细记录了月舟寿桂与

① 玉村竹二编:《五山文学新集》第一卷,东京:东京大学出版会,1967年,第309页。
② 义堂周信著,荫木英雄训注:《空华日用工夫略集》,京都:思文阁出版,1982年,第213页。
③ 义堂周信著,荫木英雄训注:《空华日用工夫略集》,京都:思文阁出版,1982年,第241页。
④ 义堂周信著,荫木英雄训注:《空华日用工夫略集》,京都:思文阁出版,1982年,第244页。
⑤ 义堂周信著,荫木英雄训注:《空华日用工夫略集》,京都:思文阁出版,1982年,第248页。
⑥ 义堂周信著,荫木英雄训注:《空华日用工夫略集》,京都:思文阁出版,1982年,第244页。
⑦ 塙保己一编,太田藤四郎补:《续群书类丛》第十三辑,东京:续群书类丛完成会,订正3版,1957年,第418页。

僧顽的联句过程。此外,横川景三的外集中亦记载有一则联句的佳话。《次联句诗韵》云:

　　昔韩退之与孟郊联句,而郊之寒韩之豪不可同日而语,当也。到其比辞对句,韩孟并按何也。或曰:"退之润色是至论也。"我岩栖师翁,乃学者之泰山北斗也。癸巳岁正月初五,忝拜床下,盖以贺春初也。翁命有邻,就其书室置酒。翁笑曰:"座中先举酒。"余应声曰:"囊底又添诗。"翁大喜,使有佳执笔,各以次赋之,八句而终,明日翁为改数字,以为五八之诗。有邻寄以求和。吁,余也。寒酸俭陋,拙于赋咏,非翁赐润色,则奚臻此哉。感佩有余,依其韵者一章,书以投赠有邻研右,兼求翁之一笑云"百岁人间世,莫如联句诗。风晨兼月夕,叶雨又花时,天地皆吾有,往还独尔思。我翁居洛下,只合话襟期。"①

横川景三详述了他到岩栖翁处贺春,翁命人置酒联句的场景,从"翁大喜,使有佳执笔,各以次赋之,八句而终,明日翁为改数字,以为五八之诗"等不难见出二人兴致之热烈。

景徐周麟亦记载了一次典型的联句会,也是五山禅林联句兴盛之佐证。

　　畴昔予过南邻,路逢岁寒老人携云、菊、端三子。三子乃小补之子也。老人引予于书室而联句,相唱相酬,不知日之将暮矣。因观时祠丝诗八句之稿,老人则十首,予与诸公则五首、一两首。联辉万松两尊友亦见和焉,又次前韵者五篇,以言其怀矣。"唐宋元明吾日本,尽驱风月入毫时。一年橘绿男山庙,千里红梅宰府祠。丰苇未开鸡抱卵,扶桑已判蚕生丝。天经地纬七兼五,神助织成黄绢诗。"……"相逢之处鼎联又,正是岁寒松茂时。置少游评文字饮,效庭坚体武成祠。君才富屋有千斛,我学贫家无几丝。他夜诸公须足韵,碎金五十句清诗。"②

在这次联句会上,岁寒老人带着小补翁的弟子三人,加上景徐周麟本人及

---

① 玉村竹二编:《五山文学新集》第一卷,东京:东京大学出版会,1967年,第215页。
② 上村观光编:《五山文学全集》第四卷,京都:思文阁出版,1992年,第318页。

联辉、万松二僧,共用"时、祠、丝、诗"字联句、和诗,"相唱相酬,不知日之将暮也"。联句作为在同一时间、同一地点数人依据韵律等规则共同完成的诗歌,其协作性、娱乐性使联句既成为禅僧与檀越雅集时的重要助兴节目,又作为禅僧内部往来走动、诗歌教学的一个重要手段。

第二节　为诗以娱,游戏诸体

一、效仿各家诗体

五山禅僧对各种形式的诗体,抱着一种游戏文字的态度,对各诗体均有试作。如通晓老庄之学的中岩圆月就曾在读了《在宥篇》后,效仿一进一退体作诗。其诗云:"尧桀治天下,恬愉不得皆。阴阳分喜怒,居默见龙雷。侥幸较存丧,伧囊引跪斋。鸿蒙何等者,雀跃实奇哉。"①中岩圆月还曾作俳谐体诗,题曰"效老杜戏作俳谐体",其诗曰:"日本自无虎,夜半何有夒。触藩非羝羊,作怪应狐狸。烟荒云冷处,天阴月黑时。只履似催我,归去未愆期。"②语带诙谐而更见讽刺,以泄愤懑。他还曾效仿为乐天体,作《来禽嘲檐葡》云:"来禽花绽似檐卜,檐卜应无此淡红。六出还君能学雪,不干桃李共春风。"③此外,心田清播亦曾作河梁体多首,其一云:"屋卜比邻近,情逾万里遥,塞蹄嘶故枥,翳羽恋青霄,目击从来合,心交不用招,若为春晚雨,一一长愁苗。"④五山禅僧效仿各体的记录还比比皆是,兹试以三益永因的《三益艳词》为例加以说明。所载苏李体曰:

　　苏李体一篇,奉呈玉府尊君乌皮几下,以谢畴昔恩遇万一。莞尔。"春老雨声中,落花满地红。愁怀何处述,望眼几回究。折简忽征我,

---

① 上村观光编:《五山文学全集》第二卷,京都:思文阁出版,1992年,第893页。

② 上村观光编:《五山文学全集》第二卷,京都:思文阁出版,1992年,第893—894页。

③ 上村观光编:《五山文学全集》第二卷,京都:思文阁出版,1992年,第913页。

④ 塙保己一编,太田藤四郎补:《续群书类丛》第十三辑,东京:续群书类丛完成会,订正3版,1957年,第433页。

倒衣又谒公。谢恩呈小律,可愧句无工。"①

三益永因亦效仿方秋厓梅花诗体,作《谢简》诗曰:"'有花无月夜沉沉,有月无君谁共吟。满园春风花又月,与君相对十分心。'右效方秋厓梅花诗体者一章。"②景徐周麟的《翰林葫芦集》中亦收录《拟圣俞四禽言》:"谁欤云者雨村村,名入圣俞诗句存。更有幽禽姓其孔,山中昼静欲无言。"③再如《拟杨诚斋丙辰作》:"钓雪舟中过一冬,风光元日入诗浓。东家复唤先生否,起起梦醒年在龙。"④此外,他还效仿章碣体联句。《翰林葫芦集》有载:

> 梅云溪堂万松轩主与二三子相会联句,上而唱者以始韵押之,下而酬者以时韵押之,遂成章者百句,曰效章碣体也。传以见示余,兼求批点,仍摘第一第二之韵与第九十九第一百之韵,自赋五绝题其后以还之。"起句梅资始,成章松此时。韵分依用次,毫发亦无遗。"⑤

可见,这种用第一句、第二句韵字,以及第九十九句、第一百句韵字分别为韵脚的五绝诗,在当时是一种流行的形式。

二、分字作诗,集句为诗

五山禅僧汉诗创作中的游戏性也是显而易见的,在此介绍其出于游戏目的而在诗体或说创作形式上所进行的种种尝试。其一是分字作诗。分字作诗即将一句诗或一句话中的各字为一篇或一联之首字的玩法。桂庵玄树在《岛阴渔唱》中即曾记录如下:"哀悼之余,作十绝句。谨分'大阳寺殿雪溪忠好庵主'之十字,而各冠篇首。前四绝称厥德行,次二绝申祭仪,盖拟奠文之四法。以馨卑

---

① 塙保己一编,太田藤四郎补:《续群书类丛》第十三辑,东京:续群书类丛完成会,订正3版,1957年,第501页。

② 塙保己一编,太田藤四郎补:《续群书类丛》第十三辑,东京:续群书类丛完成会,订正3版,1957年,第508页。

③ 上村观光编:《五山文学全集》第四卷,京都:思文阁出版,1992年,第162页。

④ 上村观光编:《五山文学全集》第四卷,京都:思文阁出版,1992年,第192页。

⑤ 上村观光编:《五山文学全集》第四卷,京都:思文阁出版,1992年,第302页。

诚而已,非敢为诗也。"①此外,他还曾分友人一首七言绝句28字,奋为诗28首,并记录其缘由如下:

> 而责以五六年来阙音问之慢也。罪实在我,不得免焉。书尾亦洒玉唾一章。词高格老,实使人吟玩不已耳。于是举四七字,各冠篇首。以缀里语,聊仰贵国之仁风,且述今昔之卑怀者二十八章。谨呈阁下。盖劳多言者,谢怠慢之万一也。②

再如三益永因亦曾分句为诗,据载云:"十如师携东辉老人而游其下……二老相议曰:'招君共论文,则兴弥佳乎。'……君不待驾而来……因续韩孟联句诗。君亦有句曰'鸳水其源一',坐客莫不叹美。予与君把交久矣,盖有所指云尔乎。予亦以此五字,誓之于乌沙巾上天。仍分其句各为首句,咏小诗五篇。"③三益永因分别用"鸳水其源一"为首句,作绝句五篇,以表达对该句的赞美,增进友谊。此外,三益永因亦曾以杜诗句为首联作诗,据载:

> 杜少陵诗曰:"只应与朋好,风雨亦来过。"……明日乃以杜两句为首,赋五八为谢词。只应与朋好,风月亦来过。点滴催花细,余声洒竹多。迎时忘寂寞,归后奈滂沱。残夜不安枕,悲欢吟又歌。④

三益永因游戏诗文的态度,亦体现在他以一种娱乐精神创作出种种形式别致的诗。又譬如他还折五字句,以五字分别为韵作诗:

> 丁丑九月十三之夕……予曰:"今夜亦有明月之名,与仲秋同,盖

---

① 塙保己一编,太田藤四郎补:《续群书类丛》第十三辑,东京:续群书类丛完成会,订正3版,1957年,第703页。
② 塙保己一编,太田藤四郎补:《续群书类丛》第十三辑,东京:续群书类丛完成会,订正3版,1957年,第705页。
③ 塙保己一编,太田藤四郎补:《续群书类丛》第十三辑,东京:续群书类丛完成会,订正3版,1957年,第517页。
④ 塙保己一编,太田藤四郎补:《续群书类丛》第十三辑,东京:续群书类丛完成会,订正3版,1957年,第514页。

有据乎。"君曰:其"事从吾邦后醍醐天皇而始。"其博识可叹赏矣。话次更出佳句曰"影淡纱窗月"。令予赓之。阳春白雪,其调虽高,命岂可拒。即击节曰"瑞新金阙云"。吁!风流清绝,今时阿谁有如此事。抃舞之余,谨折五字为韵,赋五绝句,录呈之云。①

可见,三益永因于九月十三夜赏月而联句,他赞美对方的佳句,而分拆"影淡纱窗月"五字,分别以影、淡、纱、窗、月五字为韵脚,作五绝句。

桂庵玄树还曾作集句诗10首。一日他听到禅童在院内诵唐宋诗,其中有不少是他耳熟能详的,不由得心生一番感慨,而兴起仿效中国诗人作集句诗的念头,当即豪气十足勇为诗十章。他在外集《岛阴渔唱》中记录了这件事,其文曰:"偶闻小童诵古人诗,间有熟耳感怀者,集为十章,章四句,投赠肥之月舟、云溪两诗伯,以知别来区区之意如此也。太极老人见之,必有鼠窃秽美味之诮乎。"②他将集句诗十章分别赠予月舟寿桂、云溪两位当时五山诗坛的著名诗僧,以表达他的思念之情。在此详录如下:

一

倾盖相欢一笑中。(东坡)掉头归去又乘风。(韩翃)
草堂自是无颜色。(杜甫)傥有江船吾欲东。(山谷)

二

一别心知两地秋。(严维)烟波江山使人愁。(崔颢)
破除万事无过酒。(韩退之)谁共芳樽话唱酬。(姚揆)

三

疏疏芦苇旧江天。(郑谷)夜雨鸣廊到晓悬。(山谷)
无限心中不平事。(李涉)秋堂独坐思悠然。(刘沧)

---

① 塙保己一编,太田藤四郎补:《续群书类丛》第十三辑,东京:续群书类丛完成会,订正3版,1957年,第501页。
② 塙保己一编,太田藤四郎补:《续群书类丛》第十三辑,东京:续群书类丛完成会,订正3版,1957年,第707页。

四

西轩月色夜来新。(东坡)白发相望两故人。(东坡)
掣电一欢何足恃。(东坡)世情谁是旧雷陈。(元稹)

五

手弄黄花蝶透衣。(东坡)竹篱半掩傍苔矶。(叶苔矶)
等闲应被西风笑。(危逢吉)三径虽锄客自稀。(山谷)

六

天畔群山孤草亭。(杜甫)纷纷过客似浮萍。(东坡)
此间有句无人识。(东坡)曲几烧香对石屏。(储嗣宗)

七

寒梅疏竹共婆娑。(杜甫)心似乱丝头绪多。(山谷)
千里江山渔笛晚。(石敏若)无由缩地欲如何。(元稹)

八

鬼门关外更千岑。(山谷)燕雁扫天河鲤沉。(山谷)
寂寞日长谁问病。(卢纶)春初一卧到秋深。(来鹄)

九

芦橘花开枫叶衰。(戴叔伦)几回吟断四愁诗。(窦庠)
人间蚁垤王侯梦。(方秋崖)闻说长安似弈棋。(杜甫)

十

碧瓦朱栏缥缈间。(东坡)忽逢佳士与名山。(东坡)
爱君东阁能延客。(东坡)太极老人时往还。(东坡)

　　上引桂庵玄树的集句诗 10 首,共集 21 名唐宋诗人的诗句。其中,唐诗人共计 15 人,宋诗人共计 6 人。唐诗人分别是杜甫 4 句、元稹 2 句、韩翃 1 句、戴叔伦 1 句、卢纶 1 句、储嗣宗 1 句、李涉 1 句、韩退之 1 句、崔颢 1 句、刘沧 1 句、来鹄 1

句,郑谷1句,严维1句,姚揆1句,窦庠1句。计引唐诗共19篇。宋诗人分别是东坡11句,山谷6句,方秋厓1句,石敏若1句,叶苔矶1句,危逢吉1句。计引宋作品21篇。

桂庵玄树的集句诗作品绝不是孤立的个例,月舟寿桂(幻云子)亦曾在《足顽云梦中诗》中记载僧顽云在梦到自己戏集古人句以赏良夜的事。其曰:"梦中得诗,始于谢家,盛于唐宋之间,不可胜而记。戊午中秋后一夕,顽云公梦幻云子乘月敲门,戏集古人句,以赏良夜。"[①]顽云能梦见月舟寿桂集句,说明集句是诗僧嗜诗、戏诗的方式之一。

第三节　体裁跨界,文体互渗

玉村竹二在《五山文学》一书中特别强调在五山禅林中,疏这一实用文体的创作,对五山诗僧的汉诗创作产生的重要影响。他指出,疏的对句使五山禅僧诗歌的学习重心置于对句的背诵及制作上,"缘语"即一种一语双关的修辞法,作为疏中必备之要素,五山诗僧在汉诗创作中亦多加使用。[②]玉村竹二的上述考察揭示的实为疏与诗两种文体的跨界现象,而尤为强调疏对诗的影响。接下来,笔者试从诗对疏的影响入手,揭示诗疏之间的文体互渗现象。

一、以诗代疏

疏,又称四六,属于骈俪文的一种,以对句和用典为文体的最大特征。疏原本是一种实用文章。疏,即条疏,用于臣下向君主陈述意见。在魏晋时期,佛教兴盛,疏被佛教信徒用以发誓和祈愿,渐渐进入佛教及禅宗。作为一种实用文体,其实用性的一面始终存在。但是随着佛教僧侣,特别是禅宗文章的文学化,疏的修辞、形式的一面不断得到强调。元代大慧宗杲时,他的疏成为禅林制疏的典范,后来又随着中日禅宗的交流,作为蒲室疏法流传到日本五山禅林。绝

---

① 塙保己一编,太田藤四郎补:《续群书类丛》第十三辑,东京:续群书类丛完成会,订正3版,1957年,第432页。

② 玉村竹二:《五山文学——作为大陆文化介绍者的五山禅僧的活动》,东京:至文堂,1955年,第110—111页。

海中津在明参学10年期间,曾跟随晦机元熙禅师学习疏法。他回到日本后,便将蒲室疏法介绍到五山禅林并将之发扬光大。

诗、疏、文是五山禅僧努力掌握和常用的三大体裁。其中,对于禅僧的禅修、职位晋升而言直接相关而又必须习得和使用的是诗与疏。诗与疏的数量规模很大。文,常用来发表议论,也有极少一部分纪行文。因此,除了博闻广志且以著述弘宗为理想和职责的虎关师炼,以及中岩圆月、义堂周信等少数几位禅师外,鲜有文留存。

疏在五山禅林中传承清晰,甚至有专论疏法的著作。太白真玄等禅师专以治疏为业,他们的文集中疏的数量不少。其实,早在王朝时代,疏已传入日本,成为平安时代贵族必须掌握的写作文体,《本朝文粹》这部平安时代汉文学的集大成中,就已收入了数量可观的作品。在中世日本,由于疏在禅林的日常事务、人才选拔中扮演着重要角色,从中国禅林继承了元代流行的新疏法,疏文体又一次得到振兴与发展。

但是,说到底,诗、疏毕竟在五山禅林中的地位有所不同。相比疏,诗是五山禅僧最重视的文体。诗不仅可以表现宗旨,更能为宗派、寺院争得荣誉和发言权。在私人领域,诗能表达个人的感情世界,结交和增进友谊,表达思想、抱负。而且受宋诗影响,五山时期的诗僧还常以诗议论和叙事。相比之下,疏仅仅能在公务场合发挥功能,其议论、抒情、叙事之成分受到极大的限制。总而言之,疏不过是禅林的形式、语言考究的公务文章。

诗仍是五山文学中最具势力的文体。五山文学中存在着以诗代疏的现象,即诗之于疏较为强势。以诗代疏或以诗准疏,在五山禅林中较为常见,如横川景三曾云:"禅诗一首寄呈法座下以贺瑞世云。昔中山和尚入寺建长,以空华所寄禅师准疏,付西藏主令读……日工记曰日本以诗准疏读者,始于此矣。予虽不敏,以诗准疏,取则二师可也。"①在五山禅林中期,中山禅师升任五山之一建长寺住持,按照禅林规制,义堂周信应以疏相呈。但是这次义堂周信未能到场呈读疏,只是寄来禅诗一首交给西藏主代读,由此开了以诗"准"疏的先例。诗可以代疏,而疏却不能代诗,五山禅僧的文体差别意识值得注意。横川景三援引义堂周信与中山禅师之间的以诗准疏的先例,对禅师入住五山表示祝贺和勉励之意。

---

① 玉村竹二编:《五山文学新集》第一卷,东京:东京大学出版会,1968年,第845页。

　　诗歌向疏渗透的另一重要体现是疏语言的诗化。试举景徐周麟《翰林葫芦集》中的疏为例,第一卷《竺关住真如》有云:"大通承仲舒后裔,绛帷生风。慈氏策范增元勋,玉斗碎雪……残花犹发万年枝,有思往事。五湖归去孤舟月,勿忘故人。"①其中的"残花犹发万年枝""五湖归去孤舟月"很明显构成了七言律绝的一联,是诗语入疏的好例。从"残花犹发万年枝,有思往事。五湖归去孤舟月,勿忘故人"这一隔句对中,前句为后句的铺垫,二者相辅相成,对疏的行进不可或缺。类似的例子有很多,再如《鹤庵住寿福》疏中有云:"月落长安半夜钟,往事昨梦;日斜江上孤帆影,久要平生。"②这一隔句对的前半"月落长安半夜钟""日斜江上孤帆影",系从名诗歌意象中化出,而且采取的亦是七言律绝的句式。可以说是禅林中用三体诗进行诗歌教学的效果。再如《高先住天龙》疏有云:"法书得兰亭骨,梅横园林雪后一枝;家学撷翰苑芳,松出涧壑风声千里。层云归鸟望岳,落霞孤鹜换铭。天双月兮人一僧,群衲所服;兄九江兮弟三峡,同袍相依。"③其中的"梅横园林雪后一枝"句,径直化用"梅妻鹤子"宋代诗人林逋的《山园小梅》。

　　五山禅林疏,不光在形式上借用律绝,在内容上以诗赋为典,更径直以诗句入疏。兹举其多用风花雪月入疏为例加以说明。如《贤竹隐住金刚》疏有云:"丛林旆檀檐卜,送长安落叶之声;湖水杨柳梅花,带建业蔓草之色。"④其中意象均从中国古典诗歌中化出。檀、檐卜、杨柳、梅花、蔓草、落叶,是五山禅林诗中十分常见的诗语和意象。疏以花木喻禅师的懿德和高行。

二、汉和互渗

　　五山文学从整体上而言是汉文学,五山禅僧以制作诗、疏、文等汉文学体裁的作品为主,诗僧亦在一些特定场合咏歌酬唱。五山禅林的和歌制作及在制作过程中发生的与汉诗的交融,亦值得注意。

　　首先,回溯早期禅林五山诗僧之间的和歌交流历史可知,梦岩祖应曾在《送通知侍者归乡诗轴序》中对汉诗与和歌做过一番评价,他指出:

---

① 玉村竹二编:《五山文学新集》第四卷,东京:东京大学出版会,1970年,第12页。
② 玉村竹二编:《五山文学新集》第四卷,东京:东京大学出版会,1970年,第12页。
③ 玉村竹二编:《五山文学新集》第四卷,东京:东京大学出版会,1970年,第21页。
④ 玉村竹二编:《五山文学新集》第四卷,东京:东京大学出版会,1970年,第21页。

夫竺之偈也,震之诗也,吾邦之和歌也。其来尚矣。惟人之生而
静者关系其土地风气之殊,而方言相异。然其寓性情之理矣则一也。
夫人之禀气有清拙,故其言之工拙随焉。盖钟河岳英灵之气者,而乃
能为纯正粹温。其能为纯正粹温则无他,只在诣理而已矣。①

梦岩祖应以中国的诗歌理论为指导,指出印度之偈、中国之诗、日本之歌,
尽管土地风俗和语言不同,但本质上表现的均是人的性情,语言的工拙好坏由
诗人的气质秉性的清拙决定。诗人要潜心探究世间万物之理,才能使性情纯正
温和,能够吸取天地精华英灵之气,从而作出好诗来。

义堂周信虽不曾创作和歌,但他亦曾在《白云丹壑诗并序》中自白:"上人出
纸需予作歌,歌则非能,诗以代歌。"不过在他看来,"果得云壑之趣,歌也诗也讵
有二致"②,可见对他而言,歌、诗语言形式有别,但均能表达人心物趣,并无本质
区别。此外,他亦曾"试洪武韵上二条藤相国以纪倭汉联句新格美"。在将军府
中或武将宅邸中举行的倭汉联句,是于雅集时将出席者分为和歌和汉诗两阵,
以对垒的形式展开的助兴活动。五山诗僧在联句时自然以汉诗之长参与其中。

义堂周信之后亦有不少五山诗僧留下以诗酬答和歌的零星记录。如岐阳
方秀以用汉诗酬唱和歌,其《答源京兆和歌》曰:"庭上梅花香正翻,高标侣见古
人尊。儿童今以称君实,一种薰风独乐园。"③鄂隐慧奫的《南游集》中亦有焕章
禅师以禅诗酬和歌的记录,其云:"吾道友焕章师,扁所居曰松风。大先居士慕
其风,而来往有年矣。一日辞归,留以和歌。师作禅偈击节焉。千里之外,想见
其高风逸韵,聊依严押寄题云。"④

五山禅僧常陪侍在幕府将军或曰大相公的左右咏歌风雅。大相公咏和歌
时,有擅长咏和歌的禅僧则咏歌以酬,而大多数场合则发挥优势赋诗以对。出
于以上现实的动机,梦岩祖应、义堂周信等诗僧在论述汉诗、和歌时,才去强调
二者本质相同、能相融通的一面。希世灵彦在《诗和典厩陪相君二咏序》中

---

① 上村观光编:《五山文学全集》第一卷,京都:思文阁出版,1992年,第830页。
② 上村观光编:《五山文学全集》第二卷,京都:思文阁出版,1992年,第1609页。
③ 上村观光编:《五山文学全集》第三卷,京都:思文阁出版,1992年,第2929页。
④ 上村观光编:《五山文学全集》第三卷,京都:思文阁出版,1992年,第2639页。

即云：

> 席上咏雨后花及旅行之二题。识者称美之。予谓："唐诗与和歌，但其造文字之有异，而用意则同矣。予虽非所能，而颇窥见吾公用意之妙处，且并案之。凡诗人咏雨后花，则必言花之经雨而摧残都尽矣。然语涉忌讳，殆非所以寿大人君公者，虽工而不足贵也。独公之所咏，则以为雨之摧花，既晴盛开，所以待相君之游者至矣。是诗人之所不及也。次见旅行之作，托意于边塞春归之雁，以言明君至治之世。文轨混一，而行路不梗。还之易得也。一令人君览之，则岂不思其致治若是乎？然则有补于世，比唐人鸡声茅店人迹板桥之句太过也。"予之所评，未知当否？公之意果若何？因示其稿，见索予和，遂用和歌之意，作二诗以呈。所恨思苦语艰，其所欲言而言不得，不如公之融畅酝藉而意有余也。①

上引指出汉诗和歌之间的个别细微差异。受五山禅林汉诗教学的影响，汉诗意象使用越来越固化，才出现"凡诗人咏雨后花，则必言花之经雨而摧残都尽"的现象。在陪相君咏"雨后花"及"旅行"的和歌题目时，诗人若不注意去克服这种意象联想上的习惯，则会在祝寿的场合触犯忌讳。而典厩则在和歌中发挥花天晴盛开以待相君出游的妙思。虽然希世灵彦对典厩多少有恭维之意，但是道出了汉诗与和歌在意象联想、诗思用意上的细微不同。

彦龙周兴亦曾作诗《人丸赞》赞美柿本人丸云：

> "柿本姓名千古香，老君指李是颜行。雾笼明浦扁舟过，直咏倭歌入大唐。"和歌宗匠柏木大纳言谓余曰："歌人有号人丸则三人，其一人，奉使入唐，有歌载集，其题曰モロコシニテ题名曰人丸，歌曰……"②

同一时期的另一位诗僧横川景三则多次以诗酬歌，其曾载：

---

① 玉村竹二编：《五山文学新集》第二卷，东京：东京大学出版会，1968年，第188页。
② 玉村竹二编：《五山文学新集》第四卷，东京：东京大学出版会，1970年，第966页。

本朝风俗,以九月十三夜为明月矣,凡无贵无贱,置酒而咏和歌,虽我浮屠氏,或赋联句诗,以赏明月,月之为世所玩也,过于中秋矣。仁亥季秋十三日……今也在江湖之上,而所不愧者,看公与月也。请赋诗乎句乎,以效国俗,且又解往憾也。余日本朝故事如何耳。桃源日,未识其详,曾闻故老说,津州住吉之社,此夕无月,则巫祝之司夜者必见左迁,故斋戒沐浴,倍百于恒,有一巫尝逢雨,咏和歌以感神,国人到今传焉。今日天气快晴,吁住吉之巫,想无羔乎。多可多可,余感桃源之言,而联句五十韵,始乎初更,终乎五鼓云。①

又载:"癸巳中秋,讚州源府君,咏和歌赏月,大昌天隐老人,诗而和之,谩步韵末,以求君之一笑云。'忠肝义胆动金阙,坐镇长城万里窟。一首和歌秋已中,天高六十六州月。'"②

又载:"次韵势州平公元旦试笔和歌。一门辘辘十朱轮,天下安危系大臣。君唱和歌我唐律,鸟呼花笑洛阳春。"③

又载:"次韵南阳凤公侍者试笔诗并序。南阳侍者故京兆府君钟爱佳儿也。从岩栖翁而游……余识京兆也有日矣。因记去岁余与翁宴其私宅。花下举酒,和汉联句,自昼到夜,踏月而归,自有宇宙,乐孰加焉。吁,今则亡,已矣哉……"④

《晚夏》亦是一首酬唱和歌的诗,其云:"亚相飞鸟井公歌题,会大昌院、杉原伊贺、饭尾拙存、蜷川不、竹田来苏在座。'诗与和歌各自酬,任他晚夏去无留。一帘风月纳凉夕,莲尚如春梧已秋。'"⑤

又据《次韵势州使君岁旦和歌并序》:

乙未正月吉辰,余谒汲古贤府君,颇表贺义,盖准古规檀越贺岁之例也。府君迎余茶话,出示和歌三篇,所谓元旦试笔诗也。始日初春,次日祝言,终日神祇。篇篇皆有三韵,如唐体绝句之诗,何其异乎。国朝鸣于和歌者,不知其数,而未有押韵以咏者,实古今绝唱也。府君奉

① 玉村竹二编:《五山文学新集》第一卷,东京:东京大学出版会,1967年,第47页。
② 玉村竹二编:《五山文学新集》第一卷,东京:东京大学出版会,1967年,第223页。
③ 玉村竹二编:《五山文学新集》第一卷,东京:东京大学出版会,1967年,第234页。
④ 玉村竹二编:《五山文学新集》第一卷,东京:东京大学出版会,1967年,第236页。
⑤ 玉村竹二编:《五山文学新集》第一卷,东京:东京大学出版会,1967年,第239页。

侍枢府左右,朝夕论思,九鼎国家。吁,有何暇用意于翰墨之如此哉,可尚矣。命余诗而和焉……谨依严韵,各赋其题,书以奉献座右,伏希采览。《初春》:"年年行乐是春风,人向扶桑已挂弓。一曲和歌梅始落,玉栏干外雪飘空。"《祝言》:"义胆忠肝况有文,始终一节奉源君。恩波春遍凤池上,不数夜潮吹月圆。"《神祇》:"海不扬波天下澄,祈年观里祝三登。太平六十六神国,半现悲赠半智增。"①

所载三首和歌皆有三韵,即诗僧在作和歌时仿效绝句体裁,于首句、次句及末句押韵。这种和歌押韵在和歌史上是鲜见的,是受汉诗影响发生的文体渗透现象。这种渗透的前提是诗人或个人在一定程度上融通汉诗和歌两种体式。在当时,在诗僧特别是在有和歌传承的贵族中往往不乏兼作诗歌的人。彦龙周兴的《奉同实相院准后看花诗韵并序》中所载实相院头准后就是这样一位既工唐律又善和歌的风雅贵族。

昔天台山圆通大师,从国信使南游。时宋景德三年也。丁晋公杨文公以诗互相唱和,一时嘉会也。后左大臣藤原道长寄书曰:胡马犹向北风,上人莫忘东日。二公书,皆得王右军笔法云。余读《文公谈苑》,到此绝叹,使人歆羡不浅也矣。实相院头准后者,乃古之左大臣也。今之圆通大师也。门第人物,当世第一,宗兼显密,密学最精,加之工于唐律,善于和歌,笔势雄壮,龙蛇起陆,人皆推以为风流称首,异矣哉。丙申之春,准后看花赋诗,仍命我诸禅德和之……②

和歌与汉诗的相互渗透,其重要表现之一是以汉诗之体作和歌之题。如横川景三曾就《旅》这一和歌题目作诗:"泥鞋雨笠水云裳,旅影飘飘天一方。何处梅花着先鞭,暗香夜度板桥霜。"③

再如他还记载天皇从中华故事及日本"本朝"故事中各选30题分别令歌人咏和歌,令诗人赋汉诗。天皇有意让诗人或歌人通过这种文体的错位为诗人、

---

① 玉村竹二编:《五山文学新集》第一卷,东京:东京大学出版会,1967年,第258页。
② 玉村竹二编:《五山文学新集》第一卷,东京:东京大学出版会,1967年,第300页。
③ 玉村竹二编:《五山文学新集》第一卷,东京:东京大学出版会,1967年,第381页。

歌人制造陌生感与紧张感。这种游戏设置是雅集的乐趣之一,同时也人为推动了汉诗和歌的互相渗透。

> 天子亲选中华故事三十题,命歌人咏和歌,又选本朝故事三十题,命诗人赋唐诗,予奉敕得三题,所谓富士山、住吉浦,菅家是也。今之天子,文思神武,固天纵也,兰坡长老,肠座以讲心经,吉田三位,升殿以读神书,千载嘉会也。万机之暇,旁及于此,吁盛矣哉。景三记。《富士山》:"莫言北阙隔东关,富士朝朝如对颜。四海一家皆帝力,千秋白雪御前山。"《住吉浦》:"住吉神灵地亦灵,市桥一色水天青。近闻浦口风波稳,鸥鸟宿松呼不醒。"《菅家》:"菅家丞相是天神,一寸丹心白发新。圣代只今无逐客,梅花北野不藏春。"①

《富士山》《住吉浦》《菅家》即天皇所敕的和歌三题,他奉命依次作绝句三首。从文献来看,类似以歌题赋诗的情形在当时是较为常见的。如横川景三在细川源九郎公席上还就《后朝恋》歌题赋一绝:"相送相迎月下门,一朝恨是一宵恩,春风立尽绿苔尽,几扫落花看履痕。"②

诗歌合,是另一种在宴会雅集上将和歌与汉诗对置的文学游戏,是对王朝时代的歌和之制的效仿。不同于诗人咏歌题、歌人赋诗题,在宴会的诗歌合上,由宴会主出和歌题命诗人、歌人分别赋诗咏歌。诗人居左,歌人在右。所作诗歌用纸糊其名,诵者自诗开始逐一交替诵出。从诗歌中各遴选出优秀者后,进行"合"即配对。横川景三曾经在宴会上参与诗歌合这一文学游戏。对于这次雅集他做了详细记述,其云:

> 《雪中莺》以下三首相公席上和歌题:"年后雪深花自迟,始知春在着莺枝。余寒不锁一声晓,近听为歌远听诗。"《江畔柳》:"杨柳毵毵翠扫空,江边五日不春风。市桥烟水人如织,舟在千丝万缕中。"《山家梯》:"云不可梯山可梯,竹篱茅舍路高低。断崖苍苔吾知处,蜀雨斜悬险栈西。"癸卯孟春十三日,相府有诗歌合之宴。系后鸟羽院之御宇,

---

① 玉村竹二编:《五山文学新集》第一卷,东京:东京大学出版会,1967年,第412页。
② 玉村竹二编:《五山文学新集》第一卷,东京:东京大学出版会,1967年,第557页。

有此宴云。一时嘉会也。先期正月五日相公自书三题,曰雪中莺,曰江畔柳,曰山家梯,乃本朝歌宗飞鸟(雅亲)井氏所出和歌题也,特降严命,命歌人咏和歌,命诗人赋唐诗。诗歌合二十人,人赋三题,合一百二十首。余与北等持京等持,备赋诗之员,而二等持皆住官寺,命不可逭也。予闲人也,辞之不允。到日谒府。相公出令曰:"不论诗歌,各决胜负。"予与二等持白:"诗可识,歌不可识也。"歌人又曰:"歌可识,诗不可识也。"革令曰:"诗人评诗,歌人评歌。"相公与一位藤太夫人,垂帘坐听,予与二等持,接于主位,余僧坐其次,公卿大臣接于宾位,诸寮坐其次。颂诗歌者,两人相并,跪坐于中。诗与歌,糊作者名,盛之文台,而安其前,诵诗者唱曰:左第一番,雪中莺诗,连诵两遍。诵歌者唱曰:右第一番,雪中莺歌,连诵数遍了。评诗一襃一贬,有工有拙,一一批之纸尾。评歌亦然。予过半有善称之,不录小疵,庶几使人人无芙蓉未开之怨耶。始于午后,终于夜深。相公特设别座,展待甚渥,九衢车马,龙烛如昼,归则半夜钟,出白云之寺矣。翌早,二阶堂氏至,就审。予诗与相公和歌合,北等持诗与今上和歌合也,是相公所先定云尔。景三志。①

从横川景三的描述看,相公是先于正月五日借用飞鸟井氏所出《雪中莺》《江畔柳》《山家梯》等和歌题为题,严令参加诗歌合的20人就三题赋诗咏歌。从共得120首诗、歌来看,应当有诗人、歌人各20人。召集赋诗者的任务主要由南北二等持寺从官寺禅僧中遴选,横川景三虽不住五山十刹,也领命召集赋诗者。自正月五日出题约一周后,诗歌合正式举行。从当日下午开始,到深夜才结束,长达10余个小时。在制定评判规则时,由于诗人、歌人均无评判歌或诗之自信,相公原本不区分体裁评判,不得不改为诗、歌分开评判。从有关诗歌合现场的记载看,其形式借鉴了歌合。相公与其夫人垂帘而坐,赋诗者即诗僧坐席居左,为主位;咏歌者坐席居右,为宾位。在主宾之间,坐着颂诗、歌者,且从主座开始唱诗二遍,次而唱歌数遍。继而评价优劣,分出工拙。最后,将同题诗、歌配对,即所谓诗歌合者。诗歌合作为一种文学游戏,要求赋诗者就歌题赋诗,从而克服语言、体裁及传统的差异,发现跨界带来的新意。

---

① 玉村竹二编:《五山文学新集》第一卷,东京:东京大学出版会,1967年,第505—506页。

在上述这种体裁跨界中,赋诗往往附属于咏歌,汉诗受制于和歌题目,需要踏袭歌意。对于这种踏袭,我们可以从横川景三为福城主人所作的《扇面浪花》歌题汉诗中略知一二,其曰:

> "扇面浪花",九里长原云树间,泉河不锁夜过关。岩根吹落浪花雪,四月风寒衣借山。右效和歌体一首,为福城主人作,横川。古歌曰:"ミヤコイデ、ケウミカノハラ、イヅミガハ、カハカセサムシ、コロモカセヤマ　泉河、鹿背山、长原,名所。"①

从题目来看,横川景三是为扇面题诗。他在发挥扇面意蕴时,从古歌寻找解释依据,效和歌体而作。古歌出自《古今和歌集》中的一首无题和歌,其云"みやこいでて　けふみかの原　いづみ川　川風寒し　衣かせ山",其中包含了"みかの原""いづみ川""かせ山"三个地名。其中"みかの原"在今天日本京都府相乐郡加茂町大字例弊,"いづみ川"即是今天的木津川,"かせ山"亦在京都府,即相乐郡木津町大字鹿背山。三处位置由北而南,古歌亦依次列举三处名字,是将地名咏入和歌的机智诙谐之作,其大意为:从京城而出,先见长原,向南又是泉河,河风寒冷,再南又是鹿背山(谐音"快借与我衣服"山)。再看横川景三诗,亦承袭了咏地名之修辞,巧妙地分别藏三处地名于第一、二、四句,将"河风冷冷"一句与扇面浪花结合以应题。可见整首诗在对应扇面画面的同时,蹈袭了古歌意境,体现了横川景三不凡的诗歌造诣。此外,《扇面和歌故事》一题云:"梶写和歌扶兴多,随流叶叶到星河。缲车欲借天孙手,无奈鬓丝千尺蟠。"②由此可见,扇面、和歌、汉诗三者的结合在当时是较为常见的。

雪岭永瑾的《梅溪稿》中亦载"檐梅""羁中衣""寄风恋""寄泷恋""水底红叶"等歌题诗。

岐阳方亦在其《不二遗稿》卷上、卷中均有相关记录。如卷中载《昨日初雪》云:"大人相公辱临源君私第,诸官亦从之,翌日源君有咏雪歌,余不揆鄙拙奉和以呈右京兆源公座前,伏乞一笑。"③又载《答通庵主和歌》:"两目眵昏发已华,残

---

① 玉村竹二编:《五山文学新集》第一卷,东京:东京大学出版会,1967年,第431—432页。
② 玉村竹二编:《五山文学新集》第一卷,东京:东京大学出版会,1967年,第595页。
③ 上村观光编:《五山文学全集》第三卷,京都:思文阁出版,1992年,第2938页。

生应在野僧家。寒岩枯木无心久，一任春风不着花。"①

　　景徐周麟的《翰林葫芦集》中亦存不少以诗和歌、以诗赋歌、论述诗歌韵法差异乃至以诗咏歌事之作。以诗和歌之作如《和一品藤大人和歌》："周室十人难得才，今看麋鹿想灵台。飞流在上山将暮，他日寻源又可来。"②另有如下记载可供参考。"乙卯岁初，大将军咏倭歌系于梅朵，以赐荫凉轩大僧录司，赋唐律和之，仍命诸老同赋……'山中天上一枝新，传见和歌似侍茵。元与庄椿同寿考，暗香疏影八千春。'"③

　　景徐周麟以诗赋歌题的作品亦存不少，如《春立歌题以下三首》云：

　　　　"积雪初融润入庭，土牛从此促畦丁。剃痕犹似白头草，草各回春独不青。"《故乡薄》："故园春色自何匀，风叶露根愁杀人。以木为丛草为薄，见他桃李亦思春。"《忽别恋》："一笑相逢告别还，胸中几事积于山。忽忽复恐被人识，心似鸡鸣晓过关。"④

　　"春立歌""故乡薄""忽别恋"即就和歌题赋汉诗。有关就和歌故事赋诗的作品，可举《扇面萨摩守问俊成卿图》为例，诗主要敷衍萨摩守向藤原俊成请教和歌的传说，其曰："十万义军随翠华，独君驻马俊成家。和歌若问何名字，雪白山樱志贺花。"⑤景徐周麟还曾用诗敷衍西行的和歌，如《冠瀑布咏西行和歌》："闻说西行此记曾，瀑如击鼓白云层。诗歌若把倭唐合，癫可瘦权风雅僧。"⑥

　　关于汉诗与和歌，五山诗僧思考最多的是用韵差异。如在横川景三部分已经涉及的咏和歌仿效绝句用三韵。景徐周麟在《依二阶堂行二公悼其子尚行和歌韵》中曾记曰：

　　　　维明应庚申五月六日廷尉藤君尚行卒矣。事出于不虞，其夕贼塞路，君偶出而遭之，独身而战，左右无知之者，有顷贼散，君目未瞑，大

① 上村观光编：《五山文学全集》第三卷，京都：思文阁出版，1992年，第2941页。
② 上村观光编：《五山文学全集》第四卷，京都：思文阁出版，1992年，第153页。
③ 上村观光编：《五山文学全集》第四卷，京都：思文阁出版，1992年，第187页。
④ 上村观光编：《五山文学全集》第四卷，京都：思文阁出版，1992年，第239页。
⑤ 上村观光编：《五山文学全集》第四卷，京都：思文阁出版，1992年，第130页。
⑥ 上村观光编：《五山文学全集》第四卷，京都：思文阁出版，1992年，第256页。

息曰。命也。唯恐使老父母伤心，是某之罪也。君平日忠孝行于
家……才二十四……王父行二公郁悼之余，咏和歌三章章用一字为
韵，来哉台是也。且语人曰：此定家之法在焉。若我先唱而诗酬之，则
歌者三首而诗一首也。或诗先唱，亦一首而歌者如前数。其用韵亦如
此。故今请禅林诸老，令各赋一篇云尔。所谓定家本朝和歌之始祖
也。乃知公能详于其道。余与公非一日雅，是以备和者之列，庶几助
其一哀。盖余诗本乎公歌之意也。君法讳曰行秀，号曰实仲云。"双亲
堂上望重来，西日没边人远哉。莫话孝儿伯劳事，乌声念法树围台。"①

　　其中所载由于诗、歌体裁用韵差异而产生的现象，平安时代歌人藤原定家
采用的方法是先歌三首而后诗一首以和，或先诗一首而后以和歌三首唱。值得
注意的是，景徐周麟的《耕闲斋记》揭示出了连歌与五言联句之间的形式对应问
题。其文曰："予窃思之。吾国三十一字之歌者，与唐律七言绝句同其体。所谓
连歌者，与吾五字联句齐其法耶。联句古无此法，自退之始，故会于张籍张彻孟
郊，则有会合联句。侯喜师与弥月相遇则有石鼎联句。出乎众手以成其章者，
连歌相似焉。彼此易地皆然。"②

　　上述诗、歌之间的体裁交融及跨界，带来的后果之一是诗体的松动与表达
的和歌化。对此，景徐周麟在《兰叔字说》开篇就毫无掩饰地承认"予诗无唐样，
文多倭习"③。此外，他在《旭岑诗并四六序》中云：

　　　　历观吾朝士大夫以一艺而传于家者班班在焉……父以是传之子，
子以是传之孙，世世不绝矣。吾所谓文章翰墨云者绝无知。独吾徒效
文字语言于中华之体，习禅之余，著文赋诗，山林之乐也。然而辞有和
习，字亦入和样。令中华之人观之则皆云其间文字也。蕉坚大士壮岁
南游，入全室室，其诗也文也笔迹也，与彼山川风物争其壮丽。明人跋
其稿曰："评其书则曰得楷法于清远，可谓集而大成矣。既而归朝，吾
徒之从事于此者，竞游其门，删诗、定四六之体，变书法之卑弱，各得其

① 上村观光编：《五山文学全集》第四卷，京都：思文阁出版，1992年，第229页。
② 上村观光编：《五山文学全集》第四卷，京都：思文阁出版，1992年，第329页。
③ 上村观光编：《五山文学全集》第四卷，京都：思文阁出版，1992年，第332页。

所。至今丛林无不被其泽者,可尚矣。旭岑……父哦松居士为国之望
族,而精于弓马和歌之艺专游心于文墨,有诗集三卷……"①

　　他作为五山禅僧,却以日本延绵不绝的文脉的继承者自居,前所言"辞有和
习",也就不言而喻了,而这其实是五山禅僧以诗酬答和歌、就歌题赋诗,以及诗
歌合、汉和联句等和汉诗体互相渗透的结果。

---

① 上村观光编:《五山文学全集》第四卷,京都:思文阁出版,1992年,第384—385页。

第三章
五山汉诗的诗艺

　　五山汉诗的诗艺，即五山诗僧汉诗创作的技巧、方法等，是五山汉诗考察的一个重要方面。五山禅林中的学问僧堪称中世日本的知识人，多熟诵中国诗文，饱览经史子集。他们在创作汉诗时，喜欢把从中国书籍中学到的知识，有意识地活用到诗歌创作中，形成用典繁密的诗艺特征。夺胎换骨，作为宋代诗学强调的诗法之一，主张借古说今，汲取前人而超越前人，尤其为黄庭坚（1045—1105）等江西诗派诗人所重视。从元赴日弘禅的清拙正澄曾以"用古人意，不用其句。用古人句，不用其意。此诗夺换也"高度概括了夺胎换骨法的内涵。清拙正澄禅师是五山禅林早期的指导者，而他所强调的夺胎换骨法自然受到五山诗僧的重视。

　　如果说夺胎换骨法的精髓在于句意之间的巧妙化用，相比之下，径直袭用前人诗句与诗意，而不加以变化注入新意的以诗入诗法，则在中国古典诗学传统中遭到诟病。夺胎换骨与以诗入诗均是五山汉诗的重要作诗技巧。五山禅林虽不乏善用夺胎换骨法的诗僧，但越到禅林后期，越多五山诗僧肯定以诗入诗，喜以诗入诗，将其引为重要的作诗方法。这是五山汉诗不同于中国古典诗学观点的一方面。同时，以诗入诗也给五山汉诗带来不良影响，造成五山汉诗整体艺术水平的下降。

第一节　用典繁密

　　用典，或化言为典，或用事入典，是中国古典诗歌艺术中最常见的创作技巧之一。用典，是诗歌优秀资源的鉴赏、借鉴、发扬、更新的过程，是诗歌传统的一种传承。一方面，日本五山汉诗作为宋末以来江南禅文化移植日本的一个产物①，既直接受到宋元明诗歌影响，又在了解宋代诗学的过程中间接回溯唐以前的诗学，将学习范围扩大至整个明以前的中国古典诗学。另一方面，五山禅僧几乎没有提及王朝的汉诗，与江户时代的诗坛对中国明清诗坛保持学习态度的同时，整理、评价、借鉴日本前代的汉诗有很大不同。这就造成一种值得注意的现象，五山诗僧虽然用典繁密，但是鲜去涉及王朝汉诗，而是以中国古诗文为用典的主要对象。在五山汉诗数百年发展中，越到后来五山禅僧用典越频繁，而以诗入诗越成为其重要的用典手法。

一、天岸慧广及其五言律诗《送笔》

用典繁密，是五山汉诗发展中贯穿始终的一种诗歌技巧。用典繁密，在禅林早期就很引人注目。下面试以早期禅僧天岸慧广的五言律诗《送笔》为例，通过对其用典状况的逐句考察，管窥五山汉诗用典这一诗艺之运用状况。

《送笔》是日本五山诗僧天岸慧广的一首五言律诗。天岸慧广，号天岸，讳慧广，姓伴氏。日本文永十年（1273年）生于日本国武州比企郡，13岁时即于建长寺佛光国师门下剃度，后往京都东大寺戒坛受戒。受戒后转投佛国国师门下。他于日本国内遍参诸刹，后因仰慕元代天目中峰和尚高风，于日本元应二年（1320年），偕同道友数十人乘船来元。天目山寺主感佩其求道精神，将中峰和尚真迹、拄杖并幻住庵记属之。在元期间，天岸慧广拜谒古林清茂、清拙正澄等高僧，均受嘉赏。又拜谒翰林学士揭傒斯（1274—1344），请为佛光国师无学祖元（1226—1286）作塔铭，请资政大夫全柱篆书匾额等，与真俗二界交往频繁。日本正中元年（1324年），他陪同元代禅僧明极楚俊、竺仙梵仙赴日。东归后，道誉日隆的天岸慧广颇受幕府器重，曾先后住净妙寺，并为报国寺开祖。②天岸慧广有《东归集》一册行世。五山史家、五山文学研究的先驱上村观光氏在《五山寺僧传》中说他"天性伶俐，于禅学外，粗通文翰"③。另据《东归集》序，署名峨山直指澄月潭的序者就天岸慧广的诗文有如下评语："曾观竺仙为师讳晨升座法语，其中说禅师富于制作，琢成言句。清新可爱，出人意表。今读此集，竺仙之

---

① 丸井宪：《绝海中津汉诗研究》，北京大学博士论文，2005年，第52页。

② 上村观光编：《五山文学全集》第一卷，京都：思文阁出版，1992年，第1页。

③ 上村观光编：《五山文学全集》别卷，京都：思文阁出版，1992年，第1页。

言,实不虚矣。"①由此可知,天岸慧广于《东归集》之外,必有数量不少的其他作品,只可惜失而不传。竺仙梵仙作为与名衲古林清茂一起渡日传法的元代高僧,对天岸慧广诗文之清新可爱感到意外,其中的震撼正可说明天岸慧广诗的造诣和成就。

《东归集》体制不大,不分卷,包括偈颂、赞及小佛事并序引3个部分。据统计,其中偈颂占绝大多数,赞仅收录3首,小佛事并序引亦仅有4篇。从诗的体式上来看,有七言绝句、七言律诗、七言排律、五言律诗、五言排律。《送笔》是收录在《东归集》中的唯一一首五言排律。《送笔》共有13联,130字,曰:

> 我爱管城子,不嫌寒恶穷。
> 物归必有主,持赠高城翁。
> 古杭匠者巧,无似范君工。
> 栋拔饱霜兔,圆健真有功。
> 一毫不妄著,尖齐合其中。
> 应手得心妙,当宜论俭丰。
> 蒙恬去已远,解续千载风。
> 碧纱南日永,玉鸿香煤浓。
> 素旭肉犹暖,谁勘对二公。
> 草圣作飞帛,无人与君同。
> 翔鸾趁翩凤,惊蛇斗活龙。
> 一挥轻放手,霹雳轰晴空。
> 云烟忽崩动,润泽播鸿蒙。②

在开始论述之前,笔者试就其创作时间进行论考。《东归集》中于七言绝句《越王台》的末句"救得钱塘拍岸涛"之下有"已上在唐时作"的注语,说明《越王台》以下的文字是1324年天岸慧广东归途中及之后的创作。《东归集》所收《越王台》以下至《送笔》之间的作品,可以帮助我们大体上了解天岸慧广在1324年之后的一些活动。其中有描写途中见闻及抒发望乡之情的作品,如《祷风》《喜

---

① 上村观光编:《五山文学全集》第一卷,京都:思文阁出版,1992年,第3—4页。
② 上村观光编:《五山文学全集》第一卷,京都:思文阁出版,1992年,第16—17页。

见山》《到岸》;有返日后与明极楚俊、清拙正澄、竺仙梵仙的酬唱之作,如《次竺仙藏主韵》《赤间关改作寺次清拙和尚韵》《贺明极和尚东归》等韵;有打坐参禅精进修道之作,如《中山》《云庵》《别传》《古山》诸七绝;也有与友人以礼物相赠之作,如《谢惠茶》《送笔》。下文,笔者尝试使用诗史互参的方法,对《送笔》的创作时间做一考证。

如上所述,在《越王台》末句"救得钱塘拍岸涛"下有"已上在唐时作"的注语,《东归集》中的作品是按创作时间先后进行编排的。我们可以依据《东归集》作品所记载的事件证明上述论断。《若无风》《祷风》抒发了作者祈祷海风助早日登岸的望乡之思,随后的《喜见山》《到岸》《过碧岛》依次体现诗僧近岸、登岸、与故人团聚的欣喜之情。

上村观光在《五山文学者年表》中记录道:"嘉历二丁卯纪元一九八七①元僧清拙正澄来朝(元英宗、泰定四年)。"②说明清拙正澄是于元泰定四年(1327年)东渡日本的。《赤间关改作寺次清拙和尚韵》是天岸慧广为赤间关改作寺所作,因此不难推断此韵作于1327年以后。另据《大日本史料》:"二阶堂贞藤,创建惠林寺,以僧疏石为开山。"③据此可知惠林寺建寺于1330年,因此《东归集》中的《甲州惠林适值祖忌作偈呈梦窗和尚》《贺惠林新寺呈梦窗和尚》两韵当作于1330年。从《谢惠茶》《送笔》在《东归集》中位于上述二作之后,可知二作在创作时间上晚于1330年。《斗山》诗曰:"夜夜南辰对北辰,六年何事费精神。看他瞎却双瞳处,万叠峰峦映雪新。"④"六年何事费精神"中的六年何指? 如上所述,已近耳顺之年的天岸慧广于1320年入元求法,在其后4年时间里,他先后遍谒诸山长老,近侍古林师,与竺仙梵仙同参共修,精进求法,道力猛进,并于1324年与明极楚俊和竺仙梵仙两位元代明衲同船东行传法。可以说天岸慧广的求道生涯经过4年留元生活,实现了一次转折和飞跃,1324年对于他而言是极具意义的一年。所以笔者认为,这首诗中的"六年"指东归以来的6个年头。如此一来,则不难断定该诗的创作年份是1330年。根据《东归集》的编纂原则,可以推知位于《送笔》之后的《斗山》的创作时间不早于《送笔》。综上所述,在编排顺序

---

① 日本于1872年规定以神武天皇即位年即公元前660年为皇纪元年。

② 上村观光编:《五山文学全集》别卷,京都:思文阁出版,1992年,第271页。

③ 东京帝国大学文学部史料编纂所:《大日本史料》第六编之一,东京:东京大学出版会,1968年,第759页。

④ 上村观光编:《五山文学全集》第一卷,京都:思文阁出版,1992年,第18页。

上居于《贺惠林新寺呈梦窗和尚》（1330年）和《斗山》（1330年）之间的《送笔》亦作于1330年。

二、《送笔》中的用典

如上所述，《送笔》是诗僧天岸慧广于回国后的第6个年头，即1330年创作的一首排律。接下来，笔者尝试通过文献考证的方法，揭示其字词背后的故事，与中国文学的关系及其所蕴含的中国文化元素，阐释五山诗僧天岸慧广对中国文化的消化和吸收。

1. 我爱管城子，不嫌寒恶穷

管城子，典出唐代韩愈撰《毛颖传》。《毛颖传》是韩愈以戏谑之笔，通过拟人化的手法，以史家之口吻，采取"列传"的形式，将历史事实与传说巧妙揉碎融合，叙述"笔"这一文人必备什物的历史。"管城子"之名首见于其中。据《毛颖传》："秦始皇时，蒙将军恬南伐楚，次中山，将大猎以惧楚。召左右庶长与军尉，以《连山》筮之，得天与人文之兆。筮者贺曰：'今日之获，不角不牙，衣褐之徒，缺口而长须，八窍而趺居，独取其髦，简牍是资。天下其同书，秦其遂兼诸侯乎！'遂猎，围毛氏之族，拔其豪，载颖而归，献俘於章台宫，聚其族而加束缚焉。秦皇帝使恬赐之汤沐，而封诸管城，号曰管城子，曰见亲宠任事。"①

黄庭坚的《戏呈孔毅父》云："管城子无食肉相，孔方兄有绝交书。文章功用不经世，何异丝窠缀露珠。校书著作频诏除，犹能上车问何如。忽忆僧床同野饭，梦随秋雁到东湖。"②黄庭坚在诗中以管城子自比，表白了一介清贫文人在屡遭贬谪后，萌生退意的心迹。虽自嘲"戏作"，但在意识深处或许仍有抱负难以施展的苦闷，表现了较为消极的思想。天岸慧广作为出家禅僧，有参道之殷，而无风尘之慕，自然能够超出俗世利益之外。他开篇即高唱黄诗的反调，宣言"我爱管城子，不嫌寒恶穷"，来标举禅家的清高立场。同时，笔者认为这种借助黄诗直接切入的做法，颇有几分禅家的峭绝和直截。综上所述，首联两句，在深受黄诗启发的同时，能完全褪尽原作的消极色彩，以黄诗脱化出自家心志，实在是高妙之笔。

---

① 韩愈撰，宋文谠注：《详注昌黎先生文集》卷三十六《文传》，宋刻本。
② 黄庭坚：《豫章黄先生文集》第三，四部丛刊景宋乾道刊本。

2. 物必归有主，持赠高城翁

《东归集》中有《寄答高城卍字堂三首》："再接高城信，江鸥不冷盟。风尘孤客迹，金石古交情。一夜对灯影，何时共雨声。看君双鬓上，思我雪千茎。"

3. 古杭匠者巧，无似范君工

《笔史·笔之匠》记载："仇远《赠溧水杨老诗》：'浙间笔工麻粟多，精艺惟数冯应科。吴升姚恺已难得，陆震杨鼎相肩摩。'"①可见在天岸慧广入元之际，杭州是制笔业的集中地，笔工之多数不胜数，且对笔及笔工的评价亦十分盛行。"古杭匠者巧"应是天岸慧广所亲见的事实。另据《笔史·笔之匠》："范君用，郭天锡有《赠笔工范君用七律》。"查其诗曰："光分顾兔一毫芒，遍洒春葩翰墨场。得趣妙从看剑舞，全身功贵善刀藏。梦花不羡雕虫巧，试草曾供倚马忙。昨过山僧余习在，小书红叶拭新霜。"郭天锡（1227—1302），字佑之，号北山，曾为御史，侨寓杭州，元初重要书画收藏家之一，与赵孟頫、鲜于枢等人常有来往。从郭天锡的身份及所赠诗推测，笔工范君美当数笔工中之名流。综上所述，此联所述，字字皆有所出，非言过其实之绮语。

4. 栋拔饱霜兔，圆健真有功。一毫不妄著，尖齐合其中

《笔史·笔之始》记载："《淮南·本经训》：'仓颉作书鬼夜哭。'高诱注以为鬼或作兔，兔恐见取毫作笔，害及其躯，故夜哭。"可见西汉时关于取兔毫制笔的传统已有浪漫的拟人化记述。《笔史·笔之料》首条曰："兔毫出宣州溧水县。中山在县东南一十五里，制笔精妙。"说明精妙之笔，概皆用兔毫。明代彭大翼（1552—1643）撰《山堂肆考》云："唐世举子入场，嗜利者争卖健豪圆锋，其价十倍，号定名笔。"②指出唐代名贵之笔，须是以刚健有力之毫制成，须圆锐得宜。另据《笔史·笔之制》："《妮古录》云：'笔有四德，锐、齐、健、圆。'《考槃余事》云：'制笔之法以尖齐圆健为四德。'山谷题跋：'笔工最难，其择毫如郭泰之论士，其顿心著副如轮扁之斫轮。'"天岸慧广在此诗中以两联托出圆健尖齐的特点，这说明他在元期间深谙名笔之道。这与以上辑录于《笔史》的"四德"之说可以互相印证。黄庭坚关于笔工择毫制笔之难的譬喻，更衬托出他赠送给高城翁的"一毫不妄著"的笔是何其名贵。黄庭坚的《次韵黄斌老所画横竹》，其颈联云：

---

① 梁同书：《笔史》。
② 彭大翼：《山堂肆考》卷一百七十七《器用》。

"晴窗影落石泓处,松煤浅染饱霜兔。"①

5. 应手得心妙,当宜论俭丰

考虑到此诗是出家禅僧之间的交流,笔者认为此处的俭丰,必定超越了日常衣食住行等日用方面,而代指儒家圣人之道。孔子曾经就禹的俭丰之道,发表过议论。《论语·泰伯第八》:"子曰:'禹吾无间然矣,菲饮食,而致孝乎鬼神,恶衣服,而致美乎黻冕,卑宫室,而尽力乎沟洫,禹吾无间然矣。'"②禹平时食粗食衣恶衣,不兴土木,可谓俭省。祭祀鬼神时则能"致美乎黻冕",且尽力去体恤民瘼。禹的俭丰堪称其圣人之道的一个侧面。明代蔡清(1453—1508)撰《四书蒙引》云:"'禹吾无间然矣'何也。俭者或一于俭而不知所丰,丰者或一于丰而不知所俭,是皆不无可议。禹于己之饮食则薄之,至于鬼神则致孝焉。享祀必丰洁也,已之常衣服则从粗恶,至于朝祭之黻冕,则致美之焉。自处之宫室则从卑陋,至于民间之沟洫,则尽力焉。凡若此者,丰其所宜丰,俭其所宜俭。丰俭各得其宜。纵欲指其隙而议之,无得而议之矣。故曰禹吾无间然,再言无间然,所以深美之。"③蔡清的发挥与早他近200年的日僧天岸慧广在《送笔》诗中对《论语》的化用可谓英雄所见略同。

综上所述,天岸慧广欲通过此联告诉高城翁,今天"我"以这支出自杭州名笔工范君之手的名笔相赠,作为精进参禅,思慕圣人之道的学友,希望你能执此圆健齐锐四德具足之妙笔,去激浊扬清,身体力行圣人之道。从此联可以感受到诗僧时时不忘精进求道,与道友共勉的温厚坚贞的道风。

6. 蒙恬去已远,解续千载风

唐代徐坚(659—729)的《初学记·笔第六·叙事》记载:"《释名》曰:'笔,述也。'谓述事而言之也。按《博物志》:'蒙恬造笔。'又按《尚书》《中候》:'玄龟负图出,周公援笔以时文写之。'《曲礼》云:'史载笔士载言。'此则秦之前已有笔矣。盖诸国或未之名,而秦独得其名,恬更为之损益耳。"④据上述文献,蒙恬或被视为笔之鼻祖,或为对笔进行改良的人物。

宋代周孚(? —约1174)的《次韵德裕纪梦》记载:"九曲新诗谁解续,令人气

①　曾国藩:《十八家诗钞》卷十六《黄山谷七古百六十五首》,清同治十三年(1874年)传忠书局刻曾文正公全集本。

②　何晏集解:《论语》卷四,四部丛刊景日本正平本。

③　蔡清:《四书蒙引》卷六,清文渊阁四库全书本。

④　徐坚:《初学记》卷二十一文部,清光绪孔氏33万卷堂本。

短北窗前。闻君近得丘迟笔,不堕斯文信有天。"①可见"解续"即理解并引为同好,继承其志的意思。此联是说,造笔者蒙恬的时代虽然已经有千年之遥,但是其书法之风一直为后人所喜爱,被代代继承发扬光大。

7. 碧纱南日永,玉泓香煤浓

"玉泓"即砚的雅号,"香煤"即墨的美称。上引宋代黄庭坚的《次韵黄斌老所画横竹》:"晴窗影落石泓处,松煤浅染饱霜兔。"

8. 素旭肉犹暖,谁堪对二公

旭,即张旭(约675—约750);素,即怀素(725—785,一作737—799),均是我国唐代著名书法家,擅草书,后世均奉为"草圣"。两人均嗜酒,豪饮之后,如癫似狂,挥笔泼墨而一发不可收。据苏轼(1037—1101)的《题王逸少贴》:"颠张醉素两秃翁,追逐世好称书工。"②又唐代李颀(?—约753)《赠张旭》有云:"张公性嗜酒,豁达无所营,皓首穷草隶,时称太湖精。"③杜甫(712—770)在《饮中八仙歌》中歌曰:"张旭三杯草圣传。脱帽露顶王公前,挥毫落纸如云烟。"④将他与贺知章(659—约744)、李白(701—762)等嗜酒如命而才华冠绝一时的八人号作"饮中八仙"。

关于怀素的书法及逸事,在同时代文豪的作品中亦有反映。如李白的《草书歌行》有云:"少年上人号怀素,草书天下称独步。墨池飞出北溟鱼,笔锋杀尽中山兔。八月九月天气凉,酒徒词客满高堂。笺麻素绢排数箱,宣州石砚墨色光。吾师醉后倚绳床,须臾扫尽数千张……"⑤至于张旭、怀素二人书法成就之高低,历代不乏评价。唐代任华(生卒年不详)在《怀素上人草书歌》中歌曰:"中间张长史⑥,独放荡而不羁,以颠为名,倾荡于当时。张老颠,殊不颠于怀素。怀素颠,乃是颠。人谓尔从江南来,我谓尔从天上来。负颠狂之墨妙,有墨狂之逸才。"⑦可见较之张旭、怀素之颠有过之而无不及。另据宋代董逌(音悠)(生卒年不详)的《书怀素七帖》:"书法相传至张颠后,则鲁公得尽于楷,怀素得尽于草。

① 周孚:《蠹斋铅刀编·拾遗诗》,清文渊阁四库全书补配清文津阁四库全书本。

② 苏轼撰,宋王十朋集注:《东坡诗集注》,四部丛刊景宋本。

③ 陈思:《书苑菁华》卷十七,宋刻本。

④ 杜甫:《杜工部集·古诗五十首》卷一,续古逸丛书景宋本配毛氏汲古阁本。

⑤ 李白:《李太白集》卷七,宋刻本。

⑥ 即张旭。

⑦ 张丑:《清河书画舫》卷四下,清文渊阁四库全书本。

故鲁郡公谓以狂继颠,正以师承源流而论之也。然旭于草字,则度绝绳墨,怀素则谨于法度。要之二人皆造其极。"①如此,则怀素、张旭之间的师承源流关系不论而明。董逌的《题北亭草笔》云:"怀素于书,自言得笔法三昧。观唐人评书,谓不减张旭。素虽驰骋绳墨外而回旋进退莫不中节。"②可见,怀素虽师承张旭,却又能卓然一家,青出于蓝而胜于蓝。后人多以"素旭"称呼二位草圣,素在旭先,恐是以二人在草书艺术上的成就排序的,由此可知"素旭"而非"旭素",是有其原因的。

关于"肉犹暖",笔者认为当是禅家语。《尼长老住戒香疏》云:"我自懒作佛,虽五障十障。奚为渠方竖起眉,要一人半人悟去。断妙喜,世界则易。透荆棘,丛林则难。心期所临,物论在是。某人如众花薝卜,类师子颦呻。末山亲见大愚,季孟奔雷之喝。灌溪曾得半杓,胚胎劈箭之机。在古人则有余,盖后世之未见。尝闻屦满所至,突不暇黔。敢冀云临先师,肉犹暖在。"③另据宋代道原撰《景德传灯录·吉州青原山行思禅师第七世上》:"师问了院主。只如先师道。尽十方世界是真实人体。尔还见僧堂么。了曰。和尚莫眼花。师曰。先师迁化肉犹暖在。"④"肉犹暖"系自"肉犹暖在"省略而来。

9. 草圣作飞帛,无人与君同

飞帛,即纸。以"飞帛"形容草圣作草书时顷刻挥就的情景。上引李白《草书歌行》有云:"吾师醉后倚绳床,须臾扫尽数千张。飘风骤雨惊飒飒,落花飞雪何茫茫。起来向笔不停手,一行数字大如斗。""飞帛"当自"落花飞雪"化出。

10. 翔鸾趁翩凤,惊蛇斗活龙

明代杨慎(1488—1559)撰《墨池琐录》云:"怀素与邬彤为友,尝从彤受笔法。彤曰:张长史私教彤云:'孤蓬自振,惊砂坐飞。余自是得。奇怪草圣,尽于此矣。'颜真卿曰:'师亦有自得乎?'素云:'吾观夏云多奇峰,尝师之。其痛快处如飞鸟入林,惊蛇入草。纵遇拆壁之路,一一自然。'真卿曰:'何如屋漏雨痕?'素起握真卿手曰:'得之矣。'"⑤怀素以"飞鸟入林,惊蛇入草"形容自己作草书至醋畅淋漓之处。而天岸慧广的"翔鸾趁翩凤"无疑自此演绎而来。不同的是,

① 张丑:《清河书画舫》卷四下,清文渊阁四库全书本。

② 张丑:《清河书画舫》卷四下,清文渊阁四库全书本。

③ 释宝昙:《橘洲文集·榜疏》卷八,日本元禄十一年织田重兵卫刻本。

④ 道原:《景德传灯录·吉州青原山行思禅师第七世上》卷第二十一,四部丛刊三编景宋本。

⑤ 杨慎:《墨池琐录》卷一,清刻函海本。

"翔鸾趁翮凤"用瑞鸟鸾凤具指飞鸟,多一"趁"字使飞鸟入林的形象更加祥瑞绚烂。同样,"惊蛇斗活龙"句中的"惊蛇",也自"惊蛇入草"借鉴而来。另据上引李白《草书歌行》中对怀素草书的传神描写:"飘风骤雨惊飒飒,落花飞雪何茫茫。起来向笔不停手,一行数字大如斗。怳怳如闻神鬼惊,时时只见龙蛇走。左盘右蹙如惊电,状同楚汉相攻战。"其中有"时时只见龙蛇走"一句,以"蛇龙"譬喻草书。继续比较即可发现,"惊蛇斗活龙"句中的"斗"字,极可能是对"怳怳如闻神鬼惊,时时只见龙蛇走。左盘右蹙如惊电,状同楚汉相攻战"几句所表现的意象加工而来。其实,用飞龙走蛇形容怀素草书神韵的例子,在历代文献中都能找到。如唐代诗人任华在上引《怀素上人草书歌》中写道:"翕若长鲸泼剌动海岛,歘若长蛇戍律透深草……千魑魅兮万魍魉,欲出不可何闪尸。又瀚海日暮愁阴浓,忽然跃出千黑龙。天蛟偃蹇,入乎苍穹,飞沙走石满空塞,万里飔飔西北风。"又如唐代韩偓(约842—923)的《题怀素草书屏风》曰:"何处一屏风,分明怀素踪。虽多尘色染,犹见墨痕浓。怪石奔秋涧,寒藤挂古松。若教临水畔,字字恐成龙。"①又如宋代佚名撰《宣和书谱》:"释怀素……一夕观夏云随风,顿悟笔意,自谓得草书三昧……当时名流如李白、戴叔伦、窦众、钱起之徒,举皆有诗美之,状其势以为若惊蛇走虺,骤雨狂风,人不以为过论。又评者谓张长史为颠,怀素为狂,以狂继颠,孰为不可。"②上列各种以"龙""蛇"形象譬喻素旭草书特点的表达,构成了以"龙""蛇"比喻草书的表达习惯。天岸慧广在诗中信手拈来此句,亦是合乎情理的。

11. 一挥轻放手,霹雳轰晴空

"一挥轻放手"句,尽收适才之气象万千于轻轻置笔这一动作中。自前联之惊蛇走龙,刀光剑影,急转直下,而至于平静之境。这种转折与"霹雳轰晴空"的意境十分契合,并且实现了诗歌结构的展开与诗歌内容的统一。由此亦能窥出天岸慧广此诗的妙处。

12. 云烟忽崩动,润泽播鸿蒙

"润泽播鸿蒙"句概出自魏伯阳撰《周易参同契》。《周易参同契》云:"混沌鸿濛,牝牡相从;滋液润泽,施化流通。"③南宋末年道教学者俞琰撰《周易参同契发

---

① 张丑:《清河书画舫》卷四下,清文渊阁四库全书本。
② 佚名:《宣和书谱》卷十九草书七,清文渊阁四库全书本。
③ 魏伯阳:《周易参同契·中篇·第三章》,中国经济出版社,2002年,第11页。

挥》对"混沌鸿濛,牝牡相从"有详尽透彻的阐释,其关于"混沌鸿濛"句解释道:
"盖太极未判,阴阳未分,此天地之先天也。以丹法言之,则寂然不动,反本复静
之时是也……寂然不动,则心与天通,而造化可夺也……当其寂然不动,万虑俱
泯之时,河海静默,山岳藏烟,日月停景,璇玑不行,八脉归源,呼吸俱无,既深入
于窈冥之中,竟不知天之为盖,地之为舆,亦不知世之有人,已之有躯。少焉三
宫气满,机动籁鸣。则一剑凿开混沌,两手擘裂鸿濛。是谓无中生有。"①因此,
"鸿濛"本是道家丹法追求的精神状态。为了达到寂然不动的境界,须万虑俱
泯,与河海山岳星辰一起返本复静,身心嵌入幽冥之中,从而物我两忘,回到无
的状态。虽然虚无,却蕴蓄了阴阳分判、开天辟地的力量。待元气充盈后,万物
慢慢复苏,随后以电光石火的凌厉之势,打破鸿濛混沌的状态。《周易参同契发
挥》接着对"滋液润泽,施化流通"有如下演绎:"与斯时也,精神四达并流,无所
不极。上际于天,下蟠于地。冥冥兮如烟岚之罩山,蒙蒙兮如雾气之笼水,霏霏
兮如冬雪之渐凝渐聚,沉沉兮如浆水之渐碇渐清。此乃身中之天地絪缊,身中
之男女构精也。迨夫时至气化,感而遂通,则倏尔火轮煎地脉,愕然神濆涌山
椒。天地之间,被润泽而大丰美矣。"②这是对以虚无之心所凝聚的开天辟地的
力量打破混沌鸿濛状态的具体描写。先是渐渐充溢天地之间,冥冥蒙蒙,霏霏
沉沉,一旦感而遂通,则能以火轮煎地脉的速度,以地水喷涌之气势,润泽天地,
使大丰美。这正与"云烟忽崩动"所表现的意象相契合。

　　另外,《周易参同契发挥》所阐释的"混沌鸿濛"被一剑凿开,两手擘裂的意
象,以及天地形成之际"倏尔火轮煎地脉,愕然神濆涌山椒"的情景,与前引李
白、任华等的描写亦有异曲同工之妙。因此,此联虽只有10字,却暗含玄机,是
天岸慧广以其内典外典兼修的知识背景,将道家经典与义理巧妙化成。其用典
虽似天马行空,却工稳精切,了无斧凿之痕。

　　与李白、任华等中国诗人的作品相比,《送笔》虽没有吞天的夸张、瑰丽的譬
喻,不及前者的刻画富有张力,甚至由于其平仄不够工稳而不及前者朗朗上口,
但能纳须弥于一芥,言极简而意极赅。于平实中见不凡,有诗僧所特见之蕴蓄
和清雅,从而在历代众多关于素旭书法的评价中,独具一格。

　　基于以上考证,笔者认为《送笔》以文房四宝中的"笔"为对象,在短短130

① 俞琰:《周易参同契发挥·周易参同契中篇》,明刻本。
② 俞琰:《周易参同契发挥·周易参同契中篇》,明刻本。

字的篇幅里,调动了关于笔文化的诸多知识。从蒙恬造笔的传说、韩愈的戏谑滑稽之作《毛颖传》,到中国笔文化中的"四德",当时杭城制笔业之盛及名匠之多,乃至笔墨纸砚相关知识,而其中字字句句皆有所依之文献,或所据之故实,绝无不实之处。这使得《送笔》成为充满中国文化气息的篇什,若非天岸慧广长期浸润于中国文化之中,是很难将以上信息熔铸于一炉的。当然,《送笔》的内涵远远超出了上述文化常识层面,更显示了作者"粗通文翰"的一面。首先,在文学方面,全诗以"我爱管城子,不嫌寒恶穷"开篇,将黄庭坚的名作《戏呈孔毅父》引入诗中,作为禅家对黄诗的回应,其格也高。至于堪称全诗警策之"翔鸾趁翩凤,惊蛇斗活龙",更是自唐宋多种关于张旭、怀素,特别是李白的《草书歌行》、任华的《怀素上人草书歌》的宏肆瑰丽的描写中,拈取其中最传神的表达而化出。其次,天岸慧广以"我爱管城子,不嫌寒恶穷"联开篇,于一开始其格调就高出黄诗之上,且其反弹琵琶的化用黄诗之法,十分高超。"应手得心妙,当宜论俭丰"联,源自天岸慧广对《论语·泰伯第八》的理解。诗僧将之巧妙地融入诗作,表达了与友人孜孜求道的心志。末联"云烟忽崩动,润泽播鸿蒙",系自道家炼丹术书《周易参同契》化用而来。这两句借用道家的宇宙生成思想及对开天辟地过程的想象,形容草书的情态神韵,堪与李白等以妙笔渲染的草圣及草书形象相媲美。而其字数只有寥寥10字,可谓纳须弥于一芥子中。可以说,《送笔》诗熔铸了释儒道三家的思想,蕴含深厚的中国哲学思想。

通过对五言长诗《送笔》用典状况的考察,可以发现其中不仅化用了唐代诗人诸多诗句,而且将释儒道的知识、思想蕴含其中,从而呈现出一种炫学倾向,有关于此,千坂嵥峰曾经就虎关师炼的诗指出同样的倾向。其实,这种炫学倾向在中岩圆月等学问僧的诗作中亦不难见到。

第二节　夺胎换骨

一、中国古典诗学中的用典观

在中国古典诗学中,以诗入诗属于用典范畴。用典,又称用事、使事、隶事,是一种非常重要的创作手法,也是古典诗学中的一个重要范畴,因此我国古典诗学的主要形式之一诗话对之论述也最多。

古代诗论家通过评述历代诗人的用典,对于用典的得失进行批评和理论化,提出了一些用典须遵循的原则:

一、用事忌多忌僻。严羽《沧浪诗话·诗法》指出:"不必太着题,不必多使事。"徐增《而庵诗话》:"诗言志。古人善诗者,皆不喜欢以故事填塞。若填塞,则词重而体不灵,气不逸,必俗物也。"又有袁枚《续诗品》:"用一僻典,如请生客。如何选材,而可不择?"钱泳《履园丛话》:"某孝廉作诗善用僻典,尤通释氏之书,古所作甚多,无一篇晓畅者……始悟诗文一道,用意在深切,立辞要浅显,不可取僻书释典,夹杂其中。"

二、忌以诗入诗。方东树《昭味詹言》卷一:"作诗必用本题故典及字句作料,乃是钝根。"

三、用事以反用、虚用、暗用为上,以正用、实用、明用为下。郭兆麒《梅崖诗话》:"诗中用典过多,昔人有讥'点龟簿''獭祭鱼'者矣。其要只在能化,使人不觉其用典方妙。能化有反用、虚用、暗用、借用等手法,最下则正用、明用、实用。"

四、用事贵以意驭事。魏庆之《诗人玉屑》卷七:"使事要事自我使,不可反为事使……事可使即使,不可强使耳。"乔亿《剑溪说诗》卷下:"古人用事即是用意,加以真气行之,健笔举之,故征引虽繁,不为事累。"贺裳《载酒园诗话》卷一:"用意贵深至,以用事发己意,则必易见其意,方妙。"

五、用事贵在能化。如蔡绦《西清诗话》引述杜甫云:"作诗用事,要如禅家语'水中着盐,饮水乃知盐味'……此说,诗家秘密藏也。"朱庭珍《筱园诗话》卷一:"严沧浪谓用典使事之妙,如镜中之花,水中之月,可以神会,不可言传。又谓如著盐中水,但辨其味,不见其形。所喻入妙,深得诗家三昧。大抵用典之法,在融化剪裁,运古语若己出,毫无费力之痕,斯不受故人束缚矣。"胡应麟《诗薮》外编第五:"凡用事用语,虽千熔百炼,若黄金在冶,至铸成形体之后,妙夺化工,无复丝毫痕迹,乃为至佳;藉读之少令人疑似,便落第二义;况颟搜隐僻,巧作形模,此昆体之所以失也。"

从上引诸说中不难看出,诗论家们以"化境"为使事的至高境界,"能化"是评价用典成败的准绳。他们奉"(用事)若不知其用事者"[①]为大家,对诗圣杜甫"用事入化处"十分钦慕推崇。用事能化,主要表现在使事而似无使事,不露痕

---

① 方东树:《昭味詹言》卷十一。

迹,典故完全融入诗意。因此在用事时,由于正用不够含蓄,明用有失浅露,实用则有失重滞,于是正用不如反用,明用不如暗用,实用不如虚用便成为重要原则。此外,用事忌多。诗中用事太多会给人以填饱塞满的感觉。同样,用生冷僻奥的事典入诗也会给读者造成阅读障碍。在中国诗史上,这也正是"宁不工而不肯不典,宁不切而不肯不奥"①的黄庭坚诗学主张多所争议之处。

二、宋代诗学的"夺胎换骨"说

夺胎换骨是用典能化的典型情形。宋代诗学的一个重要主张夺胎换骨,即重视对诗意和诗思的借鉴和发挥,反对以诗入诗的创作手法。

江西诗派的宗主黄庭坚提出的著名的夺胎换骨理论,对后世诗学的影响深远。宋代诗僧惠洪(1071—1128)《冷斋夜话》卷一引述黄庭坚的"换骨夺胎法"云:

> 山谷云:"诗意无穷而人之才有限,以有限之才,追无穷之意,虽渊明、少陵,不得工也。然不易其意而造其语,谓之换骨法;窥入其意而形容之,谓之夺胎法。"如郑谷《十日菊》曰:"自缘今日人心别,未必秋香一夜衰。"此意甚佳,而病在气不长。西汉文章雄深雅健者,其气长故也。曾子固曰"诗当使人一览语尽而意有余",乃古人用心处。所以荆公《菊诗》曰:"千花万卉凋零后,始见闲人把一枝。"东坡则曰:"万事到头终是梦,休休,明日黄花蝶也愁。"又如李翰林诗曰:"鸟飞不尽暮天碧。"又曰:"青天尽处没孤鸿。"然其病如前所论。山谷作《登达观台》诗曰:"瘦藤拄到风烟上,乞与游人眼界开。不知眼界阔多少,白鸟去尽青天回。"凡此之类,皆换骨法也。顾况诗曰:"一别二十年,人堪几回别?"其诗简拔而立意精确。舒王作《与故人诗》云:"一日君家把酒杯,六年波浪与尘埃。不知乌石江边路,到老相逢得几回?"乐天诗曰:"临风杪秋树,对酒长年身。醉貌如霜叶,虽红不是春。"东坡南中作诗云:"儿童误喜朱颜在,一笑那知是醉红。"凡此之类,皆夺胎法也。学者不可不知。

---

① 赵翼:《瓯北诗话》卷十一。

换骨法不易其意而造其语,也就是换辞不换意。诗人用自己的语言表达他人的巧妙诗意。郑谷《十日菊》的诗意是很好的,但是气象不够雄健,而且一览无余。王安石的"千花万卉凋零后,始见闲人把一枝",苏东坡的"明日黄花蝶也愁",都借鉴了郑谷诗对重阳节后菊花一往情深的诗意。同时,经过对诗意的发挥,王、苏二人的诗更富余韵,对菊花的留恋之情更加动人。

夺胎法窥入其意而形容之,换言之即夺来他人诗思,以全新的诗意将之表达出来,貌似全从己出。顾况的诗句道出人生短暂经不住几次别离之痛,舒王的蹈袭和敷衍这一简拔精确的诗思,一日、六年、到老相逢得几回,赋予简拔的诗思以生动和充盈的意象。虽然诗意焕然一新,但诗思承袭和借鉴自顾况。可见"夺胎""换骨"均为一种推陈出新的写作手法。

黄庭坚的夺胎换骨法,经惠洪记载和阐扬后,对后代诗学特别是宋代诗学产生了深刻的影响,成为宋代江西诗派诗人最具标志性的诗歌创作理论之一。当然,任何理论使用到极致就会走向其反面,夺胎换骨法同样如此。当黄庭坚及后来的江西诗派的诗人们仅仅满足于运用古人的陈意与陈言后,也就引发新的流弊,使诗歌无法生生不息、常出常新了。

第三节　以诗入诗

一、传统诗学中的以诗入诗观念

关于以诗入诗,不难发现古典诗学提倡以用经、史之事典,却反对以诗入诗,认为那是不会作诗和没有才华的表现,视其为作诗的低级境界。这当是因为诗论家们强调使事如无使事,诗人用事须以自己的诗意和诗思为主,让事典为自己服务。而以诗入诗往往直接借用他人字句,从而为诗论家所鄙夷。

将五山汉诗中以诗入诗的用典现象置于上述中国古典诗学的语境下进行考察,不难发现这样的有趣现象,即五山诗僧对以诗入诗并没有感到什么不妥,甚至大加赞赏。希世灵彦在《与灵翰侍者书》中对灵翰侍者以诗入诗的手法津津乐道:"灵翰侍者几下,善蕙归时,传其赴京师途中作,于一篇中'茅店板桥霜带月,蓑衣箬笠雨和风',此句尤佳,用庭筠、志和之诗,描出一联佳对,语简而意尽矣。老夫偶得此,口而不绝,倾倒之至也。"

二、五山诗僧以诗入诗手法的运用

如上所述,以诗入诗在崇尚夺胎换骨的宋代诗论语境下遭到否定,却为五山诗僧所常用。前论五山诗僧天岸慧广《送笔》首联"我爱管城子,不嫌寒恶穷",正是从黄庭坚《戏呈孔毅父》中的"管城子无食肉相,孔方兄有绝交书。文章功用不经世,何异丝窠缀露珠。校书著作频诏除,犹能上车问何如。忽忆僧床同野饭,梦随秋雁到东湖"中拈出,这种在作诗时提取某诗句或某首诗,并借其字句入诗的用典现象,被称为以诗入诗。在五山汉诗中,类似《送笔》这样以诗入诗的用例有很多。如希世灵彦的《村庵稿》曰:

> 壮游王后耻卢前,一事无成欲问天。
> 病鹤五更休警露,瘦牛千倾苦耕田。
> 存亡今昔此生异,贵贱云泥相望悬。
> 惆怅向来歌舞地,寒虫夜雨过年年。[1]

其中的"惆怅向来歌舞地,寒虫夜雨过年年"使用了宋代诗人陈师道《妾薄命二首》中的"向来歌舞地,夜雨鸣寒虫"。

再如《村庵稿》有诗曰:

> 吾爱岩居太古前,绕檐老木上参天。
> 遮藏红日山无地,耕破白云秋有田。
> 屏里丹青枫叶染,枕中琴筑涧泉悬。
> 作笺为报金銮客,独坐寒灯夜似年。[2]

其中"耕破白云秋有田"可能是以宋代《叶绍翁靖逸小集》之《送冯济川归蜀》诗中的"满载月归应有命,便耕云去岂无田"联入诗。

再如《村庵稿》有诗曰:

---

① 玉村竹二编:《五山文学新集》第二卷,东京:东京大学出版会,1968年,第344页。
② 玉村竹二编:《五山文学新集》第二卷,东京:东京大学出版会,1968年,第344页。

> 蛇影曾惊杯酒前，病居已阅两秋天。
> 卜邻自近丹砂井，行路谁过白水田。
> 书着养生怜叔夜，药论味谏拟诚悬。
> 遗君双鲤长相忆，万里修途慎少年。①

其中的"行路谁过白水田"出自苏轼《游道场山何山》的"白水田头问行路，小溪深处是何山"一联，亦是以诗入诗的手法。

李白曾感叹"吟诗作赋北窗里，万言不值一杯水"，此句后来被希世灵彦以反用手法巧妙入诗，其诗曰：

> 逐对随行十载前，梦魂今已不朝天。
> 万言应付一杯水，六印难酬二顷田。
> 夜静壁间听鼠嚼，月斜檐隙看蛛悬。
> 人生所历多机巧，赢得长闲终百年。②

受宋代诗学的影响，五山诗僧中间学杜诗、讲杜诗之风盛行，杜甫的诗句自然也成为希世灵彦以诗入诗的对象。如杜甫《赠左仆射郑国公严公武》的首联"公来雪山重，公去雪山轻"便被借入希世灵彦的诗，其《奉和南禅庆年老师见示之韵》诗曰：

> 闻说师来山亦重，临风足慰我心悠。
> 云生泰岳终成雨，水赴沧溟不择流。
> 忆自儿童曾识面，行随子弟每低头。
> 少林犹记门前雪，侍立无言竟日流。③

在下面这首《扇面鸡》诗中，杜甫《缚鸡行》的尾句"注目寒江倚山阁"被分作

---

① 玉村竹二编：《五山文学新集》第二卷，东京：东京大学出版会，1968年，第344页。
② 玉村竹二编：《五山文学新集》第二卷，东京：东京大学出版会，1968年，第344页。上引3首诗题为"予既为丛和诗后，丛就医在外。诸儿辈不来，山居绝人迹。与猿鸟成邻，形影相吊，夜以继日。寂寥顷，十年旧事，往来于怀，又借前韵，赋诗自慰云"。
③ 玉村竹二编：《五山文学新集》第二卷，东京：东京大学出版会，1968年，第346页。

一联直接入诗：

> 俛首啄虫蚁，相呼来作双。
> 杜陵倚山阁，注目看寒江。①

以诗入诗并不是希世灵彦独有的作诗法，横川景三也常以诗入诗。如《菊赞》诗曰：

> 霜后枫林红胜花，无人一笑不停车。
> 秋风吹老篱边菊，白发高僧插帽纱。②

首联借用了杜牧《山行》的"停车坐爱枫林晚，霜叶红于二月花"。再如《次韵春荣少年试笔韵》：

> 风送余寒掠面吹，不知春色为谁宜。
> 南禅岁岁花相似，惭愧我无坡老诗。③

"南禅岁岁花相似"因袭了唐代刘希夷《代白头翁》的"年年岁岁花相似，岁岁年年人不同"。再如《春江白鸥》诗曰：

> 沙长芦短日迟迟，春暖水南天一涯。
> 更有白鸥相映处，红鸾栖老碧梧枝。④

尾句"红鸾栖老碧梧枝"也直接以杜诗"香稻啄余鹦鹉粒，碧梧栖老凤凰枝"入诗。

在惟忠通恕的诗集《云壑猿吟》中也有不少以诗入诗的例子，如《七夕诵友

---

① 玉村竹二编：《五山文学新集》第二卷，东京：东京大学出版会，1968年，第369页。
② 玉村竹二编：《五山文学新集》第一卷，东京：东京大学出版会，1967年，第24页。
③ 玉村竹二编：《五山文学新集》第一卷，东京：东京大学出版会，1967年，第43页。
④ 玉村竹二编：《五山文学新集》第一卷，东京：东京大学出版会，1967年，第41页。

人诗稿》:

> 唱和诗成十载功,翰林风月一囊中。
> 今宵摊向秋窗下,映夺天孙云锦红。①

其中"翰林风月一囊中"典出欧阳修《赠王介甫》的首联"翰林风月三千首,吏部文章二百年"。再如《梅花书斋图》全诗以林逋咏梅名句"疏影横斜水清浅,暗香浮动月黄昏"入诗:

> 绕屋梅花兴未厌,暗香淡淡袭书签。
> 如何说得黄昏后,雪满疏枝月挂檐。②

《庐山归宗志芝庵主偈》云:"千峰顶上一间屋,老僧半间云半间。昨夜云随风雨去,到头不似老僧闲。"这首偈表达了禅僧了无挂碍、任运自在、闲适超逸的心境,禅境诗意俱高,深受五山诗僧推崇。五山文学史上的"双璧"之一义堂周信也多处用到"云半间"这一字眼。他甚至以"云半间"命名自己的隐居之处。自然有不少五山诗僧将之引入自己的诗作中。西胤俊承的《题白云深处图》诗云:

> 白云溪上起,窈窕隔尘寰。
> 薄罩初藏树,弄遮渐失山。
> 岩隈堪作伴,陇底亦怡颜。
> 皓首一茅屋,相期分半间。③

其中"皓首一茅屋,相期分半间"即以首联入诗。再如《谢宿凤诸友访宿》诗云:"宿凤巢中采羽群,飞来个个九苞文。弊居但恐栖无竹,分与茅檐一半云。"④

---

① 上村观光编:《五山文学全集》第三卷,京都:思文阁出版,1992年,第2485—2486页。
② 上村观光编:《五山文学全集》第三卷,京都:思文阁出版,1992年,第2497页。
③ 上村观光编:《五山文学全集》第三卷,京都:思文阁出版,1992年,第2753页。
④ 上村观光编:《五山文学全集》第二卷,京都:思文阁出版,1992年,第1386页。

关于以诗入诗这种诗艺,五山禅林是有共识的。心田清播禅师曾评《荷香如沉水》曰:"莲渚轻飙拂绛云,栴檀婆律岂奇芬,画船泛月沧洲夜,风露郎官骨亦薰。"诗曰:"右,风露郎官,莲华博士,皆见陆放翁号也。故人诗曰:'笼麝多香骨亦薰。'可知多□[1]古人名作而后得好诗,宜多诵旧诗。"[2]心田禅师指出诗句典出何处,并强调要"多诵旧诗",即是强调以诗入诗作为一种诗艺的重要性。

再如天隐龙泽(1422—1500)的《卧云稿》有云:

> 己丑暮秋,一夕梦在东山,与社友联句,宛若平日。有一人,倡五字云,"九日樽前宴",坐客欲赓之,搜思者久矣,余卒尔答曰,"三生石上缘",亡友元芳藏主,亦在座。盖上句用唐人"十年泉下无消息,九日樽前有所思"之句。余亦用圆泽故事,而不翻其意也,然后窹矣。吁,一吟一咏,释氏所诫,客居以来,不从事笔砚,虽然宵□之际,余习稍稍,余窃愧焉,斯日重阳也,聊记梦中之事,以足成一章云。梦中逢旧友,屈指半黄泉,九日樽前宴,三生石上缘,菊花非故国,桑字感衰年,未洗吟诗习,秋风瘦入肩。[3]

在上述诗僧梦中进行的联句活动中,"九日樽前宴"即来自唐人诗句。这同时说明,在联句创作中以诗入诗现象是很常见的。

不难看出,五山禅林尽管推崇宋诗,但是对于夺胎换骨这一化用诗思、敷衍诗意的诗艺,虽然推崇却鲜有人能够做到,反而由于五山禅林诗歌教学、联句活动、题扇面等综合因素的作用下,以诗入诗这种蹈袭言句的手法却在五山汉诗中比比皆是,成为诗艺方面的显著特征。

---

① 所引文献如此,下同。

② 塙保己一编,太田藤四郎补:《续群书类丛》第十二辑,东京:续群书类丛完成会,订正3版,1957年,第473页。

③ 玉村竹二编:《五山文学新集》第五卷,东京:东京大学出版会,1971年,第1212页。

第四章

五山汉诗的诗论

　　五山禅僧在作诗、汉诗教学和论诗时,于诗僧的诗文集中遗留下一定规模的诗论文献。在五山禅林中形成的五山汉诗中,诗禅关系运动,即禅僧诗禅观念的变化贯穿始终,不仅是五山汉诗诗论绕不开的基本问题,同时也构成五山汉诗的一大重要特色。五山诗僧的诗论涉及诗歌的本质、诗风观念、诗格观念等诸多方面,在诗评形式上亦独具特色。

　　五山文学,是日本汉诗史上承上启下的文学形式,可以说,这一点同样体现在其诗学批评上。五山汉诗的诗论与王朝汉诗相比,诗学观念已有很大不同,批评意识进一步提高,诗论体裁更加丰富。五山诗论一方面为江户汉诗诗论做了内容、形式上的准备,但是在讨论的集中程度、深度、诗论规模、诗论的多元性上又相对薄弱。

　　从文献来看,五山汉诗的诗论资源分散而零碎,诗评专著少,多散见于序、跋、日记、字说、论诗诗中,篇幅短小,碎片化现象突出,缺乏系统性。本章试就五山汉诗诗论文献的上述特点分别做具体说明。

　　在本章中,笔者试在梳理五山汉诗的诗论文献的基础上,以诗禅关系为中心,兼就诗风观念、诗格观念等进行考察。

第一节　诗论文献的众多体裁

一、序

　　序,以诗序为主,通常是在丛林中诗名、宗风俱高,有影响力的禅僧,应邀请为人而作。禅僧出于种种原因,有时拒绝有时推辞数次而终作序,有时欣然为之。序有只有数行的,亦有借题做长篇发挥者,长短不一。其中借题发挥者,常常先介绍时间、人物关系等,继而发表自己的诗论观点,点评诗作优劣。义堂周信的《义天古律诗序》别出心裁,通过回忆求龙山德见禅师润色古律诗时受到的教诲与感悟,代为义天古律诗作序:

> 文和甲午春,予在京之禅林。一月袖古律诗,谒于长老龙山师,而求润色。山批之曰:"诗学非禅者所能也。"予愤然而去。次日山邀予酌茗,从容而语曰:"夫诗六艺之一也,而自彼周诗三百篇以后作者,或十年二十年,乃至四五十年,日锻月炼,苦用心而学者,尚能造其妙也鲜矣。而况禅家者流,弗学而能者邪。予乃疑而请益。山于是重告曰:诗之作也,风雅颂变而为离骚,骚变为河梁,为柏梁。逮于李唐,律诗作焉。有古律也,有今律也。今律也者,八句而有颔联颈联端句结句之制。古律也者,有十句乃至一百句二三百句,而通篇押一韵者。少陵、香山诸公之集中所载是也。然古律则牵于强韵,失乎布置,故近世诗人,能焉者,鲜之又鲜矣。汶阳周先生,撰乎唐贤三体家法诗,独采今律,而不收古律,良有以矣。今子如不已,则姑学今律足矣。"予退而三复斯言。自尔古律之诗不复作矣。吾友鹿山义山上人,偶有古律诗见寄,凡二百五十八句。韵无牵强之失,句有布置之巧,故其气象格力,可与少陵、香山之辈抗衡焉。吁,龙山如何作。则必曰。禅者乃有弗学而善古律诗者矣。然予弗善者也。所以耻其不及。而不敢奉和。遂述山言以代诗云耳。[①]

义山上人请义堂周信为他的古律诗作序。他作长序奉答,着眼古律的诗体,回忆和引述早年龙山德见关于古诗、近体诗的见解。龙山德见缕述了诗的体式演变,以及古律、今律的形式特点,并教导禅林学诗者学今律近体即可。从内容上看这篇序构成一则较为完整的诗论文献。

二、跋

跋与序的不同之处在于跋位于诗文的末尾,与序相同,不少作者借题发挥

---

① 上村观光编:《五山文学全集》第二卷,京都:思文阁出版,1992年,第1645—1646页。

以阐明自己的诗文观念。如梦岩祖应在《跋重刊北磵诗后》中云：

> 诗也者人之性情也，因感触而生。初不间庸夫贱隶，若人人可能
> 也。而意为圣人所取，列之六经，垂于万古，则曰"其为此诗者，其知道
> 乎"。又曰"不学诗无以言"。若尔，诗岂但止乎礼义乎。吁！其亦难
> 矣。其流为骚为选，为唐律。体制世变，然其所以为性情则一也。只
> 此不经诗删，以故各立一家以自是也。吾释偈颂，据彼之方有祇夜者
> 焉。有伽陀者焉。昔人曰偈或偈佗。盖梵音之讹略也。按梁僧史，罗
> 什语惠睿曰。天竺国俗甚重文，制其宫商体韵，以入弦为善，凡见佛觐
> 王，咏歌功德，经中偈颂皆其或也。但改梵为秦，失其藻蔚，传译大意
> 以昭后世。有如嚼饭与人，非特失味，乃令呕秽也。什辄制偈赠沙门
> 法和曰："心山育明德，流薰万由延。哀鸾孤桐上，清音满九天。"此土
> 之偈滥觞于此。自尔以降达摩对杨衒之作偈，以至汾阳雪窦，或古或
> 律，偈颂独盛于吾门。向所谓性情之本，发乎玄言寄唱，盖诗律特其寓
> 也耳。乡睦庵曰："诗而非诗乃此也。"
>
> 然悠悠后学不本宗猷，肆笔而成，全无羞愧……其末流甚者，闻云
> "秋云秋水共依依"，则曰此颂也。欲不笑而得乎。夫内无所得，语言
> 惟贵，则虽咸池三百首，金薤千万篇，竟何补于吾道之万一耶。北磵老
> 子从涵养蕴藉之中，获超然自得之妙，离文字之缚，脱笔墨之畛畦。文
> 章钜公与交，则寂寥乎短章，春容乎大篇，谓之诗也亦得。衲子与酬
> 唱，则痛快过乎棒喝之用事，谓之颂也亦得。与夫休巳鸟可之徒，雕肝
> 镂肾，抽黄对白，以诗著名者，不亦邈乎。由此云之，谓舍吾佛祖之道，
> 而到诗之妙处，则吾不信焉。古岩峨公尽将北磵平生文字傲工锓木，
> 不终而遽尔。其徒周桢书记，善卒先志。峨长崎之子，世称名家，视其
> 所可以知其人焉。应安甲寅孟春下浣云水僧祖应记。①

梦岩祖应禅师在北磵居简禅师诗集重刊之际作跋，反复申明诗须出乎性情
之正的诗观，并以此诗观为衡量禅门偈颂的准绳，主张诗歌应是性情的自然抒
发，指出禅宗同样出乎性情之正。梦岩祖应据此认为诗、偈不可无病呻吟，一味

---

① 上村观光编：《五山文学全集》第一卷，京都：思文阁出版，1992年，第836—838页。

雕刻语言,否则诗偈将走向禅宗的对立面。梦岩祖应强调唯有参得佛说悟脱禅旨方能达到诗之妙处,呼吁禅林以北涧居简禅师为楷模,从正性情开始,重视心性的修行,在一旦悟脱后实现诗偈上的飞跃。这篇跋从儒家的性情说出发,通过打通性情与禅旨,过渡到非禅不能诗的观点,在诗禅关系演进的过程中具有重要的意义。

三、字说

字说,指禅林中禅师为年少禅师演绎其法名内涵、寄托远大、嘱托希望的文章。在早期五山禅林,盛行以一首七言四句偈的形式阐释字号蕴意,到了后来字说越发流行并有大量留存。当法名中有"文"相关字时,字说通常会就诗文、学问乃至诗禅关系发表见解。对于为文作诗的态度或抑或扬,因禅师立场而有别。如义堂周信曾为文溪的禅僧作字说《文溪说》,其有云:

> 无文矣故而能文之,无形矣故而能形之。盖二物无心而相资,文生乎其间不知所以然而然也。是则天地自然之文者也。吁! 世之耽文章业著述,呕出心肝,为雕虫为篆刻,而冰之雪之,而镂之琢之,以为巧者。视彼水上自然之文,不亦劳且苦哉矣。①

义堂周信借为文溪作字说,阐述了其反对语言造作、雕饰浮华的诗文态度,强调诗者要秉持物我自然触发,去人为雕饰,严厉地批评了舍本逐末,耽于字句上的雕琢与藻饰的错误观念。由此可见,义堂周信为文溪作字说的同时表明自己的诗歌立场,对禅林中巧为雕饰的诗风提出批评。

四、诗话

除序、跋、字说之外,禅林中也有诗话这种论诗的体式。狭义的诗话,是北宋时出现的一种诗论体裁,以欧阳修的《六一诗话》为其发端,而后迅速成为中国古典诗学批评的一个主要形式。诗话以自由轻松的笔调,搜求诗林逸话故事,于闲谈中展开诗学批评。诗话与宋人好议论的风气相得益彰而大量出现,并且得益于活字印刷术的发明而很快便有结集,从而成为宋代诗学最主要的形

---

① 上村观光编:《五山文学全集》第二卷,京都:思文阁出版,1992年,第1772—1773页。

式之一。宋代诗话的主要著作如《诗人玉屑》、诗话类如《诗话总龟》《苕溪渔隐丛话》等传入日本并在五山诗僧中间流布，从内容到形式均对五山汉诗的诗论产生了影响。虎关师炼的诗话对于考察五山汉诗具有重要价值。通览《五山文学全集》《五山文学新集》也未能找到第二部与之相似、可称作诗话的著作。事实上，笔者仅在彦龙周兴《半陶稿》之《春江字说》中能找到诗话的蛛丝马迹，其文曰：

> 夫村庵丛林遗老，文章司令，片言只字，为世奇货，得余论者，为终身之荣也……诗曰："鸳鸯湖上寺，松下夕阳僧，无句又无月，敲门恐不应。"奇哉！古人以王摩诘为诗天子，且曰诗中有画，画中有诗。诗天子何人，今村庵是也。二十字小诗，宛然一片画图也。余以为春江字说，此诗而足矣。而诗中有祝有规，余试论之。鸳鸯湖上寺，述春江二字也，松下僧者，祝少年以大僧，乃今日之事耳。后联盖寓规箴意，其所谓句，句有二矣。百炼为字，千炼为句，如吟佛推敲者，诗熟而后有，不则无句也。济水三句耶，邵阳三句耶，一句了然超百亿者，禅熟而后有，不则无句也。诗禅两熟，而后为人中之月，不则无月也。敲门而破疑团者良遂也，敲门而勘老兄者曾郎也，是村庵所谓敲门不应者也。春江之所以克始克终，是在此诗而已。言未毕，管城子兑冠进曰："子之说字也，类一段之诗话，之使苕溪、菊庄复生，必为之轩渠也。"[1]

《春江字说》系彦龙周兴援引希世灵彦的诗为春江僧的字说。他巧妙地就"鸳鸯湖上寺"五言四句逐联敷衍发挥他对春江僧的规诫和殷切期望。在一旁专司记录的禅僧盛赞彦龙周兴的字说与一篇诗话相似，能获得《苕溪渔隐丛话》的撰者胡仔、《诗人玉屑》的作者魏庆之的赞许。

关于诗话体裁何以在五山禅林中间昙花一现，虎关师炼的诗话成为绝响，笔者认为有如下原因。首先，作为禅林文学，诗文始终受制于禅宗本业。诗话是诗评的专门形式，创作狭义上的真正诗话，意味着将参禅修行的正业搁置一边，这是禅林所不允许的。创作诗话意味着对禅宗本位的挑战，这是因为五山禅林熟悉中国诗话著作，却未能形成创作诗话风气的禅林环境。如下文所述，

---

[1]　玉村竹二编：《五山文学新集》第四卷，东京：东京大学出版会，1970年，第1076—1077页。

虎关师炼创作《诗话》,在尽量保持诗话体制的同时,也须从诗理关系上延续儒家的传统诗道关系,主张诣理,强调道理、禅理对诗文的主导地位。其次,五山禅僧的字说、序跋、书简、论诗诗和抄物等表述诗学思想在一定程度上是诗话的有效替代形式。如天隐龙泽的《寄笠泽老人书》这则书简,即在某种程度上发挥了诗话的功能。其云:

> 笠泽老人足下,前日所借取者,大明临川黎之大《未斋稿》,谨以反璧。顷者,梅暑昏昏,据梧假寐,体中佳则粗以涉猎矣。至其句读难分,义理难辨,累册叶而抹过,不必寻行数墨也,逢会心处,则摘一句两句,以玩味久之。大明诗文,余平生所阅者,《宋濂文粹》《皇明诗选》等外,无多见。今得此稿,窃知明朝诗文体裁,实可喜也,大抵以唐体为格,杂以宋元也。黎之大诗云:"夕阳牛背上,细雨鸟声中。"又曰"犬随驯鹿去,牛载暝鸦回"。又"海雾晴犹湿,山风午更凉"。又曰"花间细雾难成雨,树底新流尚带冰",又曰"旌旗影卷天河水,月露光浮玉树枝"。又《美人吹笛图》云:"芭蕉绿偏春光老,满地落花红不扫,有美人兮乐幽独,贞心不被闲情恼。"又《伏日热甚》云:"蜀山空积千秋雪,玉井谁收万岳冰。"纤秾闲畅,虽置之于唐词之中,溜涅难味乎? 又曰:"将疏杨柳犹争翠,未发芙蓉已妒红。"又曰"宫砚晓分似掌露,赐衣春染御炉烟"。又《梅》云"石裂飞残云母片,海乾露出珊瑚株"。又"狂来天地窄,醉里古今轻"。紧要豪壮,虽杂之于宋元诗中,牝牡难相乎。又《项翁别虞姬》云"拔山力尽楚歌残,翻对红裙泣未干。若把此恩酬死士,河山自定万民安"。夫项羽失秦鹿,汉王获秦鹿者,只在爱士与薄士而已也。羽有一范增,犹不能用之,汉有萧曹诸公,犹能用之。羽及乌江败,而四面楚声。然对虞氏殆到下泪,何夫乏大夫肝肠哉。若抚士卒如爱虞氏,则岂兴雅不逝之叹乎。此黎氏命意在此乎。古人咏项羽、虞姬者夥矣,然未尝造此论,故余表而以出之。又《野人家诗序》云:"一旦有诗友,曰青华生,曰太白丈人,曰玄虚子,曰朱明处士,又招二十八人,分题而赋诗,其诗前后,总三十二首,自《翠云巢》至《奄昼溪》,乃青华等四人所赋,自《长青坞》至《满空燎》,乃角童等所吟也。"余窃疑,此诗友,实非有此人,设人以为名欤,四友以青白玄朱命之,乃四季之色也,二十八人以角元氏房呼之,乃二十八宿也。盖古已有此

举，屈原《渔父》，相如《乌有》之亚也。又《桃源诗序》末云："方今华夷
一统，俗超三五，彼桃源之民，有则必将襁负其子以出，与天下之人，共
游无怀□天之上云云。"夫谈桃源者，往往羡古仙之淳素，厌今俗之纷
嚣。虽陶元亮、韩文公，不免有此叹。黎氏独反是。彼桃源仙侣，换六
百凉燠，不知有秦晋，其乐熙熙然。黎氏以谓，其乐不及大明无为垂拱
之化，以之推之，则政除秦苛，民乐尧仁，隔万里渺茫，足可健羡也。足
下前半一船南迈，目之所击，心之所领，是故，余论以及之也。黎氏临
川一书生，犹以古近诗，脍炙人口，况高官钜儒，累篇月露，满筐风霜
者，稛载鳞鳞插架者，几轴几卷哉。愿借与一瓶，以令消永日，则亦朋
友讲磨之一也，不宣顿首。[1]

天隐龙泽禅师从笠泽禅师处借得明代诗人黎之大的《未斋稿》，他在披览诗
集之后综合过去对明诗《宋濂文粹》《皇明诗选》的认识，从体制风格上对黎诗进
行评价。他举出有关佳句说明黎之大诗纤秾闲畅、紧要豪壮的特点。他亦分析
《项翁别虞姬》的诗思有别出心裁之处，并举出先例大胆推测《野人家诗序》实际
是以二十八宿虚拟诗友分题赋诗的。最后他还分析了黎之大《桃源诗序》的巧
妙构思，并在该诗的基础上表达了对明国的艳羡。

日本五山禅僧使用他国文字文体创作诗文，因此在禅林中的诗歌教学中对
声律音义、句篇结构、文体特点的学习和掌握是禅僧们最关心的事。五山汉诗
的诗学批评，与王朝汉诗、江户汉诗一样，总体而言呈现出以诗法、诗格学习为
主的特点。相比之下，诗话往往呈现印象式批评、搜集遗闻轶事、议论随性的特
色，因此五山禅林对诗话这一诗论形式的需求并不迫切。

综上可知，专论诗文有悖于禅林参禅解悟宗旨的正业，而字说、序、跋等禅
林的实用性文体在一定程度上代行了诗话的功能，具有印象式批评的特色。但
是禅林诗歌教学的重点在于诗语、佳句、典故、韵律，使诗话在禅林中未能成为
主流的诗论形式。

五、论诗诗

论诗诗是早期并不常见的又一诗论形式，也是五山禅林诗学的重要载体。

---

① 玉村竹二编：《五山文学新集》第三卷，东京：东京大学出版会，1969年，第991—992页。

论诗诗指五山诗僧以中国古典诗歌，特别是唐宋诗学，以及五山诗僧创作的诗为对象，以诗体这一形式对诗歌、诗史、诗事或诗人进行评价的论诗形式。笔者发现，论诗诗总体来说出现较晚，早期五山诗僧的外集中没有论诗诗。直至虎关师炼、龙泉令淬等圣一派诗僧的出现，其诗作中才见到赏诗评诗的片言只语。如龙泉令淬《残雪》云："杜陵出语便惊人，鹊玉光千载珍。山僧任随残雪灭，不甘世上毁誉尘。"[①]不过，这些诗吟咏的对象并非诗，对杜甫诗的评价多是对诗题的铺垫、衬托，距离真正的论诗诗尚有一段距离。但从这些诗中可见五山丛林尊崇杜诗的倾向，以及对杜诗的具体认知，因此这些诗亦是五山汉诗的诗论材料，只不过还不是论诗诗而已。继而，读诗有感而作的诗开始出现，如中岩圆月五言古律《偶看杜诗有感而作》诗云："久废成野趣，天亮读杜诗。男儿功名遂，亦在老大时。起予回百懒，庭树稍秋飔。弥信古贤语，譬之病遇医。我本勇夫子，坠地爷横罹……一得空心尽，万缘咸相随……狂名增远扇，众口金可糜……"[②]诗僧中岩圆月在意气消沉之中，将杜诗比作能治疗自己病痛的良医，从吟诵杜诗中获得向上的力量。又如《三月旦，听童吟杜句有感》诗云："二月已破三月来，少陵人去没全才。春风不管风骚变，李白桃花属别裁。"[③]从诗可知，中岩圆月认为杜甫在唐宋以后诗学方面具有无与伦比的崇高地位。李白、杜甫同咏桃花，但风格各异。春风亘古未变，只是诗风从诗骚以来已经浇漓，杜甫横空出世，能继风雅。之后便无来者，即使李白也无法与杜甫相提并论。该诗可以说已经是一首典型的论诗诗了。此后五山诗坛出现大量以读诗感为题的诗，如义堂周信的《读李杜诗戏酬空谷应侍者》、一昙圣瑞的《晚春游寺读晚唐诗》、在庵普在某弟子的《读联珠诗格》、西胤俊承的《读楚辞》、惟忠通恕的《读韦应物诗集》《读汉武秋风辞》、瑞溪周凤(1391—1473)的《读离骚》《读寒山诗》《读贾岛诗》《读贾谊吊屈原赋》、横川景三的《读孟郊诗》、景徐周麟的《读邵尧夫安乐窝诗》《读李白惜余春赋》《读黍离诗》《读李长吉闰月辞》《读东坡寒碧轩诗》《读鲁直腊梅诗八首》《跋鲁直锡奴诗》《论李长吉闰月词》、景叔琴趣的《读柳宗元诗》《读欧阳修日本刀歌》等。

---

① 上村观光编:《五山文学全集》第一卷，京都:思文阁出版，1992年，第624页。

② 上村观光编:《五山文学全集》第二卷，京都:思文阁出版，1992年，第888页。

③ 上村观光编:《五山文学全集》第二卷，京都:思文阁出版，1992年，第910页。

　　此外,五山诗僧间的酬和之作也起到鉴诗、评诗的作用,可以说是论诗诗的一种。较早的例子有别源圆旨的《和前韵酬中岩》:"佳句新诗意味长,白云中见碧云房。调高今古无人和,山鸟助吟来短墙。"该诗是中岩圆月诗的赓和之作,旨在欣赏中岩圆月的新诗句意俱高。龙湫周泽《随得集》五言长诗《和〈夜读庐山高〉诗》同样是对他人所作《夜读庐山高》诗的和作,其诗有曰:

> 孟冬凛寒气,夜座侵书窗。
> 思彼文鸣者,掷地如金锵。
> 机有欧氏什,照读挑银缸。
> 实是儒中龙,豪气不可降。
> 读至赠刘语,忽谓笔如扛。
> 惟知剌释子,未识石含玒。
> 汝谓吾言哤,吾谓汝自哤。
> 嗟汝不思耳,非狂即是戆。
> 彼师韩退之,亦发此愚曚。
> 纵虽曰大儒,岂与仲尼同。
> 佛老为其师,三教故相通。
> 宛如万斛鼎,武孟不可扛。
> 虚文庐山词,涛浪相舂撞。
> 颇似其善说,未免理瞽聋。
> 彼于儒术内,盖是未敦厖。
> 此诗聊成文,犹彼御木虫。
> 譬如弃船筏,即欲渡长江。
> 宜以释子说,可以药汝哤。
> 汝哤如得药,鹏抟九万风。
> 申韩与庄墨,或问于杨雄。
> 曰其皆有取,知不浪施功。
> 吾教宁可舍,三教空合空。
> 三教兴于世,永以有家邦。
> 末将欧氏辈,错比张与庞。

欧乃聋且瞽,张庞明且聪。①

　　龙湫周泽在诗中批驳了《夜读庐山高》中的观点,主要从儒释道三家高低优劣的角度展开论述。评价欧阳修是儒中之龙,诗文豪气冲天,夸赞欧阳修赠刘凝之的《庐山高》歌笔力雄健。但诗僧的论述中心是三教关系,他对欧阳修的排佛论表示不满,认为欧阳修师从韩愈,受其影响排佛是缺乏见识的。他从禅门立场出发,认为佛教是儒家之师,并以佛家空观弥合三者的殊异,强调只有三教共生才能安家立邦。这篇论诗诗是对诗中的论点的评价和超越,不是针对诗本身的诗思、诗格进行诗学评价,在论诗诗中是较为特殊的。

　　大约从鄂隐慧奯开始,出现了描绘中国诗人、诗句意境的扇面和画作,其中最常见的对象当数李白、杜甫、李贺、陈图南、苏东坡、王安石、林逋等唐宋著名诗人。五山诗僧在这些图画上题诗,诗画结合,属于文所论题画诗题材的一部分。在这种题画诗中,诗僧品评诗人诗作,感叹和评价诗事,构成论诗诗这种诗论形式。惟忠通恕的《赞李长吉》诗云:“古锦囊中恩不群,风流千载世空闻。也知天上文章少,白玉楼成独待君。”②表达了对唐诗人李贺命运和风流的感叹,以及对其诗才的赞赏。《庐山瀑布图》诗云:“惬兴吟成诗一首,不辞人唤作徐凝。”③鄂隐慧奯的《谪仙观瀑图》诗云:“天钟神秀知何用,一洗谪仙诗肺清。”对李白观瀑做出了新解释,戏谑之语中又寓有对诗仙的同情。④西胤俊承《枫桥夜泊图》中的“满天霜月客船清,一夜吟诗白发生”不仅拈取若干诗眼将枫桥夜泊诗压缩至诗中,还咏“一夜吟诗白发生”句突出诗人张继的旅愁。⑤又《郑綮驴雪》诗云:“野服称身心自安,灞桥风雪一吟鞍。乾宁宇宙日崩迫,未及诗人驴背宽。”⑥惟肖得岩的《李白骑鲸图》诗云:“脱靴归去踏鲸鱼,碧海桑田一饭余。莫道飞廉慵不告,关情杜甫问何如。”⑦在五山诗僧中希世灵彦这类诗最多,其《村庵稿》之《渊明卧北窗图》诗云:“北窗归窝竹方床,五斗何如一掬凉,卷里诗唯书甲子,枕

① 上村观光编:《五山文学全集》第二卷,京都:思文阁出版,1992年,第1169—1170页。
② 上村观光编:《五山文学全集》第三卷,京都:思文阁出版,1992年,第2479页。
③ 上村观光编:《五山文学全集》第三卷,京都:思文阁出版,1992年,第2491页。
④ 上村观光编:《五山文学全集》第三卷,京都:思文阁出版,1992年,第2653页。
⑤ 上村观光编:《五山文学全集》第三卷,京都:思文阁出版,1992年,第2713页。
⑥ 上村观光编:《五山文学全集》第三卷,京都:思文阁出版,1992年,第2727页。
⑦ 玉村竹二编:《五山文学新集》第二卷,东京:东京大学出版会,1968年,第873页。

中梦已到羲皇。"①又《浣花醉归图》诗云:"拾遗可老浣花村,田舍相邀酒满樽。路熟江边醉归夜,蹇驴不策识柴门。"②又《和靖放鹤图》诗云:"山童护屋独徘徊,可怪先生晚未回。放鹤湖天非为客,横斜欲月傍篱梅。"③又《东坡游赤壁图》诗云:"孤鹤相随今夜舟,月明记得洞箫秋。犹如未尽江山兴,已作前游更后游。"④又《题三苏画像》诗云:"当日眉山草木枯,一翁二季出三苏。可怜万里游京国,除却欧阳识者无。"⑤又《山谷画像》诗云:"梦中作梦老生涯,身是落南黔更宜。岩桂吹香秋欲晚,维舟榕下亦多时。"⑥又《杜甫画像》诗云:"村行不借蹇驴骑,花柳春风步履迟。吟得新诗拈髭断,唐天白日欲西时。"⑦又《小庐山瀑布图》云:"闻说庐山天下甲,飞流怪怪又奇奇。谪仙于世有佳句,坡老使人无恶诗。峰似香炉云散处,水成瀑布雪纷时。为同苏李留题地,过客长吟捻断须。"⑧又《和靖暮归图》云:"湖山游遍暮,童鹤亦俱回。吾爱吾庐好,巡檐数树梅。"⑨又《荆公归半山图》云:"罢相归来投老初,长干白干独骑驴,皋夔稷禹君须记,不读青苗一卷书。"⑩横川景三《李及郊雪扇面》诗云:"处士高风不可攀,六桥烟水鬓斑斑。梅花雪在史天外,五鸟飞边一鹤还。"⑪

　　义堂周信的《空华日用工夫略集》中存在大量禅僧来求义堂周信为其改字,讨论字的音义,评说诗史、诗事和诗作的记录。如日本"应安四年五月十二日"条曰:"良弘藏主来见。因问著述风雅之古今作者优劣。余为说云:'凡作文作颂当以得意为先,然后得句。意主句伴。苟得意,则句虽未必工亦可。句工而不得意,则吾所不取。'"又永德二年三月廿四日条载:"月舟、岳云、天锡三同袍来游入浴,浴后将归,留宿。宿谈联句。"⑫

① 玉村竹二编:《五山文学新集》第二卷,东京:东京大学出版会,1968年,第208页。
② 玉村竹二编:《五山文学新集》第二卷,东京:东京大学出版会,1968年,第211页。
③ 玉村竹二编:《五山文学新集》第二卷,东京:东京大学出版会,1968年,第214页。
④ 玉村竹二编:《五山文学新集》第二卷,东京:东京大学出版会,1968年,第232页。
⑤ 玉村竹二编:《五山文学新集》第二卷,东京:东京大学出版会,1968年,第234页。
⑥ 玉村竹二编:《五山文学新集》第二卷,东京:东京大学出版会,1968年,第218页。
⑦ 玉村竹二编:《五山文学新集》第二卷,东京:东京大学出版会,1968年,第226页。
⑧ 玉村竹二编:《五山文学新集》第二卷,东京:东京大学出版会,1968年,第210页。
⑨ 玉村竹二编:《五山文学新集》第二卷,东京:东京大学出版会,1968年,第288页。
⑩ 玉村竹二编:《五山文学新集》第二卷,东京:东京大学出版会,1968年,第240页。
⑪ 玉村竹二编:《五山文学新集》第二卷,东京:东京大学出版会,1968年,第206页。
⑫ 义堂周信著,荫木英雄训注:《空华日用工夫略集》,京都:思文阁出版,1982年,第108页。

特别是至后期,从禅僧日记如瑞溪周凤著《卧云日件录拔尤》、太极正易著《碧山日录》中亦可发现大量论诗活动的相关记录。可以说在禅林中间,论诗活动越到后期越为兴盛。一众诗友论诗时,通常会以诗论诗。这种诗在禅僧诗集中并不少见。如希世灵彦《秋夕与客论诗》曰:"留客论诗同半床,清新俊逸细商量。独吟可忍秋窗雨,砌下鸣蛩残夜长。"[1]又《雪夜与客论诗》曰:"灞上吟驴久驻鞍,玉堂白战矣应难。论诗未了天犹雪,人与梅花一夜寒。"[2]有时会连赋几首,如《次韵丛子岁暮留客论诗之作》云:"三百余篇删后定,辉光古往与今来。诸家辈出传宗派,大雅沦胥堕劫灰。春浅池塘诗谢草,雪残篱落老逋梅。论诗此夕一樽酒,更约重游岁暮催。非诗何得永今夕,细说唐并宋以来。林下僧风蔬笋气,桥边驴雪豆秸灰。老来谩与客名甫,穷后愈工人姓梅。数百年间无此作,黄鸡白日自相催。"[3]横川景三《雪夜与客论诗》:"希世来访,会者十人,联句五十韵,句罢,评诗。十雪古闻今见之,扫门迎客倒伽梨。夜深月落品题定,中有梅花寒似诗。"[4]景徐周麟《过梅庄论诗》诗云:"竹里梅迟是我家,不堪雪压小横斜。具备一笑吟庄上,子美诗中晴昊花。"[5]

综上所述,论诗诗是五山汉诗诗论的重要资源。从上引论诗诗可以了解五山汉诗的一些重要方面。首先,从论诗诗的题目及内容可以窥知五山诗僧所推重的诗人、诗风。论诗诗吟咏对象相对集中于唐宋诗人。其中唐代诗人主要有李白、杜甫、杜牧、李贺、寒山、孟郊、贾岛和柳宗元等,宋代诗人主要有林逋、陆游、王安石、苏轼、黄庭坚、杨万里和邵雍等。其他时代则集中在《诗经》、陶渊明上,但是相比唐宋诗人而言几乎微不足道。在上述诗人中,五山诗僧吟咏杜甫最多,这说明杜甫在五山诗僧中间最受尊崇。其次,从反复出现的林逋题画诗可以看出,五山禅僧的嗜梅风气十分流行,同时可以看出,林逋在当时的禅林中非常受欢迎。

① 玉村竹二编:《五山文学新集》第二卷,东京:东京大学出版会,1968年,第234页。
② 玉村竹二编:《五山文学新集》第二卷,东京:东京大学出版会,1968年,第290页。
③ 玉村竹二编:《五山文学新集》第二卷,东京:东京大学出版会,1968年,第347—348页。
④ 玉村竹二编:《五山文学新集》第二卷,东京:东京大学出版会,1968年,第212页。
⑤ 上村观光编:《五山文学全集》第四卷,京都:思文阁出版,1992年,第197页。

第二节　诗禅关系

在上节中,笔者试就五山汉诗诗论的存在形态进行了考察,介绍了序跋、诗话、字说、论诗诗等载体及其特征。总体而言,五山汉诗的诗论较为分散,大多数散见于序、跋、字说及论诗诗中。虎关师炼的《诗话》是五山汉诗诗论材料中唯一的一部独立的、专门讨论诗学的作品。此外,五山诗僧还撰写、编选了不少用于汉诗教学的讲义、诗集等,如虎关师炼撰写《聚分韵略》,义堂周信搜集数千首宋元诸尊宿的五言、七言绝句编成《贞和集》,天隐龙泽编选《锦绣段》,江西龙派编《新编集》,横川景三编选《百人一首》,文举契选编《花上集》,以心崇传等编纂《翰林五凤集》,月舟寿桂述《锦绣段口义》。以上韵书的编纂、诗集的编选,不仅是五山诗僧作为诗人的自觉意识的表现,其内容也构成了一种诗论。同样,苏轼、黄庭坚、杜甫诗的讲习等教学活动及"抄物"等本身也是特定形式的诗评活动和诗歌批评。

将五山汉诗与王朝时代的汉诗进行比较就会发现,五山汉诗的诗论在日本汉诗发展史上具有重要的里程碑意义。五山汉诗吸收宋代诗学的营养,实现了日本汉诗批评史上的"诗话"著作的突破,并且比王朝汉诗时代留下更丰富、更多样化、更系统的诗论资源。

五山汉诗的诗论是独具特色的。相对于王朝汉诗与江户汉诗,五山汉诗面临一个独特的、绕不过的课题,即诗与禅的关系,或曰诗禅关系。它是五山诗僧从事诗文时必须面对,而其他时代、其他诗人所不必面对的课题。五山汉诗人的禅僧身份,决定了他们必须以参禅修行、领悟宗旨、发扬宗风为本业。诗,以宗风严谨的禅僧的宽松标准来看,充其量也不过是本业的一种辅助,是表现禅旨的一种手段和方法。此外,禅宗强调不立文字,不主张去言说、阐释和敷衍宗义,而有必要用诗的形式、语言(美的形式),去烘托禅旨,绕路说禅,偈颂也就成为禅僧最常用、乐此不疲的参禅手段。也就是说,禅宗不立文字,故而用偈颂,偈颂采取诗的形式,势必将受到诗的形式美的制约,为了掌握诗的形式,就必须习诗,而习诗就免不了去学习诗语,掌握了诗,便不可避免地受诗的形式美、抒情性的影响,一点点偏离本宗和不立文字的基本立场。随着五山禅林人才选拔制度中诗文重要性的提升,诗歌教学为各派所重视。禅僧生活的雅化和日益重要的社交,也造成诗文在五山禅林的兴盛。同时,受宋元禅宗偈颂主义、文字禅的影响,在五山禅林早期诗文即是重要的参禅手段。加之,受赴日的宋元禅僧及来华习禅的日僧的影响,随着两国贸易往来的发达,中国士大夫的审美、思想、习惯也促使了五山禅林的雅化。到了禅林后期,诗文已成为禅僧生活中不可或缺的组成部分。以诗迎送往来、感悟人生、谈诗说雅、联句雅集便成为五山禅林的一种普遍现象。综上所述,在五山禅林中,禅宗对偈颂的内在需求与诗本身蕴含的对禅宗本业的侵蚀之间,抵御诗的侵蚀与文字禅不断雅化、社交化的生活方式之间的矛盾,贯穿了五山汉诗的整个发展过程,构成五山汉诗诗论的基本问题,并左右了诗禅关系运动的基本走向。

宋代禅宗数种禅法并立,其中最具势力的是临济宗大慧宗杲的文字禅。文字禅强调通过公案、话头、法语等习禅,提倡使用偈颂表达悟境。日本禅林系移植宋元禅宗而来,在各宗派中临济宗势力最强,因此,在五山禅林中文字禅法非常盛行,学习诗文的现象从一开始便存在。用汉语作偈需要早期五山禅僧投入大量时间和精力,甚至影响到参禅的本业。早期赴日宋僧,如无学祖元、大休正念等,均痛斥了日本禅僧耽溺诗文的不良风气。换言之,早期的五山禅林就面临诗禅关系的纠缠。一方面,诗作为表达宗旨的手段不可或缺,有必要传授诗法,扩大宗派影响。另一方面,学诗作偈又使僧徒在诗偈上投入过多的时间和精力,背离了参禅这一根本目标。因此,可以说五山禅林从一开始就暴露了在诗禅关系问题上的两难处境,即诗以助禅或以诗害禅。这种诗禅之间的关系纠葛贯穿了五山文学发展的整个过程。

禅僧对诗禅关系的认识或者说“诗禅观”,与五山汉诗的发展关系密切。诗禅观涉及诗的本质、诗的功能、诗的创作、诗的评价等诗学批评的主要方面,因此诗禅关系的演进是五山禅僧诗论的核心。诗禅观的演变一方面是五山禅林诗文创作状况的后果和产物,另一方面又影响着这种诗文制作。当诗文阻碍到本业时,就会强调禅的根本地位,以制约过度的诗文创作,这时期的诗禅关系会相对倾向于强调以诗害禅的一面。而当五山禅林整体呈现出沉湎和耽溺于诗文创作的风气时,强调诗对参禅的必要性、诗禅一致乃至诗禅一如的声音则会压倒反对声音。当诗禅关系向诗禅对立有所倾斜时,诗文的创作会有所收敛,诗风亦会倾向于偈颂的质朴与允正,诗助禅悟的功能亦能得到更好的发挥。当诗禅一致、诗禅一如观点居上,就又催生禅林中作诗、论诗、赛诗之风的兴盛,诗文创作会趋向活跃。总之,诗禅观的演进与禅林诗文发展密切关联,诗禅观的演进变化是认识五山汉诗发展过程的重要线索,而阐明诗禅观的演进又是认识五山文学发展的关键。

一、诗禅关系的演进起点

诗禅关系的最初状态,是禅僧诗禅观演进的起点。因此,还原日本禅宗成立之初的诗禅关系,是考察五山文学诗禅观的第一步。一般认为,建仁寺明庵荣西(1141—1215)和永平寺道元(1200—1253)分别将临济宗、曹洞宗传入日本。在荣西之前,已有奝然(938—1016)与觉阿(1143—1182),但无法证实奝然确实参过禅,其师承关系也不明朗。虽然可知觉阿入宋嗣法临济宗杨岐派禅僧瞎堂慧远参禅,可以视作宋禅宗传日的起点,但其后法脉不明,对当时及后世没有产生影响。明庵荣西曾二度入宋,第一次习天台宗,第二次再度入宋时投虚庵怀敞门下习禅并受印可。他在回国后大力弘禅,被禅宗史家视为日本禅宗初祖。

几乎与荣西同时,大日能忍(生卒年不详)于摄津三宝寺弘扬达摩宗。大日能忍通过自学由宋传日的禅宗典籍而自立门户。他的禅法较明庵荣西更加纯粹和残酷,而遭到日本佛教徒的冷遇。有学者认为,当时天皇命令废禅,并非荣西布教的结果,而是大日能忍导致的。可见,纯粹的禅,即早期尊宿所强调不立文字、直指人心的禅,在日本并没有生长的土壤。

二、诗禅关系的演进过程与演进理路

诗禅观,在五山禅林形成之初就存在,是贯穿五山汉诗发展的重要因素。中世禅林文学与王朝时代、江户时代的汉文学相比,文学与禅宗之间的纠缠,以及如何处理这种纠缠,是其重要特色之一。其实,文学与禅宗的关系,在中国禅宗的发展过程中同样存在并且已然存在。当宋元禅宗被移植到日本时,这种关系随之亦存在于日本五山禅林。此外,值得注意的是,诗禅关系在中国并不局限于禅林。宋代诗学以严羽、吴可为代表的以禅喻诗诗学,对宋以后诗学及日本五山汉诗产生深远影响。

诗文盛行给日本禅林带来的负面影响,虽很早被禅林意识到并有所警觉,但禅林从未全面否定诗(偈)对禅的重要性。五山禅僧的诗禅观是矛盾的。一方面他们劝诫禅僧专注禅悟本业,暴露诗文泛滥的害处;另一方面又不断肯定诗对于禅的不可或缺的价值。从而,对诗有保留地批判、有保留地肯定,便是禅僧常常表现出的姿态。综观五山禅林,早期的禅僧们目睹诗文对禅宗的伤害,呼吁禁绝诗文,但实际上这种声音从来都不是主流。由于五山禅林学习了宋元禅宗中流行的文字禅法,禁绝诗文的极端做法并不为大多数禅僧所接受。早期五山禅林的领袖人物,为了禅宗的健全发展,努力在禅林中树立正确的诗文观,对诗设置种种限定条件,以让诗文回到服务参禅本业的应有位置上。他们主张只要善加利用诗文,它便是有助宗猷的。而所谓诗文害禅,是因为参禅者没有对诗文善加利用。禅僧对诗的恶用,往往体现在禅僧耽溺于诗,或作诗时过分雕琢辞藻,计较诗法,或吟诵与禅旨无关的事物,或者学习方法不当。

虎关师炼回应禅林中诗文害禅者而作《诗话》《清言》,为诗文开辟生存与发展空间,并努力借助《诗话》树立浑醇的诗风。义堂周信提出无文而文,欲援引儒家传统文道观来树立正确的诗禅关系。这些均是正确引导禅林诗文创作的努力。值得注意的是,他们的诗禅观主要是在驳斥错误观点、矫正弊害的过程中形成的。义堂周信奉诗熟禅熟、禅文偕熟为理想,在禅林中影响极大,是诗禅关系从诗助禅宗发展到诗禅一如的分水岭。在诗禅观走向诗禅一如的过程中,诗逐渐获得了与禅并立的对等地位。这也为后来的诗以代禅,参诗即参禅论的到来扫清了障碍。不过,诗文害禅从未成为禅林诗禅关系的主流,也不存在那样的一段时期。禅僧在面对诗文泛滥所带来的负面影响时,也并不将二者绝对对立起来,而是坚信诗文对于禅宗是必要的,诗文助禅本来就是成立的。这应是宋代禅宗文字禅本身的特质所决定的。即便在诗文对禅的伤害十分严重的时期,也少有人会去扬言在禅林中禁绝诗文。因为无论是赴日弘禅的宋元禅僧,还是曾来中国参学的留学僧,抑或日本本土禅僧,均以偈颂为主要表达禅旨的手段。何况,禅林中的人事制度、迎送来往、个人情感都越来越依赖诗文创作。

(一)早期五山禅林的诗禅观

1. 兰溪道隆

赴日宋僧兰溪道隆(1213—1278)、兀庵普宁(1197—1276)、大休正念是五山禅林滥觞期的指导者和奠基人,他们的诗禅观能够说明在五山文学诞生之初的诗禅关系。

兰溪道隆的《建长开山大觉禅师语录》中收录了19首颂古、13首偈颂、14首佛祖赞,共计46首禅诗,皆是禅诗偕熟的典范和日僧模仿的对象。兰溪道隆对于描写风花雪月的诗句,持完全否定的态度。其卷下《普说》中云:"予或时巡寮密察,多是安笔砚于席上,执旧卷于手中,机缘公案里,才有风月之句,便抄入私册中,以为自己受用之物。恰似老鼠偷川附子在穴内相似。肚饥之时,欲吃又吃不得,只在旁看守,既无奈何了,忽然硬吃一口,反失性命。诸仁者自己不明,看人语录并四六文章,非但障道,令人一生空过。"兰溪道隆观察到日本多数禅僧在学习公案时,常偏离参悟本业,而喜好嘲风弄月的俗句。他对此深恶痛绝,忧心忡忡,将风月之句比作夺人性命的毒物。在他看来,莫说是世俗之诗,即便是公案、偈颂中的风月之句,都会阻碍参禅者坐禅悟道,令禅僧一事无成。这是一种彻底在禅林中否定文学的观点。但是兰溪道隆对文学的激烈否定,未能在日本禅林中禁绝文字之弊,他在《大觉禅师遗戒》中告诫僧徒五事足以说明当时日本禅林对诗文的热情丝毫未减。遗戒一曰"松源一派,有僧堂规,专要坐禅,其余何言,千古不可废之,废则禅林何在,宜守行矣",告诫僧徒恪守堂规,永远以坐禅为本业。二曰"福山各庵,不论济洞,和合辅弼,莫昧佛祖本宗",意在要求禅宗各派排除门户之见,互相扶持。三曰"戒是僧体,不许荤酒肉裔鬻门前,何况入山中",强调日僧严守戒律。四曰"参禅学道者,非四六文章,宜参活祖意,莫念死话头",要求禅僧不可沉溺于四六文章,警告文字禅带来的弊端。五曰"大法莫授非器,吾宗荣衰唯在于此",则教诲弘宗大业全系于人才得失,强调禅宗人才的重要性。以上5条遗诫均是兰溪道隆认为的足以左右日本禅林未来命运的5个方面。其中的第一事、第四事均指向当时禅林中的习文弄诗之的风气。

俞慰慈在评价兰溪道隆时,以其偈颂诗体规整、对句华丽为根据,认为他是日本五山文学的源头,五山禅林中的弄诗舞文之弊,是兰溪道隆自身种下的"苦果",其对诗文的激烈否定,正是对自己所招来的弊病的一种补救。[①]从日本诗禅关系运动的过程来看,兰溪道隆的诗文害禅观点,在五山禅林中有持续影响,并构成诗禅关系运动中的一个基本面向。笔者认为,对兰溪道隆可以从诗禅关系运动的角度进行客观评价,肯定其诗文害禅的主张对防止诗禅关系迅速滑向诗禅一途的作用。

2. 兀庵普宁

兀庵普宁在日5年,与兰溪道隆同为禅林的领袖人物,他对当时弄诗舞文之弊的态度,同样持否定态度,这从《最明寺殿悟道后,师赠之助道颂》中能得到

① 俞慰慈:《五山文学的研究》,京都:汲古书院,2005年,第328页。

印证,颂云:"二十一年曾苦辛,寻经讨论枉精神。蓦然模着娘生鼻,翻笑胡僧弄吻唇。"禅师回忆自己早年"寻经讨论"无果的教训,劝诫禅僧不可拘泥经句,须于坐禅中顿悟。"翻笑胡僧弄吻唇",甚至达摩的偈颂言说都是多余的,这是一种离脱一切文字的观点。与兰溪道隆相比,兀庵普宁的诗禅观停留在对不立文字的肯定上,认为诗文是无助于禅的多余事物,并未从正面批判诗文害禅,禁止禅僧作诗为文。

3. 大休正念

大休正念,临济宗松源派佛源派祖,1269年赴日。与兰溪道隆、兀庵普宁不同,大休正念有一定的文学自觉。玉村竹二指出,早期赴日的宋僧如兰溪道隆、兀庵普宁、大休正念、无学祖元等,在法语之外,都留下了格调较高的纯文学作品。其中大休正念的偈颂尤其具备诗的体式。他的到来为滥觞期的日本禅林文学的发展带来了转机。在文学上有特别自觉的大休正念在诗禅观方面的立场与早期五山禅林的古宿不同,在诗禅关系上一改兰溪道隆、兀庵普宁的消极立场,最早阐述了诗文于禅的不可规避性及二者的相通性。

东京大学图书馆所藏别置本五山版第一册《弘安甲申大休自述序》云:"深恐,学语之流,匿于知解,别开户牖,摘其枝叶,不明本根。虽然言者载道之器,犹水能行舟,亦能覆舟。先圣抑不得已而为之。嗟夫去圣时远,人心淡泊,非藉由方便,则不能逗机信入。"①大休正念指出以文字知解学禅是本末倒置,言能载道,文字通禅,但若不加善用就会害禅。先圣为文作诗实为迫不得已。但是与先圣的时代不同,眼下的禅者非用文字、诗文的手段,就不能建立对佛、禅宗的兴趣与信心。可见,务实的大休正念隐然已经肯定了诗文的不可或缺性,并暗示了须积极主动学习诗文的观点。由此可见,大休正念在言道关系上,虽表面上与兰溪道隆、兀庵普宁的消极立场保持一致,但他不仅肯定了诗文载道、通禅的功用,更在字里行间隐然表达了诗文于当今禅林的必要性。荫木英雄曾以大休正念援引载道说为根据,认为大休正念为兰溪道隆、兀庵普宁以来的文学否定路线带来了一大转折。对此笔者非常认同。

大休正念的诗禅关系,并未止步于对禅林学习诗文必要性的肯定。他还基于禅的立场,从禅宗作为心宗,以治心为本的角度,打通了禅与文学、艺术。《示道本侍者》云:"明自本心,见自本性。返观三乘十二分教,一千七百公案,乃至

---

① 《大休和尚语录》。

诸子百家九流异学,皆自心性中流出,初非剩法。亦犹百川异流,同归大海,更无二味。"①他认为佛教大小乘诸宗的义理教说、禅宗公案乃至诸子百家的思想学说,均指向心性本源,是心性的产物。禅宗以明心见性为目标,又名心宗,从根本上能够统领、涵括一切学艺。这为诗文也不外乎禅打开一种逻辑思录。

大休正念的《题水墨梅花枕屏后板》是五山禅林中最早的诗评文献之一,其中有云:"疏影横斜水清浅,暗香浮动月黄昏。此和靖得意之句。如真金不加色,美玉不雕文,后作所不及也。画二多摭其句,发越其寓意之妙。犹化工生成万物,曲施善巧之功。惟人万物最灵,在心为志,发言为诗,可以动天地,感鬼神。得之于心,应之于手,可以致精神,夺造化。皆自吾方寸中流出,非剩法耳。"②在此,大休正念评价林和靖的诗句,如真金美玉般出乎自然,无人工雕饰,林逋以后的咏梅诗都无法超越。他认为人是万物灵长,诗有贯道的功能,人可以由掌握诗、作诗而贯道。大休正念特别强调(像林逋的梅)诗也是心的作用和产物,为心所统摄,也就是说,诗与禅是相通的。

《示道本侍者》将释、儒等世间所有思想学说都涵容于心宗之中,《题水墨梅花枕屏后板》将文学艺术亦统摄于禅悟之下。在禅宗与其他思想学说、文学艺术的一般与特殊的关系下,二者之间建立了互通的关系。具体到诗禅关系,那就是禅从根本上对诗的统摄,以及诗在理想状态下对禅之义理的再现,即诗能载道(禅)。这种关系意味着一旦禅悟,即天然具有兼容一切思想、文艺的能力。反过来,这也暗含了由治学、作诗、制文而达到悟脱境地的理论可能。大休正念最早在日本禅林中提倡上述思想,打通了禅宗与诸学说文艺之间的关系,这种以禅宗融摄他说的思想虽有悠久的历史,但在自兰溪道隆以来对诗文的消极传统中,他率先在禅诗之间架起桥梁,在之后五山文学诗禅观的发展中,为诗禅走向一致提供了重要的逻辑路径。在此意义上,大休正念为五山文学在滥觞期的发展拉开了思想解放的序幕,为诗文盛行于五山禅林提供了重要机遇。

4. 清拙正澄

元僧清拙正澄,1326年赴日,是日本临济宗破庵派石田派大鉴派祖。他为日本五山禅林中文事对参禅本业的不断侵扰深感不安,为此,告诫日本禅僧专注禅宗,努力纠正禅林的诗文泛滥之弊。他在《圆觉前堂首座寮铭》中云:

———

① 《大休和尚语录》。
② 《大休和尚语录》。

衲僧以参学为主,头首以秉拂为主。秉拂以提纲为主,提纲以宗眼为主。宗眼既正,则举扬个一段大事,胸襟浩浩地,盖天盖地,纵横得妙,左右逢源……秉拂叙谢,语贵简净。不必繁多,多则厌听。大众久立辛苦。叙谢住持,不过两句。多则大无礼。古德录中,多载秉拂提纲问答拈颂公案,不见有载叙谢。近时一等俗儒为僧,无宗眼,无衲僧气息,无本色提纲,却制作叙谢文章,以遮其短,若真正衲子,必不须效俗僧也。古德未说法已前,先垂语,令学者有疑问,问以决疑。一言之下,超越生死之岸。后来变其名曰索语,此二字已纰缪矣。其秉拂垂语之意,只要以向上一著,大家激扬,光显祖庭而已。大概如此。作者自能变通之也。切不可自言我作家。我要决胜负。我无敌,我七事随身,一任争战。如此等语,自夸自大,非理也。自言作家,非作家。禅客问答出阵入阵之名大缪。古人胸中,疑情未泯,对众抉择。又有作者相与激扬,安有出阵入阵之意……出阵入阵可削除之。①

清拙正澄忠告五山禅林,禅僧应以学禅为主,头首秉拂当抓住宗眼,方能纵横恣肆,而不失为成功的上堂。清拙正澄主张叙谢应当简明扼要、干净利落,对住持法语表示感谢时一两句就已足够。但日本禅林中有禅僧,比起参禅平时更重视创作诗文,在诗文上投入了更多的精力,却在参学上鲜有进步。清拙正澄斥之为没有僧衲气质的俗僧。俗僧们妄图用漂亮的诗文滥竽充数,以遮掩其在参悟上的薄弱。俗僧们自称作家,竞相以文事炫耀,禅客问答亦沦为诗文比赛。清拙正澄所揭露的诗文之弊可以说是五山禅僧长期沉溺诗文的结果。由此亦可见,虽然如兰溪道隆等赴日宋元僧力戒诗文风气,但五山禅林仍在文学的道路上"高歌猛进"。

值得注意的是,清拙正澄虽然暴露日本禅林的诗文渗透至参禅活动本身的顽疾,以极其严厉的口吻警告禅僧,但他并不像兰溪道隆、兀庵普宁那样让禅僧断绝文字。他有时会就学诗提出建议,如《跋江湖集》云:"宋末景定咸淳之音,穿凿过度,殊失醇厚之风。然有绳尺,亦可为初学取则。已知法则,然后弃之,勿执其法。如世良匠,精妙入神。大巧如拙。但信手方圆,不存规矩,其庶几

---

① 上村观光编:《五山文学全集》第一卷,京都:思文阁出版,1992年,第489—490页。

乎。学者宜自择焉。"①他提醒日本禅僧当注意《江湖集》②穿凿过度的不足,就学诗、作诗进行具体指导,建议禅僧学习《江湖集》的诗法规则而同时不执着于诗法。清拙正澄在《跋江湖诸名胜唱和轴后》中肯定诗偈的同时,也提到要注意言语妨碍悟道的一面:"古宿云。拼得十年不语,无人唤你称哑子。以言语妨道也。虽则言言见谛,句句朝宗。意能铲句,句能铲意。正眼观之,各人肚里,有许多麋麋糟糟,几时能得净洁。"清拙正澄对擅长诗文的禅僧表示祝贺,如《跋旨藏主行卷后》曰:"诗有夺胎换骨法。人亦有夺胎换骨。用古人意,不用其句。用古人句,不用其意。此诗夺换也。日本旨藏主,入保宁休居之室,复游历诸老之门归来。观其著述,概得大唐音调,语意活脱,如珠走盘。岂非能夺换我大唐胎骨者耶也。抑得休居翁九转还丹,耐若是耶。"③他赞赏别源圆旨入元参禅诸老而得其真传,所作诗文语言宗旨不凝滞,颇有中土诗文的风采。

从诗禅关系来看,从兰溪道隆到清拙正澄,诗文害禅的观念并未随着禅林诗文之弊的蔓延得到相应强调,相反大休正念、清拙正澄对诗文害禅的关系表现出更加宽容的态度。大休正念肯定了诗文的贯道载道功用,由诗文可以致道,同时强调学艺以心为宗,禅悟明心见性后,可通诸般学艺。清拙正澄虽然目睹禅林诗文弊习害道的严重后果,但并无禁绝诗文的意图,他更多地从正面去引导日本禅僧如何正确地学诗、作诗,积极地将诗文活动引至贯道、载道、通禅、助禅的正途上。

5. 虎关师炼

虎关师炼强调文章著述的重要性,并且创作了《诗话》这部在五山汉文学史上绝无仅有的诗论著述,是五山文学史上第一位为诗文创作摇旗呐喊的禅师,为五山汉诗隆盛期的到来做了理论上的铺垫。不仅如此,他著述等身,是五山汉文学史上屈指可数的多产作家之一。虎关师炼受宋代明教契嵩影响,强调著述弘宗。但这事实上已背离禅宗的"不立文字",而走上义理知解的"不离文字"路线。他多次强调著述的优越性:"夫具正眼而著书传世者,肉身之分身说法也。凡人横说竖说而一时所听不过数百人耳。岂如著述之施万氏流前代乎。"

---

① 上村观光编:《五山文学全集》第一卷,京都:思文阁出版,1992年,第499页。

② 《江湖集》九卷,是南宋陈起编辑的一部诗歌总集,入集诗人以江湖习气标榜,称"江湖派"。他们常常相互酬唱,表露歆羡隐逸、鄙夷仕途的情绪。

③ 上村观光编:《五山文学全集》第一卷,京都:思文阁出版,1992年,第506页。

并与他人分享义理知解与读书习史的乐趣：

> 或问："学又有乐乎。"师曰："其乐不可言，人间无比，天上颇应拟耳矣。"曰："敢乞。"曰："……探赜义理，精求意趣，至得妙解时，或欢悦，是夜摩之乐也。于一句偈说无量义，于一字章出无边法，不假搜索，自足意味，是睹史之乐也。覃思发怀，纂集古语，述作新词，以自欢乐，是第五天之乐也。制作玄妙，出圣入神，新句古语无有畛畦，我有畜思他撼妙才，以思合才，漫无缝罅，才思涉入不求自合，是第六天之乐也。"①

虎关师炼强调义理知解、读书习史、著述弘宗的思想，与当时禅林的诗文害禅观从正面对立，自然难免遭到非难。但虎关师炼均能以其雄辩的文笔化解，如《清言》中记录了某人对他"说法多文彩"的责难：

> 或曰："师说法多文彩，不似从上诸师矣。"师曰："说法岂有定式？只随时机也耳矣。从上诸师指谁而言乎？甚矣乎子之惑也！我竺乾老人，三百余会皆不同焉。《华严》广衍也，《涅槃》雅实也，《楞严》奇玄也，《楞伽》古奥也。逮于四依，又皆各异。《瑜伽》齐整也，《智度》博涉也，《起信》含蓄也，《中论》精微也。竺土如彼，子指谁而言乎？震旦诸师又各不同。曹溪浑奥也，江西宏深也，黄檗朴实也。临济如连环，云门如遗珠。曹洞精粹也，沩仰峭拔也，法眼浑厚也。船子说法，渔歌也。五祖举话，艳词也。南堂提唱，乐府也。楼子悟处，歌曲也。死心新以怒骂为佛事，端师子以戏弄当应机。子指谁而言乎？"②

虎关师炼面对"说法多文彩，不似从上诸师"的批评，用排比句逐次举出释迦牟尼佛三百余会所讲主要佛经的不同风格与言说方式，又逐一概括中国禅宗诸尊宿各不相同的说法风采和文体，从而雄辩地说明说法应该以当机为要，无须拘泥于某一特定风格和文体。他特别指出中国诸师不仅说法时风格各异，更

---

① 上村观光编：《五山文学全集》第一卷，京都：思文阁出版，1992年，第248页。
② 上村观光编：《五山文学全集》第一卷，京都：思文阁出版，1992年，第254—255页。

不惜破佛门"嗔恚""绮语"之戒,采用渔歌、艳词、乐府、歌曲等世俗文学体式演说佛理禅旨。通过回顾以上先例,他试图为自己说法多以诗文、多用文采找到依据,以有力地驳斥"不似诸师"的非难。

上引文献同时说明,在诗禅关系上,虎关师炼肯定了包括诗在内的各种文体的载道助禅功能。关于诗禅关系,虎关师炼在《诗话》中亦有具体阐述。实际上,他在《诗话》中阐明了诗禅关系正是虎关师炼诗学关系的出发点。这表现在他以"适理"为根本的诗观上:

> 夫诗之为言也,不必古淡,不必奇工,适理而已……达人君子随时讽喻,使复性情,岂朴淡奇工之所拘乎,唯理之适而已……圣人顺时立言,应事垂文,岂朴工云乎。然则诗人之评不合于理乎。①

虎关师炼以醇为诗的最高评价,而醇恰恰是在理基础上兼备形式、风格之美。有关于此,本章在虎关师炼的诗学思想部分详细论述,故在此省略。要而言之,虎关师炼在诗禅关系上,首先从著述弘宗的高度肯定、倡导禅僧进行诗文创作,旗帜鲜明地强调诗文作为弘宗工具的作用,并最大程度解放了诗文体裁、风格等形式上的束缚。可以说,他是禅林中最早、最积极地肯定诗文作用、号召诗文创作的禅僧。在此基础上,虎关师炼创作了日本第一部形式完备的《诗话》,开辟禅林公开发表论诗著作的先河。在《诗话》中,虎关师炼对《诗经》、陶渊明、杜甫、杨万里、林逋、苏轼、黄庭坚、寒山的诗作或诗论进行了考证、鉴赏、批判,树立了自己的诗歌评价标准——尽善尽美,即适理与形式美的自然结合。

（二）中期五山禅林的诗禅观

1. 梦岩祖应

继虎关师炼大力号召著述弘宗、肯定诗文对禅林的重要作用,解放了束缚早期五山禅林汉诗文创作的"以诗害禅"的诗禅关系后,禅僧不断重新审视诗禅关系,诗禅关系持续向"诗文助禅"乃至"诗禅一致"倾斜。虎关师炼的高徒梦岩祖应在《跋赠自严侍者诗后》云:

---

① 上村观光编:《五山文学全集》第一卷,京都:思文阁出版,1992年,第228页。

> 禅林有诗久矣。永明有物外集,大藏亦有龙树诗。皆非用力于骚雅者之比焉。但是随世语言,无谋汲引也,谁敢妄议。时世渐降,人心安鄙俗。加瘦权癫可,琴聪蜜殊之辈,欹艳刿目钵心之作。妄言绮语,掏擢胃肾。还以诗僧著称于穷间下里之间,不亦辱乎。宁止兴观群怨之不类,且犯吾法之深忌。诗家者流嘲以蔬笋宜矣。已愧大牢五鼎之味,况复超然自得之妙乎。若尔搌得三生而为之,果诗也欤,又果僧也欤。呜呼!古将不可遽复,且自统而寻之,由本以观之可也……实能如是,诗岂负禅,惟人自负。诸兄弟曷相与懋之。[1]

他承认禅林有久远的作诗传统,但永明道潜、大藏等禅僧的诗作,并非为作诗而强为之,不雕琢文字。权、可、聪、殊等禅僧作诗喜用华丽藻饰,虽在俗世间获得诗僧名声,但权可之辈的诗,不仅未实现儒家兴观群怨的诗观,更触犯禅门大忌。身在禅门,若以诗为业,将落得不伦不类的下场。

由此可见,梦岩祖应从历史角度肯定禅林可循旧例为禅门诗,以弘扬宗猷。但权、可等禅僧未能像先圣一样,而是走向追求华美艳词的邪路。诗本身无所谓害禅助禅,诗之害禅或助禅完全取决于作诗者,即"诗岂负禅,惟人自负"。梦岩祖应的诗禅观,立足于诗为工具的中立立场,在自兰溪道隆以来的"诗文害禅"的诗禅观背景下,肯定了诗作为宗门工具的作用,把问题从该不该作诗转换到怎样作诗、作怎样的诗上来,这对于缓和诗禅关系有重要的意义。

关于禅僧应作怎样的诗,梦岩祖应在《赠跋自严侍者诗后》中亦进行了具体阐述。他通过否定儒家诗学典范,以及权、可、聪、殊所作诗指出,首先,理想的禅林诗,不可与诗、骚所代表的儒家诗歌标准同日而语,即不同于"兴观群怨"。其次,他苛评权可等诗僧的诗"欹艳刿目钵心之作。妄言绮语,掏擢胃肾","已愧大牢五鼎之味,况复超然自得之妙乎",也就是说这些诗过多藻丽与人工,且多属艳词类,莫说超然自得之妙,甚至无法起到反映民心、教化社会的作用。由此可见,梦岩祖应否定了妄言绮语,而在儒家诗学的标准上,更主张诗须"超然自得"。

梦岩祖应于《跋重刊北磵诗后》进一步阐述禅林诗的标准,云:

---

[1] 上村观光编:《五山文学全集》第一卷,京都:思文阁出版,1992年,第836页。

　　诗也者人之性情也,因感触而生。初不间庸夫贱隶,若人人可能也。而一为圣人所取,列之六经,垂于万古,则曰"其为此诗者,其知道乎"。又曰"不学诗,无以言"。若尔,诗岂但止乎礼义乎?吁!其亦难矣。其流为骚,为选,为唐律。体制世变,然其所以为性情则一也。只此不经诗删,以故各立一家以自是也。吾释偈颂,据彼之方有祇夜者焉。有伽陀者焉。昔人曰偈或偈佗。盖梵音之讹略也。按梁僧史,罗什语惠睿曰。天竺国俗甚重文,制其宫商体韵,以入弦为善,凡见佛觐王,咏歌功德,经中偈颂皆其或也。但改梵为秦,失其藻蔚,传译大意以昭后世。有如嚼饭与人,非特失味,乃令呕秽也。什辄制偈赠沙门法和曰:"心山育明德,流薰万由延。哀鸾孤桐上,清音满九天。"此土之偈滥觞于此。自尔以降达摩对杨衒之作偈,以至汾阳雪窦,或古或律,偈颂独盛于吾门。向所谓性情之本,发乎玄言寄唱,盖诗律特其寓也耳。乡睦庵曰:"诗而非诗乃此也。"

　　然悠悠后学不本宗猷,肆笔而成,全无羞愧……其末流甚者,闻云"秋云秋水共依依",则曰此颂也。欲不笑而得乎。夫内无所得,语言惟贵,则虽咸池三百首,金薤千万篇,竟何补于吾道之万一耶。北磵老子从涵养蕴藉之中,获超然自得之妙,离文字之缚,脱笔墨之畛畦。文章钜公与交,则寂寥乎短章,舂容乎大篇,谓之诗也亦得。衲子与酬唱,则痛快过乎棒喝之用事,谓之颂也亦得。与夫休巳鸟可之徒,雕肝镂肾,抽黄对白,以诗著名者,不亦遽乎。由此云之,谓舍吾佛祖之道,而到诗之妙处,则吾不信焉……应安甲寅孟春下浣云水僧祖应记。①

　　梦岩祖应首先对儒家的教化诗观提出疑问,认为就禅僧而言,诗的功能不应仅仅是认识道和教化礼义。那么,诗的功能从根本上讲应该是怎样的呢?梦岩祖应指出,诗的体制虽然随时代变迁先后经历了由诗到骚,再到古体、律体的演进,但不同的体裁都应以表现"性情"为本。也就是说,禅僧作诗应以性情为根本。进而,梦岩祖应指出,佛教诸多宗派创作诗偈有悠久的历史传统。古德尊宿的偈颂用睦庵的定义说就是"诗而非诗",即偈颂采取诗律的形式表达性情,不同于教化诗观所谓的礼与义。因此,禅林的诗应该以北磵居简"从涵养蕴

① 上村观光编:《五山文学全集》第一卷,京都:思文阁出版,1992年,第836—838页。

藉之中,获超然自得之妙,离文字之缚,脱笔墨之畛畦"为榜样,参禅悟心,了悟心性,让性情自然从胸中流出。可见,梦岩祖应理想的偈颂是性情之作,非儒家的教化礼义之作。

在梦岩祖应看来,理想的禅林诗对禅修的裨益甚至超过了棒喝用事,从而他对诗偈助禅的肯定达到前所未有的高度,并且,"寂寥乎短章,春容乎大篇,谓之诗也亦得",也就是说理想的偈颂同时也是优秀的诗作。这中间隐含的逻辑值得注意,那就是禅偈通诗。最后,他又进一步明确提出"谓舍吾佛祖之道,而到诗之妙处,则吾不信焉"的论断,也就是说,不能禅则不能诗,能禅是能诗的必要条件,从而将以诗助禅推进到"禅而能诗""以禅能诗"的新高度,从而将诗统摄于禅之下。这可以说是日本禅林第一次在"以禅助诗"的层面上肯定诗禅一致关系,具有重要意义。以上表明,早在14世纪的日本禅林,在以诗害禅观仍具有一定势力时,梦岩祖应已实现了"以诗助禅"与"以禅能诗"的相辅相成的诗禅一致关系。

但是梦岩祖应在《送通知侍者归乡诗轴序》中对归乡诗轴一波三折的评价又折射出五山禅林诗的理想与现实之间的落差。诗轴序曰:

> 夫竺之偈也,震之诗也,吾邦之和歌也,其来尚矣。惟人之生而静者,关系其土地风气之殊,而方言相异。然其寓性情之理矣则一也。夫人之禀气有清浊,故其言之工拙随焉。盖钟河岳英灵之气者,而乃能为纯正粹温。其能为纯正粹温则无他,只在诣理而已矣。藻绘云乎哉……嗟乎非特词章为然,于人亦然。传曰。人之所以为人也,非特二足无毛也,以其有义理之辨也。

> 大方名衲,旁搜儒典,工于篇章者若干人,各制唐律一篇,写缱绻之情,以为赠言也。衮成一轴。属余为序。余展之风檐之下,细读数过。窃以为嘲风弄月,黼黻大虚,剧因钵心,作无益害有益。是以古之高僧焚弃笔研之不暇也。尚何灞桥驴上思,而饭颗山头之瘦也。指天日誓后期,潸然出涕,黯然销魂,闾巷儿女事。壮夫不为也……以至读诗不忍蓼莪,伤足不出数月。皆是世间深重恩爱之气习也。岂真出家端的报亲之道乎。此之数者,吾门障道之因缘也。艾夷蕴崇,痛断本根可也。胡为重陪壅而得使滋蔓耶……夫天理不可掩者,乃是人情之所不已也。而今为文为情为孝,皆似焉者也。就其似焉者而求其真

者,则其迷不远而复。然则文也情也孝也,宁非所以复之至具乎。由此而观则僧而诗,诗以赠僧,虽非古人之意亦是古人之意也。①

　　一方面,梦岩祖应在序中写道他坚持禅林诗应表达心性、性情的立场,指出诗只有诣理方能做到纯正粹温,强调"写缱绻之情",为"指天日誓后期,潸然出涕,黯然销魂,闾巷儿女事",是"世间深重恩爱之气习"的行为,应该从根本上痛加断除。但是,在严厉的告诫之后,梦岩祖应又为归乡诗轴留了一条后路,即文、情、孝三者近乎性情和天理,禅僧们的诗"为文为情为孝",虽迷而不远,虽迷而能复性情,能诣天理。他最后总结自己的逻辑:僧而诗,诗以赠僧,即首先端正禅僧的身份,然后再作诗,作诗后赠予僧。这样一来,"虽非古人之意亦是古人之意也",也就是说,虽然作归乡诗违背了古宿高德的诗偈的初衷,但是也庶几体现了他们的本意。梦岩祖应的这种勉强的逻辑,体现了他内心的矛盾和纠结。他对归乡诗这种"文也情也孝也"性质的诗的暧昧态度,为禅僧作世间气习,即表现世俗思想及个人感情的诗文提供了温床。

　　梦岩祖应作为虎关师炼的高徒,有必要从诗禅关系和理想的诗偈观两个方面比较两人的异同。首先,梦岩祖应主张"其能为纯正粹温则无他,只在诣理而已矣",继承了虎关师炼提出的"复性情""适理"的诗观。如果说虎关师炼的诗禅观是以著述弘宗为出发点,正面挑战当时禅林排斥诗文的保守诗禅关系,为禅林的诗文创作摇旗呐喊、争取了空间的话,那么梦岩祖应则更多从理论上规定禅林应该持守的诗(或曰偈颂)文标准。

　　如前所述,虎关师炼提出了自己的理想的诗,梦岩祖应亦从正反两面破立结合,对禅林的诗进行了规定。汇总起来,梦岩祖应所破除的诗有以下几种情形:一是权、可、琴、聪等诗僧的"刳目剖心""妄言绮语"之作;二是肆笔而成,内无所得,惟以语言为贵之作;三是雕肝镂肾,抽黄对白之作;四是嘲风弄月、黼黻大虚之作;五是以闾巷儿女事、世间深重恩爱之气习为题材之作;六是有所为而强为之,讬兴风月,泄其胸中不平之气之作;七是竞文字语句为奇货之作。这七种情形又可概括为3个方面:一是在语言文字上过分修饰雕琢;二是内容上抒发胸中郁闷与儿女情长、恩爱习气;三是创作过程中无病呻吟,过分追求形式而空洞无物。而他所立的又主要有如下情形:一是离文字之缚,脱笔墨之畛域"超

① 上村观光编:《五山文学全集》第一卷,京都:思文阁出版,1992年,第830—832页。

然自得之妙"之作;二是性情之本发乎玄言寄唱之作;三是寓性情之理,纯正粹温、适理、有义理之辨之作;四是表现禅僧真实受用境界,契理绝俗,以道德内充,发于词涵而自然光华之作;五是非用力于骚雅的"心在"之作。如上5种情形归纳起来有如下方面:一是表现性情、契理适理;二是由内在充满而自然向外流溢,因而不必用力于骚雅;三是绝俗。

由此可见,梦岩祖应全面继承了虎关师炼以适理与恢复性情为本的诗观,他们亦反对思想贫瘠和刻意雕琢之诗。但相比之下梦岩祖应更强调从内容上对理想的诗加以限定。

铁庵道生亦强调禅僧要学诗,掌握诗的形式,但是一旦掌握了作诗的方法,就必须去表达禅旨。他用屠龙为喻加以说明,《钝铁集·五宗颂轴序》曰:

> 自拈花微笑,面壁冷座以还,初无语句示人也。至六祖传衣,始有言句有南北。于是天下丛林,尚生活语句。韶护(雅正的古乐)于穷壤之间,而未见有超宗越格之作也。技则成矣,龙其安在哉?一日助侍者袖出巨轴为供。既而谒余序。余批阅之,江湖俊彦默耕之余,披奕世之祖图,采五家之宗派,各呈己见颂出……实有大功于宗猷。余难措一词于其间。助也强之,故戒单千金之家,学屠龙之技也。①

铁庵道生指出禅僧要在"技成",即掌握诗的体式作法以后,更要超出世俗诗的常规,用以表现宗旨与个人悟境。与梦岩祖应赞同的"诗而非诗"所指相同。

他还在《钝铁集·秋夜书怀诗序》对训侍者"秋夜抒怀诗"进行了不留情面的批评:

> 训侍者过予,袖巨轴需序语……秋夜书怀诗也。余读未了掩卷曰:"'悲哉秋为气,蟋蟀鸣轩屏。'宋玉潘岳之为也,非枯心默耕士之急务矣。夫衲子以护宗为心,身世两忘无事于怀。虽然于生死之际,说法作偈者有之,未有事吟苦者也。"余壬戌秋,自海西归卧于巨峤。岫云兄弟多事吟绪,不本于宗猷。丛林法道之坏,无如今日之甚。非特

① 上村观光编:《五山文学全集》第一卷,京都:思文阁出版,1992年,第389—390页。

学者之罪,实为师者之罪也。余行年六十二。夕阳既在山,只如喑者之欲语,而意窒舌大。而浓笑者,曷徒事笔砚乎。训一唯故卷还之。"①

由此可见,在隆盛期的最初阶段,虽然在诗禅关系上,已从诗禅对立逐渐演进到诗禅一致,但对诗的内容有着较为严格的限制。个人的感情、心绪等本质上属于文学的东西是被排除在诗偈外的。诗偈有别,即使从形式上可以把偈称作诗,但在内容上仍保留偈诗的区别。不过,正如梦岩祖应的归乡诗序所示,面对禅林诗不断世俗化的状况,在强调以"诗而非诗"的禅林诗理想的同时,为那些不表现禅悟,甚至害禅的诗变通开脱,给禅林诗文的进一步俗化打开了方便之门。

2. 友山士偲

与梦岩祖应同时期的友山士偲在《跋知侍者送行诗轴》中强调:

夫诗之道也者,以修一心为体,以述六义为用。所谓曰思无邪者,盖指一心之体也。移风易俗者,发六义之用也。以要言之,三教所谈所说,不过体与用耳。然则作诗制文,于道有何害耶。今观此集,文富学赡,与彼大雅其揆一也。迥异晚唐炎宋艰危之体也。杭标霅昼之著述,不过于此而已。况河梁五字,阳关三叠。古君子皆赠人以言焉。余不娴声律,谩赘一语于卷后。盖钟英灵之气,能为纯正粹温。其有义理之辩,不失人之所以为人。具见于梦岩序语,侍者珍之。②

梦岩祖应为知侍者的送行诗轴作序,友山士偲为之作跋。友山士偲在此指出诗道之体用,即以修心为体,述六义为用。诗制文思无邪本质亦是修一心,修习禅宗本质是修一心,作诗与禅皆是在修一心。作诗与禅修本质上相通,即诗禅一致,诗禅关系由此进入诗禅一致的新高度。同时,友山士偲不仅用体用思想决定性地将诗禅关系推进到诗禅一致的阶段,他在禅林诗的评价问题上还肯定了文采、学问及诗经的标准,肯定了送行诗这一并不与禅旨直接相关的主题。相比梦岩祖应、铁庵道生等,对诗的题材、内容限制较少,态度也更温和。当然,

① 上村观光编:《五山文学全集》第一卷,京都:思文阁出版,1992年,第385页。
② 玉村竹二:《五山文学新集》第二卷,东京:东京大学出版会,1968年,第92页。

值得注意的是,友山士偲亦肯定了梦岩祖应自虎关师炼传承下来的适理主张。

3. 中岩圆月

中岩圆月在《文明轩杂谈》中主张一种不拘泥于形式的诗颂观念:

> 东坡《题杨次公蕙诗》云:"蕙本兰之族,依然臭味同。曾为水仙佩,相识楚辞中。幻色虽非实,真香亦竟空。云何起微馥,鼻观已先通。"今时禅和子,以颂诗为分别,以细巧婀柔者,谓之为诗。以粗强直条者名之为颂,且用佛祖言语乃为颂。如苏黄二公诗,为颂也为诗也。"幻色非实,鼻观先通",固似偈也。黄亦有诸曰《山谷诗》曰:"海上有人逐臭,天生鼻孔司南。但印香严本寂,不必丛林遍参。"又"灵源大士人天眼,双塔老师诸佛机"。此等语载于禅林所行菩萨蛮集中,谁云非颂也。或人问云:"诗即寻常风雅文人所作,但如禅林偈颂者,其体如何。"答曰:"汝者相去何啻天渊之远而已耶。元朝有长老义空远者,住东林。高洁而好古大禅师也。甚病近代流俗阿师称禅者,操以奇芬异葩之语为偈颂,只足污坏吾宗。直说单传之道由是不分。采撷佛祖偈颂,专为淳素浑厚者,作一大册,题名曰《狮子筋》。禅居老师甚喜之,携来日本。不知今此书秘在何处。不见行于时,为可惜也。盖吾乡禅和子,不好古唾而弃之耳欤。"确认藏叟和尚《跋庆云谷录尾》云:"南堂说法,或颂贯休山居诗,或唱柳耆卿歌。谓非说法可耶。"碉阴师祖所谓顺朱朱顺亦此意也。如今诸方长老,以明日上堂,一夜思量,得花簇簇锦簇簇,不直半文钱,只是识业增长耳。①

中岩圆月在此概括了当时禅林中其他诗颂有别的浅见,这些观念或在风格上以细巧婀娜为诗,以粗强直条为颂,或在形式上以是否使用佛语为诗颂之别。中岩圆月逐一举例反驳。他以苏东坡、黄庭坚二人诗句为例,指出以风格、形式为判断标准的迂腐,破除此类拘泥于风格、形式的见解。进而,他引述洞阴师祖"顺朱朱顺"的论断,阐述其以诗为颂,则诗亦为颂的为我所用的观点。要而言之,中岩圆月的诗颂观,从根本上以禅旨的传达与否为判断标准,反对从风格、语言形式上机械地加以区别的僵化认识。

---

① 上村观光编:《五山文学全集》第二卷,京都:思文阁出版,1992年,第984—985页。

如前所述，铁庵道生、梦岩祖应等在肯定"诗"裨益禅宗的前提下，试图通过从内容和语言形式上严格区分诗偈，以规范禅林中日益盛行的诗文之风。相比之下，中岩圆月的观念则继承了虎关师炼融通无碍的诗观。他牢牢抓住"禅旨表达"这一核心问题，消解了诗颂在内容、形式上的具体区别，继续为日本禅林风格多样、内容多元的诗文创作打开方便之门，为紧张的诗禅关系不断缓和提供宽松的环境，亦直接导致禅林的诗文热情进一步高涨。

关于中岩圆月与虎关师炼在此试做进一步阐述。中岩圆月是临济宗大慧派派祖，虎关师炼则是临济宗圣一派的著名学问僧，虽然二者法系有别，但二者在学问与诗论上关系密切。中岩圆月在学问上受益虎关师炼，钻研朱子学，尤其精通《周易》，与虎关师炼同是五山禅林重要的学问僧之一。中岩圆月在《与虎关和尚》中概括虎关师炼的学问，其曰：

> 伏惟座下，微达圣域，度越古人，强记精知，且善著述。凡吾西方经籍五千余轴，莫不究达，其奥置之勿论。其余上从虞夏商周，下逮汉魏唐宋，乃究其典谟训诰矢命之书，通其风赋比兴雅颂之诗。以一字褒贬，考百王之通典。就六爻贞卦，参三才之玄根。明堂之说，封禅之仪，移风易俗之乐，应答接问之论。以至子思孟轲荀乡杨雄王通之编，旁入老列庄骚班固范晔太史纪传。三国及南北八代之史，隋唐以降五代赵宋之纪传。乃复曹谢李杜韩柳欧阳，三苏司马光黄陈晁张。江西之宗伊洛之学，轇轕经纬，旁据牛援。吐奇去陈，曲折宛转，可谓座下于斯文不羞于古矣……①

其字里行间表露出他对虎关师炼学问的钦佩与敬仰，虎关师炼对他的治学潜移默化之功自然不在话下。但是，中岩圆月所师承自虎关师炼的绝不仅仅局限于治儒一端，比较二者的诗禅观念，就会发现中岩圆月与虎关师炼在诗禅观上亦一脉相承。

虎关师炼在五山禅林中率先高调肯定"不离文字"和著述弘宗对禅林发展的重要性，明确主张以禅旨的表达为根本标准，不拘泥于某一特定形式与风格，在当时尚为保守的诗禅关系条件下难能可贵。在诗论上，虎关师炼主张以"适

---

① 上村观光编：《五山文学全集》第二卷，京都：思文阁出版，1992年，第966—967页。

理”为根本,超越宋代诗学中的工奇与质朴之争,树立了“醇”“适理”“自然”的最高标准。此外,在虎关师炼“天下只一个理”的认识下,顺人情、契物理、通禅旨,所指是同一的。这就说明在虎关师炼那里并不存在梦岩祖应等所强调的诗骚所代表的诗与偈颂在内容题材上的分野。

如前文所述,与梦岩祖应、铁庵道生等禅僧试图从内容、风格上为禅林诗设置限制不同,中岩圆月主张打破诗颂形式、内容上的界限。很明显,这种通达而略显激进的观念,无疑汲引自虎关师炼。

但是,这一时期自兰溪道隆传承而来的,强调禅须离文、诗文害禅的主张仍具有相当影响力,这从随处可见的论述中可知。兹引数例如下:

> 余平生自愧荒斐,以文胡售。若事笔砚,达摩氏忌所不为者也……佛法禅道犹抛度外,何暇有作,而渎姓字于是非穿凿之间乎?[1]
>
> ——天岸慧广《东归集·丘侍者雪夜轴序》
>
> 不知此者,讬为鼠名而作语录。斯何人斯且其学语,尚未能全而为若是戏乎……奉劝后生,凡曰圣贤事业,乃当尽力志心参学……而此薄福阐提,戏论无益之事,况其未得谓得,未证谓证,忍勿为也。忍勿为也。切宜戒之,切宜戒之。[2]
>
> ——竺仙梵仙《跋不知名戏成语录》

4. 龙泉令淬

龙泉令淬的诗禅观则在“离文字”与“立文字”之间采取模棱两可的态度,他在《答汕侍者书》中写道:

> 夫文字也者,可舍而又不可舍也。盖我法无为也,本无一词之可措焉。矧见于纸墨文字耶,而圣人但以叶而止儿呱焉尔。然则文字岂不舍哉。又,言说文字皆解脱相。故圣人巧其语,深其义,而后世赖之。然则文字岂舍诸。古之达人或舍或不舍。舍之与不舍,其揆一也。我谓无差别者……而有差别之谓也。苟明于此,则万物皆通,谁

---

① 上村观光编:《五山文学全集》第一卷,京都:思文阁出版,1992年,第36页。
② 上村观光编:《五山文学全集》第一卷,京都:思文阁出版,1992年,第723页。

曰舍不。吾祖西来只欲除天下文字之弊也。故曰不立文字见性成佛。
而下世移之，以驰骋乎混茫之空矣。安知欲除其弊，而反不陷于其弊
乎……且夫文也者，载道之具也，不文则不远，不远则其利近乎。子之
书词善矣，可观焉。庶其载道以致之气远乎……①

　　他开门见山地指出文字虽然可舍但又不可舍，直接表明文字不可舍的立
场。首先，他说圣人立文字是一种方便，须舍弃文字。但是又根据文字皆解脱
相的佛家见地，说明立文字是必要的。然后，他又以万物皆通为依据，指出讨论
文字的可舍与不舍本身是多此一举，舍文字和不舍文字之间没有分别，也就是
说主张舍文字或者不舍文字都是可行的。随后，"文以载道""无文不远"的实用
主义立场让他选择了不舍文字。其实，龙泉令淬与梦岩祖应看似采取中道，既
不站在反对文字的一端，又不站在主张文字的一端，努力把禅僧从"离立文字"
的纠结中解放出来，能为诗文创作松绑，缓和当时紧张的诗禅关系。事实上，龙
泉令淬的"谁曰舍不"，旨在说明不离文字即不立文字，即为禅僧作诗扫清"不立
文字"的障碍。只是，他与梦岩祖应一样，以先圣为榜样，强调禅僧作诗必须载
道。从而完成了用"不离文字"对"不立文字"的修正甚至置换。

　　如前所述，兰溪道隆等宋、元尊宿，怀揣在日本的土地上建立峻严禅风、重
建禅门古制的理想，高度警惕在中土禅林已然泛滥的为诗作文的风气。他们面
对五山禅林滋生蔓延的诗文之风，强调不立文字、诗文害禅，力戒禅僧创作诗
文。但以虎关师炼、梦岩祖应、铁庵道生、友山士偲、中岩圆月等为代表的日本
禅僧，或受明教契嵩等中国禅僧之感发，或汲引儒家诗观，杂糅儒禅思想，发挥
心宗融通无碍的思维方式，持续将诗禅关系由对立向以诗助禅、诗而非诗、禅而
能诗、诗禅一致、诗禅不二的方向扭转。尽管这种扭转仍需要克服不立文字、诗
文害禅观念的阻力，但当时的日本禅僧已经不时公然地表露他们从诗文创作中
体验到的乐趣与不舍了。

　　如龙泉令淬《酬僧无言断食韵》曰："辟谷杜言参取禅，有时动念寄佳篇。句
肥不管身还瘦，冷眼看他贾浪仙。"②刻画了一个以禁言、断食方式精进参禅的禅
僧，不时为诗癖打断，动念作诗的形象。又其《再寓海藏夏夜即事》诗曰："夜吟

①　上村观光编：《五山文学全集》第一卷，京都：思文阁出版，1992年，第659页。
②　上村观光编：《五山文学全集》第一卷，京都：思文阁出版，1992年，第585—586页。

坐久身还倦,文字纷纷柳絮声。"①展示了龙泉令淬自身为吟兴所催,作诗至深夜的耽溺诗文的一面。别源原旨《和闲一闲言》诗中有曰:"闲一闲中尚未闲,苦吟搜句座窗间。诗成吟罢闲还至,闲至无诗遣兴难。"②禅余为诗而忙,苦吟搜句,可见作诗甚是辛苦,然而"吟罢闲还至""无诗遣兴难",可见所中"诗毒"已然不浅。铁舟德济《雪中夜座》曰:"吟魂不入玉掌手,梦断海南鳌店赊。"表达了他为作好诗苦恼,而夜梦苏东坡不及的心绪,从中可见诗僧的诗魂。

其实也正是在这一阶段,日本禅僧已开始突破个人享受诗文的局限,而开始从事集体性的诗文制作,其重要佐证就是这一时期的联句创作,如友山士偲《跋联句轴》云:

> 惠峰诸昆,禅余发兴,联十百句,皆用窄韵,意老语苍,句句崖险,不类今时软语之流,若非负超群拔萃之材者,不能有此作耳。余窃比之韩昌黎城南联句,优劣如何,具眼者辨取。③

惠峰的法嗣同门禅余联句,规定使用窄韵,以险韵硬语取胜,友山士偲以之比附《城南联句》。很明显其制作联句的出发点并不在于弘宗或表现悟境,而在于与同好享受游戏诗文的快乐。

中岩圆月亦在《答不闻》这首五言诗中描述了即座酬唱,诗战至凌晨的情景:

> 顾我为人也,内可能无惭……和诗灯前坐,四邻绝诘喃。籁沉更鼓近,五夜已过三。旧盟才方歆,文字战将酣。河北姑顶救,南阳终刘龛。④

可以说,作诗已成为日本禅僧主要的禅余活动,禅林中的诗文制作日益兴盛,成为个人抒发情感乃至集体娱乐的手段。中岩圆月在《石屏喜不闻卜邻》中

---

① 上村观光编:《五山文学全集》第一卷,京都:思文阁出版,1992年,第601页。
② 上村观光编:《五山文学全集》第一卷,京都:思文阁出版,1992年,第758页。
③ 玉村竹二编:《五山文学新集》第二卷,东京:东京大学出版会,1968年,第92页。
④ 上村观光编:《五山文学全集》第二卷,京都:思文阁出版,1992年,第881页。

写道："渐觉吟身入佳境,定应诗句往来频。"①与不闻契闻禅师相约诗文酬唱。又如《又酬刑部》诗曰："诗逢险韵和容易,金弹投来吓我频……邻僧最爱陶彭泽,那惜邀君破戒沽。"②为与刑部酬唱游戏诗文,不惜破戒买酒招待。以上诗均是应酬交往、游戏文字之作,这便是诗禅关系一路演进至诗禅一致,禅林领袖们为禅僧作诗逐渐松绑乃至扫除理论障碍所招致的后果之一。或者反而言之也未尝不可,禅林领袖的诗禅关系观的演进所面临的正是这种禅林状况。

5. 义堂周信

如前所述,禅林中的诗禅关系,从一开始的兰溪道隆、兀庵普宁、清拙正澄的不立文字、以诗害禅的紧张对立,自虎关师炼以来在梦岩祖应、友山士偲、中岩圆月、龙泉令淬等日本禅僧的阐释中不断走向缓和乃至一如。他们从逻辑理路上肯定了诗之于禅的必要性、工具性和辅助地位,消解了诗与偈在形式上的区别,从如何善用诗、发挥诗载道助禅功能的角度,提出禅林诗在内容、形式上的具体标准。从而在禅林中营造出一种渐趋包容的诗文态度与宽松的诗文环境。在禅林迎来了汉诗的隆盛。

义堂周信,正是在上述背景下开展诗文实践,并在很大程度上和绝海中津一起将整个五山汉诗推向了隆盛。他在当时的五山禅林诗坛地位举足轻重,是最活跃、最有影响力的诗僧之一。这可以从他的《空华集》《空华日用工夫略集》中窥知一二。首先,他活跃在当时最重要和盛大的禅林集体诗文活动中。日本康安元年(1361年),他"在圆觉与熙大照公唱和梅字二十四首"③,是这场著名的关东诗战的主要参与者。同样,他在日本贞治元年(1362年)的诗战中也不遑多让,和同为五山的建长寺诸位禅友酬唱。"贞治元年　夏余在圆觉……大喜和尚贺书记寄以八句偈。建长、圆觉两寺诸公皆和。余独和建长诸友偈二十七首以答。盖向所谓诗战也。"④此外,当时的大檀越幕府将军还邀请义堂周信参加雅会分题赋诗,如"贞治三年甲辰年四十　陪府君于锦屏山,看花席上分题赋诗。曰朝花,曰谷花,曰梦中看山。忝陪珠履客,吟倚玉栏"⑤。或在参拜神祠时

---

① 上村观光编:《五山文学全集》第二卷,京都:思文阁出版,1992年,第896页。
② 上村观光编:《五山文学全集》第二卷,京都:思文阁出版,1992年,第900页。
③ 义堂周信著,荫木英雄训注:《空华日用工夫略集》,京都:思文阁出版,1982年,第13页。
④ 义堂周信著,荫木英雄训注:《空华日用工夫略集》,京都:思文阁出版,1982年,第15页。
⑤ 义堂周信著,荫木英雄训注:《空华日用工夫略集》,京都:思文阁出版,1982年,第16页。

受命作诗:"贞治四年　作天神祠三咏诗,府君命也。"①其他如联句活动也不少,"贞治五年七夕　无外·大照五六人来游,联句"②。而他频频应来客之请修改诗作,亦证明他在诗坛的核心地位。如"八月八日　改慧姪诗。首有'一别梦回湖水东'句。得起好"③,以及"应安二年三月五日　云墼求改诗。诗曰'不吹松'。余疑'不吹松'何义。又有'谓言'二字,于律诗不可用"④,"廿一日　航济北出纪梦和什求改。有'等是邯郸送旅人'句。次出卧钟诗若干首。愕然二字,余疑愕恐号作。号音虚骄切,虚大也。盖虽读杨仲弘卧钟诗而不精,误作愕字。改点其诗,诗尾书愕号二字之异"⑤等,相关记载比比皆是。

不仅如此,中岩圆月的《空华集序》对义堂周信诗的评价表明,他的诗达到了极高的成就。

> 友人信义堂,禅文偕熟,余力学诗。风骚以后作者,商参而究之,最于老杜老坡二集读之稔焉,而酝酿于胸中既久矣。时或感物兴发而作,则雄壮健俊,幽远古淡,众体具矣。若夫高之如山岳,深之如河海,明之如日月,冥之如鬼神。其变化如风云雷电,其珍奇如珠贝金璧。以至其纵逸横放,则如猎虎豹熊貅之猛然。角之倚之,其力不得堑假焉。紫燕之喧,黄鹂之嫩,其声于是无耻乎。

可见义堂周信长期浸润于中国诗经、离骚以来的诗歌传统,而尤其熟稔杜甫、苏轼等诗家,形成了自己的方达胸襟和万端气象,诗风兼备雄壮健俊和幽远古淡,擅长各种诗体,而至臻圆熟的诗文境界。

综上所述,义堂周信作为当时五山禅林汉诗之翘楚,活跃于当时的诗坛,出入幕府将军及地方实力者举办的联句、诗战、雅集,发挥核心作用,与禅林诗界的同好、习诗者频繁往来,点评得失,阐扬诗道,扮演着禅林汉诗教学者的重要角色。而义堂周信的诗论思想、诗禅观念自然对五山禅林有较为广泛的影响。

中岩圆月的《空华集序》曰:

---

① 义堂周信著,荫木英雄训注:《空华日用工夫略集》,京都:思文阁出版,1982年,第17页。
② 义堂周信著,荫木英雄训注:《空华日用工夫略集》,京都:思文阁出版,1982年,第18页。
③ 义堂周信著,荫木英雄训注:《空华日用工夫略集》,京都:思文阁出版,1982年,第28页。
④ 义堂周信著,荫木英雄训注:《空华日用工夫略集》,京都:思文阁出版,1982年,第28页。
⑤ 义堂周信著,荫木英雄训注:《空华日用工夫略集》,京都:思文阁出版,1982年,第28页。

友人信义堂,禅文偕熟,余力学诗。风骚以后作者,商参而究之,最于老杜老坡二集读之稔焉,而酝酿于胸中既久矣。时或感物兴发而作,则雄壮健俊,幽远古淡,众体具矣。若夫高之如山岳,深之如河海,明之如日月,冥之如鬼神。其变化如风云雷电,其珍奇如珠贝金璧。以至其纵逸横放,则如猎虎豹熊貅之猛然。角之倚之,其力不得堑假焉。紫燕之喧,黄鹂之嫩,其声于是无耻乎。

既然不以己所能之功为自伐也。非惟不自伐尔,视之如空华翳于病目,故自乃集曰空华。吾先觉为渊才雅思文中王,祇夜伽陀,梵音妙唱,令人乐闻。然亦谓,诸佛世界,犹如空华,乱起乱灭,不即不离。义堂设心在焉,自非禅文偕熟者,安能如斯之为耶。延文巳亥春,中正叟圆月。走笔以为空华集之序云。[1]

中岩圆月对义堂周信诗文的总体评价是"禅文偕熟,余力学诗",能具"众体",且视诗文为空华,擅长诗文但是执着于诗文,不炫耀夸示。尤其是"禅文偕熟",可说是对义堂周信诗的高度概括和肯定。

首先看"禅文偕熟"这开门见山的四字评语。"偕",即"一起,共同"之义。"偕"表示两个人或事物在时间和空间两个维度上的伴随。"(白头)偕老""(二人)偕行"等用例即是明证。"禅文偕熟"说明在中岩圆月看来,义堂周信的禅修与诗业是并肩、并立的二元关系。这种关系不同于以诗助禅、禅而能诗,打破了在他之前尚停留在诗对禅的辅助和从属关系。

再论"余力学诗"。余力学诗也是义堂周信诗禅关系的重要内容。禅僧参禅悟道弘扬禅宗,决定了禅僧须在完成修禅任务之余作诗(暂且不论是否必须作诗印证禅悟或表达禅旨)。如前所述,在诗禅关系最终走向一致、一如的过程中,禅僧所依据的理论逻辑有3个:其一是偈颂渊源有自,在天竺和中土自古即已有之;其二是禅(释)儒一致,特别是佛教、禅宗对儒教的涵容;其三是诗禅融通,往往援引王维、苏轼、黄庭坚及唐代名诗僧为例,并援用相应诗论为证据。但是,在五山禅林的具体语境下,该逻辑理路中始终暗含这一个出发点,也就是诗之于禅的工具性、辅助性。为此,要反转基于"禅本文末"观念形成的以诗害

[1] 上村观光编:《五山文学全集》第二卷,京都:思文阁出版,1992年,第1083—1084页。

禅立场,就必须针对性地强调诗(偈)的助禅弘宗的功能。正如前文所述,以虎关师炼为代表的早期诗僧,都是在禅本文末的大前提下逐渐扭转诗禅二元关系的。他们无一例外地申明其诗文创作是在禅余进行的。这一现象在诗僧的外集中十分常见。诗僧纷纷宣称"禅余发兴"(友山士偲)、"文墨余事求"(梦岩祖应)等。义堂周信的日记《空华日用工夫略集》中也有"四更禅罢为中叔说杜诗一首"的记载。这就提醒我们,在早期、中期的五山禅林,虽然诗禅关系一路演进至诗禅一致,都是在以禅为本、以文为辅这一逻辑出发点和根本前提下处理诗禅关系的。

　　同样,禅文偕熟、余力学诗的义堂周信同样没有去突破禅本诗末、禅主诗辅这一禅林禁忌的主观动机和必要。一方面,他能够以自己的努力和天赋异禀去很好地践行先辈们所倡导的理想禅林诗,于余力学诗,在四更禅罢讲诗,而实现禅文两熟。另一方面,也是因为他以佛家的见地,消释了对诗这一处境根本没有执念。义堂周信阐述以《空华集》命名自己外集时表示"视之如空华翳于病目"。也就是说,在他看来,诗文就像空中的乱花于眼睛中投下的阴翳一样虚幻。正因为此,义堂周信能够坚持不偏不倚的诗文观,以诗味禅,以诗通禅,得鱼而忘筌,不至于滑向滥作诗文影响禅业的偏颇立场。

　　而要实现这种虎关师炼、梦岩祖应等先辈所讨论的"不离文字又不立文字"的诗文理想,禅僧必须既有洞彻的参禅体悟,又在诗文方面能够践行健全的诗观,掌握娴熟的诗艺。而这一禅林诗的理想概括起来正是中岩圆月对义堂周信诗文"禅文偕熟"的评价。

　　禅文偕熟的义堂周信诗为当时的五山禅林诗僧们树立了一个非常具有号召力的榜样。他的《空华集》亦是诗禅关系演进到诗禅一致阶段所能达到的最高水平。而实际上,在笔者看来,禅文偕熟已然将诗禅关系从诗禅一致又向前推进到一个新的高度。因为,禅文偕熟四字非常直观地呈现了禅熟与诗(文)熟之间同时成立的可能及现实关系——禅熟且能文熟、文熟且能禅熟。甚而包含着禅熟故而文熟、文熟故而禅熟这种因果关系,从而无形中将直至诗禅一致阶段仍处于辅助地位的诗文提高到诗禅并立的高度。而这对学习诗文、创作诗文的正当化作用不可低估。因此,禅文偕熟成为隆盛期禅林诗文的理想境界,无论对诗禅关系运动还是在五山汉诗发展史上都具有划时代的意义。

　　其实,从义堂周信的《空华集》《空华日用工夫略集》看,他堪称继虎关师炼后五山汉诗坛上又一诗文巨匠,在五山诗坛担任着指导者的角色。正是在义堂周信的影响下,五山禅林在诗禅关系上达成了禅文偕熟的共识。

接下来,笔者试通过综合考察义堂周信的诗文实践与理论思考,揭示"禅文偕熟"思想的具体内涵及其形成过程。

如果说在早期禅林强调诗偈之别,对偈颂的写作尚有指导价值的话,那么在诗的赓和、联句创作盛行的禅林中期,使诗及诗的活动不偏离心宗、以诗助禅的轨道,对诗的立意、诗材的选择进行规范和具体指导就显得更为重要。

《雪斋联句序》云:

> 吾友无外方公、阳谷向公,偕心学而好文之徒也。一夕因雪联句。名曰雪斋。遂邀予序。予观其布置排比,前后相贯,主唱宾答,如敌手棋。其韵高矣,其体备矣。不可以尚,而犹有可恨者。曰雪者何。洗也。斋者何,齐也。洗其心而齐之之谓也。然则雪斋义,取诸心而立名。然名之外而系乎物者有之。内而本乎心者有之。姑以雪言之。若袁安之卧洛,李愬之擒吴,马曹之乘兴,东郭之弊履。或牧羝,或骑驴,或读书,或定策。诗皆外而物者也。若吾佛氏则异乎是。雪山座而观心,少林立而觅心,鳌店宿而明心,草鞋踏而印心。是非心而内者耶。夫二公则固心学之徒也。而略其内不道,何也。其密而不道欤,亦忘而不道欤。亦知而故不道者欤。昔张参军作海赋,而示顾恺之。顾恺之视而叹曰:实超玄虚,但恨不道盐耳。参军遂注其傍,而补曰:漉沙扬白,熬波出素。积雪仲春,飞霜暑路。由是观之,理似不宜略之。其或外也,内也,心也,物也。惟一云者,则吾不知也。遂书为雪斋联句诗序。[①]

棋逢对手而完成的雪斋联句,虽韵高体备,却不可以崇尚,仍有令义堂周信引以为憾之处。他认为禅僧作为心学之徒没有以心为本去在联句中觅心、明心、印心,而是如世间诗人一样停留在表现外在现象世界的层面。他现身说法,就"雪斋"敷衍出"洗其心而齐之之谓也"的心宗阐释,说明从雪的诗题可向外向内觅求,但作为心学禅徒,应向古圣先贤学习,努力落实到禅悟、修心的立场上来。这可以说是虎关师炼、梦岩祖应所提倡的理想禅林诗的具体实践。

---

① 上村观光编:《五山文学全集》第二卷,京都:思文阁出版,1992年,第1642—1643页。

与此相关,义堂周信强调作诗时从禅宗的立场出发为诗题立意,《万上人立秋思乡诗序》云:

> 佛之徒万上人,立秋思乡之词,赓而歌者二十二人。始万之党,有曰立芳洲者,携此卷,访予梅阴,征叙以发其义。予坚却之。及兹又来征,予不获已。乃告曰:凡作诗出题,宜先审其义所以立,而后作之可矣。且兹什也。命曰立秋思乡,予以为不然。夫秋而宜思者,非乡也,熟也。何则秋之为义,挈也。禾穀挈敛而一熟也。闻之,吾天人师之谈,曰群灵本有,名之为性。若圣者,若贤者,若愚者,其心皆因乎此地而生。故于文,心生为性,然其生而果,果而熟者之谓圣果。是乃圣人果熟之秋也。由是言之,吾佛之徒,秋而宜思者,非乡也,熟也审矣。若夫宋玉潘岳之辈,窜逐寓直之秋,内郁乎不遇之思,外发乎愤悱之言。其词也怨,其韵也悲。或讬摇落以辨之,或假斑鬓以兴之,而乃俾后之读者,心摇思荡,殆乎流而弗返也已矣。吁,上人既出家入佛,以天地为逆旅,以无住为乡间。而秋也,何不思其圣人果之熟否,而效彼二子怨悲之词尔邪?予故云,秋而宜思者非乡也,熟也。于是芳洲笑而戏曰。第书是语为叙足矣,遂书。①

与纠正“外而物者”的偏颇不同,义堂周信借诗序从审旨立意上规范禅林诗,引导诗为参禅服务。他批判“立秋思乡”这样的诗题,通过释“秋”的字义,将“立秋”与反思圣果熟否联系起来,强调禅僧作诗不能脱离习禅的本来宗旨。他对赋予立秋思乡、悲哀、怨恨、愤懑等情绪的不满,告诫禅僧不能像宋玉、潘岳那样表达怀才不遇和内心的愁思愤懑,因为这样的诗会使人失去心性之正。

除了在上引两序中破除禅林诗的偏谬之外,义堂周信亦在《筑云三隐倡和诗叙》中正面阐发理想的禅林诗。《筑云三隐倡和诗叙》云:

> 古之高僧居岩穴,修戒定慧而余力及诗。寓意于讽咏,陶冶性情者,固多矣。而视其诗,则率以道德为主,章句为次。枯淡平夷,令读者思虑洒然。若唐皎然、灵彻、道标三师,以诗鸣于吴越之间。故谚美

---

① 上村观光编:《五山文学全集》第二卷,京都:思文阁出版,1992年,第1644页。

之曰：昼之昼，能清秀。越之彻，洞冰雪。杭之标，摩云霄。及赵宋皇祐间，僧中以文辅吾教者，曰猛陵潜子，慕三师者风，为三高僧诗。有曰：禅伯修文岂徒尔，诱引人心通佛理。此言昼公之雅志也。曰三十能诗名已出，名在诗流心在律。此言彻公之操履也。曰标师之高摩云霄，在德岂生于沉寥。此言标公之谊气也。而世徒称三师以诗，潜子独以道德而美之，不亦高哉。天然任公，大照临公，阳谷向公，是三大士。会于筑山之阴，以唐律唱和。题曰《筑云三隐》。凡三老唱和，韵险格峻，若三峰鼎峙乎海外。其势硙（音路）兀，莫或克降，视彼昼标彻之辈，碌碌如积苏累块，而其意则皆根乎道德，而不失平淡之味。呜呼，天其或使猛陵再作于九原，为三隐诗，则亦以道德为称云。①

　　义堂周信标榜自己的理想的禅林诗必须首先是禅本诗末，余力及诗。其次，作诗要言之有物。诗是诗人道德、操行的自然外露，作诗者应该以道德操行的修习、砥砺为本，至于词章用韵等是次要的。如此作诗，诗风自然是枯淡平夷的。因此在义堂周信看来，明教契嵩的《三高僧诗》分别赞美了皎然的雅志，灵彻的操履，道标的道德和达观、昂扬的生活态度。也就是说，义堂周信借为《筑云三隐》唱和诗作序之机，在重申"余力及诗"的作诗原则的前提下，特别强调禅僧须先追求个人道德操守的臻于完善，诗应该是诗僧个人德行的自我陶冶及其外露，其次才是词章用韵的安排。

　　一如虎关师炼、梦岩祖应均以诗为余业，"修戒定慧而余力及诗"。在诗言之，则要言之有物，于讽咏中有所寓意，同时在学诗、作诗时，注重通过修行，由内在道德自然流溢成文，而非颠倒次第，从章句入手，雕琢语言。

　　事实上，义堂周信在他的诗文创作过程中，也践行了他的"道德为主，章句为次"的诗学原则。对照《空华日用工夫略集》，能够更清楚地认识他的这种观念。如日本"应安三年六月二十日"条曰：

　　　　宗梵侍者来话。及圆觉天池藏六之文会。以石猫、芥室二题，荫大树登上科。余因说："文章诗句须先讲明。讲明个什么则要先立志之正。正则无邪而后先得第一句，次二句，次三句，次四句，乃圆备。"

---

① 上村观光编：《五山文学全集》第二卷，京都：思文阁出版，1992年，第1653—1654页。

　　　　因举高僧之画松诗、老杜绝句等。①

　　"须先讲明"是说要言之有物，即诗的立意。立意要正，立了无邪之志，自然依次得出章句，从而创作出圆备的诗。他在其他场合也强调这一诗学思想。日本"应安四年五月十二日"条云：

　　　　良弘藏主来见。因问著述风雅之古今作者优劣。余为说云："凡作文作颂当以得意为先，然后得句。意主句伴。苟得意，则句虽未必工亦可。句工而不得意，则吾所不取。"②

　　义堂周信反复确认意在句先，得意比得句更重要的原则。义堂周信在诗序中多用"删正""无邪"等儒家诗论的用语。如《怀仙岩诗卷序》云：

　　　　仙岩归小玉，其友怀之，作诗。九峰删正之。精选其合于无邪之义者。奋乎仲尼之笔，删而正之。③

　　义堂周信赞同九峰禅师删正"怀仙诗卷"，能够精选"合于无邪之义者"。前引《空华日用工夫略集》"应安三年六月二十日"条亦强调"无邪"，从语境来看，"无邪"可以说是对立意之正的评价。众所周知，"诗无邪"语出《论语·为政》的"《诗》三百，一言以蔽之，曰：思无邪"。义堂周信认同九峰禅师以"无邪"为标准删正诗卷，表明他认可儒家诗论的"无邪"，并将其作为立意的标准。

　　如前所述，虎关师炼主要从儒家诗论中借鉴了"适理"的原则。适理与无邪，均指向了立意和诗旨。但是"适理"所"适"之"理"是禅理，强调诗须由事理嵌入禅理。诗是为参禅之手段，是虎关师炼从正面倡导以诗（文）参禅。相比之下，义堂周信的"无邪"则是对禅林中期的士大夫化、世俗化诗题、诗风的一次纠偏。因此，从禅林早期虎关师炼用"适理"对抗偈颂的世俗化，到义堂周信援用儒家诗论的"无邪"去规范禅林诗，正说明五山禅林诗已经从偈接受了世俗题材

---

① 义堂周信著，荫木英雄训注：《空华日用工夫略集》，京都：思文阁出版，1982年，第72页。
② 义堂周信著，荫木英雄训注：《空华日用工夫略集》，京都：思文阁出版，1982年，第108页。
③ 上村观光编：《五山文学全集》第二卷，京都：思文阁出版，1992年，第1659页。

的诗或诗的世俗题材。

义堂周信对儒家诗教的接受与实践,使他的诗论较之梦岩祖应等禅师具有更浓厚的儒家诗观色彩。这种诗禅观念的转变,主要根源于义堂周信的儒释一致思想。义堂周信的《演宗讲主诗序》云:

> 辛丑冬,予借榻于鹿苑黄梅之阴。一日有客叩门,从容问曰:世有儒名而墨行者,有墨名而儒行者①。然韩子引扬子云"门墙夷狄"之语为据,其说如何。予答曰:斯乃韩子所以排佛,而嘲文畅师之过言也。客又问曰:如有人佛名而儒行者,吾子引之麾之乎。答曰,引之。于是客益疑之,予徐而语曰:今丁大法季运之厄,冒姓释氏而混形于军伍者,公然弗顾,习以为常。其主法者,欲以佛理诱之,其可得乎。若夫先告以儒行,令彼知有人伦纲常,然后教以佛法,悟有天真自性,不亦善乎。是则予之所以引而不麾也。密教主宗公讲士,乃有佛名佛行而旁通儒典之人也。予虽未识其人,观其送树中心一篇,词丽而不蔬笋焉,理深而不肤浅焉。非佛儒兼通者,安能尔耶。中心和而酬之,同社有志于文雅者,竞赓其韵,轴成挫予为序,惟吾侪禅家者六生,不识一丁字,窃慕其风。聊记前与客问答语。以为异日发药之起本云。②

来客提出的问题,概括起来就是该如何应对禅林中冒充佛徒而实践儒家伦理的人。对此,义堂周信指出,要接受这些混迹于禅林中的"佛名而儒行"者。越是在"大法季运"的时候,不能将其从禅林中简单赶走了之,而应既来之则安之,先告以儒行,后授以佛法,令其明心见性,恢复人的天真自然,使其成为既有佛名佛行,又旁通儒家典籍的人。这透露出义堂周信的3点思考。首先是他对学禅次第的思考。他认为儒家的人伦纲常亦是治禅的前期准备阶段。例如从禅僧制作诗文的角度去看,学诗是能兴观群怨,正性情,能载道,能让人知廉耻和人伦纲常的。进而言之,学诗、作诗,实际上是在为学禅准备,而这便为禅僧

---

① 语出韩愈《送浮屠文畅师序》:人固有儒名而墨行者,问其名则是,校其行则非,可以与之游乎。如有墨名而儒行者,问之名则非,校其行而是,可以与之游乎。扬子云称。在门墙则挥之,在夷狄则进。吾取以为法焉。

② 上村观光编:《五山文学全集》第二卷,京都:思文阁出版,1992年,第1665—1666页。

制作诗文的正当性提供了逻辑支撑。其次,顺着其学禅次第的思想,义堂周信肯定了人伦纲常等儒行也是佛家学习掌握的内容,提出一种基于佛家融合统摄儒家之上的佛儒兼通理想。最后,言行符合禅僧身份,且同时旁通儒典的诗僧,才能作出语言形式华美且没有"蔬笋气"的诗,以及表达深刻禅理的诗。

义堂周信在应来访者要求为其改诗之外,亦专门为禅僧讲授诗法,如他曾讲三体诗①法:

> 应安二年九月二日。为二三子讲三体诗法。因告曰:"凡吾徒学诗,则不为俗子及第等。盖七佛以来皆以一偈见意。一偈之格只假俗子诗。诸子勉之。又,诗补吾宗,不翅吟咏。"②

讲诗时,他纠正当时禅林学诗者的某些误区,可见他在禅林诗坛中的地位及影响是非同小可的。如上引文献中,义堂周信即试图制止禅林中存在的以俗家诗文标准评价诗文优劣,导致忘记禅家为诗当以表现禅旨为旨归的标准。他强调禅徒为偈颂只是假借世俗诗的体式而已。为进一步说明禅林诗与俗家诗的区别,他主张"诗补吾宗,不翅吟咏",概括出禅林诗就是在吟咏之外更追求裨益禅宗的诗。也就是说,禅林诗既是诗,又高于诗。这实际上继承了乡睦庵所提出,并被梦岩祖应所重申的"诗而非诗"的禅林诗观。

但是,禅徒对世俗诗文的兴趣不断高涨,其中不乏要求义堂周信讲授诗史者。所谓诗史,指的是中国自"诗""骚"以来的诗歌史,这在禅宗看来无疑属于世俗诗文的范畴。试引下文曰:

> 应安三年二月二十三日。秀嵩侍者求讲诗史。余反劝以佛学。嵩恳请说《北征》一篇。余曰:"此乃少年暂时所好。今时学诗者专以俗样为习,是可戒。若假俗文之礼为吾真乘之偈,是则名为善用。"③

---

① 南宋周弼选《唐贤绝句三体诗法》,主要选录中唐至晚唐的五言律诗、七言律诗及七言绝句,并按作诗技巧方法做了细分。元僧人圆至有《笺注唐贤绝句三体诗法》20卷。
② 义堂周信著,荫木英雄训注:《空华日用工夫略集》,京都:思文阁出版,1982年,第28页。
③ 义堂周信著,荫木英雄训注:《空华日用工夫略集》,京都:思文阁出版,1982年,第66页。

当他的侍者恳请他讲授诗史时，义堂周信拒绝了恳求，反过来劝说侍者多学佛学。由此可见，义堂周信对禅林中的世俗诗风是有所顾忌的。侍者又请他讲授杜甫诗，却再次被拒绝。他于最后提出"善用"说，即借用世俗诗文的形式，创作能表现禅旨的偈颂，这与上引"一偈之格只假俗子诗"相同。

义堂周信对于俗样诗保持高度警惕，他曾在日本"应安三年八月四日"条中记录了以下文字：

> 应安三年八月四日。余在石屏。山中诸公来游。归整侍者求改送行诗。余以其俗甚而请别作。因话诸公曰："今时僧诗皆俗样。最好学高僧诗。今诗僧例学士大夫之体，尤可笑官样。富贵金玉，文章衣冠，高名崇位等弊尤多。弊则必生迹，迹生则必改，可复古之高僧之风也。"①

在一次讲诗时，义堂周信指出归整侍者所作的送行诗是"俗甚"的俗样诗——士大夫之体，当即要求侍者重作，并对在座的其他禅僧说最好学高僧诗。据义堂周信，所谓"俗样诗"，即"官样"、士大夫体，有"富贵金玉，文章衣冠，高名崇位"的诗弊。

义堂周信反对的诗，一是那些"外而物"之诗，未上升到参悟心宗之理的诗；二是以章句为主的诗；三是表现个人强烈的喜怒哀乐，从而失去性情之正的诗。面对禅徒中间日益炽烈的俗样诗风潮，义堂周信指出禅僧学习士大夫之体是很可笑的行为，应该学习高僧的诗，以严厉的口吻警告禅徒偷习诗文，便迟早会暴露在所作偈颂中。

义堂周信又于日本"应安四年十二月十六日"条中告诫禅徒曰：

> 初更禅罢。圆、应诸徒弟侍坐。余告曰："今时吾徒不坐禅、不看经，但驰骋外学。他日登狮子座，对人天众说个什么。是乃佛法灭尽之相。可痛哉。"……又告曰："今时禅子不守本分，苟守本分，则如水到渠成。莫患身名之未立。"②

① 义堂周信著，荫木英雄训注：《空华日用工夫略集》，京都：思文阁出版，1982年，第77页。
② 义堂周信著，荫木英雄训注：《空华日用工夫略集》，京都：思文阁出版，1982年，第113页。

　　他痛斥禅徒不坐禅、不看经,一味驰骋外学的做法是"佛法灭尽之相",可见在五山禅林完全成形时,禅林中诗文之风竞起的情况。而最后一句则道出其背后的原因,即随着五山制度的建立,禅徒须依靠在诗文上的优异表现获取禅林功名。义堂周信针对此弊告诫身边徒弟,禅和即作偈颂,须守本分,须按禅林诗之标准作诗。

　　在此,我们在义堂周信身上看到一种矛盾。一方面,他在丛林中从事诗的创作、教学,从正面推动五山禅林诗文的发展;另一方面,又不得不时时警惕种种弊端及诗文泛滥,并加以矫正与遏制。这种面对诗文时的两面性心理或说矛盾尴尬,较普遍地存在于五山诗僧之中,而在五山诗文的指导者义堂周信身上得到了集中体现。

　　首先,有关义堂周信在诗坛的指导地位,上文已结合他频繁参加诗会、作序、改诗等事实略加论述。他的指导者角色亦能在他点评联句中有集中体现。《空华集》《空华日用工夫略集》中均有不少相关记录,如日本贞治五年(1366年)七夕"无外·大照五六人来游,联句"①,翌年,模堂来访向他出示了在建长寺所作福山联句"凡百十六句"②,又日本应安四年(1371年),他"点联句百韵",并跋曰"儒家五经中无联句字,然联句二字非古。盖起于汉魏间,至李唐韩孟之徒盛唱和之云云"③。又如在日本永德元年(1381年)十二月,应当时的二条摄政之请点倭汉联句。而为摄政点句无疑是只有禅林诗文指导者方能胜任的。他在当时多次受邀为人点句、改句。如日本"永德元年十二月廿三日"条载:"赴等持院雪庭忌斋……芳玉畹茗袖来,出《且看山联句》诗一百韵,求改点。改且点,仍跋其尾,又改看字作观。"④

　　义堂周信作为禅林诗文的指导者,对习诗者的诗文指导亦不遗余力。从《空华日用工夫略集》的记录来看,大概以日本贞治六年(1367年)为界,逐渐完成了由参与者向指导者的过渡。《空华日用工夫略集》记载,日本贞治六年(1367年)以前,其诗文活动主要有:

---

① 义堂周信著,荫木英雄训注:《空华日用工夫略集》,京都:思文阁出版,1982年,第18页。
② 义堂周信著,荫木英雄训注:《空华日用工夫略集》,京都:思文阁出版,1982年,第28页。
③ 义堂周信著,荫木英雄训注:《空华日用工夫略集》,京都:思文阁出版,1982年,第103页。
④ 义堂周信著,荫木英雄训注:《空华日用工夫略集》,京都:思文阁出版,1982年,第248页。

（1）日本康安元年（1361年）辛丑　在圆觉与熙大照公唱和梅字二十四首。所以关东诗战是也。

（2）日本贞治元年（1362年）夏　余在圆觉……大喜和尚贺书记寄以八句偈。建长、圆觉两寺诸公皆和。余独和建长诸友偈二十七首以答。盖向所谓诗战也。

（3）日本贞治三年（1364年）甲辰年四十　陪府君于锦屏山，看花席上分题赋诗。曰朝花，曰谷花，曰梦中看山。忝陪珠履客，吟倚玉栏。

（4）日本贞治四年（1365年）　作天神祠三咏诗，府君命也。

（5）日本贞治五年（1366年）七夕　无外·大照五六人来游，联句。

（6）日本贞治六年（1367年）三月五日　府君及参佐、古天·大喜二老并入瑞泉赏花，分题各各赋诗歌，或三首，或二首、一首。

（7）日本贞治六年（1367年）二月十三日（追抄）　昕东洲唱和诗袖十篇来，有"百城烟水青春梦，一榻乾坤白日眠"句。

（8）日本贞治六年（1367年）二月廿二日　模堂从建长来出示福山联句，凡百十六句。"檀芬树树皆，僧宝人人尔。三生自业修，九品青莲披。僧祇粟陈陈，佛陀户比比。"

不难看出，截至1367年，义堂周信或与人诗战或分题赋诗或联句，之后逐渐应禅僧之请为人改诗，其诗歌教学涉及用字、平仄、诗法、诗史等内容：

（1）日本贞治六年（1367年）八月八日　改慧姪诗。首有"一别梦回湖水东"句。

（2）日本应安二年（1369年）三月五日　云鏊求改诗。诗曰"不吹松"。余疑"不吹松"何义。又有"谓言"二字，于律诗不可用。

（3）日本应安二年（1369年）三月廿一日　航济北出纪梦和什求改。有"等是邯郸送旅人"句。次出卧钟诗若干首。愕然二字，余疑愕恐号作。号音虚骄切，虚大也。盖虽读杨仲弘卧钟诗而不精，误作愕字。改点其诗，诗尾书愕号二字之异。

（4）日本应安二年（1369年）九月二日　为二三子讲三体诗法。因告曰："凡吾徒学诗，则不为俗子及第等。盖七佛以来皆以一偈见意。一偈之格只假俗子诗。诸子勉之。又，诗补吾宗，不翅吟咏。"

（5）日本应安三年（1370年）正月九日　遵书记问爿之平仄。余曰："若要用作平声则作爿，他则依旧作片。'云门飐下一片柴'之片字作两音。但若作平声,则俗音也。如滓字者作平也。"

（6）日本应安三年（1370年）二月廿三日　秀嵩侍者求讲诗史。余反劝以佛学。嵩恳请说《北征》一篇。余曰："此乃少年暂时所好。今时学诗者专以俗样为习,是可戒。若假俗文之礼为吾真乘之偈,是则名为善用。"

（7）日本应安三年（1370年）六月二十日　宗梵侍者来话。及圆觉天池藏六之文会。以石猫、芥室二题,荫大树登上科。余因说："文章诗句须先讲明。讲明个什么则要先立志之正。正则无邪而后先得第一句,次二句,次三句,次四句,乃圆备。"因举高僧之画松诗、老杜绝句等。

（8）日本应安三年（1370年）八月四日　余在石屏。山中诸公来游。归整侍者求改送行诗。余以其俗甚而请别作。因话诸公曰："今时僧诗皆俗样。最好学高僧诗。今诗僧例学士大夫之体,尤可笑官样。富贵金玉,文章衣冠,高名崇位等弊尤多。弊则必生迹。迹生则必改,可复古之高僧之风也。"

（9）日本应安三年（1370年）八月十三日　师姪梵芳上人自东胜来,出近作数首。一则归田咏一百五十六韵,效古诗体。艰涩用奇字,往往不可读。

（10）日本应安三年（1370年）九月八日　梵珍出近作数首,皆可观。"日暮云迷树,春寒雪满山",奇句也。

（11）日本应安三年（1370年）十一月二十日　又庭说："昔雪村曰:'唐人俳谐体云若无艾子为楂酿,乾坤压作七八片。'"且谓："今时稍薄,人人以权贵为负。故有志衲子之徒习以成风。是应痛惜。"

特别是在日本应安四年（1371年）至应安五年（1372年）间,义堂周信通过批评禅僧诗文活动中存在的问题,诸如意句关系、耽溺外学、作俗样诗等,努力引导五山诗文沿着正确、健康的方向发展。如:

（1）日本应安四年（1371年）五月十二日　良弘藏主来见。因问著述风雅之古今作者优劣。余为说云："凡作文作颂当以得意为先,然后得句。意主句伴。苟得意,则句虽未必工亦可。句工而不得意,则吾所不取。"

（2）日本应安四年（1371年）十二月十六日　初更禅罢。圆、应诸徒弟侍坐。余告曰："今时吾徒不坐禅、不看经,但驰骋外学。他日登狮子座,对人天众说个什么。是乃佛法灭尽之相。可痛哉。"……又告曰："今时禅子不守本分,苟守本分,则如水到渠成。莫患身名之未立。"

（3）日本应安五年（1372年）二月十一日　严竹隐至,仍出待花、贾谊二诗。余戏之曰："诗皆好。但此二题非吾释氏宜咏。"因说："今时禅子作偈,变为俗人秀才花鸟之词，是可痛惜也。假令作诗，当学禅祖之体云云。"

综上所述，日本贞治六年（1367年）以后，义堂周信已在五山禅林诗坛居于指导者地位，为禅僧改诗、评诗、讲诗，为推动禅林诗的健康发展方面做出了诸多努力。

义堂周信的宽容态度并不意味着禅林中竞以诗文的弊习已不复存在，事实上是更加重了，其时甚至出现了借诗设置赌局的现象：

日本康历二年（1380年）五月十八日。宗椿侍者乞题，集诸兄弟之作颂。以"画青绢扇子"为题，依旧例以物为赌。余制止之。盖破俗弊也。①

可见，义堂周信门下诸禅徒以"画青绢扇子"为题分别作诗，然后分出高低优劣，胜出者可将"扇子"据为己有。扇子既是斗诗的赌资，同时又提供诗题，虽不涉及钱财，但以文相赌的影响恶劣。义堂周信制止了这一"旧例"。也就是说，禅林中的"斗诗"，如同斗鸡或斗蛐蛐，已存在多年。诗已经堕落为与表达性情之正，参禅悟道完全无关的游戏。

康历之后的义堂周信，从其日记来看，较以往更多地出入幕府，成为座上嘉宾，与将军一起联句吟咏。据载，他在日本永德元年（1381年）十一月频繁出入相府联句，或有相府专使前来出诗求改：

（1）日本永德元年（1381年）十一月七日　府君又曰："二条殿昨者出和汉联句序，因劝：'幸有等持长老，何不学风雅。'"

（2）日本永德元年（1381年）十一月十三日　二条殿专使月轮少将，出余门字五言和什并少将自和诗二首。求余必改。改数个字，因说作诗之法。

（3）日本永德元年（1381年）十一月十九日　同太清赴二条殿联句。句是殿下发题，同会者万里小路父子、侍从中纳言房城父子。僧伴者相山云溪也。或告天境和尚昨夕示寂。

（4）日本永德二年（1382年）二月十八日　乃知二条准后访相国看花。值余不在，又花落，留题倭歌一首，并倭汉联句一首发句而去。其歌曰：雪トハヤフリケル花ノ跡ナレバクルカイモナキイト桜カナ。后书曰："二月十八日太政大臣。"又发句曰：雪ゾチルコズエハ雨ノイトサクラ。余即作一绝寄谢曰："上公饱看内苑花，烟醉春天五色霞，岂料山樱零落后，香轮枉驾到僧家。"

（5）日本永德二年（1381年）三月廿四日　月舟、岳云、天锡三同袍来游入

---

① 义堂周信著，荫木英雄训注：《空华日用工夫略集》，京都：思文阁出版，1982年，第211页。

浴,浴后将归,留宿。宿谈联句。

（6）日本永德二年（1381年）八月三十日　忽报摄相殿至。万里小路中纳言、侍从中纳言亦至。君命余讲楞严经。君别命诸公倭汉联句。摄政准后发句曰:風キヨシ松卜水卜ノ秋ノ音……又同以倭汉联句为摄。

（7）日本永德二年（1381年）十月十三日　承府君之命赴西芳精舍红叶之会。会官伴者二条摄政殿、侍从中纳言、万里小路中纳言、日野兄弟、管领兄弟,僧伴者太清、物先、汝霖、本寺长老善明白等也。今日之供管领代办之。坐列之式,主席周信,迫于府君之命代国师。国师与太清对,二条殿与府君对。其余僧俗随次而坐。盖国师小恼不来。点心罢。就富士间寮道话。府君入先师书阁平日燕息处,历览随身道具等,感慕之。斋罢复就富士间与话,且和汉联句。二条摄政发句曰:松ハタテヌキハ红叶ノ锦カナ。府君命余对句。余曰:秋雨洒如丝……乃太清等诸老在。君命坐禅,以摄政至为限。及四鼓摄政等乃来。复与联句一百句毕,乃各各就馆处。

（8）日本永德三年（1383年）五月廿四日　府君问月字可作韵否。余曰:仄韵即可。平韵则不可。盖前日府君联句中曰"入望高轩月"。府君仍问联句法。余索《诗学大成》,取其中四时诗句等,作对韵格答之。

（9）日本永德三年（1383年）六月八日　赴南禅云门之请。府君至,与诸老纳凉联句。府君起句曰:"炎天风竹在。"

（10）日本永德三年（1383年）六月廿九日　预作等持院忌。因有倭汉联句会。府君、摄相、万里小路、日野兄弟、月轮、成阿弥、秀长执笔也。府君俄命唤管领。僧伴者性海、太清、相山、独芳、月舟、云溪、云耕也。

（11）日本永德三年（1383年）七月四日　赴大龙庵倭汉会。

（12）日本永德三年（1383年）七月八日　侵早赴上生院驹泷倭汉会。官伴、僧伴如常……联句百句罢,复就院饭。饭罢联句。摄相发句曰:ハヤイテヨソノアカツキヲマツシノキ。月舟续之曰:龙华秋未萎。

（13）日本至德元年（1384年）十一月十六日　晚入府。预白大慈院倭汉会,府君约以晦日。

（14）日本至德元年（1384年）十一月晦日　府君临驾,余且迎接。君曰:好山水也。吟上梅亭,乃君所书南枝二字,新揭于南轩。轩前梅花恰好。南枝开绽者两三蕚,可喜。君又曰:十余年前到此,风景仿佛应记。点心官伴者摄相等三五辈,僧伴者普明国师、性海、太清等十余人也。点罢复会南枝。倭汉联句一

百句也。斋讫。道话移刻。官驾乃还。于发句二条殿曰:カスヤ千代名モ玉松
ノ霰カナ。府君命余续第二句。例也。曰:岁晚喜回春。府君曰:チル比ノ花
ヤ山チヲカクスラン。余曰:鞋香草欲匂。二条曰雪ノアユミハアトモシラレ
ス。府君曰:ケサミツル花ハムカシニチリナシテ。国师曰:春游迹易陈。二
条曰:秋ノ田ノミツホノ国モヲサマリテ。太清曰:冕旒拜紫宸。

(15)日本至德元年(1384年)十二月八日　赴鹿苑倭汉会。府君出诸奇物,
依例拈阄。八件物内,余拈得七。则所谓落阄者也。二条准后羡之。

(16)日本至德二年(1385年)二月廿一日　赴等持寺府君观花会……少顷
君至,召余及无求。相山于别座点心。自余者性海、独芳并二条殿等也。于客
堂官伴、僧伴各若干众,和汉联句一百句,席散。

(17)日本至德二年(1385年)七月十五日　承府君命,早赴鹿苑倭汉联句
之会。

(18)日本至德三年(1386年)二月三日　奉迎府君。官伴者二条摄政殿、日
野兄弟、坊城秀长、御子左、御剑者管领御堂,僧伴者性海、太清、空谷、无求、相
山等也。倭汉联句一百句罢。余姑去座。

从义堂周信被频繁邀请到幕府或鹿苑院举行的倭汉联句会,幕府专使请其
改诗的情况来看,他深受幕府崇信,其诗坛指导者的地位可谓是众所信服的。

除此以外,义堂周信还常常命令雏道子练习作诗,如日本永德二年(1382
年)正月五日"晓来蒙小雪庭松,宛如老人头白。有感,因吟坡诗'依然春雪在长
松'。仍以'春雪在松'为题命诸雏道者等作诗"。从此题被提出的过程来看,义
堂周信把眼前的雪覆庭松比作老者的白头,联想起苏轼的诗句"依然春雪在长
松",然后又从中拈提出"春雪在松"这一诗题,命寺院中的僧童以之为题作诗。
由此可见,禅文偕熟的他将诗与日常相融,将诗的教学与日常结合。此外,从诗
题的产生过程看,我们见不到他对偈颂传达宗旨的要求,而是基于一种人生感
喟。这足以说明,晚年时代的义堂周信诗观,与其壮岁时相比已有很大不同。

此外,义堂周信亦对各种诗风表示出更加宽容的态度,与他曾经引为禅林
诗标准的唐代三师的清秀、高峻、冰洁,以及枯淡平夷诗风所格格不入的诗风,
他亦在一定条件下予以认同,如在《泉上人留别唱和诗序》中云:

　　而读玉涧之唱也,如春池杨柳,态软而思深,群彦之和也四。秋浦
芙蓉,姿妍而趣淡。凡物之相期也,各以其方,有以同气期者,有以同

类期者,有以非类期者,而又有以时以信以道相期者……①

"态软""姿妍",皆是与枯淡平夷、清秀高峻风格迥异的风格,若以之为标准,二者皆应遭到批评,但义堂周信认为诸留别唱和皆能表达深沉之思与平淡的趣味。

与上文已论及的义堂周信的禅熟诗熟观念相关,他在《序用文上人诗轴》这篇长序中阐述了"文中王"的概念,序曰:

巨峤以亨记史,拟河梁为诗,赠其友用文上人。赓歌者十有二人。咸与以亨并驾者也。编成征序于锦屏山人某。惟上人出处之迹,云树仳离之态。以亨子建自叙篇首。且群公歌于各章矣。予复何言。故假上人雅表以发其韵焉。曰凡物错而成象,皆文也。上而象者曰天文,下而象者曰地文。中而象者曰人文。有声而象者,曰言文。是四者,有体焉,有用焉。曰何谓文之体。曰文字章句,言文之体也。仁义礼信,人文之体也。山川草木,地文之体也,日月星辰,天文之体也。曰何谓文之用。曰,在天则日月也,照临乎昼夜,星辰也,经纬乎南北。在地,则草本之华实,山川之堡障。在人,则仁乎父子,义乎君臣,礼节乎夫妇,信乎朋友。在言,则宜笔者笔之,宜削者削之,是其用也。惟四者之最急于世用者,莫人文若。然人文假言文而行。言文,由人文而发。何则,凡仁义云者,皆出乎心,而形乎声,而乃文字之韵,律之而用之。以是论之,言文固末,而人文为之本。苟善用其文者,必先务其本,本既立焉,则其末不待约而自正矣。而世之嗜文者,率舍人文而弗用,惟言文是竟。所谓务本之名何在。今观以亨及十二人者。所以赠答赓载,皆寓言文以颂人文之美。其务本者欤,其善用者欤,然而由吾宗而观之,不立文字,而又不离文字,用乎无用,文乎无文,而吾用弗尽,谓之文中王矣。群公所谓如何。②

义堂周信先后定义了"文""天文""地文""人文""言文"。其中,所谓"言文"

① 上村观光编:《五山文学全集》第二卷,京都:思文阁出版,1992年,第1682页。
② 上村观光编:《五山文学全集》第二卷,京都:思文阁出版,1992年,第1691—1692页。

是有声而象者,即声错而成象的现象。言文与天文、地文、人文各具体用。人文之本体是仁义礼信,言文之本体是文字章句。天文之作用是日月照临昼夜交替,星辰指示南北位置;地文之作用表现在草木的荣枯与开花结实,山川隆凹形成天然屏障;人文之作用是要在生活中去践行父子之仁、君臣之义、夫妇之礼与朋友之信;而言文之作用则是书写该书写的,删削该删削的。

　　义堂周信通过天文、地文、人文自然存在的体用关系,为言文的体用关系赋予了必然性。换言之,言文的体用关系就是运用语言之本体——语言及衍生出来的文字及各种文体形式,表现该表现的内容。他进一步指出,在天地人言四文中,人文对于社会而言是最为重要的。在人文与言文之间存在着密切联系,人文的体用须借助言文方能流行于世,而言文同时也借助于人文才能久远。义堂周信亦指出,人文与言文二者虽然相互密切依存,但人文是本,言文是末。仁义礼信等人文之体发自人的心性,而后才通过声音得到表现,然后再形成文字,并用文学体式表现出来。在申明人文与言文的本末关系后,义堂周信要求须先务本、立本,正确把握人文之体与实践人文之用,然后自然能够善用言文。义堂周信在重申人文与言文的体用关系及二者之间的本末关系后,批评"惟文是竞"者犯了本末倒置的错误。

　　义堂周信赞扬以亨等僧的赓和之作表现了仁义礼信之美,从而做到了务本与善用。但义堂周信在序中的论述,皆用儒家理论展开,如果就此结束,则与其禅僧本色不符,因此他在文末必须向禅宗过渡。他将务本善用人文言文关系与禅宗的不立文字而又不离文字等同起来,从而对"不立文字,而又不离文字"进行了再阐释。"用乎无用",即善用言文,必不着痕迹;"文乎无文"即在无文采中自然形成文采,而能做到这点者,即是践行了禅宗的"不立文字,而又不离文字",是善用言文的王者,即"文中王"。

　　一方面,"文中王"的提出,是义堂周信借助儒家人文言文关系阐释其理想诗禅关系的一次努力,同时亦将禅宗的"不立文字,不离文字"的语言文字观念与儒家的语言文字观念打通。值得注意的是,"文中王"作为他标举的理想,由于其论述过程本身的关系,具有浓厚的儒家理论色彩,这必然加强五山禅林诗观的儒家化,从而给诗偈的主题、内容、形式、评价等方面带来不断世俗化的危险。

　　另一方面,"文中王"的提出进一步提高了诗文在禅林中的地位。若说此时禅林诗文之风已发展到无可禁绝的地步,义堂周信只能顺势而为,多引导而少禁止,这确实是无可奈何的。但"文中王"的提出势必为禅徒们树立了一个公然追求诗文的依据,禅林中的诗文制作之风因此也就进一步蔓延下去了。

义堂周信提出"文中王",其实质是提倡善用诗文以恪守人文之本,就修习禅宗者而言可以说不外乎"不立文字,而又不离文字",即使用诗文而不沉溺诗文,既用语言形式表现禅旨、悟禅体验或仁义礼信,同时又不可本末倒置,喧宾夺主,令诗文凌驾于其上。其次,"文中王"在艺术上要求形式既存在又似乎不存在,文采既缺失却又灿烂。义堂周信号召禅僧以"文中王"为理想,努力做到禅文偕熟。义堂周信在提出"文中王"的前后,对禅文兼备多有论述,如他于《无文印后序》中喟叹道:

> 呼难矣哉,才之兼全也。或禅全者文缺,或文长者禅短,然则今之世,欲得其禅文兼全者,俾居是职,不亦难矣乎!呜呼迩年海东丛社,僧职之滥,莫甚乎内外二史。[1]

义堂周信对批评日本禅林内外二史僧职的用人不慎,同时亦对本应该充实到内外二史僧职的人才的匮乏感到无奈与愤怒。在他看来,或者禅全而文缺,或者擅长诗文而又于禅悟上有不足,是不可以让这些禅僧任内外史的。这有助于理解义堂周信为什么要大力去标举所谓"文中王"。他的喟叹堪称是鼓励禅僧致力于诗禅二道,尽快成长为禅文兼全的禅僧的一次号召。

在义堂周信"文中王"的号召和他禅文兼熟实践的示范作用下,禅林中的集体诗文活动兴盛起来。从《空华集》和《空华日用工夫略集》中有记载的活动看,当时的诗会等雅集较虎关师炼、梦岩祖应的时代增多,诗文的形式亦在翻新,有诗轴、诗画轴、联句、倭汉联句等。同时,举行集体诗文活动的场合也更多样化,在僧友远游、省亲、归家、来访、参加公宴及众僧禅罢之后,诗都会登场。诗越来越成为禅林活动的重要部分,其功能已经不局限于表现禅旨和诗僧悟境之一端,主要发挥诗表现个人感情、维系友情乃至履行公务的工具的作用。在内容上,禅林诗更加士大夫化或说儒家化,表现仁义礼信的诗已得到义堂周信的明确认可。兄弟之谊、萱堂之思等乡愁离绪,经过义堂周信等禅师的阐述获得与禅融通的地位之后,开始名正言顺地在禅林中作为创作的主题。

---

[1]　上村观光编:《五山文学全集》第二卷,京都:思文阁出版,1992年,第1706页。

6. 绝海中津

绝海中津是五山文学"双璧"之一,其汉诗成就在五山汉诗中首屈一指,代表了中世日本汉诗的最高成就。与义堂周信一生未到过中国不同,绝海中津是五山禅僧中的留学派。他于1368年入明,在明10年间随临济宗全室禅师参禅习诗,能"得诗之体裁"。明僧录司左善世道衍为《蕉坚稿》所作的序,高度评价其诗:

> 诗之去道不远也。盖其系风俗,关教化,兴亡治乱,足以有征,劝善惩恶,足以有诫……以斯论之,诗者其可以末技而少之而已耶?然有一以风云月露之吟,花竹丘园之咏,留连光景,取快于一时,无补于世教。是亦玩物之一端也。吾浮图氏于诗,尚之者犹众。晋之汤休,唐之灵徹、皎然、道标、齐巳,宋之慧勤、道潜,皆尚之而善鸣者也。然其处山林草泽之间,烟霞泉石之上,幽险夷旷,以道自乐,故其言也出乎性情之正,而不坠于庸俗。颂之读之,使人清耳目,畅心志也。盖亦可羡矣。日本绝海禅师之于诗,亦善鸣者也。自壮岁……依全室翁以求道,暇则讲乎诗文。故禅师得诗之体裁,清婉峭雅,出于性情之正。虽晋唐休徹之辈,亦有弗能过之也……禅师之视于诗,犹土苴耳。况以蕉坚拟之,奚肯沉泥于吟咏者哉!无非游戏三昧而已也。噫!为禅师之后,有尚于诗者,当以禅师为法,慎勿效留连光景,取快于一时,则去道远矣,去道远矣!无非玩物丧志,矣何益之有哉。故余序于篇端,使学者观之,盖亦有所警焉。永乐元年苍龙癸未年十一月既望。①

在序中,僧录司道衍从儒家的诗教观出发,对仅仅停留在物而外层面,宣泄内心情感,只求取悦一时,未能在诗中表现社会民生、国家命运,弘扬人伦纲常教化人心功能的诗提出批评。僧录司道衍作为中国明代宗教事务的管理者,他直接以儒家的诗教观作为标准衡量禅林诗。不过,他理想中的禅僧,能够像汤休、灵徹、皎然、道标、齐巳、慧勤、道潜那样,处山林而乐道,作诗能够"出乎性情之正"而不落庸俗。他认为这样的诗清新,读来令人心志舒畅。

道衍评价绝海中津,认为他能够得诗之体裁,即掌握诗的语言、形式特征,

---

① 上村观光编:《五山文学全集》第二卷,京都:思文阁出版,1992年,第1903—1904页。

具有很高超的作诗技巧,其诗作在风格上体现出清新、婉约、峭拔、雅正的特征。在内容上亦能够"出乎性情之正",表现心性、人伦,足以教化人心。可以说,道衍对绝海中津的诗的评价是极高的,甚至认为他的诗不逊于中国历代著名诗僧。以上是道衍对绝海中津诗评价的第一部分,这一部分的评价可以说是完全以儒家诗观为标准进行的。道衍进一步高度评价绝海中津对诗的态度,认为他虽然善于作诗,但又不沉溺于诗,将诗看作"土苴",且以"蕉坚"比拟,以诗为"游戏三昧",以诗习禅。针对禅林诗文中存在的弊端,道衍号召禅林以绝海中津为榜样,切勿玩物丧志。综上所述,道衍借为《蕉坚稿》作序之机,阐释了其作为禅林管理者的诗观,而绝海中津完全体现了这一诗观。

义堂周信很少在诗里表现禅僧的内心世界,更多地参与集体诗文活动,有其社会活动家的一面。相比义堂周信,绝海中津更具有诗人气质,注重在诗中表现深沉凝重的沧桑感、参禅悟道的法喜和私人感情空间,作诗态度也更具有诗人的自觉。绝海中津在《西胤上人雨中唱和诗序》中云:

> 巳卯又大雨,弥旬不止,余则始而喜,终而忧,而思亦随之,何也……呜呼,何一雨而所思之多端也。向之萧萧也,飘飘也,皆堕我愁中矣。其何由能发孤吟而畅幽情者耶?今睹兹作,岂不愧于怀乎?公羊子曰:不崇朝而雨天下者,泰山之云也。上人之唱以之。孟轲氏云:天油然作云,沛然下雨,则苗勃然兴之矣。诸公之和以之。[①]

一位多愁善感的诗人形象跃然纸上。对于绝海中津而言,唯有诗能"发孤吟而畅幽情",诗已融入他的生命。这与禅林中以诗为偈,表达禅旨,辅助宗猷的传统诗观具有本质性不同。或可以说,绝海中津是日本五山禅林中最纯粹的诗人之一。但作为禅僧,绝海中津又恰到好处地处理了诗禅关系。据如兰在明永乐元年(1403年)所作《书蕉坚稿后》:

> 余闻,葤室以文章振世,其所传皆以文字禅广第一义,至于广智,一变山林蔬笋之气,而为馆阁。其学之者,逮遍寰宇。及全室,则遭遇明时,其道愈显,真教门之木铎也。今观蕉坚稿,乃知绝海得益于全室

---

① 上村观光编:《五山文学全集》第二卷,京都:思文阁出版,1992年,第1942—1943页。

为多。其游中州也,睹山川之壮丽,人物之繁盛,登高俯瞰,感今怀古,及与硕师唱和,一寓于诗。虽吾中州之士老于文学者,不是过也。且无日东语言气习,而深得全室之所传也信矣。其疏语绝类蒲室之体制。其文缜密简净,尤得一家之所传,呈为海东之魁,想无出其右者。况其自序曰:"时逢山水幽胜之处,披衣散策,而陶冶于猿鸟云树之趣,悠然如游乎物化之元。"此皆乐道之至言,岂可与诗人流连光景,玩物丧志比拟哉……①

如兰指出,笑隐大忻改变了自元熙晦机以来的禅林诗文,将禅林的"蔬笋气"一变为馆阁体。新的馆阁诗风风靡禅林,并由全室发扬光大,成为弘宗利器。绝海中津入明师从全室,用馆阁体诗在明与师友唱和,创作了大量登临、咏史题材的诗作,并深得全室真传。由此可见,绝海中津的诗风,已经摆脱了蔬笋而走向馆阁。"蔬笋气""酸馅气"常被用来嘲笑僧诗清苦的风格、狭窄的诗题、单调的意境等。而馆阁本是北宋始设的昭文馆、史馆、集贤院三馆,以及秘阁、龙图阁等阁,分别负责图书经籍和编修国史等事务。所谓馆阁体,即士大夫所喜好的典雅庄重诗风。从蔬笋气向馆阁体的转变,是禅林诗文进一步儒化的表现。绝海中津的诗作,将馆阁之风带入五山禅林。禅林诗也正是在绝海中津的影响下,开始由义堂周信时代集大成的偈颂主义转向更加士大夫化的"世俗诗"。

就笔者所见而言,虽然绝海中津几乎没有留下专门探讨诗禅关系的材料,但从道衍、如兰对他的评价,以及绝海中津自己编撰的《蕉坚稿》,可以窥知其诗禅观。《蕉坚稿》未收录序跋字说等散文体裁,亦未收录禅林疏、法语、拈提等直接表达宗猷的文字。也就是说,在他看来,诗正是用来表达个人内心世界,抒发诗人感慨心绪的。诗偈有别,过去是为作好偈而来,以不背离宗猷。而如今则是站在诗的立场上,从编撰纯粹诗集的意图出发,将不符合世俗化诗观的偈颂排除在外。在某种意义上,绝海中津对五山汉诗的贡献,在于其率先明确区别对待诗偈创作。诗是诗,不像义堂周信一样去以诗为偈,还诗以诗的地位,去表现个人内心世界。偈是偈,作偈以表现宗旨。换言之,绝海中津在五山禅林中开创了堂而皇之作世俗诗的先河。

① 上村观光编:《五山文学全集》第二卷,京都:思文阁出版,1992年,第1955页。

7. 心华元棣

关于诗禅关系,心华元棣在《招直叟上人诗序》中强调了与虎关师炼相似的观点,即在佛法、禅宗遭遇危机的时代,掌握种种技艺,以文事扶宗,显得十分必要,其文曰:

> 招直叟上人诗序。康历中……讳端字直叟……既归明,季作诗招者三十人,皆洛友之选也……卒不得已而系焉。典午之东,庐山白莲社,有素善篇□者,一日,山南攀松游息。忽吟习摇动,不得栏遏。退质于远公曰:律禁管弦歌舞,而一吟一啸,可得为乎。远公斥之曰,苟以乱意,皆为非法。夫三十人及余,皆佛之徒也,其于诗文,诚余事耳。故拒焉。然世间种种技艺之荟萃,无不练悉,乃杂华会上诸大开士有焉。百家异道,他方殊俗之语,无不淹贯,乃明教嵩禅师所称之僧有焉。今三十人之招,不以西竺之道,而以东鲁之风。盖虑夫人季,未及而立离群。山其居,草其衣,木其食,且偏枯其学,而欲其练悉淹贯焉。所谓远公,亦不唯西向九莲乐土供笑而已。间以六艺之学,授之社众,遂使天下后世,得而传焉……佛氏御侮之具,莫先乎论说。余虽不佞,岂弛文事之担于吾法几微之间乎哉。故序焉。[①]

心华元棣以“诗文,诚余事耳”为理由,起初是拒绝为京都五山的30名禅僧的招归诗题序的,但是他援引明教契嵩和慧远,说明“百家异道,他方殊俗之语,无不淹贯”的重要性,进而指出在众多行业、异域外邦的语言、技艺、知识之中,论说等文事作为佛教、禅宗应对他教他宗(派)之挑战、维护集团地位和利益的最重要武器,因此在论说、诗文上不敢懈怠职责所在,从而逆转自己的态度,答应为诗题序。“佛氏御侮之具,莫先乎论说”体现了禅林诗文创作的实用性考量的重要侧面。

这种动向在《秋水之什后序》中体现得更为明显:

> 近世论曰,某氏偏得博古之体也。某氏,偏得著述之用也。以为博古之与著述,各可偏得,而不可兼备之者。由是体用相胡越,学者相

---

① 上村观光编:《五山文学全集》第三卷,京都:思文阁出版,1992年,第2209页。

鸿沟而为已。棣子虽不佞,每闻斯论,潸然慨然。未曾不如袁安临朝,
范滂揽辔之时也。请尝论之。著述也,博古也,其用则二,而体则一
也。博古者流跌宕乎汗牛充栋之陈编,虽称书簏经笥,识凫毛龙鲊,而
不能著述者,古今有焉。以其于书之淫且痴也,实偏得者也。著述者
流,不博古而能焉者,竺鲁本朝,究千万世以求之而未之有也。以其体
不可二也。难哉兼备之者,盖千万人中一两人者也。近世以博古鸣
者,人或质疑乎鼓箧之旁。则梨号五藏刀斧。羊肉为馈蹲鸱。阿那肱
李林甫。不识龙星杖杜。张由古叹班固文章不入文选者,多之有也。
以著述鸣者,斐然涉猎唐宋,剽掠近古。风雅骚选,则权倚阁焉。魏周
辅惠,崇犯古人。陶毂依样画葫芦。伯仲之间也。企夏英公泉水,杨
文公衲背,尚不可得,况光岳之气不分之前乎。人或就问所裁之道,则
诗之八病,文之三体,漫不省焉。呜呼! 著述者流,不博古而能焉者,
竺鲁本朝,究千万世以求之,而未之有也。是棣自不易之论也。①

　　"博古",即纵横百家,精通六艺,知晓古今。"著述",即能诗能文,论道说理。
在五山禅林中有偏得其一,而少有能兼善博古与著述者。针对博古与著述不可
兼备的论点,心华元棣指出著述与博古在体用关系上,虽用有二,其体则一。能
博古而不能著述者,是由于博古者愚痴,不善读书,古今皆有并不稀奇。但能著
述而不博古者则亘古未有,是因为博古与著述其本质相同,从而强调著述者须
博古的道理。具体到诗文而言,就需要掌握诗文的具体法度与体裁。总之,心
华元棣特别强调博古是著述的前提,亦是在禅林中营造读书治学的氛围。

　　从诗禅观看,心华元棣大力倡导禅僧努力治学,精通六艺,为作诗制文打好
基础,可以说这是诗文在禅林中地位不断上升的一种表现。

　　8. 仲芳圆伊

　　梦岩祖应曾提出"谓舍吾佛祖之道,而到诗之妙处,则吾不信焉",相信佛教
禅宗或其修习是通往写好诗、掌握诗道的不二法门。这一断言概括起来就是非
佛禅则不能诗,强调禅悟是能诗的必要条件。仲芳圆伊在《寄得中座元诗
序》中云:

---

① 上村观光编:《五山文学全集》第三卷,京都:思文阁出版,1992年,第2198—2199页。

谈者曰:诗之所以作也不亦难矣哉。该淹今昔,融液物象,而十科四则三造六关十三廿四品,能正厥声律也,能尽厥调度也,然后始可得言诗已矣。吁隘矣斯论。夫诗犹吾宗,具摩醯眼,此眼既正,则一视而万境归元,一举而群迷荡迹。所谓性情之发不约而自然正焉。科品云乎哉,声度云乎哉。然则能禅者而可以能诗也。

若徒释其服禅其宗,而问其家业,漫不省识者,吟啸也以翳灵台,讽咏也以滓丹府,不啻吾党之鸣鼓而可攻,亦奈诗家罪人也。东山诸公寄得中老人诗若干篇,观其芳衔,诵其佳句,禅熟诗熟,皆丛林之选也。余虽欲谨其言,颖也滑稽,遂为之序。①

有人向仲芳圆伊感叹作诗之难,认为要作好诗,就不得不通晓古今,认识天地万有,同时还须掌握包括十科四则三造六关廿四品等种种作诗的法度,能辨识声律,懂得字句安排,总之需要渡过种种难关。针对上述观点,仲芳圆伊批评该观点之狭隘性,指出诗道如禅道一样需具有摩醯眼,一旦得摩醯眼,则能豁然明朗,洞察万有。这时作诗自然能够得性情之正,从而无须讲求作诗的法度、声律,即禅悟以后自然能作得好诗。

仲芳圆伊还强调,如果不恪守本业,对禅蒙昧无知,即使作诗也只能徒然遮蔽自己本有之佛性,构成禅修的障碍,必须群起而攻之,同时它对于诗而言也是有害的。也就是说,能禅则能诗,不能禅则不能诗,不能禅则不可为诗。不难看出,其中存在禅先诗后、禅主诗从的等级观念。不习禅而作诗带来的后果是破坏诗禅二者。梦岩祖应曾用北磵居简与唐代诗僧贯休等从正反两方面阐述不能(佛)禅则不能诗的论点。仲芳圆伊否定苦苦挣扎于各种诗法、声律学习的习诗方法。这与虎关师炼、中岩圆月等有暗合之处,但重点不同,角度不同。虎关师炼、中岩圆月强调适理,而仲芳圆伊强调禅开启智慧以后对诗的自上而下的把握。虎关师炼、中岩圆月对禅僧从事诗是具体有所指导和可操作性的。

值得一提的是,在早期及中期五山诗论中,在教习汉诗时,大多数禅僧均弱化诗格的学习,而强调学禅、悟禅及道德涵养等。同样,心华元棣从博古与著述的兼备、论说乃佛氏御辱之具两个方面,继虎关师炼之后在禅林中发起读书治学、著述护宗的号召。在当时,不单学禅兼学百家的风气正日渐兴盛起来。如

---

① 上村观光编:《五山文学全集》第三卷,京都:思文阁出版,1992年,第2509—2510页。

仲芳圆伊亦在《寄刚中上人序》中强调禅僧应"群行无缺，众艺兼能"，其有云：

> 八音谐而乐象成，五采施而绘事备。士之于其为人也亦然。群行
> 无缺，众艺兼能，然后足以称具体也。是以三教之圣贤，谐病其偏胜独
> 得而不备者焉。凡吾辈从事槌拂，堤障斯道之余，翰墨缘饰，宗教讽
> 咏。陶冶物情，沛焉不能抑遏，一触灵机，天籁自鸣，岂镌琢肺肝，煎熬
> 心腑，事諓諓篇什为也。皆游戏三昧之一助，而不可以彼废此者也。
> 吾友谦岩投诗卷于钟山懒室子谕曰。东山有佳士，曰纯刚
> 中……好学而甚，少时既有进修之声，清秀肃洒之风，使人爱慕不已。
> 属者离群而读书京邑之北。于是乎社友之诉暂阻者，诗而写情，不约
> 而同者若干篇。衮而轴焉。吾子偃蹇丘壑，不齿唱酬之伍也久矣。而
> 于刚中有同系之好，实宜首简，勿劳巽床雨，展而观之，其词章飞动，奋
> 发鼓吹古今而裕如也。诚所谓天籁自鸣者欤……①

仲芳圆伊指出，正如乐象、绘事一样，运用金、石、丝、竹、匏、土、革、木等8
种乐器，青黄赤白黑5种色彩，才能分别奏出和谐动听的乐章、作出赏心悦目的
图画。士亦须群行无缺，众艺兼能。而禅僧亦应在参禅之余，学习书画诗文，体
察事理人情，一旦心物两应，就能自然而然作出好诗，不必去苦吟、雕琢。他强
调书画诗文皆是游戏三昧，是悟道之一助，禅僧应学兼众艺，不能偏废。这与心
华元棣强调的通晓古今、熟悉众艺相同，均是禅林中兴起的强调综合治学与读
书思想的一种表现。

9. 太白真玄

太白真玄亦是与绝海中津同时期的五山禅僧。他擅长禅林疏，与绝海中
津、春屋妙葩、惟肖得岩并称"四绝"，是五山禅林隆盛期的重要作家，在五山禅
林诗坛上有重要的影响。如前所述，在五山禅林的诗禅关系演变中，儒家诗观
扮演了重要角色。以迎送题材的诗为例，梦岩祖应从人伦纲常亦是性情之一端
的角度勉强接受了，义堂周信则努力把它限制在表达禅旨禅理、禅悟心境，以及
互祝禅者精进禅修的主题。尽管如此，赠别、招归等题材的诗还是逐渐失去了
其助禅的主旨和价值，最终世俗化为一种表达禅林之中师徒、亲友之间离愁别

---

① 上村观光编：《五山文学全集》第三卷，京都：思文阁出版，1992年，第2507页。

绪的诗。太白真玄在《寄东浓中华林诗轴序》中云：

> 诗不序乎，棠棣废则兄弟缺矣，伐木废则朋友缺矣。然则兄弟之
> 道，系于诗也审矣。是以，古之言诗者，皆有系焉。谢公所谓池塘草柳
> 鸣禽云者，兄弟之道系焉。杜老所谓，春天之树，日暮之云者，朋友之
> 道系焉。或系于雪鸽风雁，或系于駏虫云龙。盖有所感于中者，莫弗
> 系于外也。今视芝田上人，寄东浓伯氏华林中公之什，惟上人倡之也。
> 棠棣之华流，而兄弟之道系焉。诸公和之也。伐木之遗韵，而朋友之
> 道系焉。虽则芳草鸣禽之精深，春树暮云之高雅，而编之诸公倡和什
> 中，则可以齿于甲下乙上而已耳。不苟有华林之才之美，抗于惠连太
> 白者，孰能专人，敢当斯重赠乎。猗欤盛哉，兄弟朋友之道，蔑以阅于
> 墙，蔑以卖于市，而独有以系于诗矣……①

太白真玄在此特别强调诗的规范人伦的功用，认为诗有维系兄弟朋友之
道，诗是密切兄友的唯一可以信赖的手段。这从正面肯定了诗的序人伦的功
用，是儒家诗观在禅林中抬头的体现。又《悼英玉渊诗序》有曰：

> 乙丑冬十月戊戌玉渊英公尽于势之旅馆……其友大峰上人闻而
> 恸甚，乃作诗吊焉，而同社昆季，慨然率和……有嘲于此者曰："诗，氾
> 水徒鸣不平于一世也，诚非谈三世者之所宜为焉，雕虫小技，乌足以济
> 彼冥冥之魂，况复绮语。律之所制作也，其不几于挤之乎哉。"余嚬而
> 解之曰：吁！不亦惑哉！子之言也不可与言诗矣。夫吟咏情性，感动
> 天地者诗矣。而性之与天。泗水之徒，不可得而闻焉。既不可得而闻
> 则有焉云者，不也。唯灵山徒，见性明白而目击三世者，始可与言诗而
> 已矣。示清净身于山色，演长广舌于溪声。黄花之郁郁也，翠竹之青
> 青也，真如理解矣，般若旨明矣。至矣哉其言之也。吾无间然矣。所
> 谓见性明白者欤。所以在者视焉而证，没者得焉而济。岂其谓之挤之
> 几也耶。然则虽曰玉句金章日载牛腰而未可尝制焉。至若不二交情
> 于死生而相期于世世，亦斯为美。昔灵山徒，圆泽者善李原于三世，乃

---

① 上村观光编：《五山文学全集》第三卷，京都：思文阁出版，1992年，第2226—2227页。

有诗云：三生石上旧精魂，赏日吟风不要论。此亦非鸣于一世者也。
今上人言诗，盖庶几乎。因和而些之。①

玉渊英禅师客死旅栈，大峰禅师闻讯后恸哭并作诗吊唁，友社纷纷和之。
这在义堂周信及以前是不被允许的。有嘲于此者，大概是秉承义堂周信等人以
禅为本的诗禅关系思想，对过分表露不平之气、悲伤怨愤情绪提出批评。同时，
诗乃雕虫小技，不足以如佛禅那样参透三世，济度众生，而主张将律诗制作逐出
禅林。无疑，上述禁绝诗律的激进观点，在当时落后于时代而必然遭到太白真
玄的批评。太白真玄直斥对方不足与言诗。他指出诗的本质是感天动地，即贯
道与性情之正，是无法为儒家之徒所能闻思的，因而也无法创作出真正的好诗。
而佛禅之徒则能明心见性，悟脱三世，因此也有资格谈诗并创作优秀的诗作。

太白真玄亦在评诗时表现出崇学思想和重视审美的倾向，禅宗本业不再是
诗文创作鉴赏的主要动机。如他在《送播叔英归播阳叙》中云：

> 吾弟叔英上人……亲炙年久，学业日新，而犹能不废十舍，而夜讽
> 到卯。孜孜乎经炊史酌焉。且其诗语之工也，粲然玉佩琼琚。其墨妙
> 圣也，劲然银钩铁画，实惟弸而彪者也。是以外之则朝廷文士，内之则
> 丛社名师，相与周旋游从，是一时之所胆慕者。盖可谓荣昔人之所夸
> 者，亦蔑以尚矣。②

他夸赞叔英上人学业日新，勤于讽咏诗文，工于"诗语"并且擅长书法。
而在《赠柳南江适越序》中，太白真玄对柳南江的祝福只限于读书治学与游
历作诗，由此亦可窥见当时弥漫于禅林的治学作诗的风气，其序曰：

> 余窃瞻子之有志于学也，刺骨四库，折肱五车，道边之碑可颂，秘
> 书之阁可假，至其日积月益，则张华三十乘，金□八万卷，未足以芥胸。
> 岂与淫且癖者同年而语耶……且其文也诗也，扣铜刻烛之顷，万言倚
> 马可待。若其得师，则百欧阳可以累，双宋玉可以并。左祖子长右祖

---

① 上村观光编：《五山文学全集》第三卷，京都：思文阁出版，1992年，第2229—2230页。
② 上村观光编：《五山文学全集》第三卷，京都：思文阁出版，1992年，第2227页。

少陵。然而吾邦,无文字之可以师。于子者惜矣哉。是以今于越之
行,作师说而赠焉。马　才曰①,欲学子张之为文,先学其游矣。今吾
所以为法焉。日欲学少陵之为诗,亦宜先学游矣。子长少陵皆越其游
而长边者也。上会稽探禹穴,而麟止之笔,于是乎波澜焉。游鉴湖拂
天姥,而浣花之思于是乎比兴焉。盖天地之赐江山之助,而人秉焉,而
感动于自然,发以为文为诗矣。今子适越也,非学其游者耶。夫鉴湖
天姥之云月也,会稽禹穴之风烟也,深涵厚美之,于心胸五藏,而青鞋
于若耶,布袜于云门,千岩万壑,周游而历视之,则其诗文之发也自然,
不有余师乎。昔子长少陵,皆二十而有是游……②

　　如前所述,义堂周信强调在送行时,作为禅徒送行者与远行者应该互相以
精进参禅勉励,祝福参学有成。而至心华元棣以后,随着禅林读书作诗等文字
之风甚嚣尘上,禅徒最关心的事已由参禅转为外学积累和诗作竞赛。在此背景
下,太白真玄为送行诗作序,作为当时禅林中的指导者之一,却排比大量典故,
展示自己饱读外典古籍、文笔恣肆的一面。此外,如果将心华元棣以来禅僧的
诗序与之前的禅僧相比,亦能发现如下的不同倾向:一是辞藻堆积、典故排列现
象严重,造成篇幅更长;二是内容上以对诗的鉴赏、评价为中心,且多采用意象
批评的方式。

　　自心华元棣以来,在诗论中体现出的对诗书的重视,说明禅林中诗文学习
与创作热情的不断高涨。究其背景,应是在五山禅林迎来其鼎盛期之后,随着
五山制度的完全建立,诗文之争已成为各宗派地位、利益竞争的主要手段。培
养优秀的诗文作者成为在竞争中胜出的最关键因素。在此背景下,居于指导地
位的禅僧十分重视门下禅徒外典汉籍,以及汉诗文的教学,《史记》《汉书》、“四
书”、苏轼诗、黄庭坚诗、三体诗、《古文真宝》等的讲义、抄物开始集中出现,在禅
林中广为流传。外典诗文学习由各派擅长诗文的名宿亲自督导,禅徒竞相学
习。同时,有关偈诗之别在经历绝海中津以来改偈颂为馆阁的诗风改革后,“俗
样诗”也已不再是禁区。对诗的评价亦由表达禅旨等对内容(得意)的重视,转
变为对辞藻、偶对的形式(得句)的重视。

---

① 原文有缺。
② 上村观光编:《五山文学全集》第三卷,京都:思文阁出版,1992年,第2235—2236页。

(三)后期五山禅林的诗禅观

诗禅关系在隆盛期的五山禅林,已完成从诗害禅的消极对立出发,经过梦岩祖应、义堂周信、仲芳圆伊等人,初步完成了向能禅能诗的过渡。诗禅关系在隆盛期结束后,在新的禅林环境下继续发展。绝海中津专择馆阁体诗以为外集,区别诗和偈,从诗本位的立场,开创了将诗从偈中独立的先河,为禅林诗的士大夫化、义堂周信所反对的"俗样诗"化推波助澜,在一定程度上造成禅林诗向着嘲风弄月、感故送友乃至相戏取乐等主题倾斜和堕落。诗与禅的关系在这种诗的功能的专门化现象中,从表面上看无可避免地会发生诗禅分离,这种诗禅在实践中的分离,给禅僧的诗禅关系认识带来新的课题,即如何从理论上弥合在实践中渐行渐远的诗禅关系。

1. 西胤俊承:为诗痴迷,诗禅渐远

西胤俊承是五山文学衰落期的重要禅僧作家之一,有外集《真愚稿》。《真愚稿》中出现的"诗战""诗盟""诗狂"等字眼即从一个侧面印证西胤俊承对诗的痴迷。如《诗战》云:"词场横槊士如云,汉魏齐梁部伍分。勿怪未辞三败辱,担开文运策勋勋。"[1]作者虽在诗战中失利,但尤为自己在诗战中落败开脱说是为宗门的文运诗业培养出更多擅长诗文的僧才。再如《寒夜留客》"绛烛烧残晓堂上,诗盟不负暮年心"[2],则说明他虽年事已高,仍心系诗事。《次观中座元立春韵》"此日迎春山阁虚,诗狂无复似当初"[3],表明了西胤俊承对如今已不复早年诗狂之态的慨叹。《人日立春》"日得人时春已回,诗狂不觉老还催"[4],则塑造了他为诗而狂,老当益壮的诗痴形象。对于他而言,《和懒真居士青阳马上胜游之作》"跃马春风零雨濛,一诗洗得百忧空。归来更散公庭静,莺舞燕吟杨柳风"[5]所说的一诗洗百忧也未必就是夸张。

《暮秋游山寺》云:"偶访高山寺,秋风古意长。僧宫有成坏,世事任兴亡。旧碧荒苔雨,新红落叶霜。休催讨归路,城里马尘黄。"[6]该诗表达了西胤俊承兴亡任运,成坏无惊的心态,绝海中津之怀古诗中深沉的慨叹忧虑,在他这里已经

① 上村观光编:《五山文学全集》第三卷,京都:思文阁出版,1992年,第2711页。
② 上村观光编:《五山文学全集》第三卷,京都:思文阁出版,1992年,第2715页。
③ 上村观光编:《五山文学全集》第三卷,京都:思文阁出版,1992年,第2716页。
④ 上村观光编:《五山文学全集》第三卷,京都:思文阁出版,1992年,第2719页。
⑤ 上村观光编:《五山文学全集》第三卷,京都:思文阁出版,1992年,第2740页。
⑥ 上村观光编:《五山文学全集》第三卷,京都:思文阁出版,1992年,第2752页。

被平复。而义堂周信诗中表现出的端正、进取精神也已不复存在。这在很大程度上源于禅僧在五山禅林制度建立以后,迎来的贵族化与怠惰。

如前所述,在五山文学的隆盛期,偈颂主义禅林诗经由义堂周信达到其发展的最高峰,稍后于他的绝海中津游学中国江南禅林,受元明时期禅林诗士大夫化的影响,在偈颂主义的蔬笋气外,在诗中更多以士大夫心态去感物伤时,以士大夫口吻咏歌历史兴亡、世间百态,在五山禅林中于偈颂之外移植了馆阁体。

五山禅僧们开始有意识地在诗中表现个人丰富的内心世界,除去表现禅理、悟境,敦厚禅谊之外,根据以儒助禅、由儒及禅的修禅次第、佛名佛行旁通佛典等逻辑,在以禅为本的前提下表达对儒家的仁义礼信价值的肯定认同,在自然性情之正的前提下用诗表现离别、友谊、孝行、喜怒哀乐等世俗感情。吟颂咏古、乡思、羁旅、花鸟等对象时,亦不再刻意去向禅理、禅悟及性情之正靠拢。

上引西胤俊承的诗中出现的"诗盟""诗狂""文运"等重视文辞的字眼,可以管窥后期五山禅林汉诗实践与禅业渐行渐远的离心化趋势。诗可无禅,不去表现佛禅也可;诗不以得意、正志为先也可;诗摇荡人的性情也可。禅林诗的这一去禅化、去偈颂化倾向,必将严重影响禅僧的本业,从根本上破坏了从禅林初期到仲芳圆伊为止一以贯之的禅本诗末关系的诗禅观基础。这是禅林所不能容忍和接受的。在早期的五山禅林,以兰溪道隆、大休正念、清拙正澄为代表的赴日高僧以激烈的言辞否定文字,将诗文严格限制在表现禅境的范围之内,而日僧亦不断重申诗文对禅业的附属性、补充性地位,从章句、诗格、立意上区别偈诗,对世俗诗文始终保持警惕。中期以后,五山禅林对世俗诗的警惕与限制逐步放松,但禅对诗的主体性地位和诗对禅的辅助性并未动摇。但是,在后期五山禅林,诗不断摆脱禅旨、禅业的束缚,新的诗禅关系逐渐显现,诗开始蚕食和消弭禅的优势地位。对此,禅林会持何种态度,又如何实际应对,便构成后期五山禅林诗禅关系的重要课题。

2. 岐阳方秀:为诗而诗,诗禅独立

岐阳方秀是五山禅林隆盛期以儒学见长的禅僧,深受把宋明以来新儒学最早介绍到日本的虎关师炼禅师影响。以下所引材料是他基于虎关师炼表述的感想,他在《赠春和侍者从师归尾阳叙》中云:

> 海藏云:"余正和已前以书质心,正和已后以心质书。"予每读此语,未尝不三复叹息。夫诗者质温柔敦厚之心,书质疏通知远之心,礼

则质恭俭庄敬之心,乐则质广博易良之心……莫不咸质其心焉。不则
冲栋汗牛支肠挂腹,亦何益之有。①

他引用虎关师炼(海藏)的话,强调禅子读书的目的不是为读书而读书,应
是为质心求悟而读书。岐阳方秀亦在《送南窗藏主还乡》中指出:

> 一旦必当有自证自肯处,到这里作诗也好,作颂也好,作文章也
> 好,应接宾客也好,十二时中著衣吃饭……都无一事一物为障为碍。②

他强调一旦自证获得禅悟,创作诗颂文章及参与其他日常活动都会达到无
碍自如的境界。就诗禅关系而言,这种观点主张禅悟是作好诗文的前提条件,
与梦岩祖应的"谓舍吾佛祖之道,而到诗之妙处,则吾不信焉"、仲芳圆伊的"能
禅者而可以能诗"的观点一脉相承。

但岐阳方秀在诗序跋中所表现的诗评观点,却呈现从以强调立意道德、禅
悟本业为主转向对形式批评为主的转移。如他曾云:

> 吾门诸子美玉峰有功乎吾宗。或歌以四韵或咏以绝句,衮成一
> 轴,征序于余。余披而读之,则其声琅琅然,若乎金石丝竹,递奏于庙
> 堂,其文蔚蔚然,若乎山龙华虫,巧绘于衮也。③

岐阳方秀门下的诸禅徒,创作四韵律诗以咏歌玉峰禅师对宗门所做的贡
献。他用一个在骈文中常用之重对,赞美门下所制律绝声律琅琅、文藻蔚蔚,但
并不去评价诗之立意是否合乎禅旨、出乎性情之正。

不仅如此,他对辞藻形式的重视体现在用典这一诗法的技巧方面,如《跋拟
李峤百咏诗后》云:

> 李峤,字巨山,越州人……吾朝有文武二阶,掌其文者,从事于诗

---

① 上村观光编:《五山文学全集》第三卷,京都:思文阁出版,1992年,第2894—2895页。
② 上村观光编:《五山文学全集》第三卷,京都:思文阁出版,1992年,第2897页。
③ 上村观光编:《五山文学全集》第三卷,京都:思文阁出版,1992年,第2899页。

文尚矣。然视今之代，近不过三四辈而已……而今有白云隐子，掇夫李峤一百二十首题以赋之。既非镂冰画脂，倡红冶紫之比。世传诵以取法者必矣。其用事隐奥，吾不能窥测。盖不得张方注解以为憾耳。观其句法，则如乱云敷空，寒月照水，而快意琅然……①

　　岐阳方秀在评价白云隐子所赋李峤120题时，主要从用事和句法的角度进行肯定。他并不认为用事隐奥、冷僻到不能窥测是用典的大忌，而为自己找不到有关注解的图书而感到遗憾。同时，他的评价高度集中在句法与声律，用整饬的隔句对展开烘托式、意象式批评，大赞句法的奇清逸动，声律的铿锵雄健。一般而言，肯定搜隐用奥的作诗习气，是对作诗技巧的强调。要之，我们可以发现岐阳方秀的诗评，已抛开诗是否关乎禅旨、符合性情之正的禅本诗末的诗禅观立场，而只关注声律的美轮美奂、文采的富赡华丽和用典的工稳隐奥。这种偏重形式，忽略适理、立意、出乎性情之正的诗评，在早、中期的禅林诗坛是极为罕见的。如果说偈颂主义的集大成者义堂周信对韵压、用对、章句、辞藻等语言形式的态度，是"假俗文之礼为吾真乘之偈""一偈之格只假俗子诗"，只限于赋予禅旨、性情之正、道德、人伦等内容以恰到好处的诗的形式，那么岐阳方秀的诗评则是以形式美、技巧美、语言美为本位，是对偈颂、禅诗的内容上的背离。它的出现是五山禅林进入后期后，诗从前文所述的诗独立于禅、为诗而诗（诗以为诗）的倾向的体现。

　　值得一提的是，岐阳方秀"掌其文者，从事于诗文尚矣。然视今之代，近不过三四辈而已"的喟叹表明禅僧有从事诗文业的身份认同和振兴日本凋零的文业的文学自觉。五山禅林发展到后期，诗僧的文学自觉、自豪感、使命感迅速觉醒。

　　如上所述，以岐阳方秀为代表的五山诗僧，评价诗文的重心不是考察内容上表现宗旨与否、合乎性情之正与否，而是转向以声韵和谐、辞藻华美、意象丰饶和用典工奥等技巧与形式方面，形成一种迥异于前代的重视形式的诗评。诗评重心的转移、诗评方式的变化、诗人意识的自觉乃至使命感的形成，均表明在经过绝海中津的馆阁体洗礼之后，后期禅林汉诗呈现出去禅化、由禅独立、为诗而诗的倾向。

_____

① 上村观光编：《五山文学全集》第三卷，京都：思文阁出版，1992年，第2900页。

3. 瑞溪周凤：助兴诗战，诗以游戏

与岐阳方秀等人一样，瑞溪周凤的诗评亦呈现出集中于诗作为艺术形式本身，而轻忽对是否表现禅旨、是否兴观群怨等诗教功能考察的特点，堪称是一种诗本位的、为诗而诗的诗评。其外集《卧云稿》记载了一次诗战的定题、评诗过程，其文曰：

> 庚戌九月十三夜，桃溪种藏司，扣社中诸彦，玩月战诗。先庚一日，问余以所宜题，戏以明月楼图命之。楼在湖州。唐杨汉公诗"九月炎凉正得中"云者，盖指此地也。此夕佳月，时亦杪秋，命题之意在是矣。然杨诗则九月望夜之作，今为十三夜而发之，或以为太早计乎。后二日，濛雨及晚，所谓明月楼，不可与今夕为地也。则幸哉用之于前夜，唯口语心以解早计之嘲而已。于兹桃溪寄糊名诗卷见索。批之，此乃藻鉴文章者之职也。余百不能，而尤不能者诗也。岂己不能而分人之能不能乎。矧篇篇廿八骊珠，为之目眩，苟手触之，恐有生瑕之过，故卷而还之。聊赋俳谐之体一首，纪诸彦一时之文会，会者九人，皆富于年之士也。"清风穆穆会诸郎，惭愧无由容老狂，九月良宵人亦九，天将奇计配重阳。"①

这次"玩月战诗"于九月十三日夜举行，共有9名年富的禅僧加入诗战。9名禅僧战诗，与九月呼应，形成"九月良宵人亦九"的巧合，从而获得一种游戏的、知性的妙趣。瑞溪周凤根据唐代诗人杨汉诗句"九月炎凉正得中"，联系地点、日期、天象等因素，确定以"明月楼图"为诗题，亦体现了这次诗战本身包含的知识性、游戏性。专门藻鉴文章者之职即裁判批诗时糊住诗者之名等，也是诗战游戏性的典型体现。瑞溪周凤以"不能诗"为借口推辞批诗，但是赋一首俳谐体诗，为诗战增添机趣、锦上添花。所谓"篇篇廿八骊珠，为之目眩，苟手触之，恐有生瑕之过，故卷而还之"的托词中，也全然是对形式美的赞誉。

与中期九峰禅师删正仙岩之友怀念仙岩的诗作，"精选其合于无邪之义者"相比，与义堂周信严词拒绝为万上人的立秋思乡诗及和诗题序，将诗卷还给前来求序的立芳洲，并告诫"凡作诗出题，宜先审其义所以立，而后作之可矣"相

---

① 玉村竹二编：《五山文学新集》第五卷，东京：东京大学出版会，1971年，第521—522页。

比,后期五山禅僧的代表瑞溪周凤,自始至终都全然不去顾及诗战双方及他本人的禅僧身份,全身心投入到这场精心筹备的诗文游戏当中,不仅不去审视是否诗以助禅、诗以味禅、诗以通禅、立正志、适禅理,不去矫正诗的立意,删正诗篇,反而赋俳谐一首为诗战助兴,为诗社营造一团和气。从岐阳方秀到瑞溪周凤,足以说明,当时五山禅林诗坛的以诗为本位的、注重形式审美的、去禅宗化的诗评已蔚然成风。

4. 希世灵彦:勇为雅事,枯坐醉吟

希世灵彦是在江西龙派指导下成长起来的后期重要诗僧。其出生时,义堂周信、绝海中津等已示寂,作为一名完全活动在后期禅林的诗僧,其诗禅观非常具有典型性。

其《诗灯》有云:"曹刘摸索暗中来,李杜独吹光焰回。灞雪驴边都灭却,不传妙处冷于灰。"①表明他奉李杜为作诗正途,而视苦吟为作诗歧路,反对苦吟号召诗僧师法杜甫、李白。

但李杜毕竟难学,希世灵岩实际上是以一生闲吟风月的诗僧自居的。他在《戏书吟卷后》中云:"万事破除都不知,闲吟风月一生涯。峨眉寂寞白鸦后,又有村庵千首诗。"②白鸦是禅僧的自谓,他以"闲吟风月"总结生涯。一个在晚年仍不辍诗文的禅僧形象跃然纸上。

而其外集《村庵稿》所记录的活动能为这种"闲吟风月"的五山诗僧形象做一些注解,据其自述:

> 余戊午正月作诗最多,自元日至人日,有二十余篇。今年己未正月,人日上元过了,其余无几,诗才有一二篇,何其衰甚。友松年少,寄以试笔之作,见督拙和。予呻吟累日,不成一句,然拒命不可,涉笔写三篇,自觉出勉强而无发越。不满友松之一笑矣。"少年早起赶晨鸦,探遍园林到日斜。渐老春寒禁不得,隔帘偷眼小梨花。""归鹤林昏只有鸦,雪残篱落玉横斜。风回传得幽莺语,春在上园姚魏花。""夜游列炬散林鸦,拘束谁堪暮景斜。短发自羞纱帽上,欲随年少插时花。"寄

---

① 玉村竹二编:《五山文学新集》第二卷,东京:东京大学出版会,1968年,第170页。
② 玉村竹二编:《五山文学新集》第二卷,东京:东京大学出版会,1968年,第305页。

前篇后数日,迟友松不来,又寄三篇,情见于辞。

…………

　　予和友松韵,前后六篇。友松又和数篇,袖以见示。意若挑予诗者,乃又作五篇,凡十有一篇也。予知友松必笑曰。何前不足而后有余也。盖以勤补拙耳。友松忍之,遂书纸末云。①

　　老禅师逢传统节日,照例命诸弟子练习作诗,并为批改,所以被称为是五山禅林教学的一个重要形式。希世灵彦自述曾于戊午年在元日到人日的7天时间中作20余篇诗,而在己未年,则在半月内才作一二篇诗,这令他觉得自己的诗力衰甚,于是借友松禅徒携新年试笔之作来求唱和的机会,从此一发而不可收,作诗11篇。从其诗的内容看,第一首写自己的老寒与友松的活力,第二首写禅寺的寂寥与上园的春色,第三首则重新抒发晚年暮景,艳羡友松之少年。显而易见,3首尽管声律辞藻工巧,但既无关禅旨,亦不涉教化,所述的晚年心境、对少年的艳羡甚至连崇高都谈不上。由此来看,希世灵彦自谓闲吟也是恰当的。

　　下举一则材料则能更好地反映希世灵彦及其周围禅僧的诗作活动的游戏性,即为诗而诗的独立性。据载:

　　重九后数日,友松以菊数本见惠,皆佳品也。余赏叹之余作诗谢之,仍告同社诸贤辈,欲得此花者和拙作,就友松求之,诗若不成,更以数十枝赎之。吾知孝甫欲得花尤速,而得句愈迟。镇海欲先得花而后和诗。道庵欲无诗而夺花。此三者不可许也。予自年少而气锐,勇为雅事,必不待督迫。它日会萃为一巨篇,则添野史一段故事也。

　　"节后吹香分外奇,清妍不是折残枝。几宵风露尽金玉,装点君家秋一篱。"②

　　重阳节后,友松赠送希世灵彦数枝菊花,他以诗致谢,并召集门下诸僧酬唱、斗诗。他们用诗来论输赢,以菊花为资,诗作得好能得花,如作不出诗则须以数十枝菊花赎买。诗在此显然沦为游戏的道具。义堂周信曾严厉批评和禁

---

① 玉村竹二编:《五山文学新集》第二卷,东京:东京大学出版会,1968年,第198—199页。
② 玉村竹二编:《五山文学新集》第二卷,东京:东京大学出版会,1968年,第200—201页。

止禅僧用诗来赌博的恶习流弊看来并未禁绝,在禅林后期死灰复燃。希世灵彦自曝年少"勇为雅事",可见他亦是大概以这种形式学诗、写诗的。而从其诗来看,同样是言之无物的游戏诗文,莫说是去说禅旨、咏禅意,连儒家诗观的敦厚人心、出乎性情之正都做不到。这种毫无感动的,仅仅是对习得和记忆的诗法、典故、诗语、平仄的运用,在诙谐感、巧妙度上一较高下的诗文游戏,不仅脱离了义堂周信以前各名宿所恪守的禅业,甚至也背离了绝海中津所推崇的文人诗。

如果说绝海中津从明学成的馆阁体诗,与义堂周信的诗偈主义不同,开辟了另一条以文人诗为立足点的诗偈分立的道路,那么在禅林后期,以瑞溪周凤、希世灵彦,再到后来的心田清播等诗僧,并未将两位杰出的五山诗僧为禅林开拓的可能性发扬光大,却在两条道路之外走出一条游戏诗文的不归路。

在早期和中期五山禅林常见的禅僧游参,随着后期的社会动荡和禅林实力的衰微,禅僧纷纷避走地方,蜗居一隅,像前期那样的行吟,逐渐不受青睐。他们更乐意于在庵室内坐吟。如希世灵彦《赠诗僧》云:"到处闲吟个醉 ,近来诗思若为论。蒲团不预蹇驴雪,坐破梅花月一痕。"希世灵彦以"蒲团不预蹇驴雪,坐破梅花月一痕"一联与诗僧说起自己为诗的体会。可见正如他多次表述的,他并不欣赏郑綮的诗须在困顿旅行苦吟,而是枯坐禅室在梅花残月的清新幽致的小景中醉吟。如此作诗实践,所带来的必然是诗歌格调的狭窄,题材的收缩,以及意境的重复。兀坐庵室,足不出户,坐禅读书,作诗制文的生活背景,使得诗僧的诗题亦出现以历史人文题材居多的现象。如希世灵彦曾作《十美人诗》,其在序中自述动机云:

> 三良诗曹子建好义也,五君咏颜延年慕贤也。予作十美人诗十篇,所谓美人,湘妃、洛妃、骊妃、西施、虞姬、昭君、班姬、飞燕、绿珠、寿阳十人而已。幽怪骄淫,悲歌别怨,可悼可妒可哭可爱之情各异,而艳色夺人心者皆同也。今不效五君三良之雅什,而拟六朝五年之艳辞,而取十美人何也。昔楚屈大夫,述骚以美人为君子,后世祖述者,不一而足。予虽假词于色,岂耻好义慕贤之作者哉。方外士至,其视色为高飞之鸟耶,为深入之鱼耶。人未见其机矣。顾予十篇之作,实非所以发乎情,而止乎礼义也耶。笔以俟博雅。①

----

① 玉村竹二编:《五山文学新集》第二卷,东京:东京大学出版会,1968年,第504页。

曹子建、颜延年的"三良诗"和"五君咏"各体现了诗人的好意与慕贤,但是希世灵彦却偏偏为"幽怪骄淫,悲歌别怨,可悼可妒可哭可爱之情各异,而艳色夺人心者皆同"的十美人拟六朝艳词。面对非议和责难,他援引屈原以美人为君子的先例,辩称《十美人诗》是"假词于色",实际上是发乎情而止乎礼义的,并且希望方外人士即禅僧能窥探其中的玄机。但其实屈原《离骚》中的"美人"与其说是具有倾城倾国之貌的女性,毋宁说是诗人对自己芷兰的美质的比喻。因此,他的解释也就较为牵强。事实上,在后期五山禅林衰微,禅僧日渐萎靡,为诗而诗导致诗禅不断分立,禅林环境书斋化、人文化的背景下,以十美人为题材的艳诗的出现可以说是自然而然的。

5. 翱之慧凤:关切诗名,兴发狂吟

翱之慧凤曾入明,是后期五山禅林的主要诗僧之一。他于《送文明曦上人游大明国序》中云:

> 文明南游,有日告予曰:"吾师有遗嘱曰:'吾外集诸作,诗若干首,文若干篇,自少至老,其兴于雪月,感乎故人,见于赠答,形乎赋咏者,初不以工与不工也。若其疏语、骈俪,亦吾徒典章也,不可以止,故稍加之锻炼。宣德中皇华潘公文锡曾读吾文。有言。一见使人惊愕,禅林中有如是巨擘乎。诗犹可商榷,惟如疏语,非区区所及也。吾以是知,吾下笔无大缪也。然未知潘公之言当与不当也。二三子,何不往质中州文儒名缁矣。'吾受此嘱拳拳不失……且临其末命庄其色曰:'吾属大故也,子之恋小节也,勿以子之恋勿忽吾之嘱。勉乎。勿以他之啧啧而扰子之正也。'吾闻命惟谨。"浙之东西名巨儒老缁宿衲,尚殊有宋元全盛之风……[①]

据藏司文明曦上人自述,他的老师在遗嘱中反复叮咛他去明国时务必随身携带自己的外集,到了明国以后请名士名僧评价诗文,以验证潘文锡的评语是否中肯公允。据藏司的老师的遗嘱可知,该外集收录了他的诗文各若干篇。就诗而言,"其兴于雪月,感乎故人,见于赠答,形乎赋咏者,初不以工与不工",可

---

① 上村观光编:《五山文学全集》第三卷,京都:思文阁出版,1992年,第2809—2810页。

见所咏之诗并不涉禅,是诗而为诗、诗禅分立的诗。

从藏司之师的殷殷嘱托和不安可见,五山后期的禅僧对中国文人宿衲的肯定和赞誉有极高、极迫切的期待。这也暗示当时在五山禅僧与明之间的交流中,对诗文声誉的关切显得似乎比禅业更为重要了。

对于翱之慧凤而言,在诗这一方面,无疑也处于上引文献所反映的唯关乎诗文而不涉及禅业的以诗为中心的诗禅关系之中。同样,他也毫不掩饰对诗文声名的关切。他曾自述曰:"余昔年每逢佳节未尝不与诸友题诗以报赏心……平生之乐事付之绪余耳……未忘旧习,因发狂吟,戏于诸彦。"[1]可见他每逢佳节便与诸友题诗,与诸诗友禅子相戏,时不时为外界勾起诗兴,辄发狂吟。所以虽明知诗是绪余,却被他奉为一生之乐的全部寄托。结合前文所述,可见西胤俊承、岐阳方秀、瑞溪周凤、希世灵彦等对诗的偏好与痴迷,在翱之慧凤这里亦不例外。

正如我们在西胤俊承和翱之慧凤这里看到的,在后期五山禅林,"诗狂""狂吟"等字眼不时出现。西胤俊承就多次使用了"诗狂"一词,如《次观中座元立春韵》有云:"此日迎春山阁虚,诗狂无复似当初。"[2]又《人日立春》诗曰:"日得人时春已回,诗狂不觉老还催。"[3]"狂"基本意义有三:一是原始意义指狗发疯,引申义指人精神失常;二是纵情任性或放荡骄恣的态度,如狂草即指风格狂放无羁的草书书法;三是指气势猛烈,超出常度。翱之慧凤的"狂吟"、西胤俊承的"诗狂"当是第二种释义,即在作诗时的纵情任性的精神状态。西胤俊承的"诗狂无复似当初",是在感喟避走地方后,山门空虚寂寥,昔日众僧一起任情作诗的情景不再,令其感到伤感。其"诗狂不觉老还催"亦是在悲叹随着年事渐高,作诗之热情已经不如当年。翱之慧凤在《佳节》中说"余昔年每逢佳节,未尝不与诸友题诗以报赏心……平生之乐事付之绪余耳……未忘旧习,因发狂吟,戏于诸彦……",亦是对义堂周信、绝海中津等禅师引领禅林诗坛进入鼎盛时期的回忆。翱之慧凤自述"未忘旧习,因发狂吟",颇有"老夫偶发少年狂"的意味,亦是指一种纵情任性的作诗心境。因此,"诗狂""狂吟"的频现,其实带有浓烈的怀旧叹今的色彩,从一个侧面反映了衰落期五山诗坛的衰退与寂寥。

---

[1]　上村观光编:《五山文学全集》第三卷,京都:思文阁出版,1992年,第2857页。

[2]　上村观光编:《五山文学全集》第三卷,京都:思文阁出版,1992年,第2715页。

[3]　上村观光编:《五山文学全集》第三卷,京都:思文阁出版,1992年,第2719页。

6. 鄂隐慧奯:诗工禅了,禅不异诗

如前所述,从西胤俊承到翱之慧凤,后期五山诗僧的创作实践已将诗禅分立。他们挣脱了虎关师炼、梦岩祖应、义堂周信等以对诗设置的种种限制,将禅宗本业的束缚抛诸脑后了。这种诗禅分立的动向,根源于日益高涨的世俗诗热情和不断诗人化的生活环境,并且和中国明代禅林诗的发展遥相呼应。禅林必须有诗僧为这种如脱缰野马般的诗作风潮进行理论说明,但是如上所述,西胤俊承等并未从理论上进行回答。而鄂隐慧奯则较早在此方面展开尝试。

通览鄂隐慧奯的外集《南游集》可以发现,鄂隐慧奯的诗作中也表现出世俗化与诗偈分立的倾向。如其《卒次大路外史与观音主翁酬酢之韵》有云:"一条大路设三关,拄杖南询何不先。欲把文章夸小技,抹过江上与山间。"[1]"一条大路设三关",是说通向顿悟的路上有种种难关,而"拄杖南询"即游学大明,是首先要推荐的。最后鄂隐慧奯反用"文章一小技,于道未为尊"而拈提出小技抹过江上山间的一联,主张在游历与行脚中,用诗文是足以完成参悟、了断生死的。这实质上是一种诗以参禅、诗以禅悟的观点,在五山禅林首次明确肯定作诗本身能达到禅悟。与以往肯定诗对禅的辅助功用的观点不同,诗不再是以诗味禅、以诗通禅、以诗助禅,与禅宗本位思想的能禅能诗根本不同。诗,在五山禅林中首次摆脱了对禅的附属性地位和其辅助禅业的功能,实现了由助禅到能禅的飞跃,乃至对禅的统摄,完成了向能诗能禅的翻转。

正基于此,鄂隐慧奯才有如下一味强调"唯诗至上"的诗作,其诗"天寒岁暮稀相见,月落参横有所思。少壮须耽惊世语,鬓毛造次易成丝"[2]勉励禅徒趁着年少,珍惜时光努力学诗,雕琢词语,精心构思。而其所谓学诗又与奈良、平安时代不同,多强调形式,完全是一种以诗(注意不是以偈)代禅的姿态。他亦有诗云:"自古交游贵方外,莫令诗派擅江西。"表达了禅僧在诗文制作上不输世俗诗人的抱负。

在《寄舶居僧》一诗中,鄂隐慧奯有云:"安稳清波上,图书一叶舟。自然疏世俗,非是傲王侯。鱼鸟相忘处,兼葭几度秋。诗工禅亦了,心事水悠悠。"他在诗中赞美以船为家的禅僧,远离世俗,与鱼鸟为友,以图书为伴,超逸洒脱。该诗着力表现隐逸世外的禅僧的个人心境,与禅宗命运、个人悟境并无直接关系。

---

[1] 上村观光编:《五山文学全集》第三卷,京都:思文阁出版,1992年,第2636页。

[2] 上村观光编:《五山文学全集》第三卷,京都:思文阁出版,1992年,第2698页。

这样的禅僧形象与虎关师炼、义堂周信等的理想禅僧形象相比,缺少了对宗门前途的忧虑,亦缺少在参禅上的进取精神,而多了出世的任运自然与波澜不兴;即使与绝海中津相比,亦缺少深沉的历史感怀与对命运的悲怆情绪。

不仅如此,相比他之前的瑞溪周凤至希世灵彦的诗僧,诗句"诗工禅亦了"再次印证了他完成的对诗禅地位的彻底反转。从该诗句不难看出,在鄂隐慧䆄看来,诗工在前,禅了在后,诗工是条件和前提,禅了是其结果和完成。对比义堂周信曾提出的"禅熟诗熟","诗工""禅了"之间的先后顺序就不是无关痛痒的了。"禅熟诗熟"表明的正是义堂周信禅熟是前提,诗熟是禅熟结果的基本立场。鄂隐慧䆄的"诗工""禅了"与义堂周信"禅熟诗熟"之间的差异正是诗禅地位的倒置和反转。诗工禅了,诗在禅先,而非禅主诗从。此外,正如反复提及的那样,活动在禅林后期的鄂隐慧䆄,他的诗早已不是用来表现禅旨与悟境,也不是实践诗教和厚人伦与正性情的,但是,他是明确表示"诗工""禅了",说明用世俗诗、文人诗亦能实现禅悟的第一人,是能诗能禅意义上的诗禅一致的先声。

由此发端,鄂隐慧䆄的《锦江外史与余同里也,送赞书记诗中有见及之语,次韵酬之》诗中有云:"辅教心应切,潜身在日边。今凭宾雁信,遥问钓鱼船。夜雨客肠断,秋风乡念牵。力挥良史笔,润色指头禅。"诗中所见禅僧形象自然是隐逸的,"夜雨客肠断,秋风乡念牵"表达的也是对外史客居他乡的思乡之情。而最值得注意的莫过于尾联的"力挥良史笔,润色指头禅"了。所谓"指头禅",也就是诗文已被视作禅修本身了,这体现的正是鄂隐慧䆄的以诗代禅的主张。

不仅如此,他甚至在《次韵德补杜多试笔作》诗中径直将诗与禅合一了,该诗云:"古来成学业,多在少年时。试与三人伴,宁无一字师。菲菲江草绿,晔晔桂林枝。莫谓闲言语,参禅不异诗。"[1]其中"试与三人伴,宁无一字师"的"一字师",是化用了贾岛为"推敲"二字苦吟而不得时,韩愈建议其用"敲"字,贾岛尊韩愈为诗的典故。三人伴则有一字之师,则是勉励禅子精进诗道,彼此之间多相讨究。在诗的前三联鄂隐慧䆄所说非学即诗,是禅林后期的普遍情况。但是尾联"莫谓闲言语,参禅不异诗"则径直道明参禅与作诗并无不同。整诗所表现出的以诗为主,以禅为次的认识尤其值得注意。也就是说,他把作诗放在首要地位,把历来的诗不异禅(故可作诗辅禅)转换为禅不异诗。

诗禅一如(为诗即参禅,参禅即为诗,禅诗不异)与"诗禅一致"虽在字面上

---

① 上村观光编:《五山文学全集》第三卷,京都:思文阁出版,1992年,第2674页。

只有一字之差,而其内涵已发生翻天覆地般的变化。在梦岩祖应、义堂周信那里薪火相传的诗禅一致,与禅林后期鄂隐慧豠的诗禅一如,有着完全不同的诗禅关系的底色。

在鄂隐慧豠这里,诗禅关系进入了"能诗能禅""为诗即参禅"的诗禅一如的新阶段。它与诗禅一致之间,在诗与禅的力量对比、主次关系上发生了根本性的变化。如前所述,诗禅一致的内涵是以诗助禅和能禅能诗。诗始终只能是禅的辅助手段,居于次要地位。诗是禅僧在禅余进行的对禅修、禅悟的肯定手段和表现方式,被严格限制在偈颂的范畴之内。而能禅能诗,则是基于禅的立场对诗次要地位、辅助作用的强调,是禅对诗的向下融摄,旨在用能禅则能诗、禅修即习诗的逻辑说服日益沉溺于诗文创作的禅僧,恢复被倒置的本末关系。作诗与参禅始终彼此有别,诗辅助禅是有条件的,如梦岩祖应提出的偈诗之别,义堂周信的偈颂主义的以诗为偈和绝海中津馆阁体的为诗而诗。但是,在诗禅关系进入到诗禅一如的阶段之后,作诗本身已构成参禅实践,"诗禅一致"的诸多限制与条件已不复存在。作诗是禅修,禅修是作诗,在进行其中任意一项行为时,都是在进行另一种行为,从而在诗与禅之间画上了等号。诗随之完成了对禅的反转。

7. 心田清播:公而可废,私不可废

后期五山禅林的重要诗僧心田清播,于其《一节集》中云:

> 诗之废于丛社久矣,而大雅之风一变也。于是词人才子,远引高举,樵村钓濑之际者,比比焉有之。若予者,亦渔于一岳,栖于一丘,则分之宜也一。况懒拙益进,老愈日加哉。虽然,未减于曩时之风味者,哦诗之兴也。何则,诗者人心之感物而形于言之余也。故曰,动天地感鬼神,莫近于诗。由是言之,诗也公而可废矣,私而不可废矣。玉府某尊契,绿发绾云,冰肌凝雪,实神仙之中人也。以故群玉之言诗者,竞而归之,虽云予灰槁,其文不可废也决矣,因于缀以近躬一章,其志盖水在防者乎,伏丐微哂。①

————————

① 塙保己一编,太田藤四郎补:《续群书类丛》第十二辑上,东京:续群书类丛完成会,订正3版,1957年,第466—467页。

14世纪末,日本近畿地区地震饥荒频发,疫病流行,民不聊生,德政一揆蜂起。地方武士集团之间,幕府与地方武士集团之间,幕府与皇族之间,为争夺势力而攻伐不已,社会矛盾激化,幕府统治不稳。寺院之间、寺社之间的利益争夺升级,纷争不断。城门失火殃及池鱼,以幕府、地方武士集团为靠山和经济基础的五山十刹,不可避免地陷入动荡,日益走向衰微。其时,战火殃及寺院,禅僧纷纷避走地方,流连山水之间。五山禅林往日的盛况不再,禅僧们失去了参禅悟道、作诗制文的优渥环境。

心田清播所感慨的正是上述背景下丛林所遭遇的艰难处境,禅僧纷纷"渔于一岳,栖于一丘"可以说是当时禅僧为躲避战乱而散处隐居于山水之间的真实写照。战乱导致禅林荒芜,失去经济支持的丛林无以支撑开筵作诗,散居各地的禅僧失去往日作诗的社交环境,造成"诗之废于丛社久矣"的状况。不过,据心田清播的描述可知,虽然丛社诗会、诗战、联句或频繁以诗交好的盛况不再,导致"大雅之风"为之一变,但是避居山水之间的诗僧中"高举远引"的词人才子仍比比皆是。当然,心田清播也不避讳自己也是"分之宜"的一分子,声称在老衰之中诗兴不减当年。因此,他提出诗在禅林中"公而可废矣,私而不可废矣"是再自然不过的了。但是,值得注意的是他提出这种观点的依据"诗者人心之感物而形于言之余也。故曰,动天地感鬼神,莫近于诗"。这无疑是对《毛诗序》诗观的引扬。也就是说,心田清播在此是纯粹以诗的立场去论诗,而毫不顾忌禅僧的身份,这可以说泄露了当时禅僧于私人领域诗与禅彻底分离的"天机"。或许"公而可废"的"公"可以有两种解释:一是诗社、诗会、联句等文艺沙龙的社交场合;二是就禅林集团、禅宗传承的集体事业,以及作为禅僧的社会身份而言。按照第二种解释,其"公而可废"的立场就是限制和废止诗。但是,基于我们对禅林诗禅关系演变轨迹的考察,结合心田清播的诗兴和文不可废的态度,可以肯定此处的"公而可废"当是对昔日丛林诗社盛况不再的惋惜。

总体看来,心田清播关于诗"公而可废矣,私而不可废矣"的主张,禅林周围环境变化,特别是战事带来的冲击,导致他们不得不为躲避战火而四散隐居,禅林飘摇纷乱,友社分崩离析,禅僧生活困顿动荡,令五山禅僧走向保守、怀古、伤感或者隐遁,使他们失去早期及中期禅僧所具有的雄健、守正、奋进与刚毅。这些情绪不为偈颂所允许,唯有在诗中才能得到宣泄。这其实揭示了诗禅分立的又一原因。可以说,一方面,诗禅分立固然是绝海中津汲引中国禅林文学馆阁体之余波,同时亦是五山禅林发展到后期的客观产物;另一方面,绝海中津的诗偈分立,由于将诗从偈的束缚中解放出来,从而为禅僧提供了一个表达私人世界的空间。心田清播感慨诗的"私而不可废"也正是出于这种原因。

8. 江西龙派:诗外无禅,禅外无诗

希世灵彦曾请江西龙派为近作律诗数百首润色、作序,江西龙派为序云:

> 日本居大瀛之东,而朝暾晨霞之所辉焕,晴澜暖涨之所荡漾。钟其空霏喷薄之气英材伟器,宜当辈出,然而旷数百年之间,寥寥无闻,何也。抑气运有升降,人物有盛衰,而天地之精,尚密焉耶。辛丑冬……一日希世彦公,自都下缄示一巨编。且告曰律诗几百首,皆近稿也,公适多暇,请润色之……希世,聪寤爽朗,颖出不群,早岁已有能诗声……乃留之数日,玩其词旨藻绘融液,一究于锻炼之工,而春容激昂,则几于古作者之风矣……犹有欲言者。古之人,寓道于技,盖轮扁庖丁是矣。所谓生灵本有之妙,佛祖单传之秘,发见于日用事业间。因而诗外无禅,禅外无诗。①惟神而明之,存乎其人……是岁至日前一日,龙派书于江村客舍。②

江西龙派是五山禅林后期诗坛的主要指导者之一,而希世灵彦同样是后期五山禅林的主要诗僧中之佼佼者。江西龙派应希世灵彦之请为几百首律诗近作润色。在序中,江西龙派提出了"诗外无禅,禅外无诗"的八字论断,简洁而不容置疑,而论断的依据是道可以寓于技能的极致淬炼之中,"生灵本有之妙,佛祖单传之秘,发见于日用事业间",即生灵的清净本心和禅悟法门,均能在日常生活及劳作中去修习和体悟。诗作为日用技能之一,也能通向禅悟。但是,照此依据的逻辑去推,诗是工具,禅是目的,必然回落到以诗助禅、诗禅一致的诗禅关系。然而,"诗外无禅,禅外无诗",主张诗是通向禅悟的唯一途径和最佳工具(能诗方能禅),同时撇开禅悟也作不出诗(能禅方能诗),也就是说,诗禅之间须臾离不开对方,诗禅互为本质。毫无疑问,在江西龙派的依据与论断之间存

---

① 正宗龙统在《惠鉴明照禅师道行记》中有云:"古之人寓道于伎,所谓佛祖单传之秘,发见于日用间,而诗外无禅,禅外无诗,希世勖焉。"天隐龙泽亦在《锦绣段后序》中指出:"花晨月夕,手之口之,则诗之外无禅,禅之外无禅,于是始知少陵之诗,有云门三句,后山之诗,有洞家玄妙也。"皆与江西龙派序如出一辙。可见"诗外无禅,禅外无诗"的口号不乏呼应者。

② 玉村竹二编:《五山文学新集》第二卷,东京:东京大学出版会,1969年,第167页。

在着巨大的沟壑，又或者说是一种逻辑飞跃。我们从这种逻辑跳跃中似乎读出了五山禅僧面对诗禅之间剪不断理还乱的纠葛时的急躁心理，他们迫不及待地要将这贯穿于始终、令禅僧们头痛的诗禅对立抹平，以彻底消除诗禅之间的张力造成的心理压力。这种压力部分源自诗僧的身份自觉，同时也应当来自社会、禅宗内部乃至不同宗派的诘难。也就是说，江西龙派作为当时五山诗坛的指导者，在为诗而诗、为文人诗，诗别禅而立的五山诗坛风气下，他必须为这种现实寻找合理化的理论依据，而"诗外无禅，禅外无诗"正具备成为具有号召力的口号的潜力。同时，他的这一八字论断，反过来也是当时五山禅僧一味隐逸作诗，不精进禅修弘宗的破灭之状。

江西龙派的"诗外无禅，禅外无诗"，就五山诗僧的所作所为来看，"诗外无禅"，以作诗代行禅修是既成事实，而"禅外无诗"则有待其他诗僧去为之寻找理论依据。我们将在江西龙派之后的诗僧的诗禅关系建构中看到，中国古代诗论中著名的以禅喻诗恰好为他们提供了可资借鉴的诗论资源。

9. 邵庵全雍：诗禅不二，禅余唯诗

邵庵全雍（生卒年不详）的《雪诗轴》中记录了一次诸僧唱和，其跋如下：

> 丁卯春雪，群贤唱和诗一百五十篇，作者三十又六人也，大率捡载名而备于编列者。有一人而赋十数篇者，亦有三五篇两篇一篇者，多寡不同也。若　长①生晦如翁，特首发斯会，以督群贤也。故简赠酬答之作，四十有六篇而始止矣。各覃思研精，难而愈巧，伟哉。意匠豪逸之力，回斡天造于笔端。快夺青帝之权，而丰隆滕六之潜形于幽貌者，□令而趋戢。山河表里远近巨细之景象，淂雪增新奇者。古今□物，文武仙释，因雪显名迹者，悉以搜择笼罩而莫有遗余。自余比类之切近，品题之等差，一一极其妙也。尽矣，善不可加焉。近代社文岁夏罕，考之前古，不及于十之其一也。今而观斯盛夏，诗人墨客之慕古者，皆以不堪忻慰也。然指摘瑕疵于其间者，强致诐辞曰：比兴者之于道小伎耳，颇亦不利直指宗也。乌乎，学识肤末之徒，无乃知□理乎。几吾辈之假辞于毫楮，寓怀于风骚，同是禅悦之游戏□然始不二其道也。矧后进耘素业之暇，舍是无可为焉。而翁之首发，非翅庶几文会

---

① 原文有缺。

于前古。亘哉,策起后进之池漫,夫是谓□矣。老秃天资不文,翁之命
至三四,益严矣。不免概大意系于□尾。文安单阏三月中浣日,释建
之方幢跋。①

　　一场春雪后,晦如禅师召集诸禅子,举行诗会。在他的督促下,30余名诗僧
参与作诗。邵庵全雍对晦如禅师多达46首的酬答之作进行了高度评价。
　　有人重弹诗而害禅的旧调去指责春雪诗会,面对指责,邵庵全雍如同虎关
师炼、太白真玄等一样,直斥其人见识肤浅。他在序中声称禅僧读书治学也好,
作诗抒发胸臆也罢,都是游戏三昧,均能获得禅悦,因此禅宗与诗文"不二其
道",二者是一致的。我们从"不二其道"中不难窥见江西龙派的"诗外无禅,禅
外无诗"的影子,因为邵庵全雍紧接着也坦承"矧后进耘素业之暇,舍是无可为
焉"即在禅修之余,除了学诗、作诗、论诗,已无其他事可做的状况。换句话说,
当时在弄诗参禅以外禅僧再无其他活动的闭塞状况,是出现如上诗禅一如、以
诗代禅的现实土壤。

　　10. 彦龙周兴:诗要悟入,敢拟艳词
　　彦龙周兴曾一度还俗,是后期五山禅林的重要诗僧之一,他在五山禅林后
期,最早提出诗要悟入,为严羽以禅喻诗的诗论进入五山禅林后期诗禅关系运
动的先声。彦龙周兴的悟入说,是其正当化自己诵艳诗、拟艳词的破戒行为的
理论依据。他的外集《半陶稿》中有诗曰:"举酒山中到漏阑,文锋兵淬莫兼干。
艳词今夜初开口,若堕泥犁是八寒。"②可见其为作艳词的破戒行为是甘愿堕入
八寒地狱的,无独有偶,他还曾表示"篇篇愈出愈奇奇,持戒村僧为气移。暮诵
艳诗朝艳简,共君携手入泥犁",可见作为持戒的村僧,对自己诵艳诗,与僧互致
艳诗艳简的破戒奇行,也早做好了承受业报的准备,甚而有一种挑衅戒律的意
味。关于彦龙周兴作艳诗的具体情境,可参考为某个雪天他与梅君等少年僧联
句的记载。据彦龙周兴自述:

　　　　予自幼多病,一百日中九十日,则匍匐于药炉之侧,只以独卧为千
　　金方耳。故绝口不言艳词。命哉! 可唱矣。一日天雪,因有思友,友

---

① 玉村竹二编:《五山文学新集》第三卷,东京:东京大学出版会,1969年,第666—667页。
② 玉村竹二编:《五山文学新集》第四卷,东京:东京大学出版会,1970年,第952页。

则汝雪耶。予讳兴,乘我之兴,问汝之雪,不亦宜乎。至则竹友、友竹、妙贞在座,梅君梅云承意执笔,冲口联句。君笔趣纵横,意句俱至,是一奇也。章成评诗,君唱"瓦沟急雪"四字以为题焉。三人虽少,较君亦已老,老气鼓而不起,君诗先成,是二奇也。况诗中有"才有鸳鸯吹不寒"之佳句,是奇中最奇者也。昔王子安驰文名于年少,少则少矣,而君过之。其序滕阁也,速则速矣,而君过之。至若落霞孤鹜之一对,则比之急雪鸳鸯之一句,岂可同日而语乎。异哉!予于是乎,心动于内言出于外。遂拍君之肩,挹君之袂,半醒半醉,以到钟鸣漏尽之后,旁若无人焉。而不踏涪翁破戒①之辙者,盖惭于天愧于地,羞于诸公也。虽然,上界之行歌,或执手或对笑,皆不能忘情之意也。则予今一遇,亦了不了旧因者有之。呵呵,戏依尊韵者三章,聊亦自遣,汝雪、友竹,谓之何哉。②

从中可知彦龙周兴体弱多病,常一人卧床休息,加之鲜有客至,他不得已"绝口不言艳词",但"命哉"的喟叹说明他实际上对与来客共作艳词是甚为期待的。他在某个雪天想起了友人汝雪,联系自己的法讳"兴"与友人的"雪",起了"乘我之兴,问汝之雪,不亦宜乎"的念头。随后他造访汝雪,碰巧另有三友人在场。于是四人便开始联句。从彦龙周兴称为"奇中最奇"的"才有鸳鸯吹不寒"句来看,四人所联之句,当是艳词无疑。他盛赞梅君"急雪鸳鸯"之句是王勃"落霞孤鹜"之对所不可同日而语的。而他对梅君诗发自内心的欣赏,不仅要说出来,更情不自禁去"拍君之肩,挹君之袂,半醒半醉,以到钟鸣漏尽之后,旁若无人焉"。可见,彦龙周兴又或者当时禅林中的其他联句或诗会,若有作艳诗、拟艳词,绝非单纯出于对艳诗的欣赏。

彦龙周兴写给海丈禅僧的书简表明,他是以悟入为由来使诵艳诗、拟艳词正当化的。书简有曰:

会四六文者,僧翰林也。悟小艳诗者,方袍夷吾耶。难哉今之世而

---

① 涪翁破戒是指黄庭坚曾在《发愿文》中表示"愿从今日尽未来世,不复饮酒……设复饮酒,当堕地狱",以示戒酒之决心。但他在被贬到戎州那年,他破戒饮酒且"杯行到手莫留残"。

② 玉村竹二编:《五山文学新集》第四卷,东京:东京大学出版会,1970年,第951—952页。

有之。吾友梅云,盖其人也。予生而逢乱,栖此岩下,饮彼涧阴,险艰备尝。而来二竖入肓,一日不离枕席,到乎丛林吟风啸月之兴寄,则如木人见花鸟,命哉。梅云与予相友也。造次于雪月,颠沛于风花,故只字片言,言则一洗蔬笋,孰不歆艳哉。予顷者借其行卷二三策,皆友社交接之间,拟苏小坡之艳简,准黄太史之艳词,以为相戏者也。予手之口之,百回翻覆。无文而不有会处,无诗而不有悟入。吁,累百千雪窦、圆悟,焉望吾梅云哉。可尚矣。及其还之,从私臆取舍,或批之或圈之。在公言之,虽攀白傅问老媪之条。在予视之,不能不贻窥虎斑以管,摸象尾为帚之嘲。恕焉恕焉,小诗一首,聊记一时雅以索海丈好笑云:

　　"篇篇愈出愈奇奇,持戒村僧为气移。暮诵艳诗朝艳简,共君携手入泥犁。"①

从中可知梅君是一个造次颠沛于风花雪月的少年僧,于友社交接之时"拟苏小坡之艳简,准黄太史之艳词,以为相戏",而成诗卷两三册。众所周知,艳诗以游戏诗文的态度,描写男女爱情,为禅宗大忌,在禅林中本无立足之地。但是,如前所述,彦龙周兴本人嗜好艳诗,力荐艳诗,甚至不惧破戒的业报在友社活动中创作艳诗。他将擅长四六文的禅僧视为僧中文士,把作艳诗者比作"方袍夷吾",即像管仲辅佐齐桓公成就霸业那样能中兴禅宗的人。

从书简可知,彦龙周兴对梅君的艳诗诗卷爱不释手,"手之口之,百回翻覆",并称赏"无文而不有会处,无诗而不有悟入"。"悟入"在此或有两解。其一,彦龙周兴在反复诵读、体会梅君的艳诗后发现,梅君作为禅僧在作艳诗时能因禅而悟入诗,即能禅能诗,是从禅到诗;其二,彦龙周兴同时亦能由梅君的艳诗而于禅旨有所领会,是从诗到禅。若然,彦龙周兴就以悟入为手段,填平了背离禅旨最甚的艳诗与禅宗之间的沟壑。结合当时禅林诗禅分立的现状,可以认为,在诗禅关系渐行渐远,甚至艳诗、艳词都占有一席之地的状况下,悟入这一中国古代诗学重要理论终于应运登场。

11. 横川景三:借鉴严羽,以禅喻诗

如前所述,到了彦龙周兴,用"悟入"弥合禅林日渐分立的诗禅关系的端倪出现。横川景三在其文章中引用以禅喻诗理论相关表述,以禅喻诗成为推动后

────────────

① 玉村竹二编:《五山文学新集》第四卷,东京:东京大学出版会,1970年,第951页。

期诗禅关系变化的主要力量。

彦龙周兴用来合理化艳诗的悟入、妙悟，是以禅喻诗诗学思想的核心范畴，是诗道和禅道的共同特质，"大抵禅道唯在妙悟，诗道亦在妙悟"，"唯悟乃为当行，乃为本色"。也就是说，他借"悟入"从根本上打通了二者，将诗禅关系推到不二不一，诗外无禅，禅外无诗①的新高度。

横川景三《以清字颂并序》云：

> 永安惟宗外史，其徒曰俊，风姿可爱也。其游远寄小幅，求字。字曰以清，老杜诗曰：清新庾开府，俊逸鲍参军。盖谓太白诗豪放飘逸，无敌于世也。孔子曰：不学诗无以言，是止于周诗国风而已。无文师有谓曰：少学夫诗，若七言四句得于七佛，五言得于楞严圆觉，古风长篇得于华严。严沧浪又曰：论诗犹如论禅。汉魏晋与盛唐之诗，则第一义也，学之者临济下也。由是言之，吾徒之言诗也，与儒教相表里以传不朽，实不诬也。
>
> 呜呼！自乱以来，诗道陵夷久矣。有乱世之音，而无治世之音。故六义四始，五七言之法，一变为吐淫矣。抑吾所谓第一义者，皆落在第二矣。可不慨喟哉。公远承于济下，参诗参禅，有自来哉。苟克登翰墨之场，携风雅之舟，清新以究之体，俊逸以尽其用焉。则异日必有僧太白，起于丛社凋零之后，岂不盛乎。余非诗中佛，胡说乱说，说第一义，不觉泚于颡也，小偈一首系下云：等往人来字义全，之乎者也口皮边，直须揽辔澄天下，莫待黄河五百年。②

序中横川景三通篇借用严羽以禅喻诗的话语方式。严羽《沧浪诗话·诗辩》云："禅家者流，乘有大小，宗有南北，道有邪正。学者须从最上乘，具正法眼，悟第一义。若小乘禅，声闻辟支果，皆非正也。论诗如论禅，汉魏晋与盛唐之诗，则第一义也。大历以还之诗，则小乘禅也，已落第二义矣。晚唐之诗，则声闻辟支果也。学汉魏晋与盛唐诗者，临济下也。学大历以还之诗，曹洞下也。"可见，

---

① 相比之下，江西龙派、正宗龙统是从日用之中，在反复操练（参究）某技艺中达到禅悟的角度，把诗作为技艺之一与禅相通的。实质上与"禅外无诗，诗外无禅"尚有一段距离。

② 玉村竹二编：《五山文学新集》第一卷，东京：东京大学出版会，1967年，第317—318页。

"论诗如论禅",以及"第一义""第二义"等表述皆是借鉴严羽的以禅喻诗诗论。而"参诗参禅"的"参"亦来自《诗辩》中的"诗道如是也。若以为不然,则是见诗之不广,参诗之不熟耳。试取汉魏之诗而熟参之,次取晋宋之诗而熟参之……又取本朝苏、黄以下诸家之诗而熟参之,其真是非自有不能隐者"。

"与儒教相表里"的观点在五山禅林中并不新鲜,义堂周信等禅师对此已有阐发,但是横川景三援用宋代严羽等人的以禅喻诗去支持该观点却属首次。同时,以禅喻诗理论还影响着横川景三对禅林诗的认知及批评话语。他认为自乱以后禅林诗皆落在"第二义"。

横川景三亦在《子建字说》中借用上述以禅喻诗的诗论话语,认为子建的诗"为济北(虎关师炼)正宗",而且再表达对少年禅僧的期望时亦是从以禅喻诗理论展开的。即是说,横川景三要求子建学诗要"参其句""参其意",努力使诗禅并归入第一义。其说云:

> 老杜曰"诗看子建亲",盖谓肩摩踵继于古作者之上也……子建亲公侍使,乃南禅主盟一芳老师高弟也。辛丑春,一日子建袖纸来,求为字说,且曰先是亲求字岩栖,岩栖曰字我立之,说就小补求之……乃念之曰。夫以子建副亲,本于老杜而有为者也。岩栖诗中之佛,所以祝字不徒然也。按菊庄《诗辩》曰:论诗如论禅,汉魏晋作与盛唐之诗,则第一义也,临济下也。由是观之,子建之作,老杜之诗,决非第二,非曹洞下,而为济北正宗也可知矣……子建朝吟暮咏,百炼千锻,惟诗是学,学而不止。风雅选骚,以参其句,雪月花鸟,以参其意焉。则曰诗曰禅,并归第一义,何难之有矣哉。异日出世世间,自觉觉他,所以匡君救民之志,积乎中而发乎外也。济北之门,暗中摸索,识子建焉耳……文明十三年仲春二十五日前相国横川景三。[①]

对比引文,这篇字说与上引字颂的唯一不同是,他引用的是南宋魏庆之诗话总集《诗人玉屑》卷一诗辩第一,而《诗人玉屑》在"沧浪谓当学古人之诗"中全文摘引了《沧浪诗话·诗辩》篇。

---

① 玉村竹二编:《五山文学新集》第一卷,东京:东京大学出版会,1967年,第417—418页。

12. 天隐龙泽：习诗当参，要在悟入

如前所述，彦龙周兴提倡悟入，横川景三多次引用严羽的《沧浪诗话》、蔡正孙的《诗林广记》，吸收了"论诗如论禅""参""第一义""第二义"等以禅喻诗的基本立场。同样，天隐龙泽亦在《锦绣段后序》中援引"参诗如参禅"的诗学主张，认为诗禅在悟入时能相互融通，强调习诗当参，要在悟入，其云：

> 诗者非吾宗所业也，虽然，古人曰：参诗如参禅。诗也禅也，到其悟入则非言语所及也。吾门者宿不外之。觉范、参寥、珍藏叟，至天隐诸老，或编某集，或注其诗，岂谓吾宗无诗乎。余壮岁之时，颇有志于诗矣。唐宋元三朝之诗，累角连牍，游目于其间，则望洋向若不测津涯，退而採脍炙人口者，三百余篇，睡课有暇则讽之味之，不觉手舞足蹈，或自书以付小儿辈，以止其啼，名之曰《锦绣段》。往往为人写去也，所恨者逸众作者惟夥矣。玉府字峰藏主誉之。以索华谷雅丈吟玩，重其人者可知矣。花晨月夕，手之口之，则诗之外无禅，禅之外无诗。于是始知少陵之诗，有云门三句，后山之诗，有洞家玄妙也。[①]

他认为，诗和禅均在悟入之后进入无法用语言表达的境界，也就是说，诗禅一如是在两者皆须参、皆能悟入、悟入之后二者皆无可言说这3点上实现的。与早期五山禅林的以诗助禅、诗助禅宗，以及融洽友社、诗养性情等角度不同，以禅喻诗从以上3点完成了诗禅不二（一如）关系的飞跃，不仅调和乃至弥合了自绝海中津馆阁体特别是自应仁之乱以来渐行渐远、不断分裂的诗禅关系，更将诗禅提升至"诗外无禅，禅外无诗"的诗禅一如的新高度。

可以说，《跋龙溪侍者诗后》是天隐龙泽在以禅喻诗理论指导下展开的诗评。其文曰：

> 古曰：参诗如参禅。然则诗也禅也一律乎。以盛唐之诗，譬之济下之禅，以大历之诗，拟之洞上之宗，实有以也。从师不参，则日日虽吟百千篇，不可知句中眼也。拈南丰嗣香者，陈无已也。传剑南诗灯者，陆渭南也。于是的的相承底可见，诗岂可不参乎。东邻龙溪侍史，

---

① 玉村竹二编：《五山文学新集》第五卷，东京：东京大学出版会，1971年，第988页。

出巨篇告余曰,自孟夏至初秋,一百日之中,日日诗课也,愿子是处证
之,非处划之。披而讽之,余音琅琅。今丛社,参禅参诗者,阒而无闻,
参诗者益少,或虽有之,不能以俗为雅,不能以陈为新。不驰奇则必骋
异,吟之则如刺人喉,风韵何有哉。其病盖在不参师也。吁可慨矣。
侍史有志于诗者也,旭锻暵炼,孜孜不息,则一鞭而至诗禅无二之场
乎。予也禅犹不参,况诗乎。留于几案之间者累月,侍史之请不已,百
篇之中,批者三十七章。可谓众盲摸象者。侍史年犹壮也,梅边月下,
蘸笔于水瓯,以吟之咏之,至其得意,见示一篇,刮目以待焉。[①]

　　他援引以禅喻诗的诗禅一律、诗禅须参,学诗须知"句中眼"等基本立场为
评诗标准来批评五山禅林的诗禅实践。在他看来,参禅且参诗的人鲜有耳闻,
而参诗的人则更少。而这极少数参诗的人却不去参师,导致求新竞异,风韵全
无。而他对侍史的希望是能够达到诗禅无二,即诗即禅、禅即诗的境界。天隐
龙泽的"一鞭而至诗禅无二之场"与横川景三希望子建禅师能够诗禅并归入第
一义并无不同,都是以诗禅一如为理想诗禅关系对禅僧诗禅实践的目标设定。

　　13. 景徐周麟:有所悟入,方得其妙
　　景徐周麟的诗禅关系亦在彦龙周兴之后以禅喻诗诗论的延长线上,请看下文:

　　周防凤叔辉公……随而问其法于予,予举一隅则公翻三隅,无劳
教之,可畏矣。因思一日招公丈室,而诘之曰,文字之学是皮相耳,公
挹大灯之未光,将俾嗣其明,以不匮者乎。方今都下,无黑无白,负参
学名者佥云:我到于紫野,彼设铺席应来机者。亦云佛法二字倡而不
失者,吾山在焉,他山绝无焉。噫噫,其不失者,囊藏被盖之使然乎。
抑口传面授之所致乎。夫诗也联句也四六也,有所悟入者必得其妙
也。况离文字佛向上事耶。若无悟入,而意以辩之,口以谈之,尽是生
死根本,堪作甚用哉。第一莫向彼所藏长句短句册子里而索焉。此言
虽戏,公记取也无。公之去此,无语此者。今缘诸老诗后,不觉及前言
者也。仍赋小诗,填纸空处,所希千里一笑。[②]

①　玉村竹二编:《五山文学新集》第五卷,东京:东京大学出版会,1971年,第1221—1222页。
②　上村观光编:《五山文学全集》第四卷,京都:思文阁出版,1992年,第225页。

景徐周麟亦强调以禅喻诗的基本立场悟入是认识诗、连句乃至四六骈俪文的关键,认为如果不去悟入,而一味去明辨诗文含义,去口头讨论诗文,则会在了断生死、大彻大悟的问题上失去机会。可见,景徐周麟秉持的亦是以禅喻诗诗论,强调悟入这一习诗、作诗思想,与彦龙周兴、横川景三、天隐龙泽等后期禅僧的立场保持着高度的一致。

第三节　诗学思想

在本章第一节和第二节,笔者分别论述了五山诗论的形式特征、主要载体,五山禅林的诗禅观。在本节,笔者以中世日本唯一一部《诗话》为中心,考察虎关师炼的诗学批评,并从诗格观念、诗风观念、唐宋诗观3个方面揭示五山汉诗的诗论思想。

一、五山汉诗诗学思想中的虎关师炼诗学

虎关师炼生于日本弘安元年(1278年),示寂于日本贞和元年(1346年),是五山文学从早期向中期过渡时期最重要的禅僧作家之一。由宋代文豪欧阳修开创的诗话以"以资闲谈"为创作目的,行文轻松、结构自由,与盛于唐五代的诗格著作有很大不同,堪称有宋一代的独特产物。在中国诗话著作的影响下,日本、朝鲜等国家也随之出现诗话著作。日本中世以前,独立、完整的诗学理论著作唯有弘法大师空海的《文镜秘府论》。该书由空海大师参考、汇集唐代盛行的大量诗格著作而成,为研究唐代诗学保存了弥足珍贵的诗格文献,因而受到中日学者的重视。但在日本汉诗理论批评著作中,第一部以"诗话"命名的诗论非虎关师炼的《诗话》莫属,在此意义上,可以说《诗话》的出现开辟了日本诗学批评的新时代。《诗话》之后,在诗文越来越盛行的五山禅林中并没有第二部同类著作出现。虎关师炼所开启的日本的诗话体传统,在经过其后长达300余年的空白期之后,才由江户时代的汉诗人继承下来,或可说,虎关师炼及他的《诗话》是领先于同时代的日本汉诗发展的。在本节,笔者试就《诗话》展开专题讨论,从文本的排列、分节等形式问题到其诗学思想、诗论特点等内容问题,再到其创作背景、条件,以及虎关师炼在五山文学发展史上之意义进行考察。

　　《诗话》①是镰仓时期五山禅僧虎关师炼的诗学批评著述,作为日本诗话史上第一部以"诗话"命名的用汉文书写的诗论著作,它很早便成为五山文学家、诗话学家、域外汉籍学家的研究对象。据笔者所见而言,对《诗话》的研究,在日本以五山文学研究者芳贺幸四郎为最早,随后五山文学研究者千坂嵯峰②和诗话学家船津富彦③也都有过研究。在中国方面,蔡镇楚、马歌东、张伯伟等学者是国内《诗话》研究的先驱。近年,又有邱明丰、黄威、段丽惠、孙立、祈晓明等讨论它。总体来看,上述研究多运用比较研究的方法,在宋代诗学、日本汉诗发展史的层面展开考察,所论问题涉及《诗话》的构成④、内容、特色、产生背景及其于

---

① 即虎关师炼诗文集《济北集》卷十一《诗话》。《诗话》形成于1321年虎关定居济北庵之后,约晚于中国第一部"诗话"《六一诗话》200多年。据张伯伟,《诗话》在收入《日本诗话丛书》(池田胤编辑,日本文会堂书店1920—1922年出版)时易名为《济北诗话》。另有韩国学者赵钟业也以《济北诗话》之名将之编入《日本诗话总集》(首尔太学社,1992年)。本文依据的版本是上村观光编纂的《五山文学全集》(京都思文阁,1992年。该版本是1906—1915年间刊本的复制本)第一卷所收《济北集》卷十一《诗话》。

② 千坂嵯峰:《五山文学的世界——以虎关师炼和中岩圆月为中心》,东京:白帝社,2002年,第100—128页。

③ 船津富彦以其则数与《六一诗话》相同,各则内容不相连续为根据,认为其模仿后者的痕迹明显。此外,船津富彦认为《诗话》还继承了后者所开创的论诗及事与论诗及辞并存交融的传统。笔者认为,单从外在特征上讲,二者还存在另一相同点,即作者均以"诗话"二字命名其诗论,现在的名称系后人将之独立成篇时于前缀以庵名或雅号而来。在他们之后的诗话作者,却在诗话的命名上多所寓意,如张戒的《岁寒堂诗话》、津阪孝绰的《夜航余话》等。由此我们或可窥视出两位各自国度"诗话"第一人与其后来者在创作自觉上的差异。

④ 关于《诗话》的条目数量,有以"20余条"笼统言之者,有根据文意以为31则者,有依照日本学者船津富彦观点以为29则者,尚无定说。若据《五山文学全集》所收《诗话》统计之,则可得27则。笔者认为,第17则"唐宋代立边功"条至"大刹住持之罪也"一句部分,由唐宋两代边功之将多以普通士兵生命为代价之事,讥讽当时日本禅林争名夺利、宗风坠地的现实,主旨连贯,议论集中。自"诗话《玉局文》咏雪八首,声、色、气、味、富、贵、势、力也"句至段末,以"咏雪八首"为题,与"立边功"条内容全无干涉。故当将此一则分为二则。又第18则"王梵志诗曰"至"此盖余兴云尔"句,以王梵志"城外土馒头"诗及山谷、东坡、圆悟三老的改笔为议题;自"杭州灵隐山玄顺庵主"句至"恐有未然之处"句,考证《云卧纪谈》与《广灯录》关于清顺诸偈颂事。随后自"咸平间,林和靖卧孤山有《梅花八咏》"句至末句"形似句好,实事句卑,读者详之",议论欧阳修、黄庭坚对咏梅诗的品鉴。合而观之,前二事皆关僧诗,而后一事则属山外,判然有别,故可将最后林逋诗部分另立一则。如此从第17则、第18则中各另立一则,《诗话》随之增益至29则。据此笔者持29条说,以船津富彦的观点为是。

日本诗话史上之地位等诸多方面,但是《诗话》的研究自始至终注重揭示其所受宋代文学批评及宋代理学的影响,均未能超出影响研究的范围。其中,张伯伟等在研究中也试图突破传统的影响研究范式,将包括日本汉文学在内的域外汉籍"作为中国文化的对话者、比较者与批判者"重新认识,注重发现其"异域之眼"的价值①,从而能够在揭示与宋代诗论之间的关系时,更加强调《诗话》的批评个性及其形成的原因。②这种同中求异的比较研究思路较之传统的影响研究更具建设性,而且具有可行性,对于今后古代中日比较文学研究非常有启发意义。审视上述以往研究,笔者认为,《诗话》研究尚缺少五山文学史的视野,从而鲜能跳出《诗话》文本本身,与虎关师炼的其他著述联系起来的综合考察,不易获得对《诗话》的系统认识,而仅仅满足于与宋代诗话之间的肤浅的求同研究。

(一)《诗话》的创作条件

一方面,在日本禅宗的草创期,日本禅僧陆续到中国参游学禅,同时延请中国名衲赴日弘禅。另一方面,时值南宋末年的社会动荡,为躲避战乱,寻求禅宗发展新空间,主动赴日弘禅的禅僧也不在少数,从而形成了中日禅林交流的一段高潮。在这时期,中国禅林的新思潮、新动向往往会很快投射到日本禅林。虎关师炼曾一度想到中国学禅,后因病母哀求挽留而放弃。但一山一宁赴日弘禅从某种程度上为他提供了了解中国禅宗的机会。他在一山一宁住持建长寺期间,曾数次往参,学习佛教以外的学问——外学。一山一宁为他带来的是以明教大师契嵩为代表的,博涉内外两学,以学问、著述护宗为己任的思潮。③虎关师炼受之影响,奉明教大师契嵩为理想的禅僧形象,努力通过治学著述弘扬禅宗。虎关师炼曾在《清言》中说:"夫具正眼而著书传世者,肉身之分身说法也。凡人横说竖说而一时所听不过数百人耳。岂如著述之施万氏流前代乎。"④他还强调"历视百家须述作一书"⑤,这些都是他著书立说以弘宗护宗思想的体

---

① 《张伯伟教授主讲"域外汉籍与古代文论研究"》,http://www.gdwx.fudan.edu.cn/s/73/t/198/2c/73/info11379.htm[2010-07-01]。

② 张伯伟:《论日本诗话的特色——兼谈中日韩诗话的关系》,《外国文学评论》2002年第1期。黄威:《论宋代诗学思想对日本〈济北诗话〉之影响》,《船山学刊》2009年第2期。段丽惠:《济北诗话的"立异"与儒家价值理念》,《船山学刊》2009年第3期。

③ 玉村竹二:《五山禅僧传记集成》,东京:讲谈社,1983年,第205页。

④ 上村观光编:《五山文学全集》第一卷,京都:思文阁出版,1992年,第242页。

⑤ 上村观光编:《五山文学全集》第一卷,京都:思文阁出版,1992年,第242页。

现。虎关师炼还通过描述自己的治学著述体验,鼓励禅徒向学。如他在《清言》
中对"学"之乐有精彩的描述:

> 或问:"学又有乐乎。"师曰:"其乐不可言,人间无比,天上颇应拟
> 耳矣。"曰:"敢乞。"曰:"……探赜义理,精求意趣,至得妙解时,或欢
> 悦,是夜摩之乐也。于一句偈说无量义,于一字章出无边法,不假搜
> 索,自足意味,是睹史之乐也。覃思发怀,纂集古语,述作新词,以自欢
> 乐,是第五天之乐也。制作玄妙,出圣入神,新句古语无有畛畦,我有
> 畜思他撼妙才,以思合才,漫无缝罅,才思涉入不求自合,是第六天之
> 乐也。"①

可以说,虎关师炼的著述弘宗的自觉及治学之快乐体验,构成他刻苦治学、
发奋著述的内在动力。

对于虎关师炼的博洽学识,五山文学史上另一位重要作家中岩圆月有集中
概括:

> 伏惟座下,微达圣域,度越古人,强记精知,且善著述。凡吾西方
> 经籍五千余轴,莫不究达,其奥置之勿论。其余上从虞夏商周,下逮汉
> 魏唐宋,乃究其典谟训诰矢命之书,通其风赋比兴雅颂之诗。以一字
> 褒贬,考百王之通典。就六爻贞卦,参三才之玄根。明堂之说,封禅之
> 仪,移风易俗之乐,应答接问之论。以至子思孟轲荀乡杨雄王通之编,
> 旁入老列庄骚班固范晔太史纪传。三国及南北八代之史,隋唐以降五
> 代赵宋之纪传。乃复曹谢李杜韩柳欧阳,三苏司马光黄陈晁张。江西
> 之宗伊洛之学,缪轕经纬,旁据牛援。吐奇去陈,曲折宛转,可谓座下
> 于斯文不羞于古矣。②

可谓出入诸子百家,贯通经史子集,虎关师炼被后世评价为"五山第一硕
学"乃实至名归。虎关师炼在厚植学养的同时,很早即从事撰述,一生著作等

---

① 上村观光编:《五山文学全集》第一卷,京都:思文阁出版,1992年,第248页。
② 上村观光编:《五山文学全集》第二卷,京都:思文阁出版,1992年,第966—967页。

身。他先后撰述《佛语心论》18卷、韵书《聚分韵略》5卷、日本第一部佛教史《元亨释书》30卷、四六文作法《禅仪外文集》2卷、《禅余或问》2卷、《十禅支论》3卷、《禅戒论》1卷、《正修论》1卷、诗文集《济北集》20卷等。虎关师炼学识博洽,擅长著述,这为创作《诗话》提供了必要的知识储备与写作基础。通观《诗话》,其中考究诗事是非,考据注释正误,品第人物高下的内容约占一半篇幅。如果不熟悉经史子集,不具备考据功力,则难以完成。

《济北集》20卷中收录了包括赋、古律、近律、记、铭、序、跋、传、表、疏、清言、诗话、祭文、论等在内的各种文学形式。虎关师炼遍涉诸种文学形式,展示了他在文学上的天赋和才华,以及穷尽各种文学样式的探索欲。可以说,虎关师炼的好奇心、创作欲亦是他能够早于他的时代而创作《诗话》的主观条件。

在面对来自中国的高层次的宋元新型文化时,日本人在全面接纳、专注学习的同时,从未丧失其自身的主体性。他们往往通过对新文化的改造与评价,反复尝试构建其对中国的对等地位乃至优越性。这在虎关师炼身上亦有集中表现。一山一宁曾批评虎关师炼一味埋头学习中国事物,而对本国情况一无所知。这番批评深深刺激了虎关师炼,令他意识到日本在佛教方面的落后。在民族自尊的驱使下,他决心撰写一部日本佛教史书,以使与中国并肩。这部佛教史书即是后来的《元亨释书》。他在撰写《元亨释书》的过程中,参考日本国史及地方文献,有意识地建构一个堪与中国佛教史并峙的日本佛教史体系。虎关师炼的这种努力没有仅仅停留在著述上,他还依据《元亨释书》对达摩祖的撰述,强调在日本实行独特的腊朔忌。①

宋诗话的出现和迅速兴盛是虎关师炼创作《诗话》的时代条件。宋元之际,随着中国禅宗传到日本的,还有大量诗话著作及诗文集。虎关师炼的《诗话》,在文体上基本沿袭了《六一诗话》的结构松散、论诗及事、论诗及辞的特色,篇幅也大致相同,《诗话》的名称与欧阳修的《诗话》相同。其次,在具体内容材料上,《诗话》多借宋代诗评为话头,发挥自己的诗学观点和思想,在很大程度上是对宋人诗学批评的批评。因此,没有欧阳修开辟的诗话体及之后的宋人诗话著作,虎关师炼的诗话将成为无本之木、无源之水。

---

① 王辉:《日本"片冈山传说"流变考——兼论其对日本佛教史、文学史建构的意义》,《外国文学评论》2012年第1期,第109—120页。

(二)《诗话》的诗学思想

虎关师炼诗学理想的出发点是诗道关系。他首先强调诗可不拘泥于某一特定风格,但须"适理",以合乎理为诗的根本宗旨和基本标准。他认为古淡与奇工不必专美其中之一,如果能够合乎"理",二者都值得肯定:

> 夫诗之为言也,不必古淡,不必奇工,适理而已……达人君子随时讽喻,使复性情,岂朴淡奇公之所拘乎,唯理之适而已……圣人顺时立言,应事垂文,岂朴工云乎?然则诗人之评,不合于理乎?[①]

"理"在此何指?这可从《济北集》卷十二《清言》中的一段材料找到答案:

> 或曰:"虞夏商周之有言也,典谟誓诰而已,故其文淳厚。降至汉魏,琐碎甚矣。所谓赋、序、记、铭,众作蜂起。或竞体格,或响韵偶,故其文卑。吾门亦尔。马祖、百丈只其问答广语而已,故其道浑厚矣。五七分析,驾辞说焉。所谓代别、拈诵、提纲、普说,何其琐碎,我法漓矣。"师曰:"天下只一个理而已。理若纯正,虽词语百端,何害之有?理若迂曲,虽一句又孔之丑矣。子不见夫水乎?平衍广野,其流安静。穷谷邃岸,其浪鸣吼。波涛随处,其元自若。以溪谷郊野而言水者,非也。然有一于此。掬汗、渠踈、浊港、畜瓦、沼潴、涓溜、期臾斗(音句)、暮溅,动患涸枯,是观海者之所耻也。剽小说,掠稗官,窃诞辞,摘怪语。修饰冗理,补沿滥义,是知道之所不为也。若能诣理,句意浑成,何咎之有乎?"[②]

宋代理学家程颐曾云"天下只是一个理,万物皆是理"。虎关师炼将之引用于此,说"天下只一个理而已",可见"理"即宋代理学家所提出的宇宙永恒的本原。这段材料同时还对他的"适理"主张进行了补充。与不论风格之古淡工奇

---

① 上村观光编:《五山文学全集》第一卷,京都:思文阁出版,1992年,第228页。
② 上村观光编:《五山文学全集》第一卷,京都:思文阁出版,1992年,第253—254页。

相同,在表现理、符合理的前提下,文学的形式体制亦可以不拘一端。①但是,不拘形式、风格,不等于在形式、风格上毫无原则、不置可否。虎关师炼在"适理"的前提下,对文学的形式、体制、风格做出限定。他认为,作为体道者应不齿于以诞词怪语、怪力乱神包装冗理滥义,掩饰贫弱的思想,摒弃那些窘涩、琐碎、卑微的形式,因为这些形式无益于表现"理"甚至于害理。可以说,虎关师炼先通过"牺牲"诗文的风格美、形式美,强调诗文应以"适理"为根本宗旨。随后,他又着手补充和完善其观点。

虎关师炼在剔除窘涩、琐碎的形式,包装冗理滥义的语言之外,亦从正面树立他所推崇的风格与形式。首先,虎关师炼赞赏雄健、奇豪的形式美与风格美,而批评冗赘与鄙陋:

> 诗贵熟语,贱生语,而上才之者,时或用生语,句意豪奇,下才惯之,冗陋甚。②
> 余爱退之联句,句意雄奇。③

其次,虎关师炼还奉妙丽的句法、高大的诗意为学习模仿的对象:

> 《韦苏州集》有《雪中闻李儋过门不访》诗云:"度门能不访,冒雪屡西东。已想人如玉,遥怜马似骢。乍迷金谷路,稍变上阳宫。还比相思意,纷纷正满空。"夫常人赋诗也,著意于颔颈二联,而缓初后,以故读至终篇少味矣。今此落句,借雪态度而寄心焉。句法妙丽,意思高大,可为百世之范模也。④

从"句意豪奇""句意雄奇""句法妙丽,意思高大"等表达不难看出,虎关师

---

① 不仅如此,虎关师炼在评价陶渊明时,还认为只拘于一种风格是不够尽善尽美的表现。或问:"陶渊明为诗人之宗,实诸?"曰:"尔。""尽善尽美乎?"曰:"未也。""其事若何?"曰:"诗格万端。陶氏只长冲淡而已,岂尽美哉。"上村观光编:《五山文学全集》第一卷,京都:思文阁出版,1992年,第229页。

② 上村观光编:《五山文学全集》第一卷,京都:思文阁出版,1992年,第229页。

③ 上村观光编:《五山文学全集》第一卷,京都:思文阁出版,1992年,第234页。

④ 上村观光编:《五山文学全集》第一卷,京都:思文阁出版,1992年,第234页。

炼对诗的鉴赏与批评始终都将语言形式的修辞美与其所承载的意象美、诗理美联系起来，而从未将二者割裂，从而坚持形式与内容兼美的审美原则。再如：

> 王梵志诗曰："城外土馒头，馅草在城里。每人吃一个，莫嫌没滋味。"黄山谷见之曰："已且为土馒头，当使谁食之。"东坡易后二句曰："预先煮酒浇，使教有滋味。"圆悟禅师曰："东坡未尽余兴。足成四韵曰：'城外土馒头，馅草在城里。著群哭相送，入在土皮里。次第作馅草，相送无穷已。以兹警世人，莫开眼瞌睡。'"予曰："甚矣哉！风雅之难能乎！三大老皆未到于极矣。盖梵志者意到句不到，东坡放而不警矣，圆悟警而不精矣，只涪翁之论亦佳矣，然无句何哉？"①

"醇"是虎关师炼至为推崇的诗歌评语。"醇"，即醇全无瑕疵，不着雕琢痕迹，浑然适理。

> 余爱退之联句，句意雄奇。而至"遥岑出寸碧，远目增双明"，以为后句不及前句。后见谢逸诗"忽逢隔水一山碧，不觉举头双眼明"，始知韩联圆美浑醇。②

谢逸诗的"忽逢隔水一山碧，不觉举头双眼明"，或可理解为远眺一汪湖水，湖水宛若方寸大小的碧玉，一座矗立在彼岸的青峰映入视线，顿时令眼前感到一亮。可以说，谢联的上句比喻贴切自然，"忽逢""不觉"自然地呼应出两句内容之间的隐微而活泼的因果关联。受谢联启发，虎关师炼领会到韩联不太显露的贴切自然、不夹杂人为雕饰的因果关系，于是一改最初后句不及前句的评价，认为该联圆美浑醇。可见，所谓"浑醇圆美"实质是指自然的、浑然符合常理的、不着人为痕迹的诗歌审美感受。

说到适理，上文已经提及，虎关师炼所主张的"理"是独一无二的永恒的宇宙本体，它充盈于天地之间的万事万物，而万事万物则是它的具现。因此，"理"落实到禅宗即为禅理，在物则指物理、常理，在人则指情理。

---

① 上村观光编：《五山文学全集》第一卷，京都：思文阁出版，1992年，第235—236页。
② 上村观光编：《五山文学全集》第一卷，京都：思文阁出版，1992年，第234页。

　　虎关师炼认为,诗不可违反或背离"理"。徒具形式的美和徒具意象诗思的美,都未臻尽善尽美之域。如果说"句豪畔理"如石敏若"冰柱悬檐一千丈"者,由于诗句所表现的内容明显违背生活常识,已属诗病,自不足道的话,那么虎关师炼对欧阳修、黄庭坚、梅圣俞诗评的批评则颇能说明何为尽善尽美,其曰:

　　　　咸平间,林和靖卧孤山,有梅花八咏。欧阳文忠公称赏其"疏影横斜水清浅,暗香浮动月黄昏"之句。山谷云:"'雪后园林才半树,水边篱落忽横枝'似胜前句,不知文忠公缘何弃此而赏彼。文章大概亦如女色,好恶系于人。"余谓:"二联美则美矣,不能无疵。"客云:"何也。"曰:"横斜之疏影实清水之所写也。浮动之暗香宁昏月之所关乎。又,雪后半树者形似也,水边横枝者实事也,二联上下皆不纯矣。"客云:"诸家诗多如此,何责之者深耶。"曰:"诸家皆放过一著者也。二公采林诗为绝唱。我只以其尽美矣,未尽善矣言之耳。古今诗话曰:'梅圣俞爱王维诗有云"柳塘春水慢,花坞夕阳迟",善矣。'夕阳迟则系花,而春水慢不系柳也。如杜甫诗云:'深山催短景,乔木易高风。'此了无瑕颣,如是诗评为尽美尽善也。"①

　　在虎关师炼看来,欧阳修、黄庭坚所称赞的二联虽美但不能无瑕疵。因为就"疏影横斜水清浅,暗香浮动月黄昏"联而言,上句所表现的景象中,横斜的梅枝映照在清浅的水面而形成疏淡的影子,是十分自然的物理现象。而下句在暗香浮动与昏黄的月色之间并无符合常理的关联。对于黄庭坚以为更胜一筹的"雪后园林才半树,水边篱落忽横枝"一联,虎关师炼认为上句描画的景象在现实中无法存在,并不符合常理,诗人只是取其形态之相似而已,而下句所描写的则为现实中可以存在的样态。那么,虎关师炼认为的全无瑕疵的杜甫诗又怎样呢?"深山催短景,乔木易高风",在深山中落日早早沉入山后,白日的光景较之平原要更短,所谓"深山催短景"不过是自然现象的摹写罢了。挺拔高耸的乔木更易在高处遭风摧折,"乔木易高风"亦是在现实中很容易观察到的普通物象。两句均出乎自然而与理自适,不着纤毫雕琢思虑的痕迹。从自然、适理的角度观察,杜诗与林逋诗的优劣不言自明。

---

① 上村观光编:《五山文学全集》第一卷,京都:思文阁出版,1992年,第236—237页。

综合虎关师炼对韩联及林联、杜联的评价即可看出,在虎关师炼的诗学批评中,兼备"适理"与形式美、风格美的诗才堪称尽善尽美、浑醇圆美,这亦是虎关师炼论诗的最高标准。

(三)《诗话》的批评特色

张伯伟的《论日本诗话的特色——兼谈中日韩诗话的关系》一文在考察日本诗学文献的基础上揭示了日本诗话的两个现象:一是诗格类的内容特别多,二是为指导初学而作的诗话特别多。张伯伟还指出,由于日本历史上没有真正的科举取士制度,日本诗话的写作动机多在以训初学一端,从而使诗话"诗格化"。[①]该文材料翔实,举证充分,逻辑严密,从整个日本诗话史来看,张伯伟所揭示的日本诗话两个基本现象和"诗格化"的特征是成立的。但是,如果仔细研读虎关师炼的《诗话》,就会发现这部狭义日本诗话处处表现出与日本诗话的"诗格化"传统相背离的特征。通观《诗话》即可发现,在全部29条诗话中,共有8条讨论或涉及诗格,所占比例不足三成,可见诗格的内容不多。更重要的是,《诗话》在多处出现用特定概念超越或消释诗格价值的论述。如虎关师炼用"才"消解学诗者对"熟语""生语"的品第高下:

> 诗贵熟语贱生语。而上才之者,时或用生语,句意豪奇。下才惯之,冗陋甚。[②]

具有卓越诗才的诗人能通过大胆使用新字词收到豪迈、奇怪句意的效果,而诗才下劣的诗人则陈陈相因于所谓"熟语",令句意冗陋卑弱。在此,诗究竟贵用"生语"还是"熟语"的诗格范畴,被"才"这一无关诗法的概念所超越,从而实现了对用字法度的消解。

虎关师炼还用"才"实现了对兴、赋、赓和3种具体作诗方式的超越:

> 杨诚斋曰:"大抵诗之作也,兴上也,赋次也,赓和不得已也……"
> 此书佳矣,然不必皆然矣……夫上才之者,必有自得处。以其得处寓

---

① 张伯伟:《论日本诗话的特色——兼谈中日韩诗话的关系》,《外国文学评论》,2002年第1期,第20—31页。

② 上村观光编:《五山文学全集》第一卷京都:思文阁出版,1992年,第229页。

于兴也赋也和也,无往而不自得焉。其自得之处,杨子所谓天也者也。其天也者何?特兴而已乎?赋也和也皆天也。下才之者少自得处,只是沿袭剽掠牵合而已,是杨子之所谓大坏者也。只其下才之所为也,宁赓和之罪哉?多金之家作瓶盘钗钏也,瓶盘钗钏虽异,皆一金也,故其器皆美矣。寡金之家作器也,其用不足焉,杂鍮银铅镴而成焉,故其器不美矣。杨子不辨上下才,谬言赋和者过矣。[①]

杨万里认为,抒发物我之间间不容发的、自然而然的"兴"是最好的诗,故列为上。被要求或诗人主观特别留意于一物而作的"赋",不是出乎人与外界事物的自然交感,虽赋中尚存诗人胸臆而位在兴之下。至于赓和,由于诗人需要去迎合原韵的形式和内容,处处牵绊于人,缺乏诗人兴寄,亦无与外物的交感,列为最下。可见,杨万里主张以诗人主体情志的有无程度、自然程度为标准,强调作诗必自己胸中出,须有真情实感。对此,虎关师炼亦表示认同。但他笔锋一转,仍以"才"为根据,认为上才自能有"所得"于"天",并将"得处"贯彻于兴、赋、赓和3种创作形式中,从而作出好诗。而下才由于自得于天处少,而无论兴、赋、赓和都只能沿袭剽掠,受制于人,称不上好诗。总之,虎关师炼再次以"才"消解了杨诚斋的基于"诗言志"对兴、赋、赓和的优劣分别。"才"对具体诗格、法度的超越和消解,亦可谓去诗格化倾向的一种体现。

再如,虎关师炼还以"达"来消解"字病":

客问:"一诗两字,病诸?"曰:"尔。"曰:"古人何有之乎?"曰:"达人不妨。"曰:"见贤思齐。"曰:"初学容恕,不得琢句。先辈有之者,达懒也。凡诗文拘声韵复字不得佳句者,皆庸流也。作者无之,七通八达。若有声韵碍,可知未入作者域。然古人犯声韵复字者,达懒也,非不能矣。"[②]

虎关师炼认为,因拘泥于声韵复字等诗格、法度,而不得佳句的诗人是凡庸的诗人,真正的"作者"能够避免拘泥于声韵用字的技巧,而不为诗格所阻碍。

---

① 上村观光编:《五山文学全集》第一卷京都:思文阁出版,1992年,第238—239页。
② 上村观光编:《五山文学全集》第一卷,京都:思文阁出版,1992年,第241页。

虎关师炼还倡导初学诗书者应珍视"醇全之气"，告诫他们不可于声律、笔画法格上着意太多、讨究过细：

> 予有数童，狂游戏谑，不好诵习。予鞭笞悔诱使其赋诗。童曰："不知声律。"予曰："不用声律，只排五七。"童嗔愁怨懑，予不恕焉。童不得已而呈句。虽蹇涩卦拙而或不成文理，而其中往往有自得醇全之趣……予常爱怪，则喟叹曰："世之学诗书者，伤于工奇而不至作者之域者，皆是讨较之过也。今夫童孩之者，愚骇无知而有醇全之气者，朴质之为也。"故曰："学诗者不知童子之醇意，不可言诗矣。学书者不知童子之醇画，不可言书矣。不特诗书焉，道岂异于斯乎。学者先立醇全之意，辅以修炼之功，为易至耳。"①

"学者先立醇全之意，辅以修炼之功，为易至耳。"很明显，虎关师炼并不否认对声律、属对、体势等诗格内容的学习、"修炼"，但对于学诗者而言，应以守护醇全之意为先，诗格的锻炼居于次要地位。由此亦可窥知《诗话》的去诗格化倾向。

（四）《诗话》的反响意义

禅宗强调教外别传、不立文字，认为言说会令体道者堕入语言的葛藤中，妨碍参禅悟道。早期禅宗的禅师们常常装聋作哑、棒喝拳打，以断绝参禅者的言说思维。同时，禅师用文字记录法语，禅子读公案以参话头。作偈颂制疏文，禅宗又不离文字。"诗文害禅"与"诗文助禅"构成诗禅关系的两个方面，贯穿于禅宗发展过程的始终。

五山文学作为禅林文学，其发展过程中不可避免地贯穿着诗禅关系的矛盾运动。在五山文学的早期阶段，赴日弘禅的宋、元禅僧，如兀庵普宁、兰溪道隆、无学祖元、镜堂觉圆（1243—1306）等都意图在日本恢复早期禅宗的古朴、峻严宗风，强调禅宗不立文字、诗文害禅，告诫日本禅僧不可流连于世俗诗文。日本禅宗草创期的尊宿如明庵荣西、永平道元、圆尔辩圆（1202—1280）、无象静照（1233—1306）、高峰显日（1241—1315）、秋涧道泉（1262—1330）等，仅为后世留下拈古、赞、偈颂和小参、升座等法语，以及疏等公务文，内容仅限于表达禅宗宗

---

① 上村观光编：《五山文学全集》第一卷，京都：思文阁出版，1992年，第241页。

旨和参悟境界,极少表露个人情感世界,更无涉嘲风弄月。早期日本禅林较好地保留了中国禅林曾经的峻严、古朴的宗门风貌。这一时期,诗文害禅构成诗禅关系的主要方面。

在虎关师炼所处日本禅宗从草创走向隆盛的过渡时期,围绕诗禅关系,诗文害禅的传统观点与诗文助禅的新思想发生冲突。这在诗学著述《诗话》中自然地得到了集中反映。在上引《清言》中,质问者站在退化主义的史学观立场上,怀念马祖道一、百丈怀海所代表的理想宗风,批评后世因随着言说方式的增衍导致禅旨的破碎化乃至宗风浇漓。如上所述,针对这种诗文害道的观点,虎关师炼指出"理若纯正,虽语词百端,何害之有",认为无论何种语言表达形式,只要表达了纯正的道理、禅旨,就是于禅无害的。

虎关师炼作为以著述弘宗为毕生抱负的高僧,编撰僧史,纂集韵书,出入诸子百家,在其诗文集《济北集》中遍涉诗文诸种文体,用洋洋万言、百端语词弘宗说法。这令当时固守诗文害道者感到困惑和不满,《清言》中记录了他人对其"说法多文彩"的责难:

> 或曰:"师说法多文彩,不似从上诸师矣。"师曰:"说法岂有定式?只随时机也耳矣。从上诸师指谁而言乎?甚矣乎子之惑也!我竺乾老人,三百余会皆不同焉。《华严》广衍也,《涅槃》雅实也,《楞严》奇玄也,《楞伽》古奥也。逮于四依,又皆各异。《瑜伽》齐整也,《智度》博涉也,《起信》含蓄也,《中论》精微也。竺土如彼,子指谁而言乎?震旦诸师又各不同。曹溪浑奥也,江西宏深也,黄檗朴实也。临济如连环,云门如遗珠。曹洞精粹也,沩仰峭拔也,法眼浑厚也。船子说法,渔歌也。五祖举话,艳词也。南堂提唱,乐府也。楼子悟处,歌曲也。死心新以怒骂为佛事,端师子以戏弄当应机。子指谁而言乎?"①

虎关师炼面对"说法多文彩,不似从上诸师"的批评,用排比句逐次举出释迦牟尼佛300余会所讲主要佛经的不同风格与言说方式,又逐一概括中国禅宗诸尊宿各不相同的说法风采和文体,从而雄辩地说明应以当机为要,无须拘于某一特定风格和文体。他特别指出中国诸师中不仅说法时风格各异,更不惜破

---

① 上村观光编:《五山文学全集》第一卷,京都:思文阁出版,1992年,第254页。

佛门"嗔恚""绮语"之戒,采用渔歌、艳词、乐府、歌曲等世俗文学的体式演说佛说禅旨。通过回顾以上先例,他试图为自己说法多以诗文、多用文采找到依据,以有力地驳斥"不似诸师"的非难。

放在当时诗禅关系的语境下评价虎关师炼对诘难者的上述回应,可以说他是从正面为禅僧从事汉诗文创作摇旗呐喊的第一人。事实上,他亦以博洽的学问和等身著述为实践自己的诗禅关系观或曰文艺观,为五山禅僧树立了"以文弘宗"的榜样。他在《诗话》中集中公开论诗,在不同场合为创作风格体式各异的诗文辩护,在很大程度上调和了紧张对立的诗禅关系,为日本禅林开风气之先。这对于推动早期诗禅关系由诗文害禅为主转向诗文助禅为主,营造更为宽松的文学环境,发挥了重要作用。

综上所述,《诗话》的出现是五山禅林发展的历史产物。就其历史条件而言,首先,在宋元之际中日禅林交流频繁的大背景下,一山一宁为他带去了宋代以来以明教契嵩为代表的出入诸子百家,著书立说以弘扬禅宗的新思潮。虎关师炼受此影响颇深。其次,宋元之际随中国禅宗传播到日本的,在禅宗以外尚有大量典籍。虎关师炼由此得以涉猎诸子百家,阅读经史子集,积累渊博富赡的学识。特别是宋代以来的诗话著作、宋元诗人的作品集构成了创作《诗话》的主要材料来源。再次,过渡期丛林中有关诗禅关系的观点交锋也为他提供了思想契机。就个人主观条件而言,虎关师炼博洽的学问、雄健的笔力、强烈的著述意愿使他有能力有志向去完成《诗话》。此外,民族自尊心亦促使他试图通过笔头为日本争取与中国并肩的禅宗、文化地位,这构成创作包括《诗话》在内的诸多著述的心理动机。

如前所述,虎关师炼的诗学思想强调以"适理"为根本,坚持诗文服务于道的文道观。但这并不意味着他主张文对道的机械服从。一方面,虎关师炼的诗论在适理的前提下,对文学的体式、风格表现出非常通达、开放的态度。这无疑对五山文学保持诗文体式、风格的多样性具有积极意义。另一方面,对风格、体式的开放与通达也绝不等于毫无原则的一概认可。他的诗论偏向雄健、豪奇、妙丽、高大,而摒弃琐碎、窘涩、卑微、文饰。他所奉诗学的最高标准是适理浑醇兼形式美与风格美,他将之称为"尽美尽善"。

从批评特色来看,《诗话》用"才""达""醇"等概念消释和超越对声律、字法、诗法的讨究,呈现出一种"去诗格化"的特征。将此置于诗格内容特别多、"诗格化"特征明显的日本诗话传统中,即可发现虎关师炼的《诗话》独具特色。

虎关师炼的以诣理为作诗首要原则的诗学思想,在圣一派门下产生了较大反响,其法子龙泉令淬的文学观,即深受其影响。龙泉令淬《松山集》之《答汕侍者书》反复强调文以载道的文字观,并对徒弟的能文表达了期许。其中"圣人巧其语,深其义,而后世赖之"更是直接源自虎关师炼。其文曰:

> 夫文字也者,可舍而又不可舍也。盖我法无为也,本无一词之可措焉,矧见于纸墨文字耶。而圣人但以叶而止儿呱焉尔。然则文字岂不舍哉。又言说文字皆解脱相。故圣人巧其语,深其义,而后世赖之。然则文字岂舍诸。古之达人或舍,或不舍。舍之与不舍,其揆一也。我谓无差别者……而有差别之谓也。苟明于此,则万物皆通,谁曰舍不。吾祖西来只欲除天下文字之弊也。故曰不立文字见性成佛。而下世移之,以驰骋乎混茫之空矣。安知欲除其弊,而反不陷于其弊乎……且夫文也者,载道之具也,不文则不远,不远则其利近乎。子之书词善矣。可观焉。庶其载道以致之气远乎……①

梦岩祖应亦在《旱霖集》之《送通知侍者归乡诗轴序》中,明确主张"诣理"乃诗之至道:

> 夫竺之偈也,震之诗也,吾邦之和歌也。其来尚矣。惟人之生而静者关系其土地风气之殊,而方言相异。然其寓性情之理矣则一也。夫人之禀气有清浊,故其言之工拙随焉。盖钟河岳英灵之气者,而乃能为纯正粹温。其能为纯正粹温则无他,只在诣理而已矣。藻绘云乎哉。②

他认为印度的偈、中国的诗与日本的歌各有悠久的历史,它们之间的差异只是风俗所导致的语言形式的不同,在本质上都是性情、道理的载体。梦岩祖应还具体探讨了诗文之工拙问题,他将之归结于人之禀气即"才"上面,而未从习法、炼字的层面上探讨。这与虎关师炼用才超越、消解诗法、炼字等诗格相

---

① 上村观光编:《五山文学全集》第一卷,京都:思文阁出版,1992年,第581页。
② 上村观光编:《五山文学全集》第一卷,京都:思文阁出版,1992年,第754页。

同。最值得一提的是,梦岩祖应以诣理为诗文"纯正粹温"的充分必要条件,亦与虎关师炼同出一辙。

而下面一则材料能够说明在圣一派中调和诗禅关系的另一深层原因,他曾曰:

> 文章小技也耳。夫人生之所贵者,则在知道理,道理之本,乃吾见性之门,画之矣。[①]

这其实打通了在虎关师炼那里并不甚明了的理与禅旨的关系。在此他明确表示"道理之本"是禅徒明心见性的法门,既如此,则儒家诗观,尤其是宋代理学的理与禅旨息息相通,而为文之道与参禅之法不一不二,诗禅关系则自然不是对立的了。通过以上分析可见,梦岩祖应阐发了在虎关师炼那尚不明确的"诗禅一致"思想。在此意义上,梦岩祖应可谓是早期"诗禅一致"主张的先行者。

虎关师炼的诗论思想持续在五山禅林发生影响。后期代表诗僧之一横川景三在日本文明十三年(1481年)仲春二十五日所作的《子建字说》中曾云:

> 乃祖海藏阿师有诗话,载《济北集》,以行于世,禹吾无间然。而《诗话》曰:"汉魏以来诗人,学道忧世,匡君救命之志,皆形于绪言也。"[②]

据笔者考察,上引横川景三的《子建字说》是五山文学文献中唯一提及、引用虎关师炼《诗话》的原始材料,并且横川景三说自己对《诗话》爱不释手,可见其喜读虎关师炼诗论。

(五)虎关师炼诗学的思想渊源

如上所述,虎关师炼的著述以弘宗的思想,受明教契嵩的感召与影响。其实比较明教契嵩与虎关师炼的作品即可发现,虎关师炼从明教契嵩那里所受到的影响远不止这些,他的文道思想在很大程度上直接源自契。如契嵩在《非韩》中有曰:

---

① 上村观光编:《五山文学全集》第一卷,京都:思文阁出版,1992年,第758页。
② 玉村竹二编:《五山文学新集》第一卷,东京:东京大学出版会,1967年,第417—418页。

> 宜乎！识者谓韩子第文词人耳。夫文者所以传道也,道不至,虽
> 甚文奚用？若韩子者议论如此,其道可谓至乎？①

上文从文道关系的角度批判韩愈的文章是文人之词,所依据的是文以传道的观点,虎关师炼的诣理说正与之暗相契合。契嵩还在《文说》中阐述了言文与人文的关系:

> 欧阳氏之文言文耳,天下治在乎人文之兴。人文资言文发挥,而
> 言文藉人文为其根本。仁义礼智信,人文也;章句文字,言文也。文章
> 得本则其所出自正,犹孟子曰取之左右逢其源。欧阳氏之文大率在仁
> 信礼义之本也,诸子当慕永叔之根本可也,胡屑屑徒模拟词章体势而
> 已矣！②

契嵩认为人文大行其道,则天下太平,而人文须借助言文、文学得到发扬,因而言文与天下之治密切相关。在这种儒家的文道观下,文是载道的工具,是从属于道的。文章唯有弘扬人文才得其根本。在此可以找到虎关师炼以著述弘宗为理想的思想源头,亦能为其“适理”诗学找到理论的源头。

在早期五山禅林,赴日宋元禅僧通常处于指导性地位。他们对日本禅僧沉溺文字的弊害多所告诫。清拙正澄在《跋江湖集》中说:

> 宋末景定咸淳之音,穿凿过度,殊失醇厚之风。然有绳尺,亦可为
> 初学取则。已知法则,然后弃之,勿执其法。如世良匠,精妙入神。大
> 巧如拙。但信手方圆,不存规矩。其庶几乎。学者宜自择焉。③

清拙正澄基于他对宋末诗坛穿凿过度,醇厚之风已经丧失的评价,主张学诗者,尤其是学诗的禅僧们,应当掌握诗法而后弃之,不去一一计较诗法的得

---

① 《明教契嵩文集》卷十五至卷十七。
② 《明教契嵩文集》卷十五至卷十七。
③ 上村观光编:《五山文学全集》第一卷,京都:思文阁出版,1992年,第498页。

失。在此我们找到了虎关师炼推崇的"醇"的源头。二者都认为拘泥诗法、讨究过细会伤害诗文的纯全之气。清拙正澄主张"知法则，然后弃之"，虎关师炼则更强调通过超越诗法、诗格。虎关师炼与清拙正澄之间多有书信往来，常与清拙正澄讨论宗门、诗文，鉴于此，可以认为清拙正澄对虎关师炼诗学思想有直接的影响。

虎关师炼的诗论用"才"的概念消解熟语、生语，以及兴、赋、赓和的优劣，此观点在五山诗僧中间不乏同调者。横川景三即主张"内富于才，外工于剪裁，而后能之"，并以为是"作诗之第一要义也"。

虎关师炼把"才"提升到如此之高度，固然与其本身禀赋极高，在赋诗作文过程中深感禀赋之重要性有关，但是若将之与苏轼的诗论做一比较，就会发现二者之间存在一定的关联。

众所周知，在北宋诗学中，东坡诗体是最具势力诗体之一，在整个宋代诗学中，其势力与影响仅次于江西派。苏轼受欧阳修的影响，作诗喜好古体，且重视立意，好述事，以文为诗。苏轼亦强调作诗者须有气，但与欧阳修的气强调气格，即全诗的格调不同，苏轼的"气"强调的是作诗者的才气。

苏轼重视立意，虎关师炼亦强调立意的重要性。他要求初学诗书者应珍视"醇全之意"，告诫他们不可于声律、笔画法格上着意太多、讨究过细：

> 予有数童，狂游戏谑，不好诵习。予鞭笞悔诱使其赋诗。童曰："不知声律。"予曰："不用声律，只排五七。"童嗔愁怨懑，予不恕焉。童不得已而呈句。虽蹇涩卦拙而或不成文理，而其中往往有自得醇全之趣……予常爱怪，则喟叹曰："世之学诗书者，伤于工奇而不至作者之域者，皆是讨较之过也。今夫童孩之者，愚骇无知而有醇全之气者，朴质之为也。"故曰："学诗者不知童子之醇意，不可言诗矣。学书者不知童子之醇画，不可言书矣。不特诗书焉，道岂异于斯乎。学者先立醇全之意，辅以修炼之功，为易至耳。"①

他在此提出的"先立醇全之意，辅以修炼之功，为易至耳"的学诗捷径，即是其重视立意的一种体现。虎关师炼与苏轼诗论之相似性是比较明显的。在五

---

① 上村观光编：《五山文学全集》第一卷，京都：思文阁出版，1992年，第241页。

山禅林中,类似的观点亦颇多,如义堂周信《空华日用工夫略集》中日本"应安四年五月十二日"条曰:

> 良弘藏主来见。因问著述风雅之古今作者优劣。余为说云:"凡作文作颂当以得意为先,然后得句。意主句伴。苟得意,则句虽未必工亦可。句工而不得意,则吾所不取。"[①]

在义堂周信看来,作文赋诗应当首先得意,即立意,然后方可思考诗句。意是主,句子即语言表达是从,须服务于意的表达。若立意好,虽句子不够工丽,辞藻不够华美,亦算得好诗。反过来,虽然句子工稳,安排得当,但若立意不正,则不为所取。概括起来,义堂周信的观点就是意主句从,表达服务于意旨,可以说,与虎关师炼以立醇全之意为主,以句法诗格的修炼为辅的观点相似。

苏轼诗派不满于增加气力,即在字句、韵律、结构布置上花费气力。虎关师炼亦认为不至作者之域者,皆是由于"伤于工奇"的原因,从而极力主张作诗须醇,奉自然、浑醇为诗的理想境界。此外,东坡诗派主张解放诗格,如前所述,虎关师炼亦主张超越古今体裁之分别。虎关师炼与苏轼诗学思想上的一致性,是虎关师炼与宋代诗学密切相关的具体表现之一。当然,这种密切关联不止上述一端,它在很多方面都有所体现。首先,虎关师炼《诗话》开篇借由古淡、工奇诗风之争,来阐述诗之为言但须"适理"的诗学原则。在虎关师炼所处的早期五山禅林中,学诗者围绕应该学习何种诗风存在着相当激烈的争论,在争执不下之际,兼顾当时禅林诗禅关系的现状,他提出以"适理"为至高原则,超越具体诗风争论的立场。虎关师炼的这种诗学主张对平息偏执某一特定诗风,为五山文学扫除以诗害禅的观念障碍,向前推进诗禅关系运动起到了重要作用。

虎关师炼通过解除诗风的限制,树立适理原则,不单单是受宋代理学家诗派主张的影响,事实上,它所发生的诗学环境也与宋代诗学紧密相关。众所周知,南渡前后宋代政坛上的元祐、绍述党争亦波及当时文坛,以苏轼、黄庭坚为代表的元祐党与以王安石、叶梦得为代表的绍述党,不仅在政治上是保守党与新法党的尖锐对立,他们在文学主张上亦尖锐对立。苏轼受欧阳修影响亦崇尚平淡,不将平淡与绚烂对立,认为平淡是绚烂的极致,主张蕴含绚烂于平淡、枯

---

① 上村观光编:《五山文学全集》第一卷,京都:思文阁出版,1992年,第108页。

淡之中。苏轼鄙夷拘泥格式于技巧者,与黄庭坚赞美陶渊明不烦绳削而自合、不拘泥于格式的境界相通。王安石作诗正与苏轼等相反,以雕琢字句为主,崇尚工巧。

苏轼、黄庭坚与王安石、叶梦得的诗学思想对立,左右了宋代诗学的基本面貌。五山禅林受宋元诗学思想影响极深,这两大诗派的对立,不可避免地被带入日本五山禅林之中,形成二者孰是孰非的抉择困难。可以想见,这给五山禅僧在学诗过程中造成一定程度的困扰与混乱,而这种困扰、混乱恰恰构成虎关师炼发生的重要时代背景和诗学环境。从此意义上看,虎关师炼亦是宋代诗学在五山禅林的一个间接产物。

二、诗格观念

如上所述,虎关师炼的诗论受宋代诗学中理学家"文以载道观"的影响,主张适理,否定对诗格、诗法的过多讨究,从而表现出去诗格化的特征。他在清拙正澄的得鱼忘筌式的诗格、诗法态度上更进一步,倡导初学者不学诗法。虎关师炼的这种诗格认识在五山文学中处于怎样的位置,在以诗格化为主要特征的日本诗学传统中,五山禅林的诗格观是否是一个例外? 在此,笔者就五山禅僧的诗格观做一考察。

对于日本五山禅僧来说,创作汉诗实质上是在用外语创作文学。因此,语言把握、文体特点的习得,是他们首先必须克服的障碍。此外,由于大多数禅僧没有在中国长期生活、参学的实际体验,诗文学习多依靠师徒传授与纸上知识,故而对诗格、诗法的研习、讨论常为五山诗僧重视。事实上,对五山文学文献进行一番检视即可发现,在五山诗僧中间,对句法、诗法的探讨构成了五山诗论在诗禅观之外的重要方面。

在五山文学的兴盛期,五山文学"双璧"之一义堂周信,在禅林诗会中处于核心的位置。其《空华日用工夫略集》中有相当多关于学诗、作诗、评诗的记录,如"改慧姪诗,首有'一别梦回湖水东'句,得起好"[①],是对起承转合法的赞许。"宗梵侍者来话。及圆觉天池藏六之文会。以'石猫''芥室'二题,荫大树登上科。余因说:'文章诗句须先讲明。讲明个什么则要先立志之正,正则无邪,而后先得第一句,次二句,次三句,次四句,乃圆备。'因举高僧之画松诗、老杜绝句

---

① 义堂周信著,荫木英雄训注:《空华日用工夫略集》,京都:思文阁出版,1982年,第76页。

等"①,讲得亦是具体诗法。再如"景寿首座出新作数首求改。改第一句云:凡作语句,大意在第一句。今时以第三四句为主者不亦颠倒哉"②等亦都是在讨论如何安排布置诗句。义堂周信的评诗、改诗更多地集中在字的层面,如:"云堅求改诗,诗曰'不吹松'。余疑'不吹松'何义。又有'谓言'二字,于律诗不可用。义堂周信所指出的'谓言'二字于律诗不可用正是出乎诗格上的考虑。"再如:"航济北出纪梦和什求改。有'等是邯郸送旅人'句。次出卧钟诗若干首。愕然二字,余疑愕恐号作。号音虚骄切,虚大也。盖虽读杨仲弘卧钟诗而不精,误作愕字。改点其诗,诗尾书愕号二字之异。"③则从音声的角度指出"号"与"愕"之不同,是从字声层面具体指导。类似的还有关于片爿平仄的讨论:"遵书记问片爿之平仄。余曰:'若要用作平声则作爿,他则依旧作片。'"云门飓下一片柴"之片字作两音。但若作平声,则俗音也。如滓字者作平也。'"

其他材料如日本"应安六年三月廿八日"条曰:"瑞藏主问:'此地二字,他处可用否。'余云:'可也。'因检三体诗,贾岛寄题天竺诗中有'谢公此地昔曾游'。"④关乎字词可否使用的讨论,同时也说明在五山禅林中《三体诗》作为作诗参考和规范的作用。再如"十三日"条曰:"二条殿专使月轮少将,出余门字五言和什并少将自和诗二首,求余必改,改数个字,因说作诗之法。"⑤这同样说明,义堂周信改诗主要关注字的安排与使用。再如"二十五日"条曰:"首座问睡眠二字异同。余因引诸字,总别合散不同。如夜与宵、应与可、冰与冻字。"⑥则更能说明,日本五山禅僧学习、创作汉诗,首先是从字义的辨析开始的。

九渊龙琛(?—1498)是五山文学后期的重要作家之一。他是临济宗黄龙派僧,室号葵斋,嗣法于建仁寺天祥一麟。1451年曾入明游历北京、四明等地。在学艺上主要师从天祥一麟,同时沾丐希世灵彦,并受瑞岩龙惺、江西龙派等五山著名诗僧,同时与翱之慧凤、太极正宗、东沼周岩、南江宗沅、瑞溪周凤交友,在五山诗坛十分活跃。九渊龙琛曾在《九渊诗稿》中转述江西龙派对咏古诗的批评:

① 义堂周信著,荫木英雄训注:《空华日用工夫略集》,京都:思文阁出版,1982年,第72页。
② 义堂周信著,荫木英雄训注:《空华日用工夫略集》,京都:思文阁出版,1982年,第330页。
③ 义堂周信著,荫木英雄训注:《空华日用工夫略集》,京都:思文阁出版,1982年,第127页。
④ 义堂周信著,荫木英雄训注:《空华日用工夫略集》,京都:思文阁出版,1982年,第133页。
⑤ 义堂周信著,荫木英雄训注:《空华日用工夫略集》,京都:思文阁出版,1982年,第244页。
⑥ 义堂周信著,荫木英雄训注:《空华日用工夫略集》,京都:思文阁出版,1982年,第259页。

江西又告余曰:"凡咏故事诗,必举荒败零落,以语有感慨,使人动兴。公之此作,偏述长乐之宴,而不及荒废之后,故长乐之意宛然在四句中,故曰佳作,是亦虽古人所为难也。是以公今日之诗,高出于诸公诗之上也。"木蛇此评,初公首座昔年在东山听此言也。①

江西龙派认为九渊龙琛《长乐宴》的妙处,在于其能够一反"故事诗"的常规诗法,不去描写旧迹的破败荒凉,而专写筵席上的欢乐以凸显题旨,巧妙地寓长乐之题于全诗中。此则材料能侧面印证在五山诗坛,因诗题而有固定诗法,却是不争的事实。

景徐周麟的《书联句后》有云:

予昔年才十六七岁识小补翁。翁与客联句必召予陪其席。风花雪月无无之。常有谓内富于才,外工于剪裁,而后能之。著述之第一义也。故古人有拙速巧迟之论,可不慎乎。回视往时,二十余年于兹矣。头颅如此,此艺未进,可愧矣。翁之钟爱东云高侍,招同门联辉轩主闭户夜联,欲使予批之点之,披而读之,句意老成,问其龄则少予陪翁之年,予何言哉。②

小补翁横川景三是五山文学后期重要诗僧,他曾随相国寺瑞溪周凤和大鉴派希世灵彦学禅习诗。他深受足利义政等大檀越等的崇信,被幕府任命为鹿苑院塔主,掌全国僧事。横川景三一生留下大量诗文,有《补庵集》《小补东游集》《补庵京华集》《蔷薇集》《闺门集》等外集,并编选诗集《百人一首》《闺门集》等。处于五山诗坛中心的横川景三在周围凝聚了桃源瑞仙等一大批嗜诗的禅僧,并在学艺上培养出景徐周麟、彦龙周兴、梅云承意等五山诗坛上的重要诗僧。

横川景三教授景徐周麟汉诗作法,强调"内富于才,外工于剪裁,而后能之"

---

① 塙保己一编,太田藤四郎补:《续群书类丛》第十二辑,东京:续群书类丛完成会,订正3版,1957年,第470页。

② 塙保己一编,太田藤四郎补:《续群书类丛》第十二辑,东京:续群书类丛完成会,订正3版,1957年,第450页。

是学诗的首要原则。剪裁,在很大程度上是炼字、炼句亦即词句等诗法层面上的推敲。可见,除了"才"这一天生禀赋外,后天的主观努力是能诗的必要条件。禀赋无法改变,剪裁自然成为诗僧所能也是唯一的通向能诗之路的关键,因此,从某种意义上说,横川景三的上述观点十分强调剪裁的重要性。

如上在五山禅林中对诗法的讨教是比较常见的,尤其到了五山文学在诗禅关系的对立与张力得到很大程度的释放之后,这更是比比皆是,兹略举几例。九渊龙琛的《九渊诗稿》中有一则关于江西龙派评论自己的《桃载》一诗的记录:

> 金母瑶池路不通,种桃尘世见仙风。寸根封植春犹浅,我避秦时花亦红。江西有点。江西亦改仙风作春风,曰春风则自是有仙风意也。仙风宋诗,春风唐诗也。江翁颇称第四句……心田曰一二句佳也。是幽玄体也。江西曰。三四句奇也佳也。江西和尚告余曰。可惜此诗有瑕。第一句金母。第四句避秦。一首中用两故事。岂非有瑕哉。余谓此论当矣。少年所作宜有法度。虽然,古人诗一首之中有用两事者,余何害耶。然江翁所戒,苦言是药,余以铭肝。故知不受先辈之锻炼钳锤,则不可知风雅之道也。余昔自思,仙风佳也,与金母合也。春风无谓也。卅年后深知江翁所改换骨法也。①

江西龙派与心田清播的点评始终着眼于句子和用典等诗格层面,江西龙派指出一首中用两诗的诗病,如是,五山诗坛的诗歌点评,通常通过改字来避免诗病或炼意。据九渊龙琛自述,他30年后终于明白江西龙派改"仙风"为"春风"所蕴含的换骨法。此处所说换骨法亦是诗法之一种。

此外,能够证明在五山后期诗法在学诗、作诗上重要性的材料还有很多,如在对正体、变体的运用上有如下材料云:

> 余谓:"凡松也月也,每每往往咏之赋之。故余立新意,以为画扇赞。凡诗有正体,有变体。难题之诗,正体好矣。常住题之诗,变体好

---

① 塙保己一编,太田藤四郎补:《续群书类丛》第十二辑,东京:续群书类丛完成会,订正3版,1957年,第472页。

矣。作诗之人,必先能知出题之意也,而后有佳作。"①

九渊龙琛认为,欲作好诗,须根据题目的难易、生僻常见等而分别采用正体、变体,所追求的大概是不落俗套,能新能奇。于诗法上的讲求,不言而喻。此外,作为一种作诗要领,他还教导学诗者须先立意,这种作诗的次第,亦是诗法之一种。再如:

> 寒林独鸟图:雪洒林端一鸟寒,如人落拓计身难。骊宫比翼马嵬骨,南内孤衾情可酸。右。第一句言题了。自第二句出三四句。三体诗有此格。不知格则不知诗。此等诗,数首作换。而后不自知而不图得之也。江西称美……此诗不言图也。题之所出,未必以图为简要。凡诗以第一句为本者,唐人往往有此,此诗所作也。②

九渊龙琛在此对《寒林独鸟图》诗的句间的关系做了分析,认为该诗所用是三体诗中的诗格,并教导学诗者作诗须知诗格,可见在他看来,诗格的掌握、练习、熟悉是知诗、学诗、作诗的必要条件。诗格的重要性从而得到充分的强调。

而如下一则材料足可说明,在诗禅一如禅风下日益兴盛起来的诗会上,诗坛主导者在诗战活动中点评,由于直接影响到诗的优劣判断,故而其评价对当时诗坛起到一种指挥棒的作用。

> 《蜗》八句,一座二题之诗也。一联云:"小能喻大牛羊角,异处见同蛟鳄涎。"七八之句云:"触蛮鼓舞蒙庄笔,谁信此言出自然。"凡赋蜗八句诗,谁人不以角对涎乎。是以造句若容易,则与众人作同也。坐客有角涎之对,而优劣显矣。胜负定矣。凡有诗人之名,与无诗人之名,则系于一座,一座之尽意以致精彩,则必得作者之名焉。不可聊尔。③

---

① 塙保己一编,太田藤四郎补:《续群书类丛》第十二辑,东京:续群书类丛完成会,订正3版,1957年,第474页。

② 塙保己一编,太田藤四郎补:《续群书类丛》第十二辑,东京:续群书类丛完成会,订正3版,1957年,第476页。

③ 塙保己一编,太田藤四郎补:《续群书类丛》第十二辑,东京:续群书类丛完成会,订正3版,1957年,第478页。

上述作诗法,概括起来就是要在炼句上下足功夫,造意新奇,避免与人雷同。由于这直接关系到在诗的评判中于一座中脱颖而出,所以为诗者无疑会奉之为作诗的圭臬,对诗法的讨究之风自然日炽。

月舟寿桂,是临济宗幻住派僧,别号幻云、中孚道人,他嗣法楞严寺幻住派正中祥瑞。1492年从天隐龙泽处受戒。历住十刹真如寺、五山建仁寺。师从正宗龙统学习四六文作法,也曾从天隐龙泽学习诗文。常出入宫廷为天皇、公家讲授儒学。有文集《幻云文集》、四六文集《幻云疏稿》、诗集《幻云诗稿》,编撰有诗学启蒙教材、中日汉诗编选《锦绣段》,此外,还有黄庭坚诗抄《黄氏口义》(又名《山谷幻云抄》)、《锦绣段口义》、《史记抄》等。

> 题《锦绣段口义》后:《锦绣段》,乃默云师为童蒙所辑,而诗自唐宋至元明金脍人口者也……予童年趋云师庭而学诗。于花于月,于暮云于晓雪,安字也炼句也,调格律也,参之颇似参禅。虽然,唯相其皮,不得其髓,岂能对人可言诗哉。迫于弱冠之后,同志之友,需解此编,盖以予剽闻云师之义也。然义深而远,思高而明,味外之味,奇外之奇,未易蠡测焉……顷就他人案上观之,其谬甚多,而故事亦未引尽焉。①

月舟寿桂的诗文主要师从默云师,即天隐龙泽。他回忆自己跟随天隐龙泽学诗的经历,据其所述,学诗以雪、花、月、云一类为题,尤其强调学习作诗之法,强调字句的推敲与格律的安排。《锦绣段口义》是他对天隐龙泽为初学者所编诗选《锦绣段》的讲义,用以揭示默云诗论的奥义与思想,由此可以想象,鉴于《锦绣段》在后期五山诗坛的巨大影响,月舟寿桂所受的以字句推敲、声律安排为主的诗法教学,可以说十分具有代表性。

上述重视诗法、诗格,强调安字炼句,注重声律协和的诗坛教学,直接导致五山汉诗的创作与鉴赏形成偏重字、句的特色。

如九渊龙琛评价《睢阳双庙图》有云:

---

① 塙保己一编,太田藤四郎补:《续群书类丛》第十二辑,东京:续群书类丛完成会,订正3版,1957年,第410页。

张许知兵如有神,所为一一异常人。唐余岁月不堪记,花护睢阳遗庙春。右。故事之题,以有风韵句,为奇为好。①

又点评《笕水》诗云:

此诗及第,江西有圈,江西曰:"此题难题。""竹能连续水能通,百尺徒夸穿井工。转注潺潺无昼夜,朝宗心在一竿中。"右,门徒会合短册。九鼎诗三四句曰:"一夜二三升浅溜,厨人免得汲腰酸。"洛中诸刹以诗鸣者,皆诵九翁此诗,不亦幽丽哉。②

该点评亦是以句为点评重心。再如桂庵玄树的如下诗句,均立足于句法:

诗人活句夺天笔,孤客沉吟挑夜灯。③
诗家旧有偷春格,句法可收残腊吟。④
梵语诗成句法新。⑤
学得诗翁佳句法,一枝花是两枝春。⑥
佳句难酬好风景,焚香一夕祭诗神。⑦
春公高侍年初作诗,殆及十篇,皆有佳句,他日必可称作者……诗

① 塙保己一编,太田藤四郎补:《续群书类丛》第十三辑上,东京:续群书类丛完成会,订正3版,1959年,第479页。
② 塙保己一编,太田藤四郎补:《续群书类丛》第十三辑上,东京:续群书类丛完成会,订正3版,1959年,第478页。
③ 塙保己一编,太田藤四郎补:《续群书类丛》第十三辑上,东京:续群书类丛完成会,订正3版,1959年,第660页。
④ 塙保己一编,太田藤四郎补:《续群书类丛》第十三辑上,东京:续群书类丛完成会,订正3版,1959年,第660页。
⑤ 塙保己一编,太田藤四郎补:《续群书类丛》第十三辑上,东京:续群书类丛完成会,订正3版,1959年,第651页。
⑥ 塙保己一编,太田藤四郎补:《续群书类丛》第十三辑上,东京:续群书类丛完成会,订正3版,1959年,第653页。
⑦ 塙保己一编,太田藤四郎补:《续群书类丛》第十三辑上,东京:续群书类丛完成会,订正3版,1959年,第676页。

律今同物候新。①

为君欲赠锦囊句,诗亦如棋易役神。②

风景无边晴又阴,一吟未了两三心。高官有句敲门到,新寺钟声月半林。③

谈笑巧连珠玉句,才名君独管词林。④

胸中玉润与冰清,往往诗夸佳句成。⑤

正是花红柳绿时,风传玉唾一联诗。⑥

月舟寿桂亦云:"佳句传来万口夸,料知诗思雪时加。"⑦而三益永因、希世灵彦、别源圆旨、明极楚俊亦无不留下以句为中心的论诗、作诗记载。如《三益艳词》载:

丁丑九月十三之夕……予曰:"今夜亦有明月之名,与仲秋同,盖有据乎。"君曰:"其事从吾邦后醍醐天皇而始。"其博识可叹赏矣。话次更出佳句曰:"影淡纱窗月。"令予赓之。阳春白雪,其调虽高,命岂可拒。即击节曰:"瑞新金阙云。"吁风流清绝,今时阿谁有如此事。抃舞之余,谨折五字为韵,赋五绝句,录呈之云。⑧

---

① 塙保己一编,太田藤四郎补:《续群书类丛》第十三辑上,东京:续群书类丛完成会,订正3版,1959年,第681页。

② 塙保己一编,太田藤四郎补:《续群书类丛》第十三辑上,东京:续群书类丛完成会,订正3版,1959年,第696页。

③ 塙保己一编,太田藤四郎补:《续群书类丛》第十三辑上,东京:续群书类丛完成会,订正3版,1959年,第698页。

④ 塙保己一编,太田藤四郎补:《续群书类丛》第十三辑上,东京:续群书类丛完成会,订正3版,1959年,第698页。

⑤ 塙保己一编,太田藤四郎补:《续群书类丛》第十三辑上,东京:续群书类丛完成会,订正3版,1959年,第698页。

⑥ 塙保己一编,太田藤四郎补:《续群书类丛》第十三辑上,东京:续群书类丛完成会,订正3版,1959年,第700页。

⑦ 塙保己一编,太田藤四郎补:《续群书类丛》第十三辑上,东京:续群书类丛完成会,订正3版,1959年,第171页。

⑧ 塙保己一编,太田藤四郎补:《续群书类丛》第十三辑上,东京:续群书类丛完成会,订正3版,1959年,第501页。

联句创作,自然是以句为中心构思、创作的,联句在五山禅林的盛行,是禅林汉诗以句为中心的观念形成的重要原因。三益永因亦载:

> 一夕赴侍丈佳招席夜话,话而及吾邦近古之诗……一时老宿村庵、小补、萧庵、默云等赞之。就中记默云两句曰:"老矣龙泽龙,快哉虎丘虎……"涪皤曰:"谢公文章如虎豹,至今斑斑在儿孙者。"可并案。①

可见诗名之树立,往往有赖句对而非其他。同样,学诗亦是以句为主,三益永因曾云:"谁今续得杜陵句,更记东山缥缈人。"②希世灵彦亦曾在《次韵翰有邻自丹赴京途中作》中云:

> 烦子往还西与东,艰难经尽乱山中。云迷斗折蛇行路,日瘦鞍头马背风。想见坡翁身一叶,可怜杜老双鬓蓬。古来羁旅诗人例,佳句相传名不空。③

"佳句相传名不空"所说的也是五山诗僧的学诗特色和作诗理想。别源圆旨在《南游集》中亦云:"闲一闲中尚未闲,苦吟搜句座窗间。诗成吟罢闲还至,闲至无诗遣兴难。"所谓"苦吟搜句",反映的正是禅僧以作句为主,可能忽略整篇构思的作诗习惯。明极楚俊则亦曾在次东山岩门照公韵而云:"论道旨从言外得,评诗力向句中加。隔墙况有梅舒玉,吟作西湖处士家。"④可见其评诗之着力处亦在诗句。鄂隐慧䆄亦曾在《壬寅春柔侍者又入京作此为赠》云:"非是得佳句,何由怀抱开。"⑤不得佳句,则不甘罢休,正是着力搜句的作诗喜好。中岩

---

① 塙保己一编,太田藤四郎补:《续群书类丛》第十三辑上,东京:续群书类丛完成会,订正3版,1959年,第506页。

② 塙保己一编,太田藤四郎补:《续群书类丛》第十三辑上,东京:续群书类丛完成会,订正3版,1959年,第525页。

③ 玉村竹二编:《五山文学新集》第二卷,东京:东京大学出版会,1968年,第453页。

④ 上村观光编:《五山文学全集》第一卷,京都:思文阁出版,1992年,第764页

⑤ 上村观光编:《五山文学全集》第三卷,京都:思文阁出版,1992年,第2873页。

圆月也不例外,在《和答玄森侍者》中曰:"未见象牙生在鼠,何期鹄卵伏于鸡。潜鱼岂可脱渊去,灵鸟宜须择木栖。句法谁知有凭据,定应宗派自江西。"自何派而出,可由句法推知,在以句法为中心的诗歌鉴赏、学习环境中,是必然的结果。

综上所述,虎关师炼的诗论虽在五山禅林尤其是圣一派中不乏同调者,但是,在以解放诗禅关系为主要动机的特定环境下,诞生的虎关师炼诗论,为了调和紧张的诗禅关系,追求适理、浑醇的诗歌标准,针对当时禅僧学诗的弊病,而极力强调通过理、才等消解、超越诗格、诗法,随着五山文学的发展,诗禅关系从对立走向相辅相成,进而走向诗禅一如,禅林诗会活动兴盛,诗派逐渐形成。法系竞争很大程度上成为诗事的较量,对诗法的讨究终于成为必然。诗格、诗法受到重视,形成了以字、句为中心的批评、鉴赏形式,从而呈现出一种诗格化的特征。可以说,至五山文学后,虎关师炼诗论的影响逐渐变得微弱。

三、诗风观念

如上所述,虎关师炼诗论的去诗格化特征,从整体看来,并无法代表五山文学。相反,在很大程度上,五山诗僧在创作实践中是以字句锻炼、声律安排为中心而展开的,与日本汉诗诗论偏重诗格诗法、以便初学的特色相吻合。也就是说,虎关师炼的诗格观念在五山汉诗诗论发展过程中是异样的存在。接下来,笔者把视线转向诗风方面,尝试同样以虎关师炼的诗风观念为参照,考察五山汉诗诗风观念的特色。

正如在虎关师炼的诗学观念部分已经讨论的那样,针对宋代诗学中的古淡、奇工之争,提出"夫诗之为言也,不必古淡,不必奇工,适理而已",采取了超越、通达的态度。事实上,对于以适理为基本原则的虎关师炼而言,诗的风格与诗的体用并不在同一层次。但虎关师炼的这种在诗风上可无可有的态度,实质上只是一种方便和手段,他在诗风上其实是有所分别的。不拘形式、风格,不等于在形式、风格上毫无原则、不置可否。由于以理的纯正为前提,虎关师炼的诗风观念,首先否定了那些伤害到理及理的表达的风格。请看下文:

师曰:"天下只一个理而已。理若纯正,虽词语百端,何害之有?理若迂曲,虽一句又孔之丑矣。子不见夫水乎?平衍广野,其流安静。穷谷邃岸,其浪鸣吼。波涛随处,其元自若。以溪谷郊野而言水者,非也。然有一于此。掬汗、渠流、拙港、畜瓦、沼潴、涓溜、期、暮溅,动患涸枯,是观海者之所耻也。剽小说,掠稗官,窃诞辞,摘怪语。修饰冗理,补沿滥义,是知道之所不为也。若能诣理,句意浑成,何咎之有乎?"①

观海者,在此即格物致知或修心明性者即"知道者",在制作诗文时,应该追求雄健、宏阔,而摒弃卑弱、细碎。进而,虎关师炼亦从正面推崇雄、豪、奇的诗风,如"诗贵熟语,贱生语,而上才之者,时或用生语,句意豪奇,下才惯之,冗陋甚"②,"余爱退之联句,句意雄奇"③。但是,毕竟虎关师炼追求的是宋代诗话所提倡的汉魏、盛唐的自然、浑醇的诗风。因此,总体来看,虎关师炼出于强调理的至高地位而超越具体的古工、淡奇分别,但事实上推崇自然、浑醇,同时又喜好雄奇、豪奇的具体诗风,从而使其诗风观念呈现出比较驳杂的特点。

五山诗僧的诗风观念总体上呈现出多元而相对集中的特点。如关于心田清播推崇幽美的诗风,九渊龙琛曾给出如下评价:"心田平日所作,只贵幽美而不好奇体也,此言恐非心田所评也。"④从中不难推测,心田清播评价的诗是一首奇体诗。奇,在五山诗僧中间似乎是一种流行的诗风,为众多诗僧所追求。如九渊龙琛对《睢阳双庙图》这首题画诗、咏史诗评价云:

> 张许知兵如有神,所为一一异常人。唐余岁月不堪记,花护睢阳遗庙春。右。故事之题,以有风韵句,为奇为好。⑤

他认为该诗中有韵味、风采之句而令人感到新奇,从而判定是一首好诗。奇,在此是与好并列的,所以当是正面的评价。再如上文已经引用的月舟寿桂有关其师天隐龙泽所选《锦绣段》的评价:"然(《锦绣段》)义深而远,思高而明,

---

① 上村观光编:《五山文学全集》第一卷,京都:思文阁出版,1992年,第243—254页。

② 上村观光编:《五山文学全集》第一卷,京都:思文阁出版,1992年,第229页。

③ 上村观光编:《五山文学全集》第一卷,京都:思文阁出版,1992年,第234页。

④ 墒保己一编,太田藤四郎补:《续群书类丛》第十二辑,东京:续群书类丛完成会,订正3版,1957年,第472页。

⑤ 墒保己一编,太田藤四郎补:《续群书类丛》第十二辑,东京:续群书类丛完成会,订正3版,1957年,第477页。

味外之味,奇外之奇,未易蠡测焉。"①他表示《锦绣段口义》的宗旨在于说明其中所选诗歌的诗思及义理,发掘诗歌的味外之味与不落俗套的奇新构思,可见,"奇外之奇"是当时五山诗僧学诗、作诗时花费心思去琢磨、营造的一种诗歌风格。与奇相近的"新"亦是五山诗僧所喜好的,如虎关师炼的《又和春来四面花韵》曰:"清新句法宜追庾,开府勋名迈祖公。"②义堂周信《空华日用工夫略集》应安三年九月八日条有云:"梵珍出近作数首,皆可观。'日暮云迷树,春寒雪满山',奇句也。"桂庵玄树《岛阴渔唱》中有诗句云:"梵语诗成句法新。"这些皆是五山汉诗诗风观念追求奇、新的证明。

清,亦是五山诗僧所追求的诗风,如在庵普在某弟子③云:

> 昨者辱赐东山用文座元妙偈,并洛寺尊宿,同社诸公和章,凡十有九人,人物英杰,词意清雅,一时之美,集而大成矣。山林光荣,何感如此耶。踏舞之余,漫步前韵,上留厚意,伏希各各芝润,编次依前韵。④

在庵禅师还云:"工夫久刻三年楮,句意清含六月冰。"对清的风格的赞美不言而喻。鄂隐慧奯亦曾云:"北客皆夸诗骨清,闲谈独适老夫情。"⑤此外,对意老、语苍、句险的追求亦反映诗风评价亦不乏其例,如友山士偲《友山录》跋联句轴云:

> 惠峰诸昆,禅余发兴,联十百句,皆用窄韵(五微、十二文、十五删、九青、十蒸、十三覃、十四盐),意老语苍,句句崖险,不类今时软语之流,若非负超群拔萃之材者,不能有此作耳。余窃比之韩昌黎城南联句,优劣如何,具眼者辨取。⑥

---

① 塙保己一编,太田藤四郎补:《续群书类丛》第十二辑,东京:续群书类丛完成会,订正3版,1957年,第410页。

② 上村观光编:《五山文学全集》第一卷,京都:思文阁出版,1992年,第119页。

③ 《五山文学新集》第四卷中收入"在庵普在弟子某僧集",禅僧法号尚无法确定。

④ 玉村竹二编:《五山文学新集》第四卷,东京:东京大学出版会,1970年,第791页。

⑤ 上村观光编:《五山文学全集》第三卷,京都:思文阁出版,1992年,第2638页。

⑥ 玉村竹二编:《五山文学新集》第二卷,东京:东京大学出版会,1968年,第92页。

梦岩祖应亦曾主张去浮艳、世俗，而云："一日周楚侍者手一轴来夫其格制也，兴寄高远，黜落浮艳，老苍骨干，想见古道颜色，绝无唱红冶紫，一时炫耀市人目之态也。是实可嘉尚焉。"①可见，苍、老等是浮艳的相反范畴。

对格高的正面评价亦非常常见，如在庵普在弟子某僧《云巢集》中有《读联珠诗格》一诗云：

> 诗以格高为绝妙，句非意到不浑圆，格高意到千珠玉，照眼半窗斜日前。②

再如《读南山诗》云：

> 韩氏文章一世豪，琅琅夜讽就兰膏。南山苍翠几千仞，不及先生句格高。③

在追求新奇之外，对俗的批判、排斥亦构成五山诗僧诗风追求上的一大特征。

义堂周信在《空华日用工夫略集》日本"应安三年二月二十三日"条载：

> 秀嵩侍者求讲诗史。余反劝以佛学。嵩恳请说《北征》一篇。余曰："此乃少年暂时所好。今时学诗者专以俗样为习，是可戒。若假俗文之礼为吾真乘之偈，是则名为善用。"④

此处所说的"俗样""俗文之礼"，是指内容上不关宗旨，而以世俗诗人，如杜甫、李白等僧衲以外的世俗之人所作的诗。正如义堂周信所指出的，诗僧应当借用世俗诗的形式而创作表现宗旨、反映悟境的禅偈。因此，此处的俗样，更多是从内容、主旨上而言，尚不涉及风格之俗。

---

① 上村观光编：《五山文学全集》第一卷，京都：思文阁出版，1992年，第119页。
② 玉村竹二编：《五山文学新集》第四卷，东京：东京大学出版会，1970年，第752页。
③ 玉村竹二编：《五山文学新集》第二卷，东京：东京大学出版会，1970年，第752页。
④ 义堂周信著，荫木英雄训注：《空华日用工夫略集》，京都：思文阁出版，1982年，第66页。

他在日本"应安三年八月四日"条下的记录可以佐证上述观点,其云:

> 余在石屏。山中诸公来游。归整侍者求改送行诗。余以其俗甚而请别作。因话诸公曰:"今时僧诗皆俗样。最好学高僧诗。今诗僧例学士大夫之体,尤可笑。官样富贵,金玉文章,衣冠高名崇位等弊尤多。弊则必生迹。迹生则必改,可复古之高僧之风也。"①

所谓士大夫之体,仍是以高僧诗为参照。而其所指已经涉及少许风格。"官样富贵,金玉文章"指的应当不是就内容而言,是在指向一种由诗语、辞藻等渲染出来的风格。在这种浮华富贵风格的对立面是他所主张恢复的高僧之古风。义堂周信在日本"应安五年二月十一日"条云:

> 严竹隐至,仍出待花、贾谊二诗。余戏之曰:"诗皆好。但此二题非吾释氏宜咏。"因说:"今时禅子作偈,变为俗人秀才花鸟之词,是可痛惜也。假令作诗,当学禅祖之体云云。"②

义堂周信极欲树立和固守的诗风,如上所述是与表达宗旨相关联的,忌讳富贵、浮华和流俗的风格。《雪村和尚岷峨集绪》中对雪村友梅禅师诗的评价,亦旁证了俗样诗的具体风格,其云:

> 乃师人法两空,非可威屈。于是免三尺剑于四句偈。名称普闻而后窜于西蜀。付死生之事于浮沤,夺岷峨之秀于吟啸……征弁言于余。余曰郑卫易淫,雅颂难作。贺哉有此举。闻昔湛堂,悟文章于出师表,故人所贵者贵其真。少陵称诗史,其过人在诚实耳。况衲僧家奚可竞浮浪之艳邪。此集乃禅师所履,真实受用境界,言言契理,句句绝俗。盖以道德内充,故发于词翰,而自然光华,非用力于骚雅也……③

---

① 义堂周信著,荫木英雄训注:《空华日用工夫略集》,京都:思文阁出版,1982年,第77页。
② 义堂周信著,荫木英雄训注:《空华日用工夫略集》,京都:思文阁出版,1982年,第121页。
③ 上村观光编:《五山文学全集》第一卷,京都:思文阁出版,1992年,第521—522页。

彦龙周兴在《题人诗卷》中云：

　　龙阜柔仲首座，游但者有年，盖以其地山水之郡而有助于诗也。先是付彦龙兴藏主之便，见示一巨编，以求披抹，皆近作也……余乘闲披味，其格出于平易，而其意得于新奇，每逢佳处，击节以叹，若与柔仲肩拍袂把乎好山秀水之间。何赐加之。余懒甚，留镇筐笥者三霜，古人有三年而得二句者，作诗不易，识诗尤难，岂可容易插喙乎。而彦龙督之不已，则粗加点窜卷还。故俟柔仲入洛，对床细评而已。吁，末学学诗者，皆陷于浅俗，走于艰涩，相继而见此作，禅林风月，不致寂寥。①

正宗龙统曾在代瑞岩龙惺所作《跋续翠老人传》中引用敬叟居简，提出学诗要忌俗、浅、巧，其云："北磵狻翁云学陶谢不及则失之放，学李杜不及则失之巧，学晚唐不及则失之俗，可谓知诗审矣。同谱某人，颇嗜吟事，其友有写续翠狻翁遗稿，以赠之者，请余一语，余披味斯稿，无所谓放巧俗之失，实学诗者资以为法则可也。"②

对于浅俗、艰涩两种诗风的批判不可不说是严肃的。然而，从五山汉诗发展过程来看，义堂周信的反俗守真的诗风主张，并未成为禅林诗的主流，相反他所破除的俗样诗却成为后期五山汉诗的主流。

四、唐宋诗观

五山诗僧虽与宋末、元、明三代有直接交流，而在学习时主要参学唐诗与宋诗。学唐与习宋构成五山汉诗的主要养分来源。这既是唐诗与宋诗分别代表的中国诗学两种基本类型，宋以后诗大致亦不过走学唐与习宋两条道路，创作唐诗型与宋诗型作品所致，同时亦与其主要通过读书学诗有分不开的关联。

唐有"李杜"，宋有"苏黄"，标志性大诗人的存在成为五山诗僧主要参究和模仿的对象。宋人撰写与编纂的《三体诗》《古文真宝》，以及《诗人玉屑》《苕溪渔隐丛话》等大型诗话总集，使宋代诗学对五山汉诗产生巨大影响。但是，宋代

---

① 玉村竹二编：《五山文学新集》第四卷，东京：东京大学出版会，1970年，第1138页。
② 玉村竹二编：《五山文学新集》第四卷，东京：东京大学出版会，1970年，第31页。

诗学推崇汉唐诗,而对杜甫等尊崇有加。受此影响,五山汉诗对杜诗的推崇超过所有诗人。相关研究已经揭示了唐代诗人杜甫、李白、杜牧等诗人对五山汉诗的影响。

在此,试就五山汉诗对宋诗、唐诗的认识做一补充考察。九渊龙琛曾转述江西龙派对《桃载》诗的改点,其诗曰:"金母瑶池路不通,种桃尘世见仙风。寸根封植春犹浅,我避秦时花亦红。"江西龙派"改仙风作春风,曰:'春风则自是有仙风意也。'"对此九渊评价曰:"仙风宋诗,春风唐诗也。"①由此可见,在九渊龙琛看来唐诗与宋诗是有明显区别的。春风不语仙风而有仙风意,颇与周裕锴所论述的宋诗中常用的遮诠法表达类似。

而在后期五山诗僧中间,围绕宋诗与唐诗常出现各嗜所好对垒布阵的有趣情形,月舟寿桂在《幻云诗稿》中曾记录展重阳联句会上的情况云:

> 唐故事以九月十九日为展重阳,一时佳话也。今兹仁亥重阳,适寓江之慈云:"……今也得公于此,赏节于此,岂非天幸乎。"举酒赋诗,诗罢联句,所恨者菊花未开焉耳。后十九日,秋香烂漫,蜂舞蝶醉,兴寄不可言也。桃源倚东篱,吟曰:"菊花开时乃重阳乎!东坡何人,胡为感人心如此哉。"余曰:"有例攀例,赏展重阳则可。"又举酒联句终章,于夜到秉烛而游,桃源祖于宋,而余袯于唐。村里之僧,田间之翁,谓之奈何哉,可笑。②

重阳节联句,而菊花未开,甚感遗憾。后于九月十九日即唐故事中所说的展重阳日,再度依例赏展重阳而饮酒联句。桃源瑞仙禅师与九渊龙琛禅师两人一祖护宋,一偏好唐,互不相让。

然而总体来看,五山汉诗尤其是自绝海中津以来,晚唐诗是五山汉诗所追求的一种境界。月舟寿桂曾作《对花论诗》曰:"吐出胸中书传香,满城草木作文

---

① 塙保己一编,太田藤四郎补:《续群书类丛》第十二辑,东京:续群书类丛完成会,订正3版,1957年,第472页。

② 塙保己一编,太田藤四郎补:《续群书类丛》第十二辑,东京:续群书类丛完成会,订正3版,1957年,第410页。

章。醉吟扫出莺梢雪,景是晚春诗晚唐。"①

　　心田清播亦在《心田诗稿》中有云:"尊契昨见,示红药和篇,意句清丽,气格不凡,实有唐风也,余才薄力劣,虽瞠芥子于其后,不胜仰慕,重步其押者二章,亦庶几古人联句者欤,母罪借越。"②同样他亦唱出"吟玩适君联句好,风流应拟晚唐人"。风流拟晚唐,在后期不断书斋化的禅院生活中,拟晚唐诗以玩风流,是当时禅僧的一般情况。

　　以往研究亦证明,绝海中津的诗风亦近晚唐。他的诗以律诗居多,主要用于赠答诗和感伤诗,绝句绝大多数是题咏。随着时代的推移,五山诗的重点由律诗转向绝句。绝海中津则是这种转变的分水岭。在绝海中津所处的时代,五山文学中的题咏题材一般取材于高僧行迹,他的《长门怨》《梅花帐》等就已经开辟了以世俗世界的故事为题材的先例。绝海中津对世俗故事的兴趣远在其他五山禅僧之上,他的题咏也超出了偈颂的界限。

---

① 塙保己一编,太田藤四郎补:《续群书类丛》第十二辑,东京:续群书类丛完成会,订正3版,1957年,第157页。

② 塙保己一编,太田藤四郎补:《续群书类丛》第十二辑,东京:续群书类丛完成会,订正3版,1957年,第446页。

五山汉诗

终　章

　　五山文学与奈良、平安时代的王朝汉文学及江户时代的江户汉文学,被认为是日本汉文学发展史上的三大高峰。五山汉文学历400余年而不衰,其间兼善治学与诗文的禅僧辈出,诗文规模超越前代,囊括诗、疏(四六文、韵文)文各种形式体裁,是日本汉文学发展史上的重要发展阶段之一。回顾五山文学研究史可以发现,由于其创作主体的身份——佛门禅僧及其汉文学的性质(甚至一度被日本学界视作"日本的中国文学"),五山文学研究并未得到应有的重视,甚至与王朝汉文学、江户汉文学都无法相比,长期受到"冷落"。

　　日本五山文学是中日两国禅宗文化交流的结晶,相关研究主要在中日两国学者中间展开。日本的五山文学研究在文化和文学两个方面广泛展开。文化的研究通常被称作"五山研究"。总体而言,日本学者更重视五山研究,但是文学研究仍是五山文学研究的重心所在。就五山文学研究而言,日本的研究更重视重要作家年谱、作品译注研究;注意发掘利用《五山文学全集》《五山文学新集》之外的写本文献,综合运用笔记、日记、讲义等文献,展开综合研究;亦重视"代作""友社"创作活动的考证,重视五山禅林的贵族化现象研究等。日本的研究视野开阔,涉及禅宗史、宗教、哲学、绘画、书法、建筑乃至音韵、语言等几乎文学以外所能涉及的各个方面。相比之下,中国的五山文学研究则高度集中于中国文学对五山文学影响这一课题。近年来,思想、文化的研究开始增多。此外,与日本的研究对汉诗以外的文类亦多所关注不同,中国的五山文学研究尚未涉及疏、文。总体而言,五山文学研究在日本与中国尚未充分展开的领域尚有不少。尽管中日两国的文学研究关注汉诗作品的研究,但尚缺乏基于诗学范畴的、历时的五山汉诗研究。本书基于以上有关以往研究的考察,从诗题、诗体、诗艺、诗论4个方面对五山汉诗展开研究。

　　活跃于早期五山禅林的东福寺派禅僧,咏物以参禅致理,创作了大量咏物诗。咏物诗以虎关师炼为最擅长,他在禅宗融通无碍思想及宋代理学思想的影响下,以诗参道,俯仰万物,将日月星辰、花草鸟虫、禅具食器乃至生活的个别瞬间纳入诗歌体裁,把传统诗题以外的生僻题目、琐碎题目纳入诗题,大大扩阔了五山诗题。虎关师炼门下的梦岩祖应、龙泉令淬延续其咏物参禅的作诗理念,亦创作了大量咏物诗。咏物诗拓展了五山汉诗诗题乃至日本汉诗诗题的空间。随着雪村友梅、中岩圆月等一大批留学中国的禅僧的崛起,特别是绝海中津等受元明禅林金刚幢下更加文人化诗风的影响,咏物诗逐渐衰退。其后诗僧所咏之物亦由身边日用为主转向更加人文化的松梅竹菊,并从实物跃入画工笔端。随之题画诗代之成为重要诗题,画题广泛涉及各种人文题材,禅宗、仙道、隐士、山水、诗境、诗事、故实、花鸟乃至歌境无不囊括在内。以题画诗为代表的诗题变化反映了五山汉诗的人文化倾向,而五山汉诗的人文化正是受人文化倾向突出的宋诗影响的表现。自中期禅林起,伴随着禅宗在日本全土的普及,游学参禅、省亲访友活动日渐频繁,迎来送往成为禅僧生活中的重要活动,赠别诗应运大量产生。禅林的赠别诗因禅僧而异,因时代而变。雪村友梅纯为士大夫诗,不言禅说道;中岩圆月则因性情之故,而语多牢骚,别具一格;义堂周信所倡导的赠别诗法,力图在禅林中间建立以互祝远大为主的严正中允诗风。但事实上随着禅林的发展,直道俗情、痛陈别恨、依依不舍之赠别诗日益增多。随着诗文成为禅院之间竞争的主要工具,汉诗教学之重要性与日俱增,在禅院中逢节日命禅童作诗成为传统,节日诗题在禅林后期十分多见。最后,最重诗、最擅诗的五山诗僧,总体上较王朝汉诗人而言出身相对较低,他们更加关注社会、世情,亦好山林,吟咏了相当数量的社会诗和景物诗,从而使五山汉诗诗题较前代更为多样化。

关于诗体,笔者首先列举了五山诗僧所涉及的各种诗体,五山汉诗代表诗僧义堂周信的《空华集》中收入古诗、歌、楚辞、四言绝句、五言绝句、六言绝句、七言绝句、五言律、五言排律、七言律、七言排律等10多种形式。但是,诸体虽备却偏嗜亦深,于古近而好近体,于近体而好七言,于七言而嗜七绝,是五山诗体的总体特征。五山汉诗发展的早期已形成偏好七言的倾向。虎关师炼的汉诗作品在形式上涉及赋、古律、近体律绝。其中在古律方面,涉及五言、七言排律。而在近体方面,无论是八句还是四句,无论是俗题还是偈赞,均毫无例外地呈现出以七言为主的特征,五言律绝往往只有寥寥几首,微不足道。梦岩祖应的汉诗在形式上大而言之,亦以近体律诗为主,而古诗仍体现出自由、驳杂的特点。雪村友梅的汉诗,在形式上虽然兼涉古近二体,而以近体律诗占绝对优势,在五言、七言之间,五言往往仅有寥寥几首,七言诗是最有势力的诗体。著名五山诗僧绝海中津,五言诗数量上约占七言诗的三分之一,偏好七言的倾向依然显著。在后期代表诗僧景徐周麟的《翰林葫芦集》中,七言诗多达1491题,五言诗则仅有26题,五言诗几乎可忽略不计。景徐周麟可以说几乎专作七言近体诗。在七言诗内部,七言绝句1425题,亦是其七言律诗66题的近22倍。再如横川景三所撰诗歌集成如《百人一首》全是绝句一体,《花上集》亦全是绝句一体,而《中华若木诗抄》则全是七绝一体。由于上述五山禅僧在各种诗体上的偏好,其五山汉诗成就亦因之而有高下之别。总体而言,五山汉诗的成就,近体好于古体,律绝长于排律。但是亦存在例外,中岩圆月堪称是五山汉诗史上最擅长古诗的诗僧,不仅古诗数量多,且篇幅较长,此外五言诗数量多于七言诗。中岩圆月的古诗创作,无论在数量上还是在能力上,都达到五山汉诗的最高水平。

　　五山汉诗诗体的另一显著特征是游戏诸体,在遍涉骚、赋、歌、四言、六言、杂言、五七律绝、排律等古近各体之外,五山诗僧游戏联句、诗歌合、集句等各种诗体,仿效一进一退、俳谐体、河梁体、苏李体等,呈现出一种诗体上的活跃状况。联句制作以宋诗史上《城南联句》为佳话,竞相模仿,在五山禅林早期就出现端倪,而在义堂周信活跃的时期盛况空前。联句活动不仅在禅林内部频繁举行,而且在幕府、皇室中亦时有举行。中岩圆月仿作"一进一退体",亦效仿杜甫作"俳谐体",效仿白居易为"乐天体"。心田清播亦多作"河梁体"。三益永因作"苏李体",效仿方秋厓作"梅花诗体"。景徐周麟拟"诚斋体",作章碣体联句。三益永因、桂庵玄树亦分字作诗,特别是桂庵玄树更广集唐宋诗人40句而巧为集句诗,表达对月舟、云溪等友人的思念。

　　在第二章的最后,笔者在日本学者玉村竹二指出的实用文体"疏"对五山诗影响的基础上,进一步从文体交融的角度就"诗"对"疏"的反向影响做了考察。有关诗、疏之间的体裁跨界,重点分析了以诗代疏现象,揭示了疏制作的诗化倾向。笔者指出,诗是五山文学中最具势力之文体,以诗代疏现象,即诗比疏更为强势。此外,"疏"语言的诗化,亦是诗歌体裁向疏渗透的重要体现。五山禅林的疏,不光在形式上借用律绝,在内容上以诗赋为典,甚至径直以诗句入疏。在诗、疏以外,笔者还探讨了汉诗与和歌的交融状况。

　　日本五山禅僧创作汉诗,与王朝汉诗人一样,主要依赖习诵中国古代诗文,参究中国传统诗学,汲取中国的各种学艺,并将之运用、化入诗歌创作。这决定了五山汉诗诗法上的一个特点，即须因袭、化用前人经典。同时，五山诗僧作为日本中世最熟知中国的知识分子阶层，将各种学识写入诗中亦为他们所津津乐道。"夺胎换骨"是宋代诗学有关用典的著名主张，提倡多化用前人句、意，但强调不露痕迹，避免简单蹈袭。因此，"以诗入诗"多为传统诗学所否定。

在第三章中，笔者以天岸慧广的《送笔》为例，逐句对其用典进行考察，揭示了五山汉诗用典繁密的特点。该诗句句用典，无一句无来处，大量借用韩愈《毛颖传》、黄庭坚《戏呈孔毅父》《次韵黄斌老所画横竹》、苏轼《题王逸少贴》、杜甫《饮中八仙歌》、李白《草书歌行》、任华《怀素上人草书歌》、韩偓《题怀素草书屏风》，以及《论语》《周易参同契》等诗文典籍。可以说天岸慧广的诗通过广泛化用诗文典籍，完成了对中国笔文化的内化。

"夺胎换骨"法作为宋代主流诗法之一，在五山禅僧中亦有反响，但总体而言善用此法的诗僧不多，相比之下难度较低但不为中国传统诗学所肯定的"以诗入诗"则成为五山诗僧普遍使用的用典法。笔者从五山汉诗各时期代表诗僧的作品中，爬梳出大量"以诗入诗"的例句，而且结合诗僧的论诗文献，证明"以诗入诗"法的运用，在禅林中并不被认为是一种诗病，反而为他们所肯定。这种用典观点上的差异值得注意。

诗论作为五山汉诗的基本诗学范畴之一，是五山文学研究迄今尚未系统梳理的一个领域。在第四章中，笔者首先介绍了五山文学诗论文献，指出虽然类似虎关师炼《诗话》的诗论著作不多，但序、跋、字说、论诗诗、抄物中内含丰富的诗论内容，作为诗学批评文献对研究五山诗论有重要参考价值。五山汉诗作为禅林文学，诗与禅的关系运动贯穿始终。诗禅观，即五山禅僧对诗禅关系的认识、主张，构成五山汉诗诗论的基本内容。笔者追溯五山禅僧诗禅观的演进原点，然后分早、中、后3个时期论述各时期代表诗僧的诗禅观。

笔者发现，诗文泛滥的负面影响，五山禅林虽很早就已经意识到并有所警觉，但五山禅林从未全面否定诗之于禅的重要性。五山诗僧一方面抨击诗文泛滥之弊害，劝诫禅僧专注禅悟本业，另一方面肯定诗自禅宗之始便是不可或缺的，主张在禅林中全面废止诗是不可取的。兰溪道隆等少数几位自我国东渡日本的禅僧明确要求在禅林中禁绝诗文，但这种极端的主张并不为禅林大多数禅僧所接受。

实际上，早期五山禅林中的领袖诗僧，更多地致力于在禅林中调和诗禅关系，肯定诗弘宗助禅的积极作用。同时，他们对诗及诗的创作设置种种限制，使诗文回归到服务于参禅本业。兰溪道隆主张在禅林中彻底否定文学,兀庵普宁则在一定程度上缓和了不能两立的诗禅关系。大休正念则在诗禅关系上一改兰溪道隆、兀庵普宁的消极立场,阐述了诗文之于禅的不可规避性及二者的相通性。元僧清拙正澄目睹禅林诗文弊习害道的严重后果,但并不主张禁绝诗文,而是更多地从正面引导日本禅僧正确学诗、作诗,积极地将诗文活动引向贯道、载道、通禅、助禅的正途上。

虎关师炼受我国宋代名僧明教契嵩的影响,强调著述能够弘宗的作用,肯定阐释义理与读书习史的乐趣。他创作了日本的第一部形式完备的"诗话",是早期五山禅林最早、最积极地肯定诗文作用、号召诗文创作的五山禅僧。他在诗禅关系上高度肯定、倡导禅僧进行诗文创作,旗帜鲜明地强调诗文作为弘宗工具的作用,解放了诗文体裁、风格等形式上的束缚。

虎关师炼之后,诗禅关系继续向"诗文助禅""诗禅一致"的方向倾斜。他的高徒梦岩祖应提出"诗岂负禅,惟人自负",立足于诗作为工具的立场,肯定诗作为宗门工具的作用。这把诗禅关系从该不该作诗转换到怎样作诗、作什么样的诗上来。梦岩祖应否定"诗""骚"所代表的儒家诗歌标准,亦否定妄言绮语,而主张在儒家诗学标准之上追求"超然自得"的境界。他所说的理想的偈颂须以诗律的形式表达性情,同时必然是优秀的诗作。基于偈颂通诗的逻辑,他明确提出"谓舍吾佛祖之道,而到诗之妙处,则吾不信焉"的论断,实现从以诗助禅到"以禅能诗"的转换,从而把诗统摄于禅之下。梦岩祖应在日本禅林中较早在"以禅助诗""以禅能诗"的层面肯定了诗禅一致关系。他理想的诗归纳起来应具备如下3个方面特征:一是表现性情、契理适理;二是由内在充满而自然向外流溢,不用力于骚雅;三是绝俗。他的这一观点在当时的五山禅林具有代表性。

友山士偲融合儒家诗观与禅门宗旨,提倡"以修一心为体,以述六义为用"的诗道,主张禅修为诗之体,禅修即是在习诗,而且是诗道之根本。同时,"风雅颂赋比兴"的儒家诗论则是禅林诗要遵循的形式标准和内容准绳。也就是说,从虎关师炼到梦岩祖应、友山士偲,禅修、五山禅林诗须同时承担起辅助禅修、表现禅旨和"述六义"的双重任务。与梦岩祖应相比,在禅林诗的评价方面,友山士偲肯定文采、学问及儒家诗观。此外,他从表现性情的角度肯定送行诗这一并不与禅旨直接相关的主题,使禅林对诗的限制出现了松动。

中岩圆月与梦岩祖应、友山士偲一样主张偈诗有别,但他否定以风格、形式等外在事物为判断标准的观念,破除类似拘泥于风格、形式的见解。他强调"顺朱朱顺",即禅只有接受诗的形式,才能使诗更好地服务禅。因此,他主张不应排斥诗的形式,从而回归到虎关师炼的以禅旨的传达与否为标准的观点。他与虎关师炼一样以禅宗式的通达为日本禅林风格多样、内容多元的诗文创作打开了方便之门,为日本禅僧创作"骚雅"诗乃至艳词松绑,为诗禅关系从紧张走向缓和提供了宽松的环境。

龙泉令淬提出文字"舍之与不舍,其揆一也",运用禅宗融通无碍的思维方式,又一次消解了"不立文字"与"不离文字"的对立。他貌似既不反对文字,亦不主张文字,以不落两端的中道方式把禅僧从"离文字"和"立文字"的纠结中解放出来。但事实上,他倾向于"文以载道"的儒家诗观,肯定诗文之功,为诗禅一致而呐喊助威。

义堂周信的"余力学诗"说明,在五山禅林的早期乃至中期,协调诗禅对立的出发点,是对诗作为弘宗工具地位的肯定。五山禅僧尝试从不同逻辑理路调和诗禅,尽管通过持续的努力初步实现了诗禅之间的调和一致,为禅林营造了宽松的文学环境,但这均是在"禅本文末"的大前提下展开的。义堂周信标举"禅文偕熟",从而把诗禅关系发展到一个新高度。文熟或者诗熟,由此成为禅僧追求的理想境界。其结果是在相当程度上将诗文及诗文活动正当化了。再者,"禅文偕熟"给人造成以禅诗并列的错觉,诗文基于这种直觉的印象获得与参禅并驾齐驱的地位。在义堂周信的倡导下,"禅文偕熟"成为中期五山禅僧所追求的理想,在诗禅关系演进和五山汉诗发展历程中都具有重要意义。

义堂周信强调"偈诗之别"。禅僧作诗或联句,一定要本着心宗,贯穿宗旨,强调作诗须先审好意旨,立正文义。他强调送别诗要避免抒写思乡、悲哀、怨恨、愤懑等情绪以免干扰禅修的本业。义堂周信身体力行他所主张的"道德为主,章句为次"的诗学原则,强调诗以兴观群怨、涵养道德,"儒释一致"。为此,他主张作诗寓意讽咏,陶冶性情,须根植乎道德。义堂周信对儒家诗教的接受与实践,使他的诗论较之梦岩祖应等禅师具有更浓厚的儒家诗观色彩。同时,义堂周信亦继承前代诗禅观念,制止以俗家诗文标准评价优劣,强调禅家为诗当以表现禅旨为旨归,偈颂只是假借世俗诗的体式而已。"诗补吾宗,不翅吟咏"则表明,禅林诗既是诗,又高于诗,可以说是对乡睦庵、梦岩祖应提出的"诗而非诗"诗观的继承。

义堂周信一方面从事诗的创作、教学,从正面推动五山禅林诗文的发展,另一方面又警惕禅林诗文泛滥及种种弊端,不断加以遏制矫正,这种矛盾在他身上得到集中体现。但总体而言在他所处的时代,以诗害禅的诗禅观已经失去势力,如何引导诗文为禅宗服务,把"诗禅一致"关系从理论上落到实处,警惕诗文制作过程中出现的种种不良现象,成为诗禅关系运动的主要内容。

义堂周信毕生将诗禅关系不断推向一致与融合,鼓励诗文创作。为此,他提出"文中王"的理想禅僧形象。"文中王"的提出是义堂周信借助儒家人文言文关系阐释其理想诗禅关系的一次努力,同时亦将禅宗"不立文字,不离文字"的语言文字观念与儒家的语言文字观念打通。"文中王"具有浓厚的儒家理论色彩,从而强化了五山禅林诗观的儒家化,对诗偈的主题、内容、形式、评价等方面带来不断世俗化的危险。从时势来看,禅林诗文之风在当时已发展到无可禁绝的地步,义堂周信不过是顺势而为而已。

绝海中津诗尚馆阁,虽几乎没有留下专门探讨诗禅关系的材料,但他是站在诗的立场上明确区别对待诗偈创作的第一人。诗以感怀,偈以参禅,诗偈平等。换言之,绝海中津在五山禅林中开了堂而皇之作世俗诗的先河。

心华元棣希望通过作序阐明佛家练悉种种技艺,淹贯百家异道他方异俗的重要性。在这里虽不是专说诗文,但由此可见在隆盛期的禅林中出现了一种读书学习、渴求知识的动向。

梦岩祖应曾提出"谓舍吾佛祖之道,而到诗之妙处,则吾不信焉"的非佛禅则不能诗的观点,强调禅悟是能诗的必要条件。仲芳圆伊则从正面指出,诗道如禅道,一旦具有摩醯眼则作诗自然能够得性情之正,无须讲求作诗的法度、声律,即禅悟以后自然能作得好诗,提倡一种能禅则能诗的观点。可以说,在学诗上仲芳圆伊及他以前的五山禅僧,采取的均是先禅后诗、德主句次等由道而诗的次第。此外,自心华元棣、仲芳圆伊以来,学兼诸艺,淹贯百家的由学而道的观点,再次得到强调。太白真玄在评诗过程中表现出崇学思想与重视审美的倾向,禅宗本业不再是诗文活动的主要动机。他的评诗与心华元棣、仲芳圆伊一样,篇幅扩大、堆积辞藻、排列典故的现象严重,重视鉴赏和评价诗,且多采用意象批评的方式。

进入禅林后期,诗禅关系在新环境下继续演进。肇始于绝海中津,禅林中出现将诗从偈中独立出来的倾向,将诗的功能逐渐专门化为表述诗人心绪乃至嘲风弄月、感故送友、相戏取乐。西胤俊承诗中出现的"诗盟""诗狂""文运"等重视文辞的字眼,即是后期五山禅林中诗禅离心倾向的反映。这种倾向集中体现在诗可无禅,即可不去说禅,不去表现禅理禅悟,从而从根本上破坏了一直以来禅林诗禅观的根本。岐阳方秀虽远绍虎关师炼,但他的诗评已抛开诗是否关乎禅旨,是否符合性情之正,而专论僧诗之声律如何美轮美奂,其文采如何富赡华丽,其用典是如何工稳隐奥,成为一种早期禅林鲜能见到的形式主义诗评。后期五山禅林发生的这种诗评思想与方式的转变、文学意识的自觉与使命感,均表明经过馆阁体洗礼之后,诗的不断上升的去禅化、由禅独立的倾向。瑞溪周凤的诗评亦具备集中于诗本身,不羼杂禅宗及儒家诗教的,为诗而诗的特征。五山禅林的诗战从定题到诗评,也都体现了知识性、游戏性和诗本位的特点。这再次表明,后期五山诗坛几乎完全摆脱了禅宗的束缚,诗的去禅而独立乃是大势所趋。希世灵彦的喜为雅事,禅室枯坐,于小景中醉吟,乃至为艳词,说明后期禅林日益书斋化、人文化的禅僧中间诗禅分离趋向在不断加剧。翱之慧凤亦关切诗名,在诗禅关系上将诗置于中心地位。

如上所述,后期的五山诗坛,在诗禅关系上诗实际上已经由诗偈分别演进至诗的去禅独立,乃至诗对禅的主宾反转。鄂隐慧奫首次为这种如脱缰野马般的诗作风潮进行理论说明。他主张诗不再只是辅助禅,而是能诗则能禅,甚至主张以诗代禅。他从理论上提出诗禅的宾主易位,使诗禅关系进入"能诗能禅""为诗即参禅"的诗禅一如的新阶段。诗禅一如、能诗能禅的诗禅关系,作为诗禅关系的一个新高度,与诗禅一致之间诗与禅的力量关系、主宾位置有根本不同。诗禅一致是以诗助禅与以禅能诗的相互促进的密切关系,但是作诗与参禅仍然是彼此差别的,二者的互促关系是有条件的。但是在进入到诗禅一如的阶段之后,作诗本身已构成参禅实践,诗禅一致阶段尚存的诸多限制已不复存在。作诗是禅修,禅修是作诗,在进行其中任意一项行为时,都是在进行另一种行为,从而在诗与禅之间画上等号。

鄂隐慧奫之后,心田清播、江西龙派、东沼周岩等分别表述了"诗工禅了,禅不异诗""诗公而可废,于私不可废",以及"诗外无禅,禅外无诗""诗禅不二,禅余唯诗"的诗禅一如立场,证明在其时诗禅一如是五山禅林诗禅关系的主流认识。

但他们虽均把后期禅林的汉诗实践以诗禅一如加以概括,却未能从理论上解释诗禅如何一如。这一理论阐释的课题,后由彦龙周兴、横川景三、正宗龙统、天隐龙泽、景徐周麟等诗僧通过援引宋代诗学的以禅喻诗理论完成。彦龙周兴援引惠洪觉范诗论,初露借宋代以禅喻诗诗学之端倪。横川景三引用严羽《沧浪诗话》中"论诗犹如论禅"的著名论断,在习诗与习禅的相似性上重申诗禅一致关系,从而开辟了通向诗禅一如的又一逻辑理路。同横川景三一样,天隐龙泽在《锦绣段后序》中援引"参诗如参禅"的诗学主张,认为应当以参禅之法参诗。景徐周麟的诗禅关系亦在横川景三以来的以禅喻诗的延长线上。从彦龙周兴到景徐周麟等后期重要诗僧看,宋代诗学以禅喻诗论,构成其唯一的理论探索,宋诗学对五山后期诗坛诗禅关系的影响由此可见一斑。

在爬梳五山禅林诗禅观演进轨迹之后,笔者在第三节中考察了五山禅林的其他诗学思想。首先,从创作条件、诗学思想内涵、批评特色、反响意义、理论渊源5个方面,以《济北诗话》为中心,综合多种文献,详尽考察了虎关师炼的诗学思想,并对其进行客观评价。其次,在阐明虎关师炼的诗学思想之后,笔者进一步考察五山诗坛的诗格观念。笔者发现,在以解放诗禅关系为主要动机的特定环境下诞生的虎关师炼诗论,为了调和紧张的诗禅关系,追求适理、浑朴的诗歌标准,针对当时禅僧学诗的弊病,极力强调通过理、才等消解、超越诗格、诗法,呈现出去诗格化的特色。但随着五山文学的发展,诗禅关系从对立走向相辅相成,进而走向诗禅一如,禅林诗会活动兴盛,诗派逐渐形成。由于法系之间的竞争很大程度上成为诗事的较量,汉诗教学受到重视,而尤其注重对诗法的讨究。诗格、诗法成为教学的重点,形成了以字、句为中心的鉴赏和批评形式,从整体上呈现出一种诗格化的特征。五山汉诗的诗风观念总体上呈现出多元而相对集中的特点。追求奇、新,凡对俗滑构成五山诗僧诗风追求上的一大特征。义堂周信反俗守真,批判浅俗、艰涩两种诗风,但并未成为禅林诗的主流,相反他所破除的俗样诗却成为后期五山汉诗的主流。关于唐诗宋诗,笔者发现,五山禅僧有意区分二者,且有偏唐祖宋之别。此外,绝海中津以来,就总体而言,晚唐诗是五山汉诗所追求的一种境界。而在后期不断书斋化的禅院生活中,拟晚唐诗以玩风流成为流行。

综上所述,本书作为一部以五山汉诗为中心的、基于诗学基本范畴的五山文学研究,在爬梳、整理、甄别大量原始五山汉诗文献的基础之上,主要运用文献分析的方法,兼顾论文的实证性与资料性,就中日两国五山文学研究目前尚存的盲区和有待深挖之课题领域,通过考察,分别在诗题、诗体、诗艺、诗论,以及文学与宗教关系等领域得出以下认识。

首先,本书首次揭示了主要五山汉诗诗题的历时变化、诗题先扩后缩的演变轨迹及诗题人文化特征。

其次,本书首次揭示了五山汉诗诗体的历时变化、五山诗僧的诗体态度、诗体成就,以及诗与"疏""和歌"等文体的互渗现象。

再次,本书亦揭示了五山诗僧的用典繁密特征,并首次考察五山诗僧的"夺胎换骨"观及其以诗入诗的诗艺特色。

最后,本书首次系统考察五山汉诗诗论,整理五山汉诗诗论资源,详尽揭示诗禅观的演变轨迹,厘清五山诗僧诗禅观建构的逻辑理路及理论资源。同时,本书综合多种文献,完善了迄今稍显分散和片面的虎关师炼诗学思想研究,阐明了五山汉诗诗论的特色及其诗风观念,指出了五山诗僧对诗分唐宋的诗学观念。

参考文献

[1]高文汉．中日古代文学比较研究[M]．济南：山东教育出版社，1999．

[2]梁晓红．日本禅[M]．杭州：浙江人民出版社，1997．

[3]马歌东．日本汉诗溯源比较研究[M]．北京：中国社会科学出版社，2004．

[4]肖瑞峰．日本汉诗发展史：第一卷[M]．长春：吉林大学出版社，1992．

[5]严绍璗．中日古代文学关系史稿[M]．长沙：湖南文艺出版社，1987．

[6]严绍璗．比较文学视野中的日本文化：严绍璗海外讲演录[M]．北京：北京
大学出版社，2004．

[7]叶渭渠．日本古代文学思潮史[M]．北京：中国社会科学出版社，1996．

[8]安良岡康．五山の漢文学[M]//講座日本文学5．東京：三省堂，1969．

[9]安良岡康．中世文献としての五山文学―わたくしの研究発表（その六）―
[J]．下伊那教育，1971(90)：34-38．

[10]朝倉尚．禅林における賛李白詩について[J]．岡山大学教養部紀要，1973
(9)：33-94．

[11]朝倉尚．禅林における賛海棠作品について[J]．岡山大学教養部紀要，
1974(3)：25-90．

[12]朝倉尚．景徐周麟と詩会―内閣文庫蔵「惟高詩集」所収景徐関係文明期
詩会資料―[J]．岡山大学教養部紀要，1980(16)：1-34．

[13]朝倉尚．「李白飯顆山頭逢杜甫」逸話考―禅林における杜甫像寸見―
[J]．国語教育研究，1980(26)：170-182．

[14]朝倉尚．景徐周麟と「湯山聯句」―成立の背景について―[J]．国語と国
文学，1983(3)：38-51．

[15]朝倉尚．禅林聯句の当座性―「湯山聯句」第一寒韻冒頭八聯の検討―
[J]．国語国文，1983(7)：1-13．

[16]朝倉尚. 禅林の文学—詩会とその周辺—[M]. 東京:清文堂,1985.

[17]朝倉尚. 禅林の文学—中国文学受容の様相—[M]. 東京:清文堂,1985.

[18]朝倉尚. 就山永崇・宗山等貴—禅林文学の貴族化の様相—[M]. 東京:
　　　清文堂,1990.

[19]芳賀幸四郎. 五山文学の展開とその基本的動向[J]. 国文学:解釈と鑑
　　　賞,1956(6):29-33.

[20]芳賀幸四郎. 五山文学の展開とその様相[J]. 国語と国文学,1957(10):
　　　110-118.

[21]芳賀幸四郎. 禅僧の文学観の変遷[J]. 日本古典文学大系月報,1966.

[22]岡田正之. 日本漢文学史[M]. 東京:日本吉川弘文館,1954.

[23]吉川幸次郎. 宋詩概説[M]. 東京:岩波書店,1962.

[24]吉川幸次郎. 元明詩概説[M]. 東京:岩波書店,1963.

[25]間中富士子. 中世に於ける禅及び禅僧の和歌[J]. 鶴見女子短大紀要,
　　　1962(2):44-57.

[26]千坂嶮峰. 五山文学の世界—虎関師錬と中巌円月を中心に様相—[M].
　　　東京:白帝社,2002.

[27]浅見洋二.「文章一小技」—五山禅林の詩僧にとっての「道」と「詩」(特
　　　集　漢籍と日本人)—(鎌倉・室町)[J]. アジア遊学,2006(93):90-99.

[28]山岸徳平. 五山文学集・江戸漢詩集[M]. 東京:岩波書店,1967.

[29]上村観光. 五山文学全集[M]. 京都:思文閣出版,1992.

[30]尚永亮. 義堂周信の杜甫受容について[J]. 愛甲弘志,訳. 中国文学報,
　　　2005(70):84-105.

[31]神田喜一郎. 日本における中国文学[M]. 東京:二玄社,1965.

[32]太田亨. 日本禅林における杜詩受容—禅林初期における杜詩評価—
　　　[J]. 中国中世文学研究,2011(39):13-31.

[33]小嶋明紀子. 虎関師錬の賦をめぐって[J]. 日本漢文学研究,2007(2):
　　　161-195.

[34]蔭木英雄. 五山文学の源流—大休・無学を中心として—[J]. 国語国文,
　　　1972,41(7):41-55.

[35]蔭木英雄. 五山文学に於ける金剛幢風—古林清茂・竺僊梵僊,別源円旨
　　　について—[J]. 国文学,1972(47):8-24.

［36］蔭木英雄. 五山文学の和様化―高峯顕日, 規庵祖円, 夢窓疎石について―
　　　［J］. 国文学, 1973(48):21-34.

［37］蔭木英雄. 五山詩史の研究［M］. 東京:笠間書院, 1977.

［38］愈慰慈. 五山文学の研究様相［M］. 東京:汲古書院, 2005.

［39］玉村竹二. 五山文学―大陸文化紹介者としての五山禅僧の活動―［M］.
　　　東京:至文堂, 1955.

［40］玉村竹二. 五山文学新集:第一巻［M］. 東京:東京大学出版会, 1967.

［41］玉村竹二. 五山文学新集:第二巻［M］. 東京:東京大学出版会, 1968.

［42］玉村竹二. 五山文学新集:第三巻［M］. 東京:東京大学出版会, 1969.

［43］玉村竹二. 五山文学新集:第四巻［M］. 東京:東京大学出版会, 1970.

［44］玉村竹二. 五山文学新集:第五巻［M］. 東京:東京大学出版会, 1971.

［45］玉村竹二. 五山文学新集:別巻一［M］. 東京:東京大学出版会, 1977.

［46］玉村竹二. 日本禅宗史論集:下之一巻［M］. 京都:思文閣出版, 1979.

［47］玉村竹二. 日本禅宗史論集:下之二巻［M］. 京都:思文閣出版, 1981.

［48］竹内理三. 碧山日録:増補続史料大成20［M］. 東京:臨川書店, 1978.

五山汉诗

后　记

本书是以我在中山大学读博期间的学位论文为底本，经过多次删减和修改而成。从毕业至今七年荏苒，其间国内五山文学研究的进展之快、水平之高，让我为之感到欢喜的同时，时不我待的紧迫感也始终挥之不散。如今在它行将付梓之际，能让我感到一点点宽慰的是，论著作为对日本五山文学这座宝库中汉诗部分的粗疏、浅显的梳理和研究，或许能够为同行者提供些许参考。

我的五山文学研究之行始于导师邱雅芬十多年前的"命题"，这份答卷姗姗来迟而且远不能令人满意，因而在此着实无以向老师深致谢意。不过，我想这份心情可以化作今后跋涉学林的沉潜之志。

感谢所有鞭策我，并给予帮助和支持的家人、师友，特别感谢西北师范大学曹进教授、西安外国语大学毋育新教授对本书的关注和督促。

浙江工商大学出版社外语事业部副主任姚嫒、责任编辑鲁燕青和各位编审老师为此书的出版付出了巨大心血，在此谨向你们认真而专业的工作表示感谢。

王　辉

谨　识

2021 年 12 月 13 日于郑州